L’INNOCENCE

DU MÊME AUTEUR

CHEZ LE MÊME ÉDITEUR

La Jeune Fille à la perle, 2000.
Le Récital des anges, 2002.
La Dame à la Licorne, 2003.
La Vierge en bleu, 2004.

Tracy Chevalier

L'INNOCENCE

Roman

Traduit de l'anglais
par Marie-Odile Fortier-Masek

Quai Voltaire

Titre original :
Burning Bright.

HarperCollins*Publishers,* London.

À MES PARENTS.

Mars 1792

i.

I

Il est quelque peu humiliant d'attendre sur une charrette, au milieu de toutes nos possessions, en butte à la curiosité publique, dans une rue animée de Londres. Jem Kellaway, assis à côté d'une pyramide de chaises Windsor fabriquées par son père pour la famille des années plus tôt, regardait, consterné, les badauds inspecter sans vergogne le contenu de la carriole. Il n'avait pas l'habitude de voir autant d'inconnus à la fois (la seule présence d'un étranger dans leur village du Dorset suffisait à faire jaser des jours durant), ni d'être ainsi le point de mire. Accroupi parmi tout ce fourbi, il espérait se faire oublier. Plutôt maigre, le visage étroit, les yeux bleus enfoncés dans leurs orbites, les cheveux d'un blond roux retombant en boucles, Jem n'attirait pas particulièrement l'attention. Les curieux s'intéressaient davantage à ce bric-à-brac itinérant qu'à lui. Un couple s'arrêta, soupesa divers objets, comme on tâte des poires chez la marchande des quatre-saisons. La femme froissa l'ourlet d'une chemise de nuit qui dépassait d'un sac entrouvert, l'homme attrapa une des scies de Thomas Kellaway pour en vérifier le mordant. Il la reposa sans se presser quand Jem l'interpella : « Hé, vous ! »

Hormis les sièges, les outils avec lesquels le père de Jem exerçait son art tenaient presque toute la place : des cerceaux destinés à cintrer le bois des accoudoirs et dossiers des chaises Windsor — sa spécialité —, un tour, démonté pour en façonner les pieds, sans oublier une panoplie de scies, de haches, de ciseaux et de tarières. Un attirail si encombrant que les Kellaway avaient été contraints de marcher à tour de rôle à côté de la charrette durant la longue semaine qu'il leur avait fallu pour se rendre de Piddletrenthide à Londres.

Mr Smart, leur charretier, doté d'un sens de l'aventure inattendu chez un natif de la Piddle Valley, s'était arrêté en face du cirque Astley. Thomas Kellaway n'avait qu'une vague idée d'où trouver Philip Astley, et pas la moindre notion de la superficie de Londres. Il s'imaginait qu'une fois au cœur de la ville, il repérerait le chapiteau aussi aisément qu'à Dorchester. Par bonheur, ce cirque était bien connu des Londoniens qui s'empressèrent de leur indiquer, au bout du pont de Westminster, une grande bâtisse, coiffée d'une coupole se terminant en pointe, dont l'entrée était flanquée de quatre colonnes. Une immense bannière blanche flottait au-dessus du toit ; d'un côté était écrit CIRQUE en lettres rouges et de l'autre, ASTLEY en lettres noires.

Mr Smart s'en était allé voir « un bout de Londres », et Jem, les yeux rivés sur le fleuve, fasciné par le pont de Westminster qui enjambait l'eau avant de plonger dans la masse lointaine des tours carrées et des flèches de l'abbaye de Westminster, s'efforçait de ne pas prêter attention aux badauds. Aucune des rivières du Dorset, fût-ce la Frome, pas plus large qu'une sente, ou la Piddle, simple ruisseau qu'il franchissait d'un bond, ne ressemblait à ce fleuve majestueux dont les eaux limoneuses bouillonnaient au gré des caprices de la mer. Bateaux, voitures, carrioles et piétons encombraient la Tamise et le pont, entravant la circulation. Jem n'avait jamais vu une telle foule, même un jour de marché à Dorchester. Il y avait tant à voir qu'il ne savait plus où donner de la tête.

Il serait bien descendu de la charrette pour rejoindre Mr Smart au bord de l'eau, mais n'osait laisser sa sœur et sa mère. Maisie Kellaway n'en croyait pas ses yeux.

« Mon Dieu, quelle chaleur pour un mois de mars ! s'exclama-t-elle en s'éventant avec son mouchoir. Il faisait moins chaud que ça chez nous, pas vrai, Jem ?

— Il fera plus frais demain », promit son frère. Maisie avait beau être de deux ans son aînée, Jem voyait souvent en elle une cadette à protéger contre les aléas de la vie, plutôt limités dans la Piddle Valley. Ici, son rôle de frère serait plus facile.

À son tour, Anne Kellaway contemplait le fleuve, sans quitter des yeux un jeune garçon qui ramait avec vigueur. Assis en face de lui, un chien, seul passager de la barque, haletait, épuisé par la chaleur. Jem lisait les pensées de sa mère : elle songeait à Tommy, son deuxième fils. Amoureux des chiens, il en avait toujours eu un à ses basques au village.

Tommy Kellaway était un beau garçon dont le penchant rêveur déconcertait ses parents. On s'aperçut bien vite qu'il ne serait pas menuisier, car il ne montrait guère d'intérêt pour le bois, ni pour les outils au maniement desquels son père avait essayé de l'initier. Fasciné par le feu dans l'âtre, il était du genre à oublier la vrille au milieu d'un trou, à laisser le tour ralentir jusqu'à s'arrêter, l'air absent, un trait hérité de son père, sauf que lui était incapable de revenir à son travail.

Malgré cette incompétence totale — qu'Anne Kellaway eût réprouvée chez tout autre —, il restait son préféré, sans qu'elle sût pourquoi. Peut-être percevait-elle que la vulnérabilité de ce fils exigeait d'elle une plus grande attention. D'agréable compagnie, il n'avait pas son pareil pour la faire rire. Et ce rire s'était tu à jamais un matin, six semaines plus tôt, quand elle l'avait retrouvé sous le poirier au fond du jardin. Il avait dû y grimper afin de cueillir la dernière poire qui, du haut de sa branche, les avait nargués tout l'hiver, qu'importe si le froid lui avait retiré toute saveur. Une branche avait cédé, il était tombé, et s'était brisé la nuque. Une douleur aiguë la transperçait chaque fois qu'elle pensait à lui, comme à présent, en suivant du regard le jeune garçon et son chien. Une douleur que ce premier contact avec Londres n'aurait pu effacer.

II

Thomas Kellaway se sentit tout intimidé en franchissant les hautes colonnades du cirque. De petite taille, maigre, ses cheveux blonds frisés rappelaient le poil ras d'un terrier. Sa présence passait presque inaperçue dans une entrée aussi imposante. Laissant sa famille dans la rue, il entra. Le foyer lui parut sombre et vide, bien qu'il entendît par une porte entrouverte les sabots marteler la piste au rythme d'un fouet. Guidé par ces bruits, il pénétra sous le chapiteau, et, du milieu des gradins, découvrit, bouche bée, les chevaux menés par des écuyers paradant debout sur leur selle. Au centre, un jeune homme donnait du fouet en criant des ordres. Thomas Kellaway n'en perdait rien, même s'il avait déjà vu ce numéro un mois plus tôt, à Dorchester. Il n'en revenait pas qu'une telle prouesse pût être répétée. La première fois pouvait être l'effet d'un heureux hasard, mais la seconde attestait un savoir-faire incontestable.

Autour de la piste, on avait aménagé des loges et une galerie en bois pour les spectateurs. Suspendu au-dessus de la piste, un énorme lustre formé de trois roues superposées ajoutait sa lumière à celle du jour qui filtrait par les lucarnes de la coupole.

Thomas Kellaway eut à peine le temps d'admirer les écuyers qu'un homme s'approcha des gradins et lui demanda ce qu'il voulait.

« J'aurais aimé voir Mr Astley, Monsieur, s'il le veut bien », répondit Thomas Kellaway.

Son interlocuteur n'était autre que l'adjoint de Philip Astley, le directeur du cirque. John Fox avait de longues moustaches, des paupières tombantes, le plus souvent mi-closes, qu'il n'ouvrait tout grand que lors de catastrophes, ce qui avait été plusieurs fois le cas et le serait encore, hélas, au cours de la longue carrière de Philip Astley comme patron de cirque. Pour John Fox, la soudaine apparition de Thomas Kellaway ne tenant pas de la catastrophe, il regarda l'homme du Dorset sans sourciller, ni même prendre la peine de relever ses paupières. Il avait l'habitude que l'on demande à voir le patron. Doté d'une mémoire prodigieuse, qualité appréciable quand on est l'adjoint du patron, il se souvenait de Thomas Kellaway, rencontré à Dorchester un mois plus tôt. « Attendez-le dehors, dit-il, je pense qu'il finira bien par venir vous voir. »

Thomas Kellaway s'en retourna vers sa famille qui l'attendait dans la charrette, sans trop savoir que penser de l'œil atone et de la réponse indolente de John Fox. Amener les siens à Londres c'était déjà beaucoup ; il se sentait à présent à court de moyens.

Qui eût jamais imaginé que Thomas Kellaway, ébéniste-menuisier du Dorset, issu d'une famille établie depuis des siècles dans la Piddle Valley, se retrouverait un jour à Londres ? Jusqu'à sa rencontre avec Philip Astley il avait mené une vie des plus ordinaires. Son père l'avait initié aux secrets de la fabrication des chaises et, à sa mort, lui avait légué son atelier. Il avait épousé la fille du meilleur ami de son père, bûcheron de son état et, mis à part leurs ébats maladroits sous la couette, ils étaient comme frère et sœur. Ils vivaient à Piddletrenthide, village de leur enfance, et ils avaient trois fils — Sam, Tommy et Jem — et une fille, Maisie. Deux soirs par semaine, Thomas allait boire un verre au Five Bells, chaque dimanche il se rendait à l'église et chaque mois à Dorchester. Il n'avait jamais vu la mer, à une vingtaine de kilomètres de là, pas plus qu'il n'avait — contrairement à d'autres clients du pub — manifesté le moindre désir de visiter l'une des cathédrales — Wells, Salisbury ou Winchester — à quelques jours de route. Poole, Bristol ou Londres n'excitaient pas davantage sa curiosité. Ses déplacements à Dorchester étaient pour affaires : il prenait des commandes, achetait du bois et s'en repartait chez lui. Il préférait rentrer tard plutôt que passer la nuit dans l'une des auberges où descendaient les marchands de la région. Gaspiller son argent à boire lui paraissait bien plus dangereux qu'affronter les routes ténébreuses. De nature cordiale, plutôt discret au pub, il ne se souciait guère du vaste monde. Tourner des pieds de chaise était son plus grand bonheur. Fignolant un délicat sillon ou une courbe, il s'émerveillait du grain ou de la texture du bois jusqu'à en oublier parfois qu'il fabriquait un siège.

Ainsi vivait-il une vie somme toute tracée d'avance, jusqu'à ce mois de février 1792 où le spectacle équestre itinérant de Philip Astley s'arrêta quelques jours à Dorchester, deux semaines jour pour jour après que Tommy Kellaway était tombé du poirier. Une partie de la troupe du cirque Astley avait fait le détour par le sud-ouest de l'Angleterre avant de regagner Londres après un hiver passé à Dublin et à Liverpool. Bien que le spectacle ait été annoncé à grand renfort d'affiches, de prospectus et d'articles dans le *Western Flying Post,* Thomas Kellaway ignorait la présence du cirque en ville quand il s'était rendu dans sa carriole pour livrer huit chaises Windsor, en compagnie de son fils Jem qui apprenait le métier, comme il l'avait lui-même jadis appris de son père.

Jem avait aidé à décharger les sièges, sans rien perdre de ce subtil dosage d'égards et de fierté avec lequel son père traitait les clients. « Papa », dit-il sitôt que l'affaire fut conclue et que Thomas Kellaway eut empoché une couronne supplémentaire, bonus du client ravi : « On peut aller la voir, la mer ? » On l'apercevait du haut d'une colline au sud de Dorchester. Jem s'y était rendu plusieurs fois, en attendant de la voir un jour pour de vrai. Des champs dominant la Piddle Valley, il scrutait souvent l'horizon : qui sait si ces collines moutonnantes ne finiraient pas par s'écarter, laissant entrevoir la ligne bleue des eaux, porte ouverte sur le monde ?

« Non, fils, vaudrait mieux rentrer », répondit d'instinct Thomas Kellaway, qui le regretta aussitôt en voyant le visage de Jem se refermer comme une fenêtre dont on tire les rideaux. Il se souvint de cette brève période de sa vie où il avait voulu découvrir et innover, s'écarter des sentiers battus, jusqu'à ce que l'âge et les responsabilités le convainquent des charmes d'une vie bien tranquille à Piddle. Nul doute que Jem devrait, à son tour, en passer par là. En attendant, il le comprenait.

Il n'en dit pas davantage. Toutefois, dans les faubourgs, en traversant les prairies longeant la Frome, où l'on avait assemblé une construction en bois chapeautée d'une toile, Jem et son père regardèrent des hommes jongler avec des flambeaux pour attirer les passants. Extirpant du fond de sa poche la couronne gagnée en extra, Thomas Kellaway arrêta la charrette dans le champ. C'était le premier acte imprévisible qu'il avait jamais fait, et il sembla soudain dénouer quelque chose en lui, comme la glace sur l'étang se brise en début de printemps.

Voilà qui aida ce soir-là Thomas Kellaway à soutenir le regard amer de son épouse ; en écoutant le récit des numéros auxquels ils avaient assisté et de leur rencontre avec Philip Astley en personne, elle lui reprochait d'avoir osé s'amuser, la tombe de son fils à peine refermée. « Vois-tu, Anne, il m'a proposé du travail, dit-il. À Londres. Une nouvelle vie, loin de… » Il n'acheva pas. À quoi bon ?

Leurs pensées à tous deux allèrent vers ce tas de terre dans le cimetière de Piddletrenthide.

Lui qui n'avait pas songé à prendre cette offre au sérieux tomba des nues quand Anne Kellaway le regarda droit dans les yeux et dit en hochant la tête : « Très bien. Allons-y pour Londres ! »

III

Les Kellaway attendirent une demi-heure près de la charrette avant que Philip Astley apparaisse en personne. Philip Astley, patron du cirque, créateur de spectacles, objet des rumeurs les plus extravagantes, grand propriétaire, protecteur d'entreprises locales, attirait dans son sillage les plus doués comme les excentriques, personnage hautement pittoresque, hors norme. Il arborait une veste rouge, vestige de son passage dans la cavalerie. Parée de boutons dorés et d'un galon, elle n'était fermée qu'au col, révélant une bedaine mal contenue par un gilet blanc. Il portait un pantalon blanc, des cuissardes, et, seule concession à la vie civile, un haut-de-forme noir, qu'il ne cessait de soulever devant les dames de sa connaissance, ou qu'il eût souhaité considérer comme telles. Suivi de l'omniprésent John Fox, il dévala les marches du cirque, se hâta vers la carriole, souleva son chapeau pour saluer Anne Kellaway, serra la main de Thomas Kellaway et adressa un signe de tête à Jem et Maisie. « Bienvenue ! Soyez les bienvenus ! » s'écria-t-il avec une jovialité bourrue. « Quel plaisir de vous revoir, cher Monsieur ! Je suis sûr que vous appréciez les charmes de Londres après ce long voyage. Vous venez du Devon, n'est-ce pas ?

— Du Dorset, Monsieur, rectifia Thomas Kellaway. Nous venons des environs de Dorchester.

— Ah oui ! c'est vrai, de Dorchester, une bien belle ville ! Vous y fabriquez des tonneaux, si je ne m'abuse ?

— Des chaises », corrigea tout bas John Fox. S'il suivait toujours et partout son patron, c'était, somme toute, pour huiler les rouages en cas de besoin.

« Mais oui, bien sûr, des chaises ! Que puis-je pour vous, Monsieur, Madame ? » Il ponctua sa question d'un hochement de tête presque inquiet en direction d'Anne Kellaway, assise raide comme un piquet, les lèvres pincées, les yeux rivés sur Mr Smart, maintenant à hauteur du pont de Westminster. Tout en elle laissait entendre qu'elle était ici contre son gré et qu'elle n'avait que faire des Astley, le genre de message auquel Philip du même nom n'était pas habitué. Sa réputation faisait de lui, en effet, un homme très sollicité, par trop courtisé. « Dites-moi ce qu'il vous faut, je vous le donnerai ! » ajouta-t-il avec un grand moulinet du bras ; ce geste échappa à Anne Kellaway qui ne lâchait pas des yeux Mr Smart.

À peine la carriole s'était-elle éloignée de leur cottage qu'Anne Kellaway regrettait déjà leur décision de quitter le Dorset. Elle s'en repentit encore davantage la semaine suivante, alors qu'ils cheminaient, cahin-caha, dans la boue pour atteindre Londres. Assise devant le chapiteau, évitant le regard de Philip Astley, elle comprit que, contrairement à ses attentes, Londres ne l'aiderait pas à oublier son fils mort. Peut-être même était-il encore plus présent à sa mémoire, car se retrouver ici lui rappelait ce qu'elle fuyait. Toujours est-il qu'elle préférait blâmer son époux, voire Philip Astley, pour son malheur plutôt que d'en vouloir à Tommy de s'être conduit de manière aussi écervelée.

« Eh bien, Monsieur, commença Thomas Kellaway, vous m'avez invité à Londres et c'est de très bon cœur que j'ai accepté votre offre.

— Je l'ai invité ? » Philip Astley se tourna vers John Fox. « Dites-moi, Fox, je l'ai invité ? »

Fox acquiesça. « Oui, Monsieur, vous l'avez bien invité.

— Oh ! Vous ne vous souvenez pas, Mr Astley ? s'écria Maisie en se penchant vers le siège avant de la charrette. Papa nous a tout raconté par le menu. Jem et lui ont assisté à votre spectacle, et même pendant qu'un acrobate faisait un numéro au-dessus d'un cheval sur une chaise, que la chaise s'est cassée et Papa l'a aussitôt réparée. Et tous les deux vous avez parlé bois et meubles, vu que vous avez appris le métier d'ébéniste. N'est-ce pas, Monsieur ?

— Tais-toi, Maisie, interrompit Anne Kellaway, détournant un bref instant son regard du pont. Je suis sûre qu'il veut rien savoir de tout ça. »

Philip Astley regardait la jeune et svelte campagnarde, perchée sur son siège, parler avec animation. Il partit d'un petit rire. « Eh bien, ça y est, Miss, je commence à me rappeler cette rencontre. Mais de là à vous retrouver ici ?

— Vous avez dit à Papa que s'il en avait envie, il pouvait venir à Londres, et que vous l'aideriez à s'installer. C'est ce qu'on a fait, et nous voilà.

— Et vous voilà assurément, Maisie, tous autant que vous êtes. » Il se tourna vers Jem : une douzaine d'années, un bon âge pour le cirque, il pourrait faire leurs courses et rendre de petits services. « Dis-moi, comment t'appelles-tu, jeune homme ?

— Jem, Monsieur.

— Et quel est le style des chaises à côté desquelles tu es assis, mon ami ?

— Ce sont des Windsor, c'est Papa qui les a fabriquées.

— Elles sont belles, Jem, très belles. Vous pourriez m'en faire ?

— Bien sûr, Monsieur », répondit Thomas Kellaway.

Le regard de Philip Astley glissa vers Anne Kellaway. « J'en voudrais une douzaine. »

Si fastueuse que fût la commande, Anne Kellaway se raidit, mais ne le regarda toujours pas.

« Dites-moi, Fox, quels logements nous reste-t-il en ce moment ? » demanda-t-il. Philip Astley possédait nombre de maisons à Lambeth, non loin du chapiteau, de l'autre côté du pont de Westminster, cette frontière entre le Londres populaire et les beaux quartiers. « Juste quelques-uns, Hercules Buildings, chez Miss Pelham, mais elle choisit elle-même ses locataires.

— Eh bien, elle choisira les Kellaway — ils feront très bien l'affaire. Emmenez-les tout de suite là-bas, Fox, demandez à des employés du cirque de les aider à décharger la voiture. » Philip Astley souleva une fois de plus son chapeau à l'intention d'Anne Kellaway, serra de nouveau la main de Thomas Kellaway et ajouta : « Si vous avez besoin de quoi que ce soit, Fox est là. Soyez les bienvenus à Lambeth ! »

IV

Maggie Butterfield eut tôt fait de remarquer les nouveaux arrivants. Elle avait l'œil. Dès que des locataires emménageaient ou déménageaient, elle allait fouiner dans leurs affaires, posait des questions, prenait bonne note des renseignements ainsi glanés afin de les refiler à son père. Rien de plus normal, par conséquent, qu'elle fût intriguée par la charrette de Mr Smart stationnée devant le 12 Hercules Buildings et qu'elle éprouvât certaine curiosité à l'égard des nouveaux venus.

Hercules Buildings consistait en une enfilade de vingt-deux maisons de brique, terminée à chaque bout par un pub, le Pineapple et Hercules Tavern. Hautes de trois étages, chacune avait un petit jardin devant et un autre beaucoup plus grand derrière. La rue elle-même était un raccourci très utilisé par les habitants de Lambeth qui voulaient emprunter le pont de Westminster, mais n'osaient se hasarder dans les passages sinistres proches du fleuve, entre Lambeth Palace et le pont.

Le 12 Hercules Buildings se prévalait d'une grille noire en fer forgé dont les pointes vous arrivaient à l'épaule. Devant la maison, au milieu du gravier bien ratissé, une bordure de buis entourait un arbuste taillé en boule. Des rideaux orange à moitié tirés encadraient la fenêtre donnant sur la rue. Alors que Maggie s'approchait, un homme, une femme, un garçon de son âge et une fille un peu plus âgée portaient chacun une chaise dans la maison, suivis d'un petit bout de femme tout excitée.

« Je n'ai jamais vu ça, jamais, jamais ! hurlait-elle. Mr Astley sait très bien que j'ai toujours choisi moi-même mes locataires. Il n'a pas le droit de m'imposer qui que ce soit. Vous m'entendez, Mr Fox ? Aucun droit ! » Elle barrait le chemin à John Fox qui sortait de la maison, les manches retroussées, escorté par plusieurs garçons de cirque.

« Excusez-moi, Miss Pelham, dit-il en s'effaçant pour la laisser passer. Je fais qu'exécuter des ordres. Je pense que mon patron ne tardera pas à venir s'expliquer lui-même.

— C'est *ma* maison ! hurla Miss Pelham. La gérante, c'est moi. Lui il n'est que le propriétaire, ce qui se passe à l'intérieur ne le regarde pas. »

John Fox prit dans la voiture une caisse contenant des scies, l'air de regretter d'avoir ouvert la bouche. La voix de Miss Pelham semblait troubler même le cheval laissé sans surveillance, son maître aidant les Kellaway à monter leurs affaires à l'étage. Jusque-là docile, plongé dans une soumission hébétée, les sabots blessés après une semaine de route jusqu'à Londres, il se mit à marteler le sol, au rythme des glapissements de Miss Pelham.

« Tiens, ma fille, lança John Fox à Maggie, trois pence pour toi si tu gardes ce cheval. » Il franchit le portail en coup de vent et pénétra dans la maison, suivi de la logeuse qui continuait à protester.

Maggie s'approcha du cheval, saisit les rênes, ravie d'être tout à la fois payée et aux premières loges. Elle lui caressa les naseaux. « Allons, mon vieux, un brave cheval de la campagne comme toi ! murmura-t-elle. D'où c'est que tu viens ? Du Yorkshire ? Du Lincolnshire ? » C'était là les deux seules provinces d'Angleterre dont elle savait quelque chose — bien peu de chose en vérité, sinon que ses parents en étaient originaires, même s'ils vivaient à

Londres depuis une vingtaine d'années. Maggie ne s'était jamais aventurée hors de Londres. À vrai dire, elle ne traversait la Tamise qu'en de rares occasions et n'avait jamais passé une nuit loin de chez elle.

« Du Dorset », dit une voix.

Maggie se retourna, amusée d'entendre les voyelles chantantes, grasseyantes de la fille qui, tout juste sortie de la maison où elle avait déposé une chaise, se tenait maintenant près de la carriole. Elle était plutôt jolie avec son visage rose et ses grands yeux bleus, malgré la coiffe en dentelle ridicule qu'elle avait dû juger appropriée pour la ville. Maggie eut un petit sourire narquois. Un regard suffisait à lui révéler l'histoire de cette famille provinciale qui venait à Londres pour la raison habituelle : on y gagnait mieux sa vie qu'au pays. Et pourtant, parfois les gens de la campagne s'en tiraient mieux. Parfois seulement... « Alors, où c'est chez toi ? demanda-t-elle.

— À Piddletrenthide, répondit la fille en traînant sur la dernière syllabe.

— Crénom, tu peux répéter ?

— Piddletrenthide. »

Maggie eut un petit gloussement dédaigneux. « Piddle machin chouette, quel nom ! J'en ai jamais entendu parler.

— Piddletrenthide, ça veut dire trente maisons au bord de la Piddle. C'est dans la Piddle Valley, près de Dorchester. Un bel endroit. » Un sourire erra sur les lèvres de la fille, comme si le Dorset était de l'autre côté de la rue.

« Et comment tu t'appelles, Miss Piddle ?

— Maisie. Maisie Kellaway. »

La porte de la maison s'ouvrit, la mère de Maisie parut. Grande et anguleuse, Anne Kellaway domptait sa tignasse brune en un chignon posé bas sur la nuque. Elle regarda Maggie de l'œil méfiant du commerçant qui soupçonnerait un client de lui avoir volé un article. Un de ces regards que Maggie connaissait bien...

« Ne parle pas à des inconnus, Maisie », grommela Anne Kellaway.

Maggie agita les rênes du cheval. « Écoutez, Madame, Maisie peut pas être plus en sécurité qu'avec moi. Sûrement plus qu'avec d'autres. » Anne Kellaway jaugea Maggie et hocha la tête. « Tu vois, Maisie, même les gens d'ici disent qu'on peut y faire de mauvaises rencontres.

— C'est vrai, Londres a pas bonne réputation, ne put s'empêcher d'ajouter Maggie.

— Comment ça ? Que voulez-vous dire ? » demanda Anne Kellaway. Maggie haussa les épaules, prise de court. Il y avait bien une chose qui ne manquerait pas d'offusquer Anne Kellaway, mais jamais, au grand jamais, elle ne la mentionnerait. « Vous connaissez le chemin en face de Lambeth Green, celui qui mène à travers champs du fleuve au Royal Row ? » Maisie et Anne Kellaway la regardèrent, perplexes. « C'est à deux pas. Juste par là-bas », continua-t-elle en montrant du doigt l'autre côté de la rue, où les champs s'étiraient presque sans interruption jusqu'au fleuve. On distinguait au loin les tours de brique rouge de Lambeth Palace.

« C'est qu'on vient juste d'arriver, expliqua Anne Kellaway. On n'a pas vu grand-chose. »

Maggie soupira, son histoire allait produire beaucoup moins d'effet. « C'est un raccourci très pratique. À une époque, on l'appelait Lovers Lane, l'allée des Amoureux. » Elle s'arrêta car Anne Kellaway secouait vigoureusement la tête, en jetant des coups d'œil furtifs à sa fille.

« Eh bien, c'est comme ça qu'on l'appelait autrefois, reprit Maggie, mais vous voulez savoir comment on l'appelle maintenant ? » Elle s'arrêta. « Cut-Throat Lane ! L'allée Coupe-Gorge ! »

Mère et fille frémirent, Maggie fit une grimace.

« Oh ! Pas de quoi en faire un plat ! » Une voix se fit entendre. « Au pays on a bien une Dead Cat Lane ! Oui, une allée du Chat-Mort ! » Le garçon qui venait d'apporter une des chaises se tenait sur le pas de la porte.

Maggie roula les yeux. « Un chat mort, tu dis ? Je suppose que c'est toi qui l'as trouvé ? »

Il acquiesça.

« Eh bien, figurez-vous que le mort, c'est moi qui l'ai trouvé ! » annonça triomphalement Maggie. Tout en parlant, elle sentit son estomac se nouer. Elle s'en voulait d'avoir trop parlé, d'autant plus qu'elle se rendait compte que le garçon l'observait comme s'il lisait ses pensées. Mais non, c'était impossible !

Elle n'eut pas à en dire davantage car, à cet instant, Anne Kellaway, serrant la grille, s'écria : « J'vous disais bien qu'on aurait jamais dû venir à Londres !

— Allons, Maman, murmura Maisie, comme on apaise un enfant. Continuons de rentrer nos affaires. Qu'est-ce qu'on en fait de ces marmites ? »

Jem laissa Maisie calmer sa mère ; combien de fois, pendant le voyage, avait-il entendu sa mère exprimer ses craintes au sujet de Londres. Jamais il ne l'avait vue aussi nerveuse, chez eux, dans le Dorset. Voir la transformation de cette solide campagnarde en voyageuse angoissée n'avait pas manqué de l'étonner. L'état de sa mère finissait par déteindre sur lui, aussi préféra-t-il se tourner vers la fille qui tenait le cheval. Elle semblait pleine d'entrain avec ses cheveux noirs en bataille, ses yeux bruns ourlés de longs cils et ce sourire en cœur qui faisait paraître son menton aussi pointu que celui d'un chat. Ce qui intéressa surtout Jem fut ce bref frisson de terreur et ce regret qui s'était inscrit sur son visage à la mention du mort. Jem la prit en pitié, malgré son impertinence. Après tout, il devait être pire de découvrir le cadavre d'un homme que celui d'un chat, fût-ce votre chat bien-aimé. Ce n'était pas lui qui avait découvert son frère Tommy dans le jardin. Ce spectacle morbide avait été réservé à sa mère qui, horrifiée, s'était précipitée dans l'atelier. Peut-être cela expliquait-il l'angoisse qui, depuis, ne la quittait pas. « Et qu'est-ce qui vous amène à Hercules Buildings ? demanda Maggie.

— C'est Mr Astley qui nous envoie, répondit Jem.

— Il nous a invités à Londres, intervint Maisie. Papa a réparé une chaise pour lui et, du coup, il est venu en fabriquer d'autres à Londres.

— Je veux pas entendre parler de cet homme ! » lança Anne Kellaway avec hargne.

Maggie la regarda, l'air surpris. Rares étaient ceux qui disaient du mal de Philip Astley. Cet encombrant personnage ne passait pas inaperçu, il avait des opinions très arrêtées, certes, mais c'était aussi un homme généreux et affable. S'il avait maille à partir avec vous, il l'oubliait bien vite. Maggie avait reçu de lui Dieu sait combien de pence en rétribution de menus services tels que surveiller un cheval quelques instants ; sans compter les places de cirque gratuites. « Qu'est-ce que vous aimez pas chez Mr Astley, dites ? » demanda-t-elle, prête à le défendre.

Anne Kellaway hocha la tête, saisit les casseroles dans la charrette et se dirigea vers la maison, comme si le seul nom de cet homme la poussait à y rentrer. « Croyez-moi, à Lambeth vous en rencontrerez pas beaucoup des hommes aussi bons que lui ! lui cria Maggie. Si vous pouvez pas l'encaisser, vous trouverez personne pour boire un verre avec vous ! » Mais Anne Kellaway avait déjà disparu au premier étage.

« C'est ça toutes vos affaires ? demanda Maggie avec un signe de tête en direction de la voiture.

— Presque toutes, répondit Maisie. On en a laissé avec Sam — c'est notre frère aîné. Il est resté là-bas. Et puis, on avait aussi un autre frère, mais il est mort y a pas longtemps. J'ai eu que des frères, tu vois, même si j'ai toujours voulu une sœur. Et toi, tu en as des sœurs ?

— Non, j'ai juste un frère.

— Le nôtre on pense qu'il va se marier bientôt, pas vrai, Jem ? Avec Lizzie Miller. Ça fait des années qu'il est avec elle.

— Allons, Maisie, interrompit Jem qui n'appréciait guère de voir étalées les histoires de famille en public. Faut rentrer tout ça. » Il ramassa un arceau en bois. « À quoi ça sert, dis ? demanda Maggie.

— C'est pour les chaises, on courbe le bois autour pour fabriquer le dossier.

— Tu aides votre père à faire des chaises ?

— Oui, répondit Jem avec fierté.

— Un ramasse-fesses, voilà ce que t'es ! »

Jem fronça les sourcils. « Qu'est-ce que tu veux dire ?

— On appelle les valets de pied des ramasse-pets, pas vrai ? Mais toi, c'est les culs que tu ramasses avec tes sièges ! » Maggie s'esclaffa, Jem devint écarlate et, pour comble, Maisie y alla de son petit rire argentin. Elle encouragea même Maggie à s'attarder en se retournant au moment où Jem et elle arrivaient à la porte avec des arceaux autour des bras. « Tu t'appelles comment ? lui cria-t-elle.

— Maggie Butterfield.

— Toi aussi tu t'appelles Margaret ! C'est-il pas drôle, ça, Jem ? La première fille que je rencontre à Londres et faut qu'on ait le même nom ! »

Jem se demanda comment deux filles aussi différentes pouvaient avoir le même prénom. Bien que, contrairement à Maisie, elle ne portât pas encore de corset, Maggie avait des formes plus pleines, rembourrées par une couche de chair pulpeuse comme une prune. Maisie, elle, était svelte, elle avait les attaches fines. Cette fille de Lambeth l'intriguait, mais il se méfiait d'elle. Elle pourrait bien nous piquer quelque chose, se disait-il. Faut que je la tienne à l'œil. Il s'en voulut aussitôt d'avoir pensé à mal, mais cela ne l'empêcha pas, quelques minutes plus tard, de s'assurer, par la fenêtre de leurs nouvelles chambres, que Maggie ne farfouillait pas dans leur charrette.

Ses soupçons n'étaient pas fondés : elle surveillait le cheval de Mr Smart, lui tapotait l'encolure quand passait une voiture. Apercevant Miss Pelham, qui venait de ressortir et se livrait haut et fort à des commentaires sur ses nouveaux locataires, elle se mit à se moquer d'elle. Maggie semblait incapable de rester tranquille, elle sautillait d'un pied sur l'autre, curieuse de tout passant, la vieille brocanteuse braillant sa ritournelle : « Votre ferraille, vos bouteilles cassées apportez-les-moi ! », la fillette avec sa corbeille de primevères, l'homme frottant l'une contre l'autre les lames de deux couteaux tout en criant pour se faire entendre : « Rémouleur ! Rémouleur ! Faites aiguiser vos couteaux ! Ils trancheront tout ce que vous voudrez quand je vous les aurai aiguisés ! » Il approcha ses couteaux du visage de Maggie et se mit à rire quand elle recula d'un bond. Elle regarda l'homme s'éloigner et se mit à trembler si fort que le cheval du Dorsetshire pencha la tête vers elle avec un hennissement.

« Jem, ouvre cette fenêtre tout grand, ordonna sa mère. L'odeur des anciens locataires ne me plaît pas. »

Jem remonta la fenêtre à guillotine, Maggie leva les yeux et l'aperçut. Ils se dévisagèrent comme si chacun défiait l'autre de détourner le premier son regard. À contrecœur Jem finit par s'écarter de la fenêtre.

Une fois leurs affaires en lieu sûr, les Kellaway descendirent prendre congé de Mr Smart, qui avait hâte de retrouver son Dorset et ne resterait pas pour la nuit. Il en avait bien assez vu de Londres, de quoi alimenter des semaines de potins au pub, et n'avait aucune envie d'y traîner à la tombée de la nuit, persuadé que le diable en personne hantait la ville, même s'il n'en dit mot aux Kellaway. Chacun, trouvant difficile de couper cet ultime lien à la Piddle Valley, retarda Mr Smart par diverses questions et conseils. Jem s'accrochait au côté de la charrette ; son père, lui, débattait des auberges où faire halte. Anne Kellaway envoya Maisie acheter des pommes pour le cheval.

Mr Smart partit enfin. « Bonne chance et Dieu vous garde ! » leur cria-t-il en s'éloignant du 12 Hercules Buildings, marmonnant dans sa barbe : « Et qu'Il ne vous oublie pas ! » Maisie agita son mouchoir, mais il ne se retourna pas. Au bout de la route, quand la charrette s'engagea vers la droite et se glissa parmi les autres voitures, Jem sentit son estomac se nouer. Il donna un coup de pied dans le crottin laissé par le cheval et, bien qu'il sentît sur lui le regard de Maggie, il ne leva pas la tête.

Quelques instants plus tard, il perçut un subtil changement dans les bruits de la rue, comme une pause au milieu du vacarme des chevaux, des charrettes et du refrain tonitruant des marchands de poisson, de balais ou d'allumettes, des cireurs de bottes ou des rétameurs. L'attention se reporta du côté de Hercules Buildings. À son tour, Miss Pelham se tut, et Maggie cessa de dévisager Jem. Il suivit le regard de Maggie rivé sur l'homme qui passait. Râblé, le visage lunaire, le sourcil broussailleux, de gros yeux à fleur de tête, il avait le teint pâle de ceux qui mettent rarement le nez dehors. Simple dans sa mise — chemise blanche, bas et culottes noirs, redingote noire légèrement démodée — on le remarquait surtout à son *bonnet rouge*[1], un bonnet comme Jem n'en avait encore jamais vu — pointe tombante, bord relevé et cocarde bleu blanc rouge sur le côté. La sueur lui perlait sur le front car, pour un mois de mars, il faisait chaud. La tête haute, un peu guindé, il donnait l'impression que ce bonnet de laine était neuf ou précieux, la cible de tous les regards. Ce qui était le cas, se dit Jem.

L'homme franchit la grille voisine, gravit l'allée, disparut dans la maison, refermant la porte sans regarder autour de lui. La rue sembla s'ébrouer, tel un chien surpris

1. En français dans le texte. (*Note de l'éditeur.*)

en pleine sieste, et l'activité reprit avec une vigueur renouvelée.

« Vous voyez… c'est pourquoi je veux parler sur-le-champ à Mr Astley, déclara Miss Pelham à John Fox. Comme si ça ne suffisait pas d'avoir pour voisin un révolutionnaire, et maintenant on me force à accepter des inconnus du Dorset, non, cette fois, c'en est trop ! »

Maggie intervint. « Le Dorset c'est pas comme qui dirait Paris, Madame. Je suis bien sûre que les gens là-bas ils savent pas ce que c'est qu'un *bonnet rouge*, pas vrai, Jem et Maisie ? »

Ils secouèrent la tête. Si reconnaissant fût-il à Maggie d'avoir pris leur défense, Jem regrettait qu'elle ne perdît pas une occasion de lui rappeler son ignorance.

« Toi ici ! Espèce de petite gredine, va ! s'écria Miss Pelham, reconnaissant Maggie. Que je te revoie pas par ici ! Tu vaux pas mieux que ton père. Laisse mes locataires tranquilles ! »

Le père de Maggie avait jadis vendu à Miss Pelham de la dentelle de Bruges à ce qu'il disait, mais elle s'était tout de suite effilochée, et il était apparu qu'elle était l'œuvre d'une vieille voisine de Kennington. Miss Pelham ne l'avait pas fait arrêter — elle eût été trop honteuse que ses voisins apprennent qu'elle avait été dupée par Dick Butterfield — mais elle ne manquait jamais une occasion de le dénigrer.

Maggie partit d'un éclat de rire, elle avait l'habitude d'entendre les gens dire pis que pendre de son père. « J'dirai à mon père que vous lui envoyez le bonjour, lança-t-elle en minaudant avant de se tourner vers Jem et Maisie. À un de ces jours !

— À bientôt ! » répondit Jem en la regardant s'éloigner en courant, puis disparaître dans une allée entre deux maisons. À peine Maggie était-elle partie qu'il la regrettait.

« S'il vous plaît, Monsieur, dit Maisie à John Fox, prêt à regagner le cirque avec ses assistants. C'est quoi un *bonnet rouge* ? »

John Fox réfléchit : « C'est une espèce de coiffure rouge, comme celle de votre voisin, Mademoiselle. C'est ce qu'ils portent les révolutionnaires là-bas, en France.

— Oh ! On en a entendu parler, pas vrai, Jem ? C'est là qu'ils ont fait sortir de la Bastille tous ces gens, n'est-ce pas ?

— C'est bien ça, Mademoiselle. Ça a pas grand-chose à voir avec nous ici, mais y en a qu'aiment montrer ce qu'ils en pensent.

— Qui donc ça peut être notre voisin ? Un Français ?

— Non, Mademoiselle. C'est William Blake, né à Londres, élevé à Londres.

— Ne vous occupez pas de lui, les enfants, interrompit Miss Pelham. C'est pas des fréquentations pour vous.

— Pourquoi ? s'enquit Maisie.

— Il imprime des pamphlets avec toutes sortes d'absurdités extrémistes, voilà pourquoi… C'est un agitateur, cet homme-là. Je vous préviens, je veux pas de *bonnets rouges* chez moi ! Compris ? »

V

Maggie attendit une semaine puis, estimant que les Kellaway avaient eu le temps de s'installer, elle leur rendit visite. Elle était passée à plusieurs reprises devant chez eux, levant les yeux vers la fenêtre que la famille avait vite appris à fermer pour se protéger de la poussière du dehors. Deux fois, elle avait aperçu Anne Kellaway qui, les mains sur sa poitrine, regardait la rue. À la vue de Maggie, elle s'était retirée, l'air mécontent.

Ce jour-là, personne n'était à la fenêtre. Maggie allait lancer un gravier dans la vitre pour attirer leur attention quand la porte s'ouvrit et Maisie sortit, armée d'une pelle et d'une balayette. Elle poussa la grille, regarda autour d'elle et en vida prestement le contenu dans la rue. En voyant Maggie, elle se figea, puis se mit à rire. « Tiens, Maggie ! On a le droit de jeter ça, non ? J'en vois d'autres qui font bien pire.

— Tu peux te débarrasser de toutes les saletés que tu voudras dans le caniveau. Mais des copeaux, quelle idée ! grogna Maggie. N'importe qui d'autre s'en servirait pour allumer son feu !

— Oh ! On en a tout plein pour ça — trop, même. Je jette presque tout ce qui reste par terre. D'ailleurs, une partie est trop vert et ça brûle mal.

— Vous vendez pas ceux qui vous restent ?

— Je pense pas, répondit Maisie, intriguée.

— Vous devriez. Des tas de gens pourraient s'en servir. Tu pourrais te faire un penny par-ci par-là. Écoute, je pourrais les vendre pour toi et te donner six pence sur chaque shilling que ça rapporterait. »

Cette fois, Maisie n'arrivait pas à suivre. « Tu sais pas comment t'y prendre ? demanda Maggie. Regarde, c'est comme ça qu'il faut faire ! » Elle pointa le doigt vers un marchand de pommes de terre qui s'égosillait : « Regardez-les, mes belles patates ! Qui veut des patates ? » Son voisin rivalisait de boniments : « Une fine mouche a toujours besoin d'une louche ! »

« Tu vois ? Tout le monde a quelque chose à vendre. »

Maisie secoua la tête, faisant voleter la dentelle de son bonnet. « On n'y pensait pas, là-bas chez nous.

— Eh bien, dommage ! Alors, vous êtes à peu près installés, là-haut ?

— Plus ou moins. Faut du temps pour s'habituer. Mr Astley a emmené Papa et Jem dans un entrepôt de bois, près du fleuve. Ils vont commencer à fabriquer les chaises que Mr Astley leur a commandées.

— Je peux monter voir ?

— Bien sûr ! »

Maisie la précéda à l'étage. Maggie demeura silencieuse, elle craignait que Miss Pelham ne se trouvât dans les parages. En haut de l'escalier, Maisie ouvrit l'une des deux portes du palier et annonça : « Nous avons de la visite. » Lorsqu'elles pénétrèrent dans la pièce de derrière qui servait d'atelier, Thomas Kellaway tournait un pied de chaise. Debout à ses côtés, Jem le regardait travailler. Thomas portait une chemise blanche, une culotte couleur moutarde et, par-dessus, un tablier au cuir tout éraflé. Au lieu de froncer les sourcils, comme souvent lorsqu'on se concentre, il souriait, un petit sourire presque niais qui s'élargit quand il leva enfin la tête. Maggie se demanda à qui il le dédiait. Ses yeux bleu clair étaient tournés vers elle, mais son regard était ailleurs, retenu par quelque objet dans le couloir. Les pattes-d'oie au coin de ses paupières lui donnaient l'air mélancolique, même quand il souriait.

Jem, lui, regarda Maggie sans se gêner. Il paraissait content mais aussi un peu méfiant.

Thomas Kellaway roulait le pied de chaise entre ses mains.

« Qu'est-ce que tu as dit, Maisie ?

— Tu te souviens de Maggie, Papa ? C'est elle qui a tenu le cheval de Mr Smart pendant qu'on déchargeait nos affaires. Elle habite… euh, où c'est que tu habites, Maggie ? »

Embarrassée par les regards braqués sur elle, Maggie remuait du bout des pieds les copeaux qui recouvraient le sol. « De l'autre côté du champ, marmonna-t-elle avec un geste vague vers la fenêtre de derrière… Bastille Row.

— Bastille Row ? Quel drôle de nom !

— En fait, ça s'appelle York Place, rectifia Maggie, mais on l'appelle Bastille Row parce que, l'année dernière, Mr Astley y a fait construire des maisons avec l'argent que lui avait rapporté son spectacle sur la prise de la Bastille. »

Elle regarda autour d'elle, ébahie par le désordre que les Kellaway avaient réussi à mettre en si peu de jours. La pièce était devenue un véritable chantier, avec ses billes de bois, ses planches, ses éclats et ses copeaux, sans oublier les scies, les ciseaux, les herminettes, les vrilles et autres outils que Maggie ne connaissait pas. Des bassines en étain remplies de divers liquides étaient entreposées dans un coin. Cela sentait la résine et le vernis. Par-ci par-là, on constatait un petit effort de rangement : des planches d'orme alignées contre le mur, une douzaine de pieds de chaise entassés, telles des bûches, sur une étagère, des cerceaux en bois accrochés par taille décroissante.

« Ma parole, il vous a pas fallu longtemps pour prendre vos aises ! Miss Pelham est au courant de ce que vous fabriquez ici ? demanda-t-elle.

— Chez nous, à Piddletrenthide, l'atelier de notre père, il était dans le jardin, répondit Jem, comme pour justifier le fouillis.

— On dirait qu'il s'y croit encore dans son jardin ! plaisanta Maggie.

— Les autres pièces sont bien rangées, répliqua Anne Kellaway, apparue sur le seuil de la porte, derrière eux. Maisie, viens donc m'aider, s'il te plaît. » Il était clair qu'elle se méfiait de Maggie et voulait surveiller sa fille.

« Regarde le siège que Papa a fabriqué spécialement pour Mr Astley, dit Maisie en essayant de retarder le moment où il lui faudrait quitter sa nouvelle amie. Il est juste à sa taille. Tu vois ? » Elle montra à Maggie un siège gigantesque en forme de selle, calé contre d'autres planches. « Faut qu'il sèche encore un peu, avant que Papa puisse ajouter les pieds et le dossier. »

Maggie admira le siège, puis se tourna pour regarder par la fenêtre qui donnait sur les jardins de Miss Pelham et de ses voisins à l'arrière des maisons. Larges de cinq à six mètres seulement, ils compensaient leur étroitesse par leur longueur. Celui de Miss Pelham s'étendait sur une trentaine de mètres. La logeuse en avait tiré le meilleur parti possible en le divisant en trois carrés dotés chacun d'un ornement central : un lilas blanc pour le premier, le plus proche de la maison, une vasque en pierre destinée aux oiseaux pour celui du milieu et un cytise pour le dernier. Des haies miniatures, des allées de gravier et des parterres de roses surélevés composaient un motif régulier, certes peu naturel, mais très ordonné.

Miss Pelham avait bien expliqué aux Kellaway qu'ils ne devaient passer dans son jardin que pour se rendre aux cabinets. Tous les matins, sauf s'il pleuvait, elle se préparait une tasse de bouillon, dont la fade odeur de viande montait jusque chez les Kellaway, et allait le boire assise sur l'un des deux bancs de pierre au centre du jardin. Avant de rentrer, elle vidait le fond de sa tasse sur la vigne qui grimpait au mur, près du banc. Elle s'imaginait que le breuvage en activerait la pousse et la rendrait plus robuste que celle de Mr Blake, son voisin. « Il ne taille jamais la sienne, et il a tort : ses raisins seront tout petits et aigres », avait-elle confié à la mère de Jem dans l'un de ses rares efforts d'amabilité avec ses nouveaux locataires. Elle ne tarda cependant pas à découvrir qu'Anne Kellaway était insensible aux confidences.

En dehors des moments où Miss Pelham savourait son consommé et des visites bi-hebdomadaires d'un jardinier qui taillait les plantes et ratissait les allées, le jardin était désert. Jem s'y rendait le plus souvent possible, même si, à ses yeux, il ne présentait guère d'intérêt. Géométrique, peu accueillant avec ses bancs inconfortables, dépourvu d'une pelouse où l'on aurait pu s'allonger, il était trop exigu pour créer un potager ou planter des arbres fruitiers. De tout ce qu'il attendait du plein air — sol fertile, nature pleine de vie, si changeante et donnant pourtant une impression de permanence — la seule chose qu'il retrouvait était la riche palette de verts dont il aurait du mal à se passer. Repaître ses yeux de sa couleur préférée, voilà ce qui l'attirait dans le jardin de Miss Pelham. Il y restait aussi longtemps qu'il le pouvait, jusqu'à ce que la demoiselle apparaisse à son poste d'observation et le chasse d'un geste.

Il rejoignit Maggie à la fenêtre. « C'est bizarre de voir tout ça d'en haut, dit-elle. D'habitude, je le vois de là-bas. » Elle montra le mur en brique au fond du jardin.

« Tu l'escalades ?

— Non. J'ai jamais mis les pieds dans son jardin. Je me contente de jeter un coup d'œil par-dessus le mur pour voir ce qu'elle fabrique. Rien de bien intéressant, en fait. Alors que dans d'autres jardins…

— Qu'est-ce que c'est que cette maison au milieu du champ, de l'autre côté du mur ? » Jem pointa le doigt en direction d'un bâtiment en brique, de deux étages, surmonté de trois tours tronquées, derrière les jardins. Sur un côté, une enfilade d'écuries donnait sur une cour poussiéreuse. « C'est Hercules Hall, tu savais pas ? C'est là qu'habitent Mr Astley, sa femme et plusieurs de leurs nièces chargées de s'occuper d'eux. Mrs Astley c'est une invalide, maintenant. Avant, elle montait à cheval avec son mari. On ne la voit jamais. Mr Astley garde là-bas les plus beaux chevaux du cirque, son cheval blanc et l'alezan de son fils, John Astley. Tu as dû les voir dans le Dorset, non ?

— Je crois que oui. L'écuyer faisait son numéro sur une jument alezane.

— Eh bien, il vit à deux portes de chez toi, de l'autre côté des Blake. Tu vois ce jardin, qui a juste une pelouse et rien d'autre ? Eh bien, c'est le sien. »

De Hercules Hall leur parvenaient les échos d'une chanson populaire jouée sur un orgue de Barbarie. Jem repéra un homme adossé au mur de l'écurie, qui tournait une manivelle. Maggie se mit à fredonner :

Une nuit que je rentrais à la maison,
Une jolie fille sur mon chemin je rencontrai
Elle avait le teint rose et fossette au menton
Et un trou pour loger le pauvre Robin !

Après une fausse note, l'homme s'arrêta. Maggie éclata de rire. « Ce gars ne trouvera jamais de travail. Mr Astley est très exigeant.

— Que veux-tu dire ?

— Qu'y a des tas de gens qui viennent jouer pour lui dans l'espoir de se faire embaucher, c'est rare qu'il les prenne mais il leur donne une pièce de six pence pour avoir tenté leur chance. »

Le musicien reprit sa chanson. Maggie la chantonna en promenant ses yeux sur les jardins du voisinage. « On a une bien meilleure vue d'ici que de derrière », déclara-t-elle.

Plus tard, Jem ne put se rappeler si c'était le son ou le mouvement qui avait attiré son attention : ce « Oh ! » qui, bien qu'étouffé, était parvenu jusqu'à la fenêtre des Kellaway, ou cette épaule nue passant tel un éclair dans le jardin des Blake.

Contre la maison des Blake, un potager planté en partie seulement avait été aménagé avec soin. Une fourche était piquée dans la terre fertile, à l'extrémité de l'une des rangées. Tout au long de la semaine précédente, Anne Kellaway avait suivi les progrès des diverses plantations. Elle avait regardé avec envie sa voisine, cette femme robuste, coiffée d'un bonnet, bêcher, semer comme elle-même l'eût fait dans le Dorset ou ici, si elle avait eu la moindre parcelle de terre à sa disposition. Lorsqu'ils avaient décidé de partir pour Londres, elle n'avait pas imaginé qu'elle en serait privée. Demander à Miss Pelham était cause perdue, car son jardin était essentiellement pour le plaisir des yeux. Sans un coin de terre à retourner et sarcler au printemps, elle avait l'impression de n'être plus bonne à rien.

Le fond du jardin des Blake était envahi par les ronces et les orties. À la limite de la partie cultivée et de la partie sauvage, un petit cabanon en bois permettait de s'asseoir quand il faisait doux. C'est par ses portes ouvertes que Jem entrevit une épaule nue, puis des dos, des jambes et des derrières tout aussi nus. Horrifié, il résista à la tentation de s'éloigner de la fenêtre, de peur d'alerter Maggie. Il regarda ailleurs et s'efforça de détourner l'attention de la jeune fille. « Alors, où elle est ta maison ?

— Bastille Row. De l'autre côté de ce champ. On a du mal à la voir d'ici à cause de l'arbre qui pousse dans le jardin de Miss Pelham. C'est quoi ?

— Un cytise. Il est plus facile à reconnaître en mai, quand il est en fleur. »

La tentative de Jem pour distraire Maggie échoua : un deuxième « Oh ! » confirma que le son provenait de l'endroit où il avait vu bouger quelque chose. Cette fois, Maggie l'avait entendu, elle en repéra aussitôt la provenance. Malgré ses efforts, Jem ne put empêcher Maggie de regarder en direction du cabanon. « Seigneur ! Quel spectacle ! » s'exclama-t-elle en ricanant.

Jem recula, le visage en feu. « Faut que j'aille aider mon père », bredouilla-t-il. Il s'éloigna de la fenêtre et rejoignit Thomas Kellaway qui, tout à son travail, n'avait pas entendu leur conversation.

Maggie s'amusa de l'embarras du garçon. Elle resta quelques instants à la fenêtre, puis s'éloigna. « Le spectacle est terminé ! » lança-t-elle. Elle alla regarder le père de Jem travailler au tour un lourd cadre de bois dans lequel un pied de chaise était coincé à hauteur de poitrine. Une lanière de cuir, enroulée autour de la pièce, était attachée à une pédale et à une perche incurvée au-dessus de sa tête. Quand Thomas Kellaway actionnait la pédale, la corde faisait tourner le pied de chaise, lui permettant de le façonner.

« Tu sais faire ça ? demanda Maggie à Jem, s'efforçant à présent de le mettre à l'aise, bien qu'elle mourût d'envie de continuer à le taquiner.

— Pas aussi bien que mon père, répondit le garçon, le visage encore tout rouge. Je m'exerce. Quand ils sont pas trop mal, il s'en sert.

— Tu te débrouilles très bien, mon fils, murmura Thomas Kellaway sans lever les yeux.

— Et ton père à toi, qu'est-ce qu'il fait ? » s'enquit Jem. Là-bas, au pays, la plupart des hommes fabriquaient quelque chose : du pain, de la bière, de l'orge, des souliers, des chandelles ou de la farine.

Maggie eut un petit rire. « Oh ! Il tâche de se faire de l'argent, quand il peut. Il bricole ici et là. Faut que j'aille le rejoindre. Cette odeur me donne mal à la tête. Qu'est-ce qui sent comme ça ?

— Le vernis et la peinture pour les chaises. On finit par s'y habituer.

— Compte pas sur moi pour ça ! Bouge pas, je trouverai la sortie toute seule. Au revoir. À bientôt !

— Au revoir.

— Tu reviendras ! » cria Maisie depuis l'autre pièce en entendant Maggie descendre bruyamment l'escalier.

« Je me demande ce que Miss Pelham va penser de tout ce tapage ! s'exclama Anne Kellaway d'un ton désapprobateur. Jem, va voir qu'elle fasse pas trop de bruit en repartant ! »

VI

Au retour d'une agréable journée passée chez des amis à Chelsea, Miss Pelham n'apprécia guère de voir à sa porte les copeaux dont Maisie s'était débarrassée. Au début, la jeune fille les jetait dans la haie circulaire du jardin — si méticuleusement taillée —, ce à quoi Miss Pelham avait aussitôt mis le holà. Bien sûr, mieux valait des copeaux dans la rue que sur le perron, l'idéal étant de ne pas en trouver du tout, ce qui eût été le cas sans la présence des Kellaway. Au cours de la semaine précédente, Miss Pelham s'en était maintes fois voulu de sa dureté à l'égard des locataires précédents. Avec eux les nuits étaient bruyantes, et leur bébé ne cessait de pleurer, surtout à la fin, mais au moins ils ne semaient pas de copeaux partout ! Miss Pelham savait aussi que l'étage était devenu un vrai chantier : les Kellaway ne cessaient d'aller et venir en transportant du bois. De plus, les odeurs et les coups sourds qui lui parvenaient de là-haut ne lui disaient rien de bon.

Et qui donc était cette vaurienne aux cheveux noirs qui venait de sortir en courant de la maison, des copeaux collés à ses semelles ? Tout d'une filoute, se dit Miss Pelham en serrant son sac contre sa poitrine. Puis elle reconnut Maggie. « Dis-moi, ma fille, qu'es-tu venue faire dans ma maison ? Qu'est-ce que tu as volé ? »

Avant que Maggie puisse répondre, deux personnes avaient fait leur apparition : Jem, derrière elle, et Mr Blake, au pas de sa porte, au 13 Hercules Buildings. Miss Pelham eut un mouvement de recul. Mr Blake avait beau s'être toujours montré fort courtois à son égard — en témoignait le signe de tête qu'il lui adressa —, elle avait néanmoins peur de lui. Ses yeux gris luisants lui rappelaient l'oiseau qui guette le bon moment pour vous donner un coup de bec.

« Pour autant que je sache, cette maison appartient à Mr Astley, et pas à vous », rétorqua Maggie.

Miss Pelham se tourna vers le garçon. « Jem, qu'est-ce que cette fille fabrique par ici ? Ce n'est pas une de tes amies, j'espère ?

— Elle... elle est venue nous livrer quelque chose. » Même là-bas, au pays, Jem n'avait jamais su mentir.

« Qu'est-ce qu'elle vous a apporté ? Du poisson pourri ? Du linge qui n'a jamais connu la lessive ?

— Des clous, interrompit Maggie. Je vais leur en apporter régulièrement, pas vrai, Jem ? Vous me reverrez souvent par ici. » S'écartant de l'allée, elle se mit à faire le tour du jardin de Miss Pelham, en laissant traîner sa main sur la minuscule haie. « Sors de mon jardin, friponne ! s'écria Miss Pelham. Jem, fais-la déguerpir ! »

Maggie éclata de rire, accéléra sa ronde autour de la haie, sauta par-dessus, dansa autour du buisson taillé, le frappant de ses poings. « Oh ! oh ! » hurlait Miss Pelham comme si chaque coup atteignait sa personne.

Jem se surprit à sourire en voyant Maggie boxer contre cette balle verdoyante, dont les petites feuilles s'éparpillaient sur le sol. Lui aussi avait été tenté de donner des coups de pied dans cette haie absurde, si différente de celles qu'il connaissait. Qu'elles fussent d'aubépine, de houx, de sureau, de noisetier ou d'alisier, entremêlées de ronces, de lierre ou de clématite, les haies du Dorset avaient une raison d'être : elles empêchaient les bêtes de sortir des champs ou de s'aventurer sur les chemins.

Un petit coup au carreau du premier étage ramena Jem à Londres : sa mère le fustigeait du regard et faisait le geste de chasser Maggie. « Euh… Maggie, tu ne devais pas me montrer quelque chose ? demanda Jem. Ah, oui… Ton… Ton père ! N'est-ce pas ? Le mien voulait qu'on s'entende avec lui sur le prix des clous.

— C'est vrai. Allons-y ! »

Sans prêter la moindre attention à Miss Pelham, qui continuait à crier et à battre l'air, Maggie traversa la haie circulaire, laissant derrière elle une trouée de branches cassées.

« Oh ! » s'exclama encore une fois Miss Pelham.

Jem suivit Maggie dans la rue et jeta un coup d'œil en direction de Mr Blake, qui était resté là sans mot dire les bras croisés, tandis que Maggie s'amusait à massacrer la haie. La scène n'avait pas paru le déranger. Les autres avaient complètement oublié sa présence, sinon Miss Pelham n'aurait pas laissé s'échapper autant de « Oh ! » et Maggie n'aurait pas frappé à cœur joie sur le malheureux buisson. Mr Blake les observait de son œil vif. Contrairement au regard du père de Jem, celui de Mr Blake embrassait la totalité de son champ de vue : eux trois, les passants dans la rue, Lambeth Palace un peu plus loin et les nuages à l'arrière-plan. Il enregistrait tout sans porter de jugement.

« Bonjour, Monsieur, dit Jem.

— Bonjour, mon garçon, répondit Mr Blake.

— Bonjour, Mr Blake, lança Maggie pour ne pas demeurer en reste. Comment elle va votre dame ? »

Miss Pelham, qui, en présence de Mr Blake, s'était retranchée dans ses pensées, sursauta en entendant Maggie. « Hors de ma vue, sale gamine ! cria-t-elle. Je te ferai fouetter ! Et toi, Jem, ne la laisse pas remettre les pieds ici, va avec elle jusqu'au bout de la rue. Je me méfie d'elle comme de la peste : si on ne la surveillait pas, elle serait capable de voler la grille !

— Oui, Madame. » Jem, l'air de s'excuser, se tourna vers Mr Blake, mais il avait déjà quitté sa maison. Jem rejoignit Maggie et ils le regardèrent s'engager dans la rue en direction du fleuve.

« Fier comme un coq, commenta Maggie. Et tu as vu la couleur de ses joues ? Et ses cheveux tout ébouriffés ? On sait tout de suite à quel petit jeu il vient de se livrer, celui-là ! »

Jem n'aurait pas qualifié de « fière » l'allure de Mr Blake : bien au contraire, il avait les pieds plats, ce qui ne l'empêchait pas de marcher d'un pas réglé et décidé, comme s'il ne s'agissait pas d'une simple flânerie.

« Suivons-le, proposa Maggie.

— Non, laisse-le tranquille », ordonna Jem, étonné de sa propre fermeté.

En réalité, il aurait aimé suivre Mr Blake, non pour s'amuser ou se moquer de lui, à la manière de Maggie, mais de loin, et avec respect.

De leurs postes d'observation respectifs, Miss Pelham et Anne Kellaway continuaient de lancer des regards furieux aux enfants. « Allons-y », dit Jem qui s'éloigna dans la direction opposée à celle de Mr Blake.

Maggie trottait derrière lui. « Tu me raccompagnes vraiment ?

— Miss Pelham m'a demandé d'aller jusqu'au bout de la rue.

— Et tu obéis à cette espèce de manche à balai ambulant ? »

Jem haussa les épaules. « C'est notre logeuse. Faut qu'on soit gentil avec elle.

— Bon, eh bien, moi je vais chercher mon père. Tu viens avec moi ? »

Jem songea à sa mère éternellement inquiète, à sa sœur si optimiste, à son père tout entier à son travail et à Miss

Pelham qui le guettait au bas de l'escalier, prête à lui sauter dessus. Il songea ensuite à toutes ces rues qu'il ne connaissait pas encore, à Lambeth, à Londres. Cette fois, il avait un guide. « Je t'accompagne », dit-il. Il attendit que Maggie le rattrapât et réglât son pas sur le sien, et tous deux s'éloignèrent côte à côte.

VII

Restait à savoir dans quel pub se trouvait Dick Butterfield… Contrairement à la plupart des gens qui fréquentent toujours le même établissement, lui aimait en changer. Il avait appartenu à plusieurs de ces cercles et associations où des buveurs de même opinion se réunissent dans certaines tavernes bien précises pour y discuter de sujets les intéressant. Ces soirées-là ne se distinguaient des autres que par le prix peu élevé de la bière et des chansons encore plus paillardes qu'à l'habitude. Ses engouements étant de courte durée, Dick Butterfield adhérait sans cesse à de nouveaux clubs et laissait tomber les anciens. Ses dernières toquades étaient un cercle nautique (parmi l'une de ses nombreuses occupations, il avait été loueur de canots sur la Tamise, mais avait perdu son bateau depuis belle lurette), un club dont les membres se livraient à des joutes oratoires, chacun devant tenir un discours politique, assis dans le fauteuil du président, enfin un cercle de loterie où ils pariaient ensemble avec des mises si réduites que les gains couvraient à peine le coût des consommations. Dick Butterfield poussait toujours les autres à augmenter les enjeux. Son cercle préféré était toutefois, et de loin, le Punch Club où l'on essayait chaque semaine de nouvelles concoctions à base de rhum.

Bref, sa fréquentation des cercles et des pubs était si imprévisible que, le soir, sa famille savait rarement où le trouver. D'ordinaire, il ne s'éloignait pas plus d'un quart de lieue de chez lui, ce qui signifiait malgré tout des dizaines de pubs. Maggie et Jem avaient déjà inspecté le Horse and Groom, le Crown and Cushion, le Canterbury Arms et le Red Lion quand ils finirent par le repérer, tapi dans un coin du plus bruyant des établissements de ce genre, l'Artichoke, sur le Lower Marsh.

Après avoir suivi Maggie dans les deux premiers, Jem décida de l'attendre au-dehors. Depuis leur arrivée à Lambeth, il n'était entré qu'une fois dans un pub, le jour où Mr Astley était venu voir s'ils avaient tout ce qu'il leur fallait et les avait emmenés, son père et lui, au Pineapple, un endroit bien calme par comparaison, se disait Jem, pourtant déjà abasourdi par l'exubérance des clients — des gens du cirque pour la plupart — et la voix retentissante de Philip Astley.

Lambeth Marsh était une rue très passante, une enfilade de boutiques et d'étals. Elle menait en ville, reliant Lambeth au pont de Blackfriars. La porte de l'Artichoke était ouverte, le brouhaha fit hésiter Jem. Voyant Maggie se faufiler devant les hommes qui se pressaient dans l'entrée, il se demanda pourquoi il la suivait.

À vrai dire, il le savait : Maggie était la première personne à Lambeth qui s'intéressait à lui, et il avait grand besoin d'un ou d'une amie. La plupart des garçons de son âge étaient déjà en apprentissage ou travaillaient. Jem avait aperçu des enfants plus jeunes dans le quartier, mais il n'avait pas réussi à leur parler. D'une part, il avait peine à les comprendre : pour lui l'accent londonien et les nombreux accents régionaux qu'on rencontrait dans la capitale étaient souvent inintelligibles. D'autre part, les jeunes de Lambeth étaient plus délurés et plus méfiants. Ils lui rappelaient ces chats qui se glissent près de l'âtre s'y sachant tout juste tolérés : satisfaits, les oreilles frémissantes et les yeux mi-clos, ils sont toujours prêts à esquiver le coup de pied qui les renverra dehors. Ces enfants se montraient souvent impolis envers les adultes, tout comme Maggie à l'égard de Miss Pelham. Ici, ils s'en tiraient à bon compte, ce qui n'eût pas été le cas dans son village natal. Ils chapardaient dans les paniers des ménagères et les voitures des quatre-saisons, chantaient des chansons grivoises, ils braillaient et se complaisaient à tourmenter et à provoquer les passants. Rares étaient les occasions où Jem les voyait s'adonner à des occupations auxquelles il eût aimé participer : descendre la rivière en canot, se mêler aux enfants qui sortaient en chantant de l'orphelinat pour jouer dans les jardins, courir après un chien qui avait chipé une casquette. Un signe de Maggie, postée à l'entrée de l'Artichoke, suffit à le décider : il brava le vacarme et l'épaisse fumée qui s'élevait des lampes à huile, et pénétra dans le pub. Il voulait participer à cette nouvelle vie plutôt que l'observer depuis une fenêtre, une grille ou par-dessus le mur d'un jardin.

L'après-midi touchait à peine à sa fin que le pub grouillait déjà de clients. Au bout d'un moment, Jem commença de percevoir dans ce brouhaha les notes d'une chanson. Il ne la connaissait pas, mais distinguait une mélodie. Maggie disparut dans la foule, elle émergea près du coin où son père était assis.

Dick Butterfield était un petit bout d'homme tout brun. Brun de la tête aux pieds, et jusqu'à ses vêtements. Il avait l'air jeune et énergique malgré les rides qui plissaient le coin de ses paupières et ravinaient son front. Ce soir-là, il n'assistait pas à une réunion de club, il se contentait de boire. Il prit sa fille sur ses genoux. Quand Jem les rejoignit, Butterfield braillait avec la foule :

> Et pour sûr elle finira en enfer
> car elle veut que je la baise
> pendant la messe !

Les derniers mots provoquèrent un tel chahut que Jem dut se boucher les oreilles ; cela lui valut un petit sourire moqueur de la part de Maggie, qui avait joint sa voix aux leurs. Jem rougit et baissa les yeux. Au Five Bells, à Piddletrenthide, on chantait aussi toutes sortes de chansons, mais rien d'aussi paillard.

Tout comme un coup de tonnerre dissipe le gros de l'orage, pareille clameur apaisa un peu l'atmosphère.

« Qu'est-ce que t'as fait cet après-midi, Mags ? demanda Dick Butterfield, profitant de l'accalmie.

— Oh, des choses... J'étais chez lui... » Maggie désigna le garçon. « Papa, je te présente Jem. J'ai regardé son père fabriquer des chaises. Ils viennent d'arriver du Dorset et ils logent chez Miss Pelham, Hercules Buildings, à côté de Mr Blake.

— Chez Miss Pelham, tiens, tiens ! » Dick Butterfield ponctua cela d'un petit rire. « Ravi de faire ta connaissance, Jem. Prends un siège et mets-toi à ton aise, mon garçon. »

Agitant la main, il lui indiqua une place, en face de lui. Il n'y avait là ni tabouret ni banc. Jem regarda autour de lui : tous les sièges étaient occupés. Une même expression sur le visage, père et fille l'observaient, guettant sa réaction. Jem hésita à s'agenouiller devant la table, mais il se dit que cela ne lui assurerait sans doute pas les bonnes grâces des Butterfield. Il partit en quête d'un tabouret libre. C'était ce que l'on attendait de lui, il devait se montrer à la hauteur de la situation. Il s'agissait du premier défi qu'il rencontrait dans sa nouvelle vie londonienne.

Repérer un siège vide dans un pub bondé n'est pas simple. Jem tenta d'en demander un à des consommateurs, mais personne ne fit attention à lui. Il essaya alors d'en prendre un qui servait de repose-pieds à un client, mais ne récolta qu'une tape. Il interrogea une serveuse, elle se moqua de lui. Alors qu'il se frayait un passage à travers la foule, Jem se demanda comment il se faisait que tous ces gens fussent au pub et non au travail, à cette heure de la journée. Dans la Piddle Valley, rares étaient ceux qui fréquentaient le Five Bells, le Crown ou le New Inn avant le soir.

Il finit par retourner à la table bredouille. Un tabouret libre avait réapparu à l'endroit indiqué par Dick Butterfield. Le père et la fille regardèrent Jem en riant.

« Quel péquenaud, celui-là ! marmonna un garçon assis près d'eux, qui avait suivi les tribulations de Jem, y compris les sarcasmes de la serveuse.

— Ferme-la, Charlie », rétorqua Maggie.

Jem devina aussitôt qu'il s'agissait de son frère.

Charlie Butterfield ressemblait à son père, mais il n'en avait ni les rides ni le charme. Il était plus bel homme, mais dans le genre mauvais garçon : cheveux blonds sales, fossette au menton, une cicatrice en travers du sourcil qui lui donnait un air dur. Avec sa sœur, il avait été aussi cruel que possible sans se faire prendre, s'amusant à la pincer jusqu'au sang, jusqu'au jour où elle avait été assez grande pour lui allonger un coup de pied à l'endroit le plus sensible de son corps. Il n'en continuait pas moins à la tourmenter par tous les moyens : il renversait l'escabeau sur lequel elle était assise, saupoudrait sa nourriture de sel, et, la nuit, lui prenait ses couvertures. Jem ne savait rien de tout cela, mais quelque pressentiment lui faisait éviter le regard de Charlie comme on évite celui d'un chien méchant.

Dick Butterfield jeta une pièce de monnaie sur la table. « Va lui chercher à boire, Charlie, ordonna-t-il.

— Pas ques... » bredouilla Charlie en même temps que Jem disait : « Je ne b... »

D'un regard glacial, Dick Butterfield leur imposa silence. Charlie alla chercher la bière dont Jem ne voulait pas, une bière bon marché, sans goût, que les habitués du Five Bells eussent préféré renverser par terre plutôt que de la boire.

Dick Butterfield se cala sur son siège. « Eh bien, quoi de neuf, Mags ? Quel est le dernier scandale dans notre cher Lambeth ?

— On a vu quelque chose dans le jardin de Mr Blake, n'est-ce pas, Jem ? Dans leur cabanon, par la porte ouverte. »

Maggie regarda Jem d'un air entendu. Le garçon rougit de nouveau et haussa les épaules.

« Je te reconnais bien là ! dit Dick Butterfield. Toujours en train de fouiner partout pour savoir ce qui se passe. »

Charlie se pencha vers elle. « Qu'est-ce que t'as vu, alors ? »

Maggie se pencha à son tour. « On l'a vu faire l'amour à sa femme ! »

Charlie se mit à rire, Dick Butterfield demeura impassible.

« Ils copulaient, c'est tout ? On voit ça tous les jours, y a qu'à regarder dans les ruelles. Je te parie qu'en sortant d'ici, tu verras des gens faire l'amour au coin de la rue. Pas vrai, Jem ? Tu as dû voir ça souvent, là-bas, dans ton Dorset, hein ? »

Jem contemplait son verre de bière. Une mouche se débattait à la surface, essayant de ne pas se noyer.

« Ouais, assez souvent », marmonna-t-il. Bien sûr qu'il avait déjà vu ça. Et pas seulement les animaux autour de lui — chiens, chats, moutons, chevaux, vaches, chèvres, lapins, poules, faisans — mais aussi des gens cachés dans les bois, derrière des haies ou même au milieu d'une prairie, qui ne s'attendaient pas à ce qu'on les surprît. Il avait vu ses voisins le faire dans une grange, et Sam et sa copine dans une coudraie, à Nettlecombe Tout. Bref, il en avait vu assez pour ne plus s'en étonner, mais ces ébats amoureux continuaient malgré tout à l'embarrasser. Non qu'il y eût grand-chose à voir : quelques vêtements en désordre et un mouvement continu, parfois les fesses blanches d'un homme s'élevant et s'abaissant comme un piston ou les seins ballottants d'une femme. Pour peu qu'il fût l'innocent témoin d'une scène de ce genre ou qu'il s'introduisît par mégarde dans l'intimité de deux amoureux, Jem se détournait aussitôt, écarlate. Cela produisait sur lui à peu près le même effet que lorsqu'il entendait ses parents se disputer — comme ce jour où sa mère avait demandé à son père d'abattre le poirier du haut duquel Tommy était tombé, une requête que Thomas Kellaway avait refusé de satisfaire. Plus tard, Anne Kellaway avait pris une hache et l'avait abattu elle-même.

Jem trempa un doigt dans la bière. La mouche s'y agrippa et réussit péniblement à s'échapper. Charlie l'observa avec un étonnement mêlé de dégoût. Dick Butterfield se contenta de sourire et de regarder autour de lui comme s'il cherchait un autre interlocuteur.

« Ils faisaient pas que l'amour, insista Maggie. Ils étaient... Ils avaient enlevé leurs vêtements, pas vrai, Jem ? On voyait tout, on aurait cru Adam et Ève. »

Dick Butterfield sonda sa fille de ce même regard qu'il avait posé sur Jem, quand le garçon essayait de trouver un tabouret. Malgré son air bonhomme, sa façon de se prélasser sur son siège, de payer des tournées, de sourire et de hocher la tête, il exigeait beaucoup de son entourage.

« Et tu sais ce qu'ils faisaient en même temps ?

— Quoi, Mags ? »

Maggie réfléchit rapidement à l'occupation la plus saugrenue à laquelle pouvait se livrer un couple en train de s'aimer. « Ils se faisaient la lecture ! »

Charlie se mit à rire.

« Qu'est-ce qu'ils lisaient ? Le journal ?

— C'est pas du tout ce que j'ai... commença Jem.

— Non, ils lisaient un livre, interrompit Maggie, sa voix couvrant le bruit du pub. Un livre de poèmes, je crois. »

Des détails précis rendent une histoire plus vraisemblable.

« De poèmes ? répéta Dick Butterfield en buvant sa bière à petites gorgées. Ça devait être *Le Paradis perdu* s'ils jouaient à Adam et Ève dans leur jardin. » Dick Butterfield avait jadis déniché un exemplaire de ce poème, dans une brouettée de livres récupérés Dieu sait où et qu'il essayait de vendre. Il en avait lu des passages. Personne ne se serait attendu à ce que Dick Butterfield pût lire aussi bien, mais son père le lui avait appris, estimant que mieux valait en savoir aussi long que ceux que vous escroquiez. « Oui, c'était ça, acquiesça Maggie. *Le Poirier perdu.* J'ai entendu ces mots-là. »

Jem sursauta, il n'en croyait pas ses oreilles. « Tu as bien dit "poirier" ? »

Dick lança à sa fille un regard sévère. « *Le Paradis perdu*, Mags. Tâche au moins de répéter correctement ! Et maintenant, écoutez. » Il ferma les yeux, réfléchit, puis récita :

Le monde entier était devant eux, pour y choisir
Le lieu de leur repos, et la Providence était leur guide.
Main en main, à pas incertains et lents,
Ils prirent à travers Éden leur chemin solitaire.

Ses voisins le regardèrent, étonnés : on n'avait pas l'habitude d'entendre ce genre de choses au pub.

« Qu'est-ce que tu racontes, Papa ? demanda Maggie.

— C'est tout ce qui me reste du *Paradis perdu* — les tout derniers vers, quand Adam et Ève quittent le jardin d'Éden. Les pauvres, ils me faisaient pitié.

— Je ne me souviens pas d'avoir entendu les Blake dire quoi que ce soit de ce genre, dit Jem à qui Maggie décocha aussitôt un coup de pied sous la table.

— À ce moment-là, tu ne regardais plus », insista-t-elle.

Jem ouvrit la bouche pour protester, mais il se ravisa. De toute évidence, les Butterfield aimaient leurs histoires enjolivées de broderies et dans ce cas, c'était précisément les broderies qu'ils appréciaient et se hâteraient de refiler, rebrodées et galonnées, à qui voudrait les entendre. Tout le pub parlerait alors du couple surpris à jouer à Adam et Ève dans leur jardin, même si ce n'était pas ce que Jem avait vu. De quel droit allait-il gâter leur plaisir ? Repensant au regard vif de Mr Blake, à son salut énergique et à son pas résolu, il regrettait que l'on répandît de telles rumeurs à son égard. Personnellement, il préférait la vérité. « Qu'est-ce qu'il fait dans la vie, Mr Blake ? demanda-t-il, essayant de changer de sujet.

— Tu veux dire, à part forniquer avec sa femme en public ? s'esclaffa Dick Butterfield. C'est un imprimeur et un graveur. T'as vu sa presse par leur fenêtre qui donne sur la rue ?

— Cet engin avec un manche taillé en forme d'étoile ? » Jem avait en effet repéré la machine : elle était en bois et tenait encore plus de place que le tour de son père. Il s'était demandé à quoi elle pouvait servir.

« Oui, c'est ça. Mr et Mrs Blake l'utilisent de temps en temps. Ils impriment des livres et d'autres trucs : des pamphlets, des images. Je sais pas s'il arrive à gagner sa vie avec ça. J'ai vu quelques-unes de ses gravures quand j'ai essayé de lui vendre du cuivre pour ses planches. C'était il y a un an ou deux, lorsqu'il a quitté l'autre rive pour venir s'installer ici. » Dick Butterfield hocha la tête. « Bizarres ces dessins. Tout plein de flammes et de personnages nus avec des yeux qui leur sortent de la tête et la bouche grande ouverte comme s'ils hurlaient.

— Comme si c'était l'enfer, Papa ? demanda Maggie.

— Peut-être. Toujours est-il qu'ils me plaisaient pas. Moi, j'aime quand c'est plus gai. Je crois pas qu'il en vend beaucoup. Il doit se faire plus d'argent en gravant pour des clients.

— Il l'a acheté votre cuivre ?

— Penses-tu ! J'ai tout de suite compris qu'il était pas du genre à acheter comme ça, sur un coup de tête. C'est un homme posé, ce Mr Blake. Il laisserait à personne le soin de choisir son cuivre et son papier », déclara Dick Butterfield sans la moindre rancœur. À vrai dire, il respectait ceux qu'il ne parvenait pas à rouler.

« La semaine dernière, on l'a vu avec son *bonnet rouge*, pas vrai, Jem ? reprit Maggie. Il avait une de ces allures !

— Il est plus courageux que bien d'autres, affirma Dick Butterfield. À Londres, y en a pas beaucoup qui soutiennent les Français aussi ouvertement que lui, quoi qu'ils aillent raconter à leurs copains du pub. Le PM, il les voit plutôt d'un sale œil, et le roi aussi.

— C'est qui, le PM ? » demanda Jem.

Charlie Butterfield eut un petit rire dédaigneux.

« Le Premier ministre, mon gars. Mr Pitt », précisa Dick Butterfield, avec une pointe d'agacement, pour le cas où le petit provincial ignorerait jusqu'à ce nom.

Jem baissa la tête et contempla sa bière. En le voyant ainsi ruminer, Maggie regretta de l'avoir présenté à son père. Jem ne pouvait comprendre que c'était l'esprit de repartie que Dick Butterfield attendait des privilégiés dignes du tabouret qu'il cachait sous la table. Il voulait à la fois être informé et diverti. Sans cesse en quête d'un nouveau moyen de gagner de l'argent et soucieux d'allier l'utile à l'agréable, il assurait sa subsistance grâce à des combines échafaudées à partir de renseignements glanés au pub. La vie était déjà assez dure comme ça, alors pourquoi ne pas s'amuser un peu tout en mettant du beurre dans les épinards ?

Sensible à son auditoire, Dick Butterfield n'en voulait pas à Jem de décrocher. Lui qui s'irritait de l'attitude blasée de ses propres enfants trouvait sa candeur plutôt touchante. Il fit descendre si brusquement Maggie de ses genoux qu'elle tomba par terre. Elle regarda son père, l'air chagrin.

« Dieu que tu deviens lourde, ma fille ! grommela Dick. J'en ai des fourmis dans les jambes ! Une grande fille comme toi, ça a besoin d'un siège pour elle toute seule.

— Personne lui en donnera un, railla Charlie. Qui veux-tu qui donne quoi que ce soit à cette idiote qu'est plate comme une limande ?

— Fiche-lui la paix », dit Jem.

Les trois Butterfield le dévisagèrent : Dick et Charlie, coudes sur la table, Maggie, toujours par terre, entre eux. Charlie essaya d'envoyer un coup de poing à Jem par-dessus la table, mais Dick Butterfield interposa son bras.

« Donne ton tabouret à Maggie et va t'en chercher un autre », ordonna-t-il.

Charlie lança un regard furieux à Jem, puis il se leva en renversant son siège et s'éloigna. Jem n'osa pas se retourner ; les yeux rivés sur la table, il but une gorgée de bière. Il avait défendu Maggie par réflexe, comme sa propre sœur.

Maggie releva le tabouret de Charlie et s'assit, l'air sombre. « Merci », marmonna-t-elle à l'adresse de Jem, un merci du bout des lèvres.

« Alors comme ça, ton père est menuisier itinérant ? » reprit Dick Butterfield, passant au chapitre « affaires », doutant que Jem pût les distraire davantage.

« Pas vraiment, Monsieur. Il va pas de ville en ville. Et ses chaises à lui elles sont solides, pas comme celles des marchands forains.

— Bien sûr, mon gars, bien sûr. Et où il l'achète son bois ?

— Dans des entrepôts près du pont de Westminster.

— Quel entrepôt ? Je parierais que je peux lui procurer du bois à meilleur prix.

— Celui de Mr Harris, il le connaît par Mr Astley. »

Au nom de Philip Astley, Dick Butterfield sursauta. Le père de Maggie n'avait pas son pareil pour marchander, à la seule condition que Mr Astley ne l'ait pas précédé. Son propriétaire et lui s'évitaient, mais il leur fallait bien reconnaître qu'ils se respectaient. Pour peu que Dick Butterfield eût été un riche directeur de cirque ou Philip Astley un escroc à la petite semaine, ils se fussent étrangement ressemblés.

« Bon, si j'entends parler de bois moins cher, je vous préviendrai. Compte sur moi, ajouta-t-il, comme si c'était Jem qui lui avait demandé conseil. Je vais voir ce que je peux faire. Un de ces jours, je vous rendrai visite et j'en toucherai deux mots à ton père. Je suis toujours heureux d'aider de nouveaux voisins. Mais on t'attend chez toi, non ? Ils doivent se demander où tu es passé. »

Jem hocha la tête et se leva. « Merci pour la bière, Monsieur.

— Y a pas de quoi, mon gars. » Avec son pied Dick Butterfield attrapa le tabouret qu'il fit revenir sous la table.

Maggie s'empara de la chope de Jem encore à moitié pleine et but une gorgée. « Salut, dit-elle.

— À bientôt ! »

En sortant, Jem passa à côté de Charlie qui parlait avec un groupe de jeunes gens. Charlie lui lança un regard furieux et poussa un de ses copains contre lui, manquant de le faire tomber. Les autres s'esclaffèrent. Jem fila sans demander son reste, heureux de mettre certaine distance entre les Butterfield et lui. Sans doute reverrait-il Maggie, même si, cette fois, elle ne lui avait pas dit : « À bientôt. » Il voulait la revoir, il en était prêt à oublier Dick Butterfield et Charlie. Elle lui rappelait ces mûres de septembre qui semblent prêtes à cueillir, mais peuvent être aussi bien aigrelettes que sucrées. Jem ne pouvait résister à pareille tentation.

Avril 1792

ii.

I

Anne Kellaway avait parfois l'impression qu'une corde autour de son poignet la retenait à la fenêtre de la salle de séjour. Qu'elle fût en train d'éplucher des pommes de terre, de laver le linge, ou de nettoyer l'âtre, elle éprouvait au moment le plus incongru (les mains sales, les draps encore ruisselants, la poussière volant dans la pièce) l'envie irrésistible de regarder dans la rue. Si d'ordinaire il n'y avait rien à voir, Anne était parfois récompensée par une scène qui en valait la peine : une femme au chapeau agrémenté d'immenses plumes de paon, un homme pressant contre son cœur un ananas comme s'il tenait un nouveau-né, un jeune garçon transportant un laurier taillé en forme de colombe. Maisie ou Jem auraient appelé le reste de la famille pour les faire profiter du spectacle, mais Anne Kellaway préférait se réserver ces menus plaisirs.

Ce lundi de Pâques était jour de repos : nulle corvée de pommes de terre, de cheminée ni de linge n'allait l'éloigner de sa fenêtre. Maisie et Jem débarrassèrent la table après le repas de midi, laissant Anne Kellaway à sa contemplation des promeneurs qui allaient et venaient devant Hercules Buildings. Nombre de femmes étrennaient leurs robes et coiffes de Pâques. Jamais elle n'avait vu de toilettes aussi bigarrées, d'étoffes aussi éclatantes, coupées avec autant de fantaisie ; jamais elle n'avait vu de coiffes ornées avec une telle extravagance. Outre les jonquilles et primevères, fioritures habituelles des chapeaux sur le parvis de l'église de Piddletrenthide, les coiffes ici étaient agrémentées de plumes exotiques, de bouquets de rubans de toutes les couleurs, voire de fruits. Si pour sa part elle n'eût jamais décoré son bonnet d'un citron, elle éprouvait toutefois certaine admiration pour la passante capable d'une telle audace. Anne Kellaway préférait les parures plus traditionnelles : une tresse de pâquerettes, un discret bouquet de violettes, voire un ruban, comme celui, bleu ciel, qui flottait dans le dos de cette jeune fille et lui arrivait presque au mollet. Cette tenue-là, elle l'aurait volontiers portée, à condition de raccourcir le ruban. Les Londoniennes semblaient porter les rubans plus longs et leurs chapeaux plus inclinés qu'elle ne l'eût jamais osé.

Dans la foule, un plateau de pâtisseries blanchâtres en forme de croix en équilibre sur la tête, un homme criait : « Chaud les brioches ! Quatre pour un penny, prix spécial pour Pâques ! Chaud les brioches ! Profitez-en maintenant, demain, ce sera fini jusqu'à l'année prochaine ! » Ayant trouvé acheteur, il s'arrêta sous la fenêtre d'Anne Kellaway. Miss Pelham revenait de sa promenade, coiffée d'un bonnet garni de petites faveurs jaunes. Soucieuse de réprimer le fou rire qui la gagnait, Anne Kellaway renifla bruyamment.

« Qu'est-ce qu'il y a, Maman ? demanda Maisie, qui achevait de nettoyer la table.

— Oh, rien, c'est juste Miss Pelham qui se balade avec un chapeau ridicule.

— Je peux voir ? »

Maisie accourut à la fenêtre, regarda dans la rue et pouffa de rire.

« On dirait qu'elle a reçu une motte de paille sur le crâne !

— Chut, Maisie, elle va t'entendre », gronda gentiment sa mère.

C'est alors qu'un étrange véhicule à un seul essieu, tiré par un cheval gris, surgit dans la rue, dispersant ces dames à bonnet et les clients potentiels du marchand de brioches. Équipée de roues imposantes, la voiture présentait des proportions peu communes : si étroite et si courte fût-elle, le toit en était surélevé ; sur le côté on avait accroché un panneau vertical, où on lisait en lettres noires : « LE NOUVEAU CIRQUE ASTLEY ET SON SALON ROYAL sont fiers d'annoncer le début CE SOIR de leur NOUVELLE SAISON ! Numéros spectaculaires, divertissement et frissons garantis ! Ouverture des portes à dix-sept heures trente, début du spectacle à dix-huit heures trente précises ». Bouche bée, Anne et Maisie Kellaway virent la carriole se ranger en face de chez Miss Pelham, qui fronça les sourcils et montra du doigt la fenêtre de ses nouveaux locataires. Anne Kellaway recula dans la pièce à l'abri des regards mais, trop lente, elle ne put y soustraire sa fille.

« Attends, Maman, elle nous fait signe ! »

Maisie attira sa mère dans l'embrasure de la fenêtre : « Regarde ! » dit-elle.

Toujours aussi peu souriante, Miss Pelham (qui semblait contrariée chaque fois qu'elle croisait un Kellaway) leur faisait effectivement signe.

« Je descends, déclara Maisie en se dirigeant vers la porte.

— Pas question », coupa sa mère d'un ton qui n'admettait pas de réplique. Posant la main sur l'épaule de sa fille, elle l'arrêta.

« Jem, va voir ce qu'ils veulent. »

Jem laissa la casserole qu'il récurait et dégringola l'escalier quatre à quatre. Postées à la fenêtre, Anne et Maisie le virent échanger quelques mots avec un garçon, qui lui remit une enveloppe blanche, puis remonta aussitôt dans la carriole, tandis que Jem regardait l'enveloppe.

Là-dessus, le cocher tapota de son fouet l'encolure du cheval et l'attelage s'élança le long de Hercules Buildings en direction de Westminster Bridge Road.

Quelques instants plus tard, Jem était de retour, l'air intrigué.

« Qu'est-ce qu'y a, Jem ? demanda Maisie. Eh bien, qu'est-ce qu'il t'a donné ? »

Jem examina ce qu'il tenait à la main.

« Quatre entrées pour le spectacle de Mr Astley, ce soir, avec ses compliments. »

Thomas Kellaway leva les yeux de la pièce de bouleau qu'il était en train de tailler.

« Pas question d'y aller, déclara Anne Kellaway. On n'a pas les moyens.

— Mais non, y a rien à payer : c'est un cadeau.

— On n'a pas besoin de sa charité. Si on veut des places, on les achètera.

— Pourtant tout à l'heure tu disais que… commença Maisie.

— Pas question d'y aller. » Anne Kellaway se sentait comme une souris traquée par un chat. Jem et Maisie tournèrent les yeux vers leur père. Thomas Kellaway les observait sans mot dire. Comme il aimait sa femme et attendait d'elle des sentiments réciproques, il se gardait bien de la contredire.

« As-tu fini de récurer cette casserole, Jem ? demanda Anne Kellaway. Quand t'auras fini, nous irons nous promener. »

Elle revint à la fenêtre, les mains tremblantes.

Maisie et Jem échangèrent un regard, puis Jem s'en retourna à sa casserole.

11

Les Kellaway avaient emménagé depuis deux semaines, mais ne s'étaient guère aventurés au-delà de leur voisinage immédiat. Ils n'en éprouvaient pas le besoin. Boutiques et marchés étaient à proximité : à Lambeth Terrace, près de Lambeth Green, sur Westminster Bridge Road, et sur Lower Marsh. À l'occasion, Jem avait accompagné son père aux entrepôts de bois le long de la Tamise, près du pont de Westminster ; quant à Maisie, elle avait suivi sa mère à Saint George's Fields pour y étendre le linge. Aussi, en ce lundi de Pâques tous accueillirent-ils avec enthousiasme la proposition de Jem, traverser le pont de Westminster pour aller visiter l'abbaye. Habitués à parcourir des lieues à pied dans leur vallée natale, les Kellaway avaient peine à s'accoutumer à la vie plus sédentaire de Lambeth.

Ils se mirent en chemin à une heure de l'après-midi, quand d'autres étaient à table, faisaient la sieste ou buvaient au pub.

« Alors, comment on y va ? » demanda Maisie, sachant que mieux valait poser la question à son frère qu'à ses parents. Anne Kellaway s'agrippait au bras de son mari comme si une bourrasque menaçait de l'emporter. Selon son habitude, Thomas Kellaway promenait autour de lui un sourire hébété, tel un nigaud attendant qu'on lui montre le chemin.

« Nous prendrons un raccourci pour descendre jusqu'au fleuve, et de là, nous suivrons les berges jusqu'au pont », répondit Jem. Seul Kellaway à s'être familiarisé avec les rues du quartier, Jem savait qu'il lui incombait de guider sa famille.

« Pas le raccourci dont parlait cette fille, n'est-ce pas ? s'inquiéta sa mère. Je refuse de mettre les pieds dans un endroit appelé “Cut-Throat Lane”. Pensez donc, l'allée Coupe-Gorge !

— Mais non, Maman, pas celui-là », mentit Jem, estimant que sa mère ne se rendrait pas compte qu'il s'agissait bien du fameux passage. Jem avait découvert ce raccourci peu après que Maggie l'avait mentionné. Il savait que ses parents et sa sœur apprécieraient de passer par là, puisqu'il menait à travers champs : pour peu que l'on tournât le dos aux maisons, que l'on évitât de regarder trop loin en direction de Lambeth Palace ou des entrepôts le long de la Tamise, on se serait cru en rase campagne. Un jour peut-être, Jem trouverait le chemin qui le conduirait vraiment à la campagne. Maggie le lui montrerait, qui sait ?

Pour l'instant, marchant en tête, il leur fit longer Carlisle House, imposante demeure proche de chez eux, puis Royal Row, qui donnait dans Cut-Throat Lane. L'endroit était désert et silencieux. En ce jour férié, rares étaient ceux qui s'activaient dans les potagers morcelant le champ. Il faisait soleil, le ciel était clair, ce que Jem appréciait car souvent, même par beau temps, le ciel de Lambeth n'était pas bleu mais d'un jaune fuligineux, souillé par les fumées des fourneaux et les émanations des brasseries, vinaigreries, savonneries et ateliers de tissage qui avaient surgi le long du fleuve. Mais aujourd'hui comme hier, usines et manufactures étaient closes et, avec la chaleur, beaucoup de Londoniens n'avaient pas allumé leur feu. Jem contempla ce ciel d'azur, rappel de son Dorset natal, tout comme le vert intense de l'herbe et des buissons sur les bas-côtés. Il se surprit à sourire à la vue de ces couleurs, si naturelles et cependant plus criardes que les robes et rubans des Londoniennes. Sa démarche, soudain plus tranquille, contrastait avec le pas rapide, nerveux qu'il avait adopté depuis son arrivée à Lambeth. Maisie s'arrêta pour cueillir un petit bouquet de primevères. Anne Kellaway, quant à elle, cessa de s'agripper à son mari et, les bras ballants, poursuivit la promenade avec insouciance. Thomas Kellaway se mit à siffloter *Over the Hills and Far Away*, chanson qu'il fredonnait souvent au travail.

Déjà la venelle obliquait vers la droite, pour longer les jardins autour de Lambeth Palace. Une fois le fleuve atteint, la brève flânerie bucolique des Kellaway toucha à sa fin. Ils avaient à présent devant eux des enfilades d'entrepôts délabrés, flanqués de petites maisons d'ouvriers. Aujourd'hui, les entrepôts étaient fermés, ce qui leur donnait un aspect plus menaçant qu'en temps normal, où l'activité des ouvriers en rendait l'atmosphère presque accueillante. Anne Kellaway saisit de nouveau le bras de son mari.

Jem et Thomas s'étaient rendus au bord du fleuve pour y acheter des planches à faire tailler au chantier de bois, mais la mère et la fille, elles, n'en avaient eu qu'un rapide aperçu en découvrant le cirque Astley, sans vraiment en prendre la mesure. Cette fois, elles avaient choisi à leur insu un moment où le grand fleuve londonien n'avait rien de spectaculaire. La marée basse ne laissait voir de la Tamise qu'un fin ruban d'eau trouble s'écoulant au milieu d'un large chenal de limon grisâtre qui, pour Anne Kellaway, évoquait un lit défait. Cependant, même sous sa forme réduite, le fleuve devait faire vingt fois la Piddle qui bordait le jardin des Kellaway à Piddletrenthide. Si humble fût-elle, la Piddle réunissait toutes les qualités qu'Anne Kellaway attendait d'une rivière : son flux déterminé, constant et joyeux purifiait l'âme, et son murmure semblait un constant rappel de la marche du monde.

La Tamise n'avait rien de tout cela. Aux yeux d'Anne Kellaway, elle était moins un fleuve qu'une sorte de long boyau dont les méandres masquaient le cours et dont les rives étaient imprécises. Bourbier encombré de galets, elle remontait vers la route, et il suffisait d'une enjambée pour passer de la route à la rivière. Quelques enfants avaient fait ce pas et gambadaient dans la vase, jouant ou ramassant des détritus laissés par la marée : chaussures, bouteilles, boîtes en fer-blanc, bouts de bois ou morceaux de tissu détrempés, une tête de poupée, un bol cassé.

Les Kellaway s'étaient arrêtés pour regarder.

« Voyez comme ils sont crottés, remarqua Maisie avec une pointe d'envie.

— Quel horrible endroit ! déclara Anne Kellaway.

— Ça a meilleure allure à marée haute, objecta Jem, comme lorsqu'on est arrivés du Dorset. »

Le jeune homme mettait un point d'honneur à défendre le fleuve, comme s'il incarnait à la fois Londres et la décision qu'avaient prise les Kellaway de s'y établir.

« C'est drôle, cette marée, observa Maisie. Notre Piddle, elle, coule vers la mer, toujours dans la même direction. Ça me donnerait le tournis si elle se mettait à couler dans l'autre sens !

— Allons jusqu'au pont », suggéra Jem. Pressant le pas, ils longeaient à présent les entrepôts et les maisons d'ouvriers. Quelques-uns, assis en famille, bavardaient, fumaient et chantaient. La plupart se turent au passage des Kellaway, sauf un joueur de pipeau, qui redoubla de zèle. Jem voulut encore hâter la marche, quand soudain Maisie ralentit.

« Écoute, il joue *Tom Bowling* ! » s'exclama-t-elle. Elle sourit au bonhomme, qui s'interrompit pour lui rendre la pareille.

Anne Kellaway se raidit, et saisit le bras de sa fille.

« Allons, Maisie, allons ! »

Maisie se libéra d'une secousse, s'arrêta au beau milieu de la route, et entonna d'une voix claire et sonore le dernier couplet :

Et not' Pauvre Tom aura un beau ciel bleu
Quand l'Éternel cap'taine qui gouvern' les cieux,
Appell'ra sur le pont matelots et pékins
Et leur donn'ra à siffler le joyeux refrain :
Ainsi la mort qui emmèn' marins, monarques
En vain l'âme de not' pauvre Tom a ravi
Car si son corps gît encor dans la barque
Son âme elle est là-haut en vigie
Son âme elle est là-haut en vigie.

La jeune fille et l'instrument se turent. Un ange passa. Anne Kellaway étouffa un sanglot. Jadis, Tommy et Maisie chantaient ensemble *Tom Bowling* en une émouvante harmonie.

« Allons, Maman, sois pas triste, dit Maisie. Faut bien continuer à la chanter, cette chanson, si on veut pas oublier Tommy, tu ne trouves pas ? » Elle adressa à l'homme un signe de tête : « Au revoir, Monsieur, et merci bien ! » dit-elle.

III

À l'approche du pont, la route s'écartait du fleuve pour longer le cirque et sa monumentale entrée à colonnades, où les Kellaway avaient rencontré Philip Astley pour la première fois. « SPECTACLE CE SOIR ! » annonçaient des affiches. L'après-midi commençait à peine que les spectateurs affluaient déjà. Jem glissa la main dans sa poche et serra les billets que Philip Astley leur avait adressés.

Un crieur qui passait au pas de course tendit à Anne Kellaway un programme, qu'elle fixa sans trop savoir qu'en faire. « Places debout, un shilling un penny seulement ; places assises, deux shillings deux pence ! » Elle lissa la feuille de papier sur sa jupe, la tourna et la retourna avant de se décider à la lire. Reconnaissant le nom d'Astley, elle comprit de quoi il s'agissait et la refila à son époux.

« Tiens, prends ça, j'en veux pas ! »

Thomas Kellaway tenta, en vain, de l'attraper. Maisie ramassa le programme, l'épousseta avant de le fourrer dans son corset. « C'est le spectacle de ce soir », murmura-t-elle tristement à son frère.

Jem haussa les épaules.

« Tu as les billets sur toi, Jem ? » s'enquit Anne Kellaway.

Jem retira la main de sa poche aussi vivement que si on l'avait surpris en train de se toucher.

« Oui, Maman.

— Va tout de suite les rendre.

— Rendre ces billets ? » s'exclama une voix derrière eux. Jem se retourna. Maggie Butterfield surgit de derrière le mur où elle se cachait.

« Des billets pour quoi ? Voyons, ça se rend pas des billets ! S'ils sont bons, vous pouvez les revendre plus cher que vous les avez achetés. Montrez-les-moi !

— Tu nous suis depuis longtemps ? » demanda Jem, à la fois content de la voir et gêné qu'elle ait assisté à cette scène.

Maggie sourit et sifflota l'air de *Tom Bowling*.

« Ma parole, mais t'es un vrai rossignol, Miss Piddle, lança-t-elle à Maisie, qui sourit à son tour et rougit.

— Va-t'en, ordonna Anne Kellaway. On n'a pas besoin de toi dans nos guêtres ! »

Elle regarda autour d'elle, curieuse de voir si Maggie était venue seule. Quelques jours plus tôt, les Kellaway avaient eu la visite de son père, qui voulait vendre à Thomas des pièces d'ébène dans lesquelles il avait eu tôt fait de reconnaître du chêne peint en noir. Bienveillant, il avait suggéré que Dick Butterfield avait dû se faire rouler par quelque escroc, mais depuis ce jour, Anne Kellaway avait pris en grippe le père plus encore même que la fille.

Maggie ne lui prêta aucune attention. D'un ton froid, elle s'adressa à Jem :

« Alors vous avez des places pour ce soir ? Pas au dernier balcon, j'imagine ; je la vois mal (de la tête elle désigna Anne Kellaway) debout au milieu de la racaille. Montre-les-moi. »

Jem hésita, puis tira les billets de sa poche. « Parterre », lut-il, Maggie regardant par-dessus son épaule.

Elle hocha la tête en direction de Thomas Kellaway.

« Faut-il que vous en fabriquiez des repose-fesses pour vous offrir des places comme ça ! Quand je pense qu'il y a tout juste deux semaines que vous êtes à Londres ! » ajouta-t-elle avec une pointe d'admiration qui lui était peu coutumière.

« Oh, on les a pas achetées, expliqua Maisie. Mr Astley nous les a offertes.

— Crénom ! s'écria Maggie, ébahie.

— Pas question d'aller voir ces niaiseries, déclara Anne Kellaway.

— Vous n'allez tout de même pas rendre ces places, rétorqua Maggie. Ce serait un affront pour Mr Astley. Si ça se trouve, il vous flanquerait à la porte ! »

Anne Kellaway resta interdite : il ne lui était pas venu à l'esprit que refuser ces places pût avoir de telles conséquences.

« Bien sûr, si ça vous dit vraiment pas d'y aller, vous pouvez toujours me donner votre place », continua Maggie.

Anne Kellaway plissa les yeux, elle s'apprêtait à répondre qu'il n'était pas question pour elle de céder sa place à cette fille mal dégrossie, quand un roulement de tambour retentit sur l'autre rive.

« La parade ! s'exclama Maggie. Ça va commencer. Venez ! » Elle s'élança vers le pont, entraînant Jem. Maisie suivit le mouvement. Craignant de se retrouver seule, Anne Kellaway prit une fois de plus le bras de son mari et leur courut après.

Au pas de course, Maggie passa devant le cirque et se dirigea vers le pont de Westminster, où une foule compacte se pressait déjà contre le parapet. À l'autre bout du pont, une fanfare invisible attaqua une marche. Maggie mena le petit groupe jusqu'à un espace dégagé, au tiers du pont. Les Kellaway s'attroupèrent autour d'elle, faisant la sourde oreille aux remontrances des badauds à qui ils bouchaient la vue. À force de jouer des coudes dans la cohue, tous purent finalement voir, mais bientôt une nouvelle fournée de curieux força la foule à se mouvoir.

« Qu'est-ce qu'on attend ? » demanda Jem à Maggie. Elle lui rit au nez.

« Tu as l'air malin, petit croquant du Dorset, planté au beau milieu d'une foule sans savoir ce que tu fiches là ! »

Jem rougit.

« Suffit, boucle-la ! marmonna-t-il.

— Non, dis-nous ! insista Maisie. Moi, je veux savoir.

— Le premier jour de la saison, expliqua Maggie, Mr Astley organise une parade, pour donner un avant-goût du spectacle. Il lui arrive même de tirer des feux d'artifice pendant la journée, mais ils seront sûrement plus beaux ce soir.

— Tu entends ça, Maman ? Ce soir on va voir un feu d'artifice ! s'écria Maisie.

— À condition d'y aller… dit Maggie avec un regard en coin à l'intention d'Anne Kellaway, qui rétorqua :

— Pas question d'aller au cirque ce soir, ni de voir cette parade. Allez, les enfants, on s'en va. »

Elle tenta de forcer le passage, mais par chance pour Maisie et Jem, personne ne voulant bouger, de peur de perdre sa place, Anne Kellaway se retrouva prisonnière de la foule. Jamais elle n'avait eu autant de monde autour d'elle. C'était une chose que de contempler le peuple de Londres bien à l'abri derrière sa fenêtre, et une autre très différente d'être ainsi bousculée par une faune hétéroclite : hommes, femmes, enfants, la plupart avec des vêtements malodorants, l'haleine fétide, la tignasse en désordre, la voix stridente. À côté d'elle, un colosse engloutissait une tourte à la viande, dont les miettes pleuvaient sur son plastron et sur les cheveux de la femme devant lui, ce qui ne semblait guère les émouvoir. En revanche, Anne Kellaway se faisait violence pour ne pas tendre la main afin de les épousseter.

Comme la fanfare se rapprochait, deux cavaliers apparurent. Il y eut un mouvement de foule, Anne Kellaway sentit la panique l'envahir, telle une nausée. Éprouvant soudain le besoin de fuir à tout prix cette cohue, elle agrippa bel et bien l'homme devant elle qui se retourna et d'un haussement d'épaules se débarrassa d'elle.

Thomas Kellaway prit la main de sa femme et la blottit au creux de son bras.

« Tout doux, du calme, ma petite », dit-il, comme s'il s'adressait à l'un des chevaux qu'ils avaient laissés avec Sam, là-bas, au pays. Anne avait le cœur gros rien que de penser à eux. Elle ferma les yeux, luttant pour ne pas retirer sa main du bras de son mari, puis elle respira bien à fond. Lorsqu'elle rouvrit les yeux, elle constata que les cavaliers étaient tout près d'eux. Le cheval qui était en tête, un vieux destrier blanc, avançait à pas pesants. Son écuyer n'était autre que Philip Astley.

« L'hiver a été long, n'est-ce pas, mes amis ? cria-t-il. Vous n'avez pas eu beaucoup de distractions depuis le mois d'octobre ! Vous attendiez ce jour depuis des mois ! Eh bien, ça y est : le carême est derrière nous, Pâques est là, le cirque Astley vous rouvre ses portes ! Soyez nombreux à venir découvrir *Le Siège de Bangalore*, numéro tout à la fois tragique, comique et exotique ! Venez repaître vos yeux de ce splendide opéra-ballet qu'est *La Fête de l'Amour* ! Venez admirer les prodiges de Fut' Fut', un cheval capable de prendre une échelle, de la transporter, d'y grimper et, par-dessus le marché, de se préparer une tasse de thé ! »

Comme il passait devant les Kellaway, son regard tomba sur Anne, il marqua l'arrêt pour la saluer en soulevant son haut-de-forme.

« Soyez tous les bienvenus au cirque Astley et dans son Salon royal, et vous en particulier, Madame ! »

On se retourna pour la dévisager. L'homme à la tourte ouvrit si grand la bouche qu'Anne Kellaway y entrevit les restes de viande en sauce. Écœurée par cette vision, incommodée par les regards des curieux, elle ferma de nouveau les yeux, prête à défaillir.

Sa pâleur n'échappa point à Philip Astley ; il tira de sa redingote un flacon, le fit porter à la malheureuse. La parade devait continuer et Astley, pris dans le mouvement, ne put s'assurer qu'elle avait bu une rasade de brandy. Il reprit son boniment : « Venez nombreux voir le spectacle et ses nouveaux numéros, pleins d'audace, de fantaisie, conçus et dirigés par mon fils John Astley, meilleur écuyer d'Europe ! Pour un peu plus que le prix d'un verre de vin, venez passer une soirée inoubliable ! »

Chevauchant à ses côtés, John Astley, le fils en question, en imposait autant que son père, mais dans un tout autre style. Si Astley père rappelait un chêne, trapu et ombrageux, Astley fils tenait plutôt du peuplier : grand, svelte et gourmé à souhait, le profil impeccable, son beau visage aux traits réguliers encadrait des yeux clairs et calculateurs. À la différence de son père, il était instruit, d'où son allure guindée, voire empruntée. Philip Astley montait son destrier blanc à la manière de l'officier de cavalerie qu'il avait jadis été — et s'imaginait toujours être —, utilisant sa monture pour se rendre où et comme il voulait. John Astley, lui, montait sa belle jument alezane, dont les jambes fines se terminaient par des sabots agiles, à croire que sa monture et lui étaient le seul et même héros d'un spectacle sans fin. Il traversa d'un trot gracieux le pont de Westminster, entraînant sa jument dans un enchaînement compliqué de déplacements divers, au rythme d'un menuet que jouait un petit orchestre — trompette, cor d'harmonie, accordéon et tambour. Ainsi brimbalé, tout autre écuyer eût bien vite semé gants, chapeau et cravache, mais John Astley, lui, conservait une sereine élégance.

Silencieuse, la foule avait les yeux rivés sur lui. On admirait le talent du fils, mais c'était le père qu'on aimait.

Sauf Maisie Kellaway, qui le contemplait bouche bée. Jamais elle n'avait vu un aussi beau garçon. À quatorze ans, elle était prête à tomber amoureuse. Bien sûr, John Astley ne la remarqua même pas. Le regard fixé sur les gradins, il ne semblait voir personne.

Anne Kellaway s'était remise de son malaise sans l'aide du brandy qu'elle avait refusé, offusquant ainsi Maggie, l'homme à la tourte, la femme aux miettes dans les cheveux, l'homme dont elle avait agrippé l'épaule et bien entendu le garçon d'écurie qui lui avait tendu le flacon : tout le monde, hormis les Kellaway. Anne Kellaway semblait ailleurs, fascinée qu'elle était par la parade qui suivait John Astley. Les acrobates ouvraient le cortège ; avec un ensemble parfait, ils exécutaient de savantes cabrioles qui se muaient en roues et sauts en arrière.

Venait ensuite une meute de chiens, qui, au coup de sifflet, se dressèrent sur leurs pattes arrière, firent quelques pas avant de se lancer dans un jeu de saute-mouton très élaboré. Si étonnants fussent-ils, ces numéros retinrent moins l'attention d'Anne Kellaway que celui de la voltigeuse. Deux gaillards portaient des mâts entre lesquels était tendu ce qui ressemblait à une grosse corde à linge. Assise au milieu de la corde, une femme au visage rond, vêtue d'une robe de satin rayé rouge et blanc, au corsage moulant et à la jupe évasée, se balançait comme sur une escarpolette, puis entortillait un segment de corde autour de sa jambe, le plus naturellement du monde. Maggie fit signe à Jem et Maisie et leur dit tout bas :

« C'est Miss Laura Devine. Elle vient d'Écosse, c'est la plus célèbre danseuse de corde d'Europe. »

À un signal, les deux gaillards s'écartèrent, la corde se tendit et Miss Devine effectua un élégant saut périlleux, révélant plusieurs épaisseurs de jupons rouges et blancs. Encouragée par les cris de la foule admirative, elle répéta la figure, une fois, puis deux, puis trois, se livrant à une série ininterrompue de sauts périlleux, virevoltant jusqu'à ce que ses jupons se fondent en un tourbillon de rouge et de blanc.

« Ça s'appelle le Cochon à la broche », expliqua Maggie.

Les deux porteurs se rapprochèrent, et Miss Devine, toujours souriante, termina par une ultime voltige qui sembla la propulser vers le ciel.

Anne Kellaway ne la lâchait pas des yeux, s'attendant à la voir s'écraser sur le sol comme son fils Tommy du haut de son poirier, alors qu'il essayait de cueillir cette poire qui le narguait et le narguerait à jamais. Miss Devine, elle, ne tomba pas ; à vrai dire, elle en semblait incapable. Pour la première fois depuis la mort de Tommy, Anne Kellaway cessa de ressentir en son cœur la morsure du chagrin. Allongeant le cou, elle ne détachait pas son regard de Miss Devine qu'elle ne faisait plus qu'entrevoir, la jeune femme étant presque arrivée à l'autre bout du pont. Dieu sait pourtant que ce n'était pas les numéros qui manquaient : un singe sur un poney, un homme qui menait son cheval à reculons en ramassant des mouchoirs, une troupe de danseurs vêtus à l'orientale effectuant d'étourdissantes pirouettes !

« Dis-moi, Jem, qu'est-ce que tu as fait de ces billets ? demanda Anne Kellaway.

— Les voici, Maman. » Jem les sortit de sa poche.

« Garde-les. »

Ravie, Maisie battit des mains et se mit à sautiller sur place.

« Range-les vite ! » siffla Maggie. Déjà des curieux se retournaient pour voir les précieux billets. L'homme à la tourte se pencha vers Anne Kellaway. « Ça serait pas des billets de parterre, ça ? » demanda-t-il. Jem s'apprêtait à les remettre dans sa poche quand Maggie s'écria :

« Voyons, tu y penses pas ! Pas dans ta poche ! s'écria Maggie. Ils vont te les chiper en moins de deux !

— Qui donc ?

— Ces filous… » Maggie montra de la tête deux gamins qui, après s'être frayé par miracle un chemin à travers la foule, venaient de surgir aux côtés de Jem. « Ils sont plus lestes que toi, mais j'ai rien à leur envier. Regarde ! » Elle saisit les billets et, sourire aux lèvres, les glissa contre sa poitrine.

« Moi, je peux les garder, suggéra Maisie. Toi, t'as pas de corset sous ta robe. » Le sourire de Maggie retomba.

« C'est moi qui vais les garder ces billets », déclara Anne Kellaway en tendant la main à Maggie qui les lui remit en grimaçant. Anne Kellaway les rangea dans son corset avant de s'emmitoufler dans son châle. Son air grave et triomphant serait la meilleure façon de décourager les détrousseurs de tout poil…

Les musiciens défilaient, suivis de trois hommes qui fermaient la parade en agitant des bannières tricolores rouge jaune blanc sur lesquelles était écrit CIRQUE ASTLEY.

« Qu'est-ce qu'on fait, maintenant ? demanda Jem. Si on allait voir l'abbaye ? »

Autant parler à des sourds. Éperdue, Maisie fixait John Astley qui, dans sa redingote, n'était plus qu'un mirage bleu sur les flancs de la jument. Anne Kellaway contemplait au loin le chapiteau, songeant aux joies inattendues de la soirée. Depuis le parapet, Thomas Kellaway suivait une péniche pleine à ras bord de bois que des rameurs acheminaient sur le mince ruban d'eau en direction du pont.

« Viens, ils suivront ! » Maggie saisit Jem par le bras et, se faufilant entre les calèches et carrioles qui circulaient de nouveau sur le pont, ils prirent le chemin de l'abbaye de Westminster.

IV

L'abbaye de Westminster était le monument le plus haut, le plus grandiose de cette partie de Londres, la sorte de monument que les Kellaway s'attendaient à voir partout en ville. D'où leur déception en découvrant Lambeth : ces rues sales, cette foule, ce bruit, ces immeubles décrépis, sans caractère. Rien de tout cela ne correspondait à l'image qu'ils se faisaient de Londres depuis leur Dorset natal. L'abbaye de Westminster, en revanche, répondait à leurs attentes, avec ses deux imposantes tours carrées, ses étroits vitraux avec leur foison de détails, la dentelle de pierre de ses voûtes, ses contreforts en saillie et ses clochetons.

Voilà au moins une raison qui justifie notre présence à Londres, se disait Anne Kellaway, pour la deuxième fois depuis leur arrivée à Lambeth, la première fois remontant à tout juste une demi-heure, quand elle avait vu Miss Laura Devine exécuter le numéro du Cochon à la broche.

Une fois sous la voûte du portail entre les tours, les Kellaway s'arrêtèrent pile, irritant les autres visiteurs, contraints de les bousculer pour pénétrer dans l'abbaye.

Maggie, déjà à l'intérieur, se retourna et maugréa :

« Regardez-moi ces culs-terreux ! »

Les Kellaway étaient plantés là, en rang d'oignons, tous quatre le nez en l'air, la tête renversée en arrière selon un angle identique. Quoi qu'il en soit, elle ne leur en voulait pas. Elle avait souvent visité l'abbaye et avait été saisie à chaque fois par le même émerveillement. Où que vous vous tourniez, vous admiriez le marbre des chapelles, des tombes, vous caressiez du bout des doigts la pierre ciselée, ébloui par cette élégante opulence.

Ce furent les dimensions de l'édifice qui coupèrent le souffle aux Kellaway. Tous quatre avaient les yeux rivés sur les voûtes de la nef : jamais ils n'avaient vu de plafond aussi haut.

Maggie finit par perdre patience. « Il y a d'autres choses à voir que le plafond, dit-elle à Jem. Et des plafonds, y en a de plus beaux ! Attends de voir celui de Lady Chapel ! »

Désireuse de faire apprécier à leur juste valeur les richesses de Londres, Maggie mena les Kellaway sous les arcades et dans les petites chapelles latérales, mentionnant au passage les noms de personnages célèbres qui y reposaient, souvenirs d'une visite guidée en compagnie de son père : Lord Hunsdon, la comtesse de Sussex, Lord Bourchier, Édouard Ier, Henri III. Ce chapelet de noms n'avait pas grand sens pour Jem, qui, une fois habitué à la monumentalité du lieu, restait froid devant toute cette pierre. Son père et lui travaillaient le bois ; pour lui, la pierre était glaciale, ingrate. Il ne pouvait toutefois s'empêcher d'admirer les tombes ouvragées, avec leurs gisants de marbre brun et beige, les reliefs de cuivre sur d'autres dalles ou les piliers noirs et blancs qui ornementaient les sépultures.

Le temps qu'ils arrivent à l'autre bout de l'abbaye, la chapelle d'Henri VII, dite la Lady Chapel et que Maggie annonce triomphalement, « Elizabeth Ire », Jem ne l'écoutait plus, il bayait aux corneilles. Jamais il n'eût imaginé pareille magnificence.

« Oh, Jem, regarde ce plafond », souffla Maisie, en admiration devant la voûte en éventail, dentelle de pierre arachnéenne, rehaussée à la feuille d'or.

Cependant, Jem ne regardait pas le plafond, mais les stalles, réservées aux dignitaires de la cour, le long des deux côtés de la chapelle. Chaque siège était surmonté d'une colonne en chêne de presque trois mètres de haut aux entrelacs si compliqués que l'on n'aurait pas été surpris d'apprendre que leurs sculpteurs étaient devenus fous en y travaillant. Ici, enfin, du bois travaillé d'une façon que les Kellaway ne verraient ni dans le Dorset, ni dans le Wiltshire, ni dans le Hampshire, nulle part ailleurs en Angleterre. Jem et son père restèrent béats d'admiration devant ces merveilles, tels des fabricants de cadrans solaires qui verraient pour la première fois une horloge mécanique.

Maggie qui, depuis un moment, avait disparu, revint en courant vers Jem. « Viens voir ! » dit-elle tout bas, l'entraînant vers le centre de l'abbaye et la chapelle d'Édouard le Confesseur. « Regarde ! » murmura-t-elle, indiquant d'un signe de tête l'une des tombes entourant le mausolée du roi Édouard.

Debout à côté de la tombe, Mr Blake contemplait le gisant, une dame de bronze. Les yeux rivés sur le visage impassible de la dame, il griffonnait dans un petit carnet couleur de sable, sans regarder ni le papier ni son crayon.

Le doigt sur ses lèvres, Maggie s'avança sur la pointe des pieds vers Mr Blake. Jem la suivit, non sans réticence. Lentement, résolument, ils s'approchèrent de lui par-derrière. Absorbé par son dessin, Mr Blake ne se rendit compte de rien. Les enfants s'aperçurent qu'il chantonnait, un fredon haut perché, plus proche de la susurration des moustiques que de la voix humaine. Par moments, ses lèvres formaient des mots que l'on avait peine à deviner.

Maggie ne put s'empêcher de rire. D'un signe de tête, Jem la rappela à l'ordre. Ils étaient assez près de Mr Blake pour jeter un coup d'œil à ce qu'il dessinait. Jem tressaillit, Maggie resta la bouche ouverte : bien que la statue fût en habits d'apparat, Mr Blake l'avait représentée nue. Il se retourna et continua à dessiner en fredonnant, conscient de la présence des enfants.

Jem prit Maggie par le coude et la fit sortir de la chapelle.

Lorsqu'ils furent hors de portée de voix, Maggie éclata de rire. « T'imagines ça, toi, déshabiller une statue ! »

L'irritation de Jem l'emporta sur son envie de rire. Il en avait soudain assez de Maggie, de son rire bruyant et cruel, de ses remarques acerbes, de ses manières affectées. Il rêvait d'une compagne simple et discrète, qui s'abstiendrait de le juger ou de juger Mr Blake. Il se tourna vers elle et, d'un ton brusque, lui demanda :

« Tu devrais pas être avec ta famille ?

— À l'heure qu'il est, ils doivent être au pub. Je peux les rejoindre plus tard, répondit-elle en haussant les épaules.

— Eh bien moi, je rentre, annonça Jem d'un ton qu'il regretta en voyant passer dans le regard de Maggie une lueur chagrine sous une indifférence feinte.

— Comme tu voudras. »

Elle haussa de nouveau les épaules et tourna les talons.

« Non, Maggie, attends ! » cria Jem en la voyant s'échapper par une porte latérale qu'il n'avait pas remarquée. Comme le jour de leur première rencontre, à peine fut-elle partie qu'il la souhaita de retour à ses côtés. Sentant alors un regard posé sur lui, il leva la tête et aperçut, par-delà l'allée centrale, au fond de la chapelle d'Édouard le Confesseur, Mr Blake qui le fixait, son crayon immobile au-dessus de son carnet de croquis.

V

Anne avait insisté pour qu'ils arrivent en avance, aussi prirent-ils place sous le chapiteau dès cinq heures et demie de l'après-midi. Il leur fallut attendre une heure pour que le public le remplisse et que le spectacle commence. Les billets de parterre donnaient le droit de s'asseoir sur les bancs, mais certains préféraient rester debout, entassés contre le garde-fou, près de la piste où les chevaux galopaient, les danseurs évoluaient, et les soldats livraient bataille. Les Kellaway trompèrent leur attente en regardant autour d'eux, il y avait tant à voir ! Jem et son père examinèrent la charpente des loges et du dernier balcon, ornée de moulures et d'un feuillage en trompe-l'œil. Le lustre, roue à trois étages qui avait retenu l'attention de Thomas Kellaway lors de sa première visite, était à présent illuminé de centaines de bougies, qui s'ajoutaient aux flambeaux autour des loges et du dernier balcon. Au-dessus d'eux, les fenêtres haut perchées du chapiteau laissaient pénétrer les dernières lueurs du jour. D'un côté de la piste, on avait monté une petite estrade, avec une toile de fond représentant montagnes, chameaux, éléphants et tigres, la touche exotique dont parlait Philip Astley lorsqu'il présentait *Le Siège de Bangalore.*

Les Kellaway observèrent également le public. Dans le parterre se côtoyaient artisans et commerçants, marchands de fournitures pour bateaux aussi bien que tailleurs, menuisiers, forgerons, imprimeurs ou bouchers. Les loges accueillaient les classes intermédiaires : négociants, banquiers, hommes de loi, venus pour la plupart de Westminster, de l'autre côté du fleuve. Le public du dernier balcon était plus fruste : soldats, marins, arrimeurs, débardeurs qui travaillaient au port ou dans les entrepôts le long de la Tamise, mais aussi charbonniers, cochers, garçons d'écurie, briquetiers, éboueurs, jardiniers, vendeurs à la sauvette, chiffonniers et autres. Un certain nombre de domestiques, apprentis et gamins s'y pressaient également.

Thomas Kellaway s'esquiva et ne tarda pas à réapparaître, tendant aux siens quatre oranges avec un sourire gauche. C'était la première fois que Jem voyait des oranges. Rares à Londres, elles étaient pour ainsi dire introuvables à Piddletrenthide. Intrigué, il examina cette peau bizarre, y planta les dents comme dans une pomme et comprit trop tard qu'elle n'était pas comestible. Maisie s'esclaffa en voyant son frère recracher l'écorce.

« Nigaud, dit-elle tout bas. Regarde comment on fait. »

De la tête, elle lui montra des gens assis près d'eux fort habiles à peler leur orange. À force d'être piétinés, les restes d'écorce qui jonchaient le sol dégageaient des effluves acides et âpres qui contrastaient avec ceux de crottin de cheval, de sueur et de fumée des flambeaux.

La musique retentit, Philip Astley monta sur l'estrade pour s'adresser au public. Après avoir scruté le parterre, il arbora un sourire satisfait en apercevant Anne Kellaway : son charme avait opéré, l'ancienne ennemie s'était ralliée à lui. « Bienvenue, bienvenue au cirque Astley ! Bienvenue à son Salon royal, bienvenue au Nouvel Amphithéâtre en cette saison 1792 ! Vous n'en croirez pas vos yeux ! Êtes-vous prêts à passer un merveilleux moment ? »

Le public applaudit.

« Vous n'en croirez pas vos yeux ! Vous en aurez le souffle coupé ! »

Nouveaux applaudissements.

« Voulez-vous être stupéfiés, éblouis ? Alors, que le spectacle commence ! »

Jusque-là Jem semblait apprécier, mais dès le début il commença de trouver le temps long. À l'inverse de sa mère, il ne voyait pas dans le cirque une distraction bienvenue. À l'inverse de Maisie, il n'avait le béguin pour aucun des artistes. À l'inverse de son père, il n'était pas heureux de voir les autres heureux. Il savait bien qu'il se devait d'admirer ces numéros inédits où des jongleurs lançaient des torches sans se brûler, où un cochon savant effectuait additions et soustractions, où un cheval mettait à chauffer une bouilloire pour se faire une tasse de thé, où Miss Laura Devine virevoltait de tous ses jupons, où deux funambules partageaient un repas sur une table à dix mètres du sol, où un cavalier en équilibre sur deux chevaux au galop sirotait un verre de vin. Chacun de ces numéros défiait une loi de l'existence : pour lui, il était impossible de rester debout sur une corde ou sur des chevaux au galop sans tomber. Dans son monde, les cochons ne savaient pas compter ni les chevaux faire le thé. Quant à Miss Devine, comment n'avait-elle pas la nausée à force de tournoyer ?

Jem savait tout cela, mais au lieu de s'extasier devant ces prodiges, bouche bée, les yeux écarquillés en poussant des cris de surprise avec ses voisins — y compris Maisie et ses parents —, il s'ennuyait pour la bonne raison que ces numéros n'avaient rien à voir avec la vie. Ils étaient si loin de son expérience du monde qu'ils le touchaient peu. Si le cavalier s'était contenté de galoper debout sur un seul cheval, si les jongleurs s'étaient contentés de lancer des balles plutôt que des torches enflammées, peut-être eût-il, lui aussi, ouvert de grands yeux et crié son enthousiasme aux artistes.

Les pantomimes et leurs danses orientales, les simulacres de batailles, les maisons hantées et les amoureux roucoulants ne le captivaient pas davantage. Seuls les changements de décor où montagnes, animaux, océans houleux, scènes de bataille grouillantes de soldats et de chevaux disparaissaient comme par magie pour être aussitôt remplacés par des cieux étoilés, des ruines médiévales ou une vue de Londres, trouvaient grâce à ses yeux. Mais il avait du mal à comprendre pourquoi les gens venaient voir une réplique de la ligne des toits de Londres, alors qu'il leur aurait suffi de se rendre sur le pont de Westminster pour contempler l'original.

Le visage de Jem ne s'éclaira qu'au bout d'une heure, quand il remarqua Maggie dans les tribunes, entre deux soldats. Sans doute le voyait-elle, mais rien dans son expression ne le laissait deviner, absorbée qu'elle était par ce qui se passait sur la piste. Maggie riait des pitreries d'un clown qui chevauchait à reculons avec, à ses trousses, un singe, lui aussi à cheval. C'était ainsi que Jem aimait la regarder, à son insu, parfaitement heureuse et insouciante, quand tombait le masque et que son angoisse naturelle cédait un moment la place à l'innocence.

« Je vais aux cabinets », murmura Jem à sa sœur, qui hocha la tête, les yeux rivés sur le singe qui venait de bondir de sa monture à celle du clown. Tandis que Jem se frayait un chemin à travers la foule, sa sœur riait et applaudissait.

Une fois à l'extérieur, il trouva l'entrée des tribunes, qui marquait la séparation entre la populace et les gens comme il faut. Deux hommes barraient l'accès aux gradins. « Six pence pour voir le reste du spectacle, dit l'un d'eux à Jem.

— J'ai une place de parterre, expliqua Jem. Je monte juste voir une amie.

— T'as une place de parterre, toi ? répéta l'homme. Montre-moi ton billet.

— C'est ma mère qui l'a », répondit Jem. Anne Kellaway avait rangé les souches des billets dans son corset, pour les garder en souvenir.

« Alors ça te fera six pence pour voir la fin du spectacle.

— Mais j'ai pas d'argent !

— Dans ce cas, sors de là !

— Mais…

— Va-t'en, ou je t'expédie à Newgate d'un grand coup de pied dans le cul », gronda l'autre, et les deux compères de s'esclaffer.

Jem revint à l'entrée principale où, faute de billet, on lui interdit également l'accès aux tribunes. Il resta là un moment à écouter les rires provenant du parterre, puis il décida d'aller s'asseoir sur les marches de l'entrée, entre les deux colonnades monumentales. En face du chapiteau, près de l'endroit où, le jour de leur arrivée à Londres, sa famille et lui avaient dû patienter dans la carriole de Mr Smart, une vingtaine de voitures attendaient pour reconduire les spectateurs chez eux, ou les emmener finir la soirée aux Vauxhall Pleasure Gardens, à une demi-lieue de là. Des cochers somnolaient sur leur siège, d'autres bavardaient, fumaient ou contaient fleurette aux filles de joie qui s'étaient aventurées jusque-là.

Hormis les clameurs occasionnelles du public, la rue était calme. Bien que les parages immédiats du cirque fussent généreusement éclairés par des lampes et des flambeaux, on s'enfonçait vite dans les ténèbres, et le pont de Westminster n'était qu'une arche sombre bordée de deux rangées de réverbères au-delà desquelles Londres s'étendait tel un grand manteau noir.

Jem se sentit attiré vers le fleuve, vers le pont. Il s'y rendit, se repérant aux flaques de lumière des réverbères. Parvenu au milieu du pont, il s'arrêta et se pencha au-dessus du parapet. À cette hauteur et dans le noir, il était impossible de voir jusqu'en bas. La Tamise, ce soir-là, lui semblait un fleuve différent, différent de celui que sa famille et lui avaient vu. La marée était haute. Jem entendait le clapotis de l'eau qui léchait, lapait les piliers de pierre soutenant le tablier du pont. On eût dit un troupeau de vaches qui, le souffle pesant, pataugeaient dans la boue en pleine nuit. Il respira à fond : comme les vaches, le fleuve sentait l'herbe fraîche et les excréments, un singulier mélange de ce que cette ville ingérait et excrétait.

Une autre odeur l'enveloppa alors, et lui rappela, en plus intense, plus capiteuse, celle de la peau d'orange dont ses doigts étaient encore imprégnés. Trop capiteuse, même : elle lui monta à la tête à l'instant où une main se refermait sur son bras et une autre se glissait dans sa poche.

« Salut, chéri, dis-moi, c'est ton destin que tu cherches là en bas ? Eh bien, tu m'as trouvée ! »

Jem tenta de se dégager, mais la femme avait de la poigne. Elle n'était guère plus grande que lui et l'on devinait les années sous son maquillage. Sa tignasse était d'un jaune étincelant, même dans la pénombre, et elle portait une robe bleue crasseuse, au décolleté généreux. Elle appuya sa poitrine contre l'épaule de Jem.

« Ça sera juste un shilling pour toi, chéri. »

Jem plongea les yeux dans cette gorge nue, ridée, il sentit monter en lui désir et dégoût.

« Laisse-le tranquille ! » cria une voix dans les ténèbres : Maggie fondit sur eux et arracha la main de la femme du bras de Jem.

« Il veut pas de toi ! En plus, tu sens le bouc, espèce de vieille morue vérolée, et puis tu demandes trop cher !

— Sale petite garce ! » hurla la prostituée, levant la main pour gifler Maggie, qui esquiva le coup. La femme perdit l'équilibre. Elle chancela et Jem reconnut dans son haleine le gin et l'orange pourrie. Voyant qu'elle ne tenait pas sur ses pieds, il lui tendit la main. Maggie s'interposa.

« Arrête ! Tu pourras plus t'en débarrasser ! Elle te dépouillera de tout ce que t'as. Si ça se trouve, c'est déjà fait. Tu avais de l'argent sur toi ? »

Jem secoua la tête.

« Eh bien tant mieux ! Tu pourrais plus le récupérer. Elle se le serait déjà fourré là où je pense. » Maggie regarda autour d'elle.

« Elles se précipitent à la sortie du spectacle. C'est là qu'elles se font le plus de beurre : quand les gens ont passé une bonne soirée au cirque. »

Jem regarda la femme s'éloigner d'un pas mal assuré. Parvenue au réverbère suivant, elle entreprit de racoler un autre homme, qui l'envoya promener sans même la regarder. Encore tout secoué, Jem se tourna vers le fleuve.

« C'est ce que je déteste le plus dans cette ville. »

Maggie s'adossa au parapet.

« Mais vous en avez bien, des prostituées, vous, à Piddle machin chouette, non ?

— Y en a à Dorchester. Mais elles sont pas comme ça. »

Ils restèrent là un moment, à regarder le fleuve.

« Pourquoi t'es parti au milieu du spectacle ? » demanda soudain Maggie.

Jem hésita à répondre. « Je me sentais tout chose, je suis allé prendre l'air. On étouffait. »

Il lut sur le visage de Maggie qu'elle n'en croyait pas un mot ; toutefois, elle n'ajouta rien et se contenta de ramasser un caillou qu'elle jeta dans le fleuve. Ils tendirent tous deux l'oreille pour l'écouter tomber, mais une voiture qui passait les en empêcha.

« Et toi, pourquoi tu es sortie ? » demanda Jem quand la voiture se fut éloignée.

Maggie fit la moue.

« Il restait plus que le Tailleur de Brentford, et puis le numéro de la fin. Je sais pas combien de fois je l'ai vu le Tailleur ! Et le final, où ils tirent des feux d'artifice sur le fleuve, on le voit beaucoup mieux dehors. »

Une explosion de rires retentit sous le chapiteau.

« C'est le numéro du Tailleur », dit Maggie.

Les rires se turent. Aucune voiture ne vint troubler le silence. Jem se tenait contre le parapet aux côtés de Maggie, sans trop savoir que lui dire. Bien que manifestement blessée un peu plus tôt par la remarque que Jem lui avait faite dans l'abbaye de Westminster, elle n'en laissait rien paraître. Il était tenté de lui dire quelque chose, mais il craignait de rompre la fragile trêve qui semblait s'être instaurée entre eux.

« J'ai un tour de magie à te montrer, dit soudain Maggie.

— Quoi ?

— Entre là-dedans. » Elle lui montra l'une des niches en pierre surmontant chaque pile du pont. Semi-circulaire, haute de quatre coudées, elle servait à protéger les passants de la pluie. Une lampe fixée au-dessus éclairait tout autour, laissant l'intérieur dans l'obscurité. Pour faire plaisir à Maggie, Jem pénétra dans le réduit noir et tourna son visage vers elle.

« Non, mets-toi face au mur, contre la pierre », ordonna-t-elle.

Jem obéit. Il se sentit stupide et vulnérable, le dos à la ville, le nez touchant presque la froide muraille. Humide et sombre, l'abri sentait l'urine et la fornication. Et si Maggie était en train de lui jouer un sale tour ? Et si elle était allée chercher une prostituée, pour la lui jeter dans les bras ? Piégé dans cette niche, il n'aurait aucune échappatoire. Il s'apprêtait à se retourner pour lui dire ce qu'il en pensait, quand il entendit sa voix charmeuse lui susurrer à l'oreille :

« Devine d'où je te parle ! »

Jem fit volte-face. Point de Maggie. Il sortit de la niche, regarda de tous côtés, se demandant s'il avait rêvé. C'est alors qu'elle surgit des ténèbres, de l'autre côté de la route. « Retourne à l'intérieur ! » commanda-t-elle.

N'y comprenant plus rien, Jem obtempéra, et revint se poster face au mur. Comment diable pouvait-elle lui chuchoter à l'oreille et se retrouver de l'autre côté de la route aussi vite ? Il attendit qu'elle recommençât, comptant bien cette fois la prendre sur le fait. Une voiture passa. Lorsque le silence revint, il entendit à nouveau la voix de Maggie dans son oreille :

« Salut, Jem. Dis-moi quelque chose de gentil. »

Jem fit de nouveau volte-face : toujours pas de Maggie. Il hésita, puis se tourna contre le mur. Encore une fois, la voix résonna dans la pierre :

« Allons, Jem, tu vas pas me dire quelque chose ?

— Tu m'entends ? demanda Jem.

— Oui ! C'est-il pas incroyable ? Je t'entends et tu m'entends ! »

Jem se retourna et scruta, de l'autre côté de la route, l'endroit où se tenait Maggie. Quelque chose bougea dans l'abri et Jem reconnut son châle blanc sur ses épaules.

« Comment tu fais ça ? » demanda-t-il, mais sa question resta sans réponse. « Maggie ? » Voyant qu'elle ne répondait toujours pas, Jem se plaça face au mur. « Tu m'entends ?

— Maintenant, oui. Faut être face au mur, tu sais. Sinon, ça marche pas, et… »

Deux voitures passèrent, couvrant la fin de sa phrase.

« M'enfin, comment ça marche ? demanda Jem.

— J'sais pas. Ça marche, c'est tout. C'est une des filles qui m'a montré le truc. C'est encore mieux si on chante.

— Si on chante ?

— Oui. Alors vas-y, chante-nous une chanson ! »

Après un temps de réflexion, Jem entonna :

Violette et primevère
Sous un buisson blotties
Paradent leurs vives couleurs
Et leurs senteurs exhalent.

Sauvage, parmi le thym,
La rose en mai s'éveille
Et le coucou ses douceurs épand
Sur le tapis de bruyères.

Bien que juvénile encore, sa voix était sur le point de muer. Seule dans le noir, le visage contre la paroi de son abri, Maggie savourait les paroles. Au lieu de prendre son petit air narquois, elle souriait, en écoutant cette chanson simple et cette voix claire.

Quand il eut fini, tous deux se turent. Une autre voiture passa. En présence d'un tiers, Maggie n'aurait pu s'empêcher de décocher quelque sarcasme, tournant en dérision une chanson parlant de fleurs, ou raillant la nostalgie qu'éprouvait Jem pour sa vallée natale. Mais ainsi réfugiés au creux de la pierre, seule à seul, sur le pont, ils étaient coupés du monde, et pourtant unis par le lien sonore que tissaient leurs voix entre les deux niches.

Aussi s'abstint-elle de toute moquerie, et répondit-elle par une chanson :

Tout gars d'la campagne que j'suis
Ton caquet j'm'en vais rabattre
Pas besoin d'être né à la ville,
Pour savoir que deux et deux font quatre.

Mets donc tes grands airs au rancart
Ça te sied vraiment pas ;
Comment le gars de la ville
Serait-il meilleur que le paysan
Quand tous deux au Jugement paraîtront ?

Elle entendit Jem glousser : « J'ai jamais dit que la campagne c'était mieux que la ville. D'ailleurs, je pense pas que l'un est l'opposé de l'autre.

— Bien sûr que si.

— Je pense pas, répéta Jem. À Lambeth, il y a bien des ruelles où on trouve les mêmes fleurs que dans la Piddle

Valley : des coucous, des boutons-d'or, de la chélidoine, tu sais, l'herbe de l'hirondelle. De toute façon, moi, les opposés, j'ai jamais compris ce que c'était.

— C'est bête comme chou. » La voix de Maggie flottait autour de lui. « C'est quand une chose est complètement différente d'une autre. Par exemple, l'opposé d'une pièce obscure, c'est une pièce éclairée.

— Mais dans les deux cas, c'est toujours la même pièce.

— Alors oublie la pièce, pense juste au noir et au blanc. Bon, maintenant, si t'es pas mouillé, qu'est-ce que tu es ?

— Sec, répondit Jem au bout d'un moment.

— Exact. Et si t'es pas un garçon, tu es…

— Une fille, je…

— Si t'es pas bon, tu es…

— Méchant. Je sais. Mais…

— Et si tu vas pas au ciel, tu vas…

— En enfer. Arrête ! Oui, je sais tout ça ! C'est juste que… »

Une voiture qui passait noya ses paroles. « C'est juste que c'est pas facile d'en parler comme ça, reprit Jem, une fois le silence revenu.

— Quoi, tu veux dire, des deux côtés *opposés* de la route ? » Le rire de Maggie résonna dans la niche de pierre. « Alors viens me retrouver. »

Jem traversa en courant au moment où Maggie sortait de sa guérite. « Tu vois, dit-elle. Nous voilà toi et moi, un garçon et une fille du même côté de la route. »

Jem tiqua. « Mais ça a rien à voir avec les opposés, dit-il en indiquant d'un geste sa précédente cachette. Là-bas, c'est l'autre côté ; ça veut pas dire que c'est différent. Ici, là-bas, c'est les deux côtés de la même route.

— Eh bien, mon garçon, ce sont précisément ces côtés qui font de la route une route », dit l'une des deux silhouettes qui s'avançaient vers eux depuis la rive de la

Tamise où s'élevait Westminster. À la lumière du réverbère, Jem reconnut le front de Mr Blake et ses grands yeux dont le regard vous pénétrait, même dans l'obscurité.

« Bonsoir, Mr Blake, bonsoir, Mrs Blake, dit Maggie.

— Bonsoir, mon enfant », répondit Mrs Blake.

Trapue comme son mari et légèrement plus petite, Catherine Blake avait des petits yeux enfoncés dans leurs orbites, le nez épaté et de bonnes joues toutes roses. Elle était coiffée d'un vieux bonnet au bord déformé, comme si quelqu'un s'était assis dessus quand il avait pris la pluie. Elle souriait, l'air las, donnant l'impression d'avoir accepté de suivre son mari dans cette promenade nocturne qui ne l'enchantait guère. Jem connaissait cette expression pour l'avoir vue chez des femmes moins souriantes, qui faisaient le pied de grue pendant que le mari vidait sa dernière pinte, ou terminait une discussion de comptoir entre commis sur le cours du grain.

« Voyez-vous... continua Mr Blake, qui, absorbé dans sa démonstration, oublia de les saluer en retour... Ce côté-ci, c'est le côté de la lumière ; ce côté-là, c'est le côté de l'ombre...

— Voilà deux opposés, interrompit Maggie. L'ombre et la lumière, c'est ce dont on parlait Jem et moi, pas vrai, Jem ? »

Le visage de Mr Blake s'illumina.

« Ah, les opposés ! On les appelle aussi les contraires ! Et que disiez-vous à leur sujet, ma fille ?

— En fait, Jem y comprend que couic, et j'essayais de lui expliquer...

— Mais c'est pas vrai, je comprends très bien, intervint Jem. Bien sûr que le mal c'est le contraire du bien, et une fille, c'est le contraire d'un garçon. Mais... » Il s'arrêta. Cela lui faisait tout drôle d'aborder ces questions avec un adulte. Jamais il n'aurait une conversation de ce genre avec ses parents, ni dans les rues de Piddletrenthide ni au pub : là, on se demandait plutôt s'il gèlerait dans la nuit, qui partirait bientôt pour Dorchester, ou quel champ d'orge était fin prêt pour la moisson. Quelque chose avait changé en lui depuis son arrivée à Londres.

« Qu'y a-t-il, mon garçon ? » demanda Mr Blake, attendant que Jem continuât. Qu'un adulte s'intéressât à ce qu'il pensait, voilà qui était également nouveau pour lui. Jem reprit la parole posément, enchaînant ses idées comme on progresse sur un sentier rocailleux : « Eh bien, disons que le plus drôle avec les contraires, c'est que le sec et le mouillé, ça concerne l'eau ; les garçons et les filles, c'est des gens ; et le ciel et l'enfer, c'est là qu'on va quand on meurt. Ils ont tous quelque chose en commun, et ils ne sont pas si différents que ça l'un de l'autre, quoi qu'en pensent les gens. C'est pas parce qu'on a l'un que l'autre disparaît pour autant. » Jem faisait un tel effort pour expliquer tout cela qu'il en avait mal à la tête.

Fort à l'aise, Mr Blake l'écoutait avec des hochements de tête approbateurs, comme si l'explication était pour lui parfaitement limpide et familière.

« Très juste, mon garçon. Dans ce cas, dis-moi : quel est le contraire de l'innocence ?

— Facile, interrompit Maggie. La connaissance !

— Exact, ma fille. L'expérience. » Maggie rayonna.

« Mais alors, dis-moi : te considérerais-tu innocente ou expérimentée ? »

Visiblement ébranlée par la question, Maggie se rembrunit aussitôt. Jem vit passer sur son visage une expression farouche, la même qu'à leur première rencontre, lorsqu'elle avait évoqué Cut-Throat Lane. Elle jeta un regard noir à un passant et ne répondit pas.

« Eh bien, ma fille, voilà une question à laquelle il est bien difficile de répondre, n'est-ce pas ? En voici une autre. Supposons que l'innocence soit cette rive-ci (il tendit le doigt vers l'abbaye de Westminster) et l'expérience cette rive-là (il montrait le cirque Astley), qu'y a-t-il au milieu du fleuve ? »

Maggie ouvrit la bouche, mais ne trouva rien à répondre dans l'instant.

« Réfléchissez-y, mes enfants, et donnez-moi votre réponse un de ces jours.

— Est-ce qu'on peut vous poser une autre question, Mr Blake ? reprit Maggie qui, en un clin d'œil, s'était ressaisie. Pourquoi vous l'avez peinte toute nue la statue, vous vous rappelez, celle de l'abbaye ? demanda-t-elle.

— Maggie ! » dit tout bas Jem gêné de l'entendre ainsi avouer à Mr Blake qu'ils l'avaient épié. Mrs Blake promena des yeux ronds tour à tour sur Maggie, Jem et son mari.

Mr Blake ne sembla pas s'en offusquer ; il prit, en revanche, la question de Maggie très au sérieux.

« Vois-tu, ma fille, ce n'était pas la statue que je dessinais. Je répugne à copier la nature, même si je m'y suis exercé pendant des années, à l'abbaye, lorsque j'étais apprenti. Cela m'a beaucoup appris : entre autres qu'une fois que l'apparence d'une chose vous est familière, il ne faut pas s'en contenter mais regarder plus en profondeur. Voilà pourquoi je ne copie pas la nature : c'est là un sujet bien trop restreint, un véritable carcan pour l'imagination. Non, cet après-midi, je dessinais ce que l'on m'avait dit de dessiner.

— Qui vous avait demandé ça ?

— Mon frère Robert.

— Il était là ? » Maggie ne se souvenait pas d'avoir vu qui que ce soit avec Mr Blake.

« Mais oui, bien sûr qu'il était là. Et maintenant, Kate, allons-y, si vous le voulez bien…

— Quand vous voudrez, Mr Blake.

— Mais… » Maggie cherchait un prétexte pour retenir les Blake.

« Vous étiez au courant de l'écho dans les niches de pierre, Monsieur ? » intervint Jem, désireux, lui aussi, de retenir Mr Blake. Il y avait en lui quelque chose de peu commun : une distance, mais aussi une certaine qualité d'attention ; un côté adulte, mais aussi enfantin.

« De quel écho parles-tu, mon garçon ?

— Si on se tient face au mur, chacun dans une des niches séparées par la route, on s'entend parler », expliqua Maggie. Mr Blake se tourna vers sa femme.

« Vraiment ? Saviez-vous cela, Kate ?

— Je l'ignorais, Mr Blake.

— Voudriez-vous pas essayer ? insista Maggie.

— Qu'en dites-vous, Kate ?

— Comme il vous plaira, Mr Blake. »

Maggie réprima un fou rire en plaçant Mrs Blake à l'intérieur de la niche, face au mur, tandis que Jem accompagnait Mr Blake dans celle d'en face. Mr Blake se mit à parler à voix basse à la muraille. Au bout d'un moment sa femme et lui éclatèrent de rire. Jem et Maggie entendirent les rires, mais pas la conversation, pour la plupart à sens unique, Mrs Blake se contentant d'approuver de temps à autre. Une fois les Blake absorbés dans leur échange, Jem et Maggie se retrouvèrent sur la route, chacun de son côté, se sentant un peu idiots. Jem finit par rejoindre Maggie.

« Tu crois qu'ils se racontent quoi ?

— J'en sais rien. Sûr qu'ils parlent pas de la pluie et du beau temps ! J'aimerais bien qu'ils nous laissent la place ! »

Peut-être Mrs Blake entendit-elle Maggie car, à cet instant, elle les appela : « Venez me voir, les enfants, Mr Blake va nous chanter quelque chose. »

Jem et Maggie se regardèrent, puis se blottirent dans la niche avec Mrs Blake qui, de près, sentait le poisson frit et la poussière de charbon.

Une fois de plus Jem et Maggie se collèrent au mur, riant un peu bêtement d'être ainsi serrés l'un contre l'autre, sans chercher pour autant à se séparer.

« Nous sommes prêts, Mr Blake, dit à voix basse Mrs Blake.

— Parfait », répliqua la voix désincarnée de son mari. Il y eut un silence puis on entendit un filet de voix aiguë, fort différente de sa voix normale :

Quand les bois verts rient de leur voix de joie,
Et que les rides du ruisseau sont des rires aussi,
Quand l'air est le rire de nos rires,
Quand la colline vert rit du bruit de ce rire.

Quand les prairies de toute leur vivante verdure rient,
Quand les sauterelles rient dans toute cette joie,
Quand Marie, Suzanne et Émilie
De leurs douces bouches rondes chantent : Ah… Ah… Ah…

Quand les oiseaux brillants rient dans l'ombre,
Là où notre table n'est que noix et cerises ;
Viens, vis et sois heureux, mêlons nos voix
Pour chanter en chœur tendrement : Ah… Ah… Ah… [1].

Lorsqu'il eut fini, ils demeurèrent silencieux.

« Pour chanter en chœur tendrement… répéta Maggie, rompant le charme. Je la connais pas cette chanson.

— C'est lui qui l'a composée, expliqua Mrs Blake avec une fierté qui n'échappa point à Jem.

— Il compose ses chansons ? » demanda-t-il. Jem n'avait jamais rencontré personne qui écrivît des chansons que l'on chantait. Il ne s'était jamais demandé d'où elles pouvaient bien sortir ; pour lui, les chansons, ça allait et venait dans les airs, il suffisait de les saisir au vol et de les apprendre.

« Des chansons, des poèmes, et que sais-je, répondit Mrs Blake.

— Elle t'a plu cette chanson, mon garçon ? » demanda la voix spectrale de Mr Blake.

1. Tous les poèmes de William Blake cités sont extraits des *Chants d'Innocence et d'Expérience*. Traduction de Marie-Louise et Philippe Soupault (Charlot, 1947 ; rééd. Quai Voltaire, 2007). (*Note de l'éditeur.*)

Jem sursauta : il avait oublié que Mr Blake pouvait les entendre.

« Oh oui !

— Elle appartient à un livre que j'ai écrit.

— Comment il s'appelle ? » demanda Jem.

Mr Blake marqua une pause. « Les *Chants d'Innocence.*

— Oh ! » s'écria Maggie. Elle se mit à rire, Mr Blake lui fit écho depuis sa guérite, suivi de Mrs Blake, puis de Jem. Ils rirent à faire trembler les murs de pierre qui les abritaient, alors que les premières fusées du bouquet du feu d'artifice embrasaient la nuit.

Mai 1792

iii.

I

Censée repasser les draps et les mouchoirs — le seul repassage que sa mère lui confiât —, Maggie avait laissé la porte du jardin ouverte et surveillait du coin de l'œil le terrain appartenant au cirque Astley, situé derrière la maison où logeaient les Butterfield. La clôture en bois entre leur jardin et le champ aurait dû obstruer la vue, mais elle était vétuste et en piètre état : Maggie s'était si souvent glissée au travers pour s'éviter le détour qu'elle était toute de guingois avec une brèche au milieu. Dès que le fer refroidissait, Maggie le fourrait entre les charbons du poêle et filait regarder par cette ouverture les répétitions du cirque Astley. Elle espérait aussi apercevoir Jem qu'elle devait retrouver là.

De retour dans la cuisine pour la troisième fois, elle trouva sa mère pieds nus, en chemise de nuit, devant la planche à repasser, fronçant les sourcils à la vue du drap que sa fille avait laissé en plan. Maggie se précipita vers le poêle, saisit le fer, en essuya la semelle noire de cendres et s'en retourna à son drap, poussant doucement sa mère sur le côté.

Bet Butterfield ne prêta aucune attention à sa fille. Elle resta campée là, les jambes un peu écartées, les bras croisés sur sa poitrine généreuse qui, libérée de son corset, pendait et se balançait sous sa chemise de nuit. Elle tendit la main et tapota le drap. « Regarde-moi ça, tu l'as brûlé !

— Ça y était déjà ! mentit Maggie.

— Débrouille-toi pour cacher ça quand tu le plieras ! » recommanda sa mère avec un bâillement et un hochement de tête.

Bet Butterfield se plaisait à dire qu'elle avait la lessive dans le sang, car sa mère, sa grand-mère et son arrière-grand-mère avaient été blanchisseuses dans le Lincolnshire. Il ne lui était pas venu à l'esprit de suivre une voie différente, pas même quand Dick Butterfield — dont le front n'était pas encore buriné par les rides — était passé par son village en se rendant du Yorkshire à Londres et, charmeur qu'il était, l'avait persuadée de le suivre. La première chose qu'elle fit en arrivant à Southwark, leur premier quartier à Londres, fut d'acheter une nouvelle bassine pour remplacer celle qu'elle regrettait tant d'avoir laissée au pays. Peu lui importaient le salaire de misère ou les longues heures — Bet commençait à quatre heures du matin les lessives mensuelles de ses bons clients et ne terminait pas avant minuit —, peu lui importaient ses pauvres mains, réduites dès l'âge de vingt ans à l'état de pieds de cochon. La lessive c'était tout ce qu'elle connaissait. Lui suggérer de faire autre chose eût été aussi extravagant que lui dire qu'elle pouvait changer la forme de son visage. Elle n'arrivait pas à croire que non seulement Maggie n'était pas très douée pour la blanchisserie, mais qu'en plus elle n'avait aucune envie d'apprendre le métier.

« Où que tu étais donc ? lui demanda à brûle-pourpoint Bet Butterfield, comme si elle venait de se réveiller.

— Nulle part, répondit Maggie. Je repassais.

— Non, à l'instant tu étais là-bas derrière, pendant que le fer chauffait. » Surprenant, les détails que remarquait, mine de rien, Bet Butterfield…

« Oh ! Je suis allée deux minutes dans le jardin, je voulais regarder les gens du cirque. »

Bet Butterfield jeta un coup d'œil sur la pile de draps. Elle avait accepté de les repasser chez elle pour un shilling de plus. « Arrête d'espionner et repasse. T'en as fait que deux !

— Et demi ! » Maggie plaqua le fer sur le drap. Pour peu qu'elle se montre patiente, sa mère passerait bientôt à autre chose et renoncerait à cet interrogatoire.

En effet, le regard de Bet Butterfield retomba soudain et ses traits se relâchèrent, tel un poing qui se desserre. Elle tendit la main pour prendre le fer. Maggie le posa, sa mère s'en empara et se mit à repasser avec autant de naturel qu'elle se fût promenée, eût brossé ses cheveux ou se fût gratté le bras. « Apporte-nous de la bière, s'il te plaît, mon chou, dit-elle.

— Y en a pas », annonça Maggie, ravie d'avoir un prétexte pour mettre le nez dehors, d'autant que Jem passait la tête par le trou dans la clôture. « Je cours au Pineapple ! » Elle prit une chope dans le buffet et se dirigea vers la porte.

« Touche pas à la clôture ! Fais le tour ! » lui cria Bet Butterfield.

Trop tard… Maggie s'était déjà glissée à travers la brèche.

11

« Où étais-tu ? Ça fait des heures que je t'attends ! dit-elle à Jem en guise de bienvenue.

— On était en train de courber un bras de chaise. C'est plus facile à deux. Bon, je suis là maintenant. »

Depuis la soirée sur le pont de Westminster, Jem et Maggie avaient passé ensemble une bonne partie de leur temps libre. Maggie lui faisait découvrir ses endroits préférés le long du fleuve et lui apprenait à s'y retrouver dans toutes ces venelles. Si parfois elle l'agaçait en étalant ses connaissances, il savait aussi qu'elle lui donnait l'assurance nécessaire pour explorer son univers et en dépasser les frontières. Il s'apercevait qu'il recherchait sa présence. Enfant et adolescent, il avait joué avec des filles de la Piddle Valley, mais il n'avait jamais éprouvé à leur égard ce qu'il commençait de ressentir pour Maggie, même s'il ne le lui avait jamais dit.

« Tu sais, on a raté le numéro de Miss Devine, commenta Maggie en traversant le champ appartenant au cirque Astley.

— J'en ai vu un bout. Maman a suivi ça depuis notre fenêtre.

— Elle est pas tombée, au moins ?

— Non, et ça vaut mieux, y avait ni filet ni matelas. Comment elle y arrive, d'ailleurs ? Marcher sur une corde, comme ça, et sans se prendre les pieds ! »

En dehors de ses célèbres pirouettes et virevoltes, Miss Laura Devine marchait sur une corde qui n'était même pas tendue, donnant l'impression de flâner dans un jardin et de s'arrêter ici ou là pour admirer les fleurs.

« Tu sais, elle est jamais tombée, dit Maggie. Pas une seule fois. Tous les autres, ils ont souvent des problèmes. Un jour j'ai même vu John Astley tomber de son cheval ! Mais Miss Devine, jamais ! »

Ils arrivèrent au mur en contrebas du jardin de Miss Pelham, un coin ensoleillé où ils aimaient s'asseoir et regarder ce qui se passait du côté de chez Philip Astley. Maggie posa la chope et ils s'installèrent par terre, adossés aux briques tièdes. De là, ils voyaient parfaitement les numéros du cirque.

Parfois, si le temps était clément, Philip Astley faisait répéter ses artistes dans la cour devant Hercules Hall. Cela permettait de libérer le chapiteau afin de le nettoyer et de rafraîchir les numéros en les répétant dans un endroit différent. C'était aussi pour Philip Astley une façon de remercier à l'improviste ses voisins et de se faire pardonner les dérangements causés par la présence du cirque dans le quartier. On ne savait jamais quand ça serait, mais dès que des jongleurs allaient et venaient dans le champ en se lançant des torches enflammées, qu'un singe faisait le tour de la cour sur un cheval au galop, ou, comme aujourd'hui, qu'une corde avait été tendue entre deux perches pour les pirouettes de Miss Laura Devine, la nouvelle se répandait et les spectateurs accouraient.

Au moment où Maggie et Jem prenaient place, des acrobates traversaient la cour en se livrant à des culbutes en arrière, puis formèrent une pyramide humaine, d'abord à genoux, puis debout sur les épaules les uns des autres. Pendant ce temps, on amena les chevaux, et plusieurs écuyers — à l'exception de John Astley — commencèrent de répéter un numéro compliqué au cours duquel ils sautaient d'une selle à l'autre.

Jem préférait ce cadre informel au chapiteau, car les artistes étaient plus détendus, ils n'hésitaient pas à s'interrompre pour retravailler un mouvement, détruisant ainsi l'illusion qu'il avait trouvé si difficile à accepter durant un spectacle. Certaines de leurs maladresses l'attendrissaient, tel l'acrobate au sommet de la pyramide qui, ayant perdu l'équilibre, s'était rattrapé à une poignée de cheveux — d'où les cris de leur malheureux propriétaire —, ou cet écuyer qui avait glissé de sa selle et atterri sur son arrière-train, ou encore ce singe qui, après avoir sauté de son cheval, était grimpé sur le toit de Hercules Hall et refusait de redescendre.

Tout en regardant, Jem répondait aux questions sur Piddletrenthide, endroit qui semblait fasciner Maggie. La citadine en elle s'amusait à l'idée qu'au village les choix fussent aussi limités : un seul boulanger, un seul tailleur, un seul meunier, un seul forgeron, un seul pasteur. « Et si t'aimes pas les sermons du pasteur ? Et si le pain du boulanger est dur comme la pierre ? Et si le patron du pub refuse de te servir parce que t'as pas payé à temps ? » Dieu sait que les Butterfield avaient l'habitude des dettes et d'entendre les commerçants cogner à leur porte pour réclamer leur dû ! À Lambeth, ils ne pouvaient plus remettre les pieds chez certains commerçants, ou dans certaines tavernes.

« Oh ! y a pas qu'un seul pub ! Y a le Five Bells, où va mon père, le Crown et le New Inn, à Piddlehinton, le village à côté. Et si t'aimes pas le sermon y a aussi une église à Piddlehinton.

— Un autre Piddle ! Combien de Piddle ça fait donc ?

— Pas mal. »

Au moment où Jem allait les énumérer, un incident interrompit leur conversation. Un jeune garçon errait parmi les artistes, la jambe entravée par un rondin, de ceux dont on se sert pour retenir les chevaux. Entendant un cri, Jem et Maggie se tournèrent et aperçurent Mr Blake debout à côté de lui. « Qui t'a mis une entrave comme ça, mon garçon ? » cria-t-il à l'adolescent terrifié, car, même si sa colère ne visait pas le pauvre garçon, Mr Blake avait de quoi faire peur avec ses sourcils broussailleux, ses yeux à fleur de tête, son regard d'aigle furieux, son corps trapu et imposant.

Le garçon ne put répondre, l'un des jongleurs prit la parole à sa place : « C'est Mr Astley, Monsieur. Mais…

— Qu'on le détache immédiatement ! s'écria Mr Blake. Aucun Anglais ne devrait se voir infliger pareil supplice. Jamais je n'oserais traiter ainsi un esclave, fût-il un assassin, combien moins un jeune innocent ! »

Le jongleur, intimidé lui aussi par Mr Blake, disparut dans la foule qui s'était rassemblée. Maggie et Jem étaient parmi ces curieux. Personne ne se portant au secours du garçon, Mr Blake s'agenouilla près de lui et entreprit de dénouer la corde qui attachait le rondin à sa cheville. « Ça y est, mon garçon ! s'exclama-t-il en se débarrassant de la corde. Celui qui t'a fait ça n'est pas digne d'être ton maître et j'ose ajouter que c'est un couard s'il ne répond pas de ce geste !

— Quelqu'un me traiterait-il de couard ? tonna Philip Astley de cette voix qu'il réservait aux grands moments du cirque. Levez-vous et dites-moi les yeux dans les yeux que je suis un couard, Monsieur ! » Là-dessus, bousculant les badauds il arriva jusqu'à Mr Blake qui vint se placer si près de lui que leurs panses se touchaient presque.

« Oui, je le répète, vous êtes un couard, Monsieur, et même un tyran, hurla-t-il, le regard flamboyant. Traiter un enfant de façon aussi abominable ! Non, Kate, grommela-t-il à l'adresse de Mrs Blake qui avait rejoint le cercle des badauds et tirait son mari par la manche. Non, je ne me laisserai pas intimider par vous. Répondez-moi, Monsieur, pourquoi avez-vous ainsi enchaîné cet innocent ? »

Philip Astley regarda le garçon qui, n'en pouvant plus de cette attention inopportune, était en larmes et semblait, en fait, ne pas vouloir lâcher la corde. Un petit sourire musait sur les lèvres de Philip Astley qui recula d'un pas, le feu de sa colère s'étant soudain refroidi. « Ah ! Monsieur, c'est l'entrave qui vous contrarie, n'est-ce pas ?

— C'est exact, je trouve cela inadmissible ! Tout être civilisé réagirait de même ! Personne ne mérite d'être ainsi traité ! Vous devez faire amende honorable. Oui, présenter vos excuses à ce jeune garçon ainsi qu'à nous, car vous avez fait de nous les témoins involontaires d'une horrible humiliation ! »

Plutôt que de répondre sur le même ton, Philip Astley accueillit cette remontrance d'un petit rire — Mr Blake plaqua ses poings serrés contre ses cuisses et plongea brusquement en avant, comme pour allonger une botte. « Vous croyez que je plaisante, Monsieur ? Je puis vous assurer qu'il n'en est rien ! »

Philip Astley leva les mains pour l'apaiser. « Dites-moi, Mr… Blake, si je ne me trompe ? Mon voisin, je crois, même si nous n'avons pas eu l'occasion de lier connaissance, car Fox encaisse votre loyer, n'est-ce pas, Fox ? » John Fox, qui suivait la scène depuis la foule, approuva d'un bref hochement de tête. « Eh bien, Mr Blake, j'aimerais mener ma petite enquête. Avez-vous songé à demander à ce garçon la raison pour laquelle il porte cette entrave ?

— À quoi bon lui demander ? rétorqua Mr Blake. Il est clair que l'on a infligé à cet enfant une punition barbare.

— Si vous le voulez bien, nous poserons la question au garçon lui-même. Davey ! » hurla Philip Astley dont la voix de stentor ne sembla pas affecter le garçon, habitué à ses rugissements. Assurément, les froncements de sourcils de

Mr Blake, ses yeux qui jetaient des flammes, l'avaient affolé. « Pourquoi traînais-tu ce rondin, mon garçon ?

— Parce que vous l'aviez attachée, Monsieur.

— Vous voyez ? » Et Mr Blake de se tourner vers la foule en quête de son soutien.

Philip Astley leva de nouveau la main. « Et pour quelle raison ai-je attaché ce rondin à ta jambe, Davey ?

— Pour que je m'y habitue, Monsieur. Pour le spectacle.

— Et qu'est-ce que c'est que ce spectacle ?

— Une pantomime, Monsieur. *Les Caprices d'Arlequin.*

— Et quel rôle joues-tu là-dedans ? Je me permets de vous signaler que cette pantomime sera le clou de notre nouveau programme et que John Astley y tiendra le rôle d'Arlequin. » Philip Astley ne pouvait pas laisser passer une occasion de promouvoir son spectacle — et c'était à l'auditoire que s'adressait cette dernière remarque.

« Le rôle d'un prisonnier, Monsieur.

— Et qu'est-ce que tu étais en train de faire ?

— Je répétais, Monsieur.

— Tu répétais ? » reprit Philip Astley avec un grand geste à l'intention de Mr Blake qui continuait à lui lancer des regards furieux. « Comme vous le voyez, Davey répétait son rôle, Monsieur. Il faisait semblant. Et s'il y a quelqu'un qui est bien placé pour comprendre ça, c'est bien vous, Monsieur. Vous êtes graveur, n'est-ce pas ? Un artiste. Je connais votre travail et je le trouve très beau, oui très beau. Vous captez l'essence, oui vraiment. »

Mr Blake voulait donner l'impression d'être au-dessus de ces flatteries, mais il n'y était pas indifférent.

« Vous créez, n'est-ce pas ? poursuivit Philip Astley. Vous dessinez des choses bien réelles, mais vos dessins, vos gravures, ne font que les reproduire, si je ne me trompe ? Ce sont des illusions, Monsieur. Il me semble qu'en dépit de nos différences… » Il jeta un regard de biais au manteau noir sans prétention de Mr Blake, et à sa propre redingote rouge aux boutons de cuivre étincelants que ses nièces astiquaient chaque jour. « Voyez-vous, nous sommes dans le même négoce, Monsieur, nous sommes tous deux des marchands d'illusions. Vous, vous les fabriquez avec votre plume, votre encre et votre burin alors que moi… » D'un geste, Philip Astley désigna la foule autour de lui. « … Chaque soir au cirque, je crée un univers à partir d'êtres humains et d'accessoires. J'entraîne les spectateurs loin de leurs soucis et de leurs chagrins, et je leur offre de la fantaisie, afin qu'ils s'évadent par la pensée, mais pour accréditer cette illusion, il nous faut parfois avoir recours au réel. Si Davey que vous voyez ici est censé jouer le rôle d'un prisonnier, nous lui mettons une entrave : comment voudriez-vous qu'on le prenne pour un prisonnier s'il se mettait à gambader sur scène ? Tout comme vous faites vos dessins à partir d'êtres en chair et en os…

— Ce n'est pas de là que viennent mes dessins », interrompit Mr Blake. Il avait écouté avec un vif intérêt et sa voix était redevenue presque normale, sa colère était retombée. « Mais je vous comprends, Monsieur, parfaitement. Même si ma perspective est différente. Vous établissez une distinction entre la réalité et l'illusion. Vous les voyez comme le contraire l'une de l'autre, n'est-ce pas ?

— Bien sûr, répliqua Philip Astley.

— À mes yeux, il n'en est rien : elles ne font qu'un. Ainsi, le jeune Davey dans le rôle du prisonnier est vraiment un prisonnier. Prenons un autre exemple : mon frère Robert que vous apercevez là-bas, dit-il en indiquant une simple flaque de soleil vers laquelle les regards convergèrent, est tout aussi réel pour moi que quelqu'un que je peux toucher », acheva-t-il en pinçant la manche de la redingote rouge de Philip Astley.

Maggie et Jem contemplaient cette tache de lumière que pailletait la poussière de la cour. « Lui et ses contraires ! » marmonna Maggie. Un mois s'était écoulé et elle ressentait encore le dard des questions de Mr Blake sur le pont de Westminster, ayant été piquée au vif de n'avoir pu y répondre. Jem et elle n'avaient pas reparlé de leur conversation avec les Blake, ils essayaient encore de la comprendre.

Philip Astley n'était pas prêt lui non plus à se laisser embarquer trop loin. Il jeta un vague coup d'œil : les grains de poussière tremblotaient au soleil, mais Robert Blake n'y était pas. Perplexe, il se tourna vers Mr Blake, l'air de se demander comment réagir à cette observation peu ordinaire. À la fin, il décida de ne pas trop approfondir par crainte de s'aventurer dans des territoires inexplorés qui exigeraient plus de temps et de patience qu'il n'y pouvait investir. « Vous voyez donc, Monsieur, reprit-il, comme s'il n'y avait pas eu digression, que ce billot ne vise pas à punir Davey. Je comprends tout à fait votre souci, cela reflète un homme de cœur. Soyez toutefois assuré que le jeune Davey est bien traité, n'est-ce pas, mon gars ? Tu peux partir, maintenant », dit-il au garçon en lui tendant un penny.

Mr Blake, lui, n'avait pas fini. « Chaque soir, sous votre chapiteau, vous créez, dites-vous, des univers, poursuivit-il. Mais quand le public s'en est allé, que les torches sont éteintes et les portes closes, que reste-t-il en dehors du souvenir ? »

Philip Astley fronça les sourcils. « De beaux souvenirs, assurément. Et je ne vois pas, Monsieur, ce qu'il y a de mal avec les souvenirs, ils vous aident à supporter bien des nuits de solitude et de froid.

— J'en suis convaincu, mais c'est précisément sur ce point que nous divergeons, Monsieur. Mes chansons et mes dessins ne deviennent pas des souvenirs, l'œil peut les contempler à tout moment. Ce ne sont pas des illusions, mais les manifestations tangibles de mondes qui existent vraiment. »

Philip Astley jeta autour de lui un regard théâtral comme s'il essayait d'entrevoir le dos de son manteau. « Où existent-ils, Monsieur ? Je ne les ai pas vus. »

Mr Blake se tapota le front.

Philip Astley riposta. « Si je puis me permettre, ça doit grouiller dans votre tête, Monsieur. Oui, grouiller ! Ça doit faire un tel vacarme que vous ne devez guère fermer l'œil ! »

Mr Blake sourit à Jem qui se trouvait dans son champ de vision. « J'avoue que je n'ai jamais été un grand dormeur. »

Philip Astley plissa le front et resta là songeur, pose inhabituelle pour lui. La foule commença de s'ébrouer. « Somme toute, Monsieur, si je comprends bien, dit-il enfin, vous prenez des idées dans votre tête et vous en faites quelque chose que vous pouvez voir et tenir dans votre main, tandis que moi, je prends des choses bien réelles, telles que des chevaux, des acrobates ou des danseurs et je les transforme en souvenirs. »

Mr Blake pencha la tête sur le côté, le regard rivé sur son adversaire. « C'est une façon de voir les choses… »

Philip Astley répondit par un éclat de rire tonitruant, ravi de son propre éclair de génie. « Eh bien, dans ce cas-là, Monsieur, j'oserai dire que le monde a besoin de vous comme moi, n'est-ce pas, Fox ? »

La moustache de John Fox remua. « C'est fort possible, Monsieur. »

Philip Astley s'avança et tendit la main. « Restons-en là et serrons-nous la main, si vous voulez bien, Mr Blake ! »

Mr Blake prit la main de l'homme de cirque. « Assurément », dit-il.

III

Quand Mr Blake et Philip Astley eurent pris congé l'un de l'autre, Mrs Blake saisit son mari par le bras et ils repartirent sans adresser la parole ni à Jem ni à Maggie, comme s'ils ne s'étaient pas même aperçus de leur présence. Déçue, Maggie les regarda s'éloigner. « Ils auraient pu dire bonjour, ou au moins au revoir », marmonna-t-elle.

Jem était de son avis, mais il garda le silence. Il retourna s'asseoir avec elle contre le mur, là où ils se trouvaient avant l'arrivée de Mr Blake. Il n'y avait plus grand-chose à voir, la discussion entre Philip Astley et Mr Blake semblant avoir donné le signal pour une pause. Les acrobates et les écuyers avaient cessé de s'entraîner, seuls des danseurs répétaient une scène de la pantomime du prochain programme. Jem et Maggie regardèrent pendant quelques minutes, puis Maggie s'étira tel un chat surpris au milieu de sa sieste. « Et si on faisait autre chose ? suggéra-t-elle.

— Comme quoi ?

— Allons trouver les Blake. »

Jem fronça les sourcils.

« Pourquoi pas ? insista Maggie.

— T'as remarqué que Mr Blake nous avait pas salués.

— Peut-être qu'il nous a pas vus.

— Et pourquoi il voudrait nous voir ? Je me demande bien pourquoi on l'intéresserait.

— En tout cas, on lui a paru plutôt intéressants l'autre jour, quand on l'a rencontré sur le pont. Écoute, t'as pas envie de voir à quoi ça ressemble chez lui ? Je te parie qu'il a des tas d'objets bizarres. Sais-tu qu'il occupe toute la maison ? Huit pièces, rien que pour lui et sa femme, tu te rends compte ! Ils ont pas d'enfants, pas même une bonne. Il paraît qu'ils en avaient une, mais elle est partie parce qu'il lui faisait peur. Avec ses grands yeux, ça fait tout drôle quand il vous regarde, tu trouves pas ?

— J'aimerais bien voir sa presse, admit Jem. Je crois que je l'ai entendue l'autre soir. Elle grince très fort. Ça rappelle le bruit de la charpente d'un toit quand le couvreur y grimpe pour remettre du chaume.

— C'est quoi, du chaume ?

— Comment ! Tu sais pas… » Jem s'interrompit. Bien que l'ignorance de Maggie ne cessât de l'étonner, il se gardait bien de faire des commentaires. Un jour où il s'était gentiment moqué d'elle parce qu'elle croyait qu'un colchique était du tabac à chiquer, la jeune fille s'était fâchée et l'avait boudé pendant une semaine. Après tout, comment aurait-elle pu savoir ce qu'était du chaume puisqu'il n'y en avait pas à Londres. « Dans le Dorset, les toits des maisons sont en chaume. Le chaume, c'est de la paille séchée assemblée en bottes très serrées. »

Maggie ne semblait pas comprendre.

« Tu prends une de ces bottes, tu l'aplatis bien et tu en couvres le toit à la place de bardeaux ou d'ardoises, expliqua Jem.

— Tu veux dire que le toit est en paille ?

— Oui.

— Comment est-ce qu'un toit en paille peut protéger de la pluie ?

— La paille est très efficace à condition d'être bien tassée. T'es jamais sortie de Londres ? » Jem agita la main vers le sud. « La vraie campagne, c'est pas bien loin. Y a des toits de chaume juste à l'extérieur de Londres. Je les ai remarqués quand on est arrivés. On pourrait aller voir ça un de ces jours. »

Maggie se leva d'un bond. « Je saurais pas comment y aller.

— Tu pourrais te renseigner. » Jem la suivit le long du mur. « Il te suffirait de demander.

— Et puis, j'aimerais pas être seule sur ces petits sentiers en pleine campagne, avoua Maggie qui en frissonnait d'avance.

— Mais je t'accompagnerai ! » dit Jem, surpris par son attitude protectrice à l'égard de Maggie. Il n'avait jamais rien éprouvé de semblable, sauf à l'égard de Maisie — mais, avec Maggie, il ne s'agissait pas à proprement parler d'amour fraternel. « Y a franchement pas de quoi avoir peur, ajouta-t-il.

— J'ai pas peur, mais ça me dit rien. Ça doit pas être bien drôle par là-bas ! » Maggie regarda autour d'elle, et son visage s'anima. Elle s'arrêta à l'endroit où le mur devenait mitoyen avec le jardin des Blake, libéra ses boucles noires de son bonnet à franges qu'elle expédia par-dessus le mur.

« Pourquoi t'as fait ça ? hurla Jem.

— Fallait une excuse pour aller les voir ! Viens ! » Elle courut le long du mur et de l'allée menant à Hercules Buildings. Quand Jem la rattrapa, elle frappait chez les Blake.

« Attends ! lui cria-t-il, mais trop tard…

— Bonjour, Mrs Blake, dit Maggie quand la porte s'ouvrit. Pardon de vous déranger, mais Jem a lancé mon bonnet par-dessus le mur, vous me permettez d'aller le rechercher ? »

Mrs Blake sourit. « Bien sûr, ma chère enfant, si tu n'as pas peur des ronces ! C'est la brousse par là-bas ! Entre. » Elle ouvrit grand la porte et Maggie se glissa à l'intérieur. Elle remarqua Jem, mal à l'aise sur la marche de l'entrée.

« Et toi, tu aimerais entrer aussi, mon garçon ? Il va lui falloir de l'aide pour retrouver son bonnet ! »

Jem aurait voulu lui expliquer qu'en fait, il n'avait pas lancé le bonnet de Maggie, mais il était trop intimidé. Il se contenta de répondre d'un signe de tête et d'entrer. Mrs Blake claqua la porte derrière lui.

Il se retrouva dans une entrée voûtée accédant à un escalier. Jem eut l'étrange impression d'être déjà passé par cette entrée, mais qu'elle était alors plus sombre. À sa gauche, une porte était ouverte, il en filtrait de la lumière qui éclairait le corridor. Elle ne devrait pas être ouverte, se dit-il, sans savoir pourquoi. Il entendit alors le froufrou des jupes de Mrs Blake derrière lui, ce bruit lui rappela un autre endroit, il comprit alors que cette maison était la réplique inversée de celle de Miss Pelham. C'était l'entrée, l'escalier qu'il empruntait tous les jours, à cette seule différence que, chez Miss Pelham, ils étaient plus sombres car elle gardait la porte de la salle de séjour toujours fermée.

Maggie avait eu tôt fait de s'esquiver. Même s'il savait comment se rendre dans le jardin — comme chez Miss Pelham, vous passiez sous une voûte, contourniez l'escalier, descendiez quelques marches —, Jem jugea impoli de précéder la maîtresse de maison. Il s'effaça à l'entrée de la salle de séjour afin de laisser passer Mrs Blake et en profita pour jeter un coup d'œil à l'intérieur.

Cette pièce était certes différente de ce qu'il avait vu chez Miss Pelham et de tout ce qu'il avait pu voir dans le Dorset. À Londres, les Kellaway avaient dû s'habituer à un tout autre style de pièces : adieu, les gentils cottages du Dorset aux murs de guingois, ici l'angle droit et le fil à plomb faisaient loi. Au lieu d'avoir pour épaisseur la longueur d'un avant-bras, les murs avaient tout juste celle d'une brique. Les fenêtres étaient plus grandes, les plafonds plus hauts. Quant aux cheminées, elles se réduisaient à de petits âtres sous un manteau de marbre. L'odeur des feux de charbon était, elle aussi, une nouveauté — au pays, ils avaient à disposition autant de bois qu'ils voulaient — tout comme cette fumée constante qui embrumait la ville et faisait rougir les yeux de sa mère.

Mais la salle de séjour des Blake n'avait rien à voir avec l'une de ces douillettes cuisines biscornues de la Piddle Valley ni avec la salle de séjour de Miss Pelham avec son canari en cage, ses vases de fleurs séchées, son canapé peu confortable rembourré de crin et ses chaises basses trop éloignées les unes des autres. Ici, on ne pouvait même pas s'asseoir. L'imposante presse au long bras en bois que Jem avait aperçue depuis la rue trônait dans la pièce. En hêtre verni, elle était un peu plus haute que lui et ressemblait à une table robuste surmontée d'un petit meuble de rangement. Au-dessus de la planche lisse qui arrivait à hauteur de taille, étaient accrochés deux gros rouleaux taillés dans un bois plus résistant. Le bras de la presse les activait ; à en juger par l'usure des poignées, elle avait beaucoup servi.

Toute la pièce avait été aménagée en fonction de la presse. Des tables couvertes de plaques en métal, de brocs et de curieux instruments que Jem n'avait encore jamais vus voisinaient avec des étagères remplies de bouteilles, de papier et de boîtes. Il remarqua de longs tiroirs étroits qui lui rappelèrent ceux de l'imprimerie de Dorchester. Des cordes fines allaient et venaient d'un mur à l'autre, mais rien n'y était suspendu. Il régnait là une propreté rigoureuse et l'on sentait que le moindre détail avait été étudié avec soin. Mr Blake, lui, n'était pas là.

Jem sortit et suivit Mrs Blake. La porte de la pièce du fond était fermée, mais Jem perçut derrière une vigoureuse présence, comme un cheval dans une stalle d'écurie.

Maggie, presque au bout du jardin, se frayait déjà un chemin à travers les broussailles, les orties, les chardons et les mauvaises herbes. Son bonnet, retenu par des ronces, s'agitait bien au-dessus du sol, aussi éloquent qu'un drapeau blanc. Elle l'en dégagea, courut vers la maison, trébucha et s'écorcha la jambe. Tendant la main pour se rattraper, elle frôla une ortie qui la piqua. « Saleté, va ! » grommela-t-elle et elle frappa l'ortie avec son bonnet, ce qui lui valut une autre piqûre.

« Quelle saloperie ! » Suçant sa main, elle sortit en pestant de cette forêt vierge et se retrouva dans le potager attenant à la maison où Jem passait en revue les jeunes plants alignés au cordeau : laitues, pois, carottes, poireaux, pommes de terre.

Il leva la tête. « Qu'est-ce qu'elle a, ta main ?

— Ces foutues orties m'ont piquée !

— Suce pas, ça aidera pas. Tu n'as pas vu des feuilles de patience ? » Sans attendre sa réponse, Jem la bouscula et se précipita à travers les broussailles jusqu'à un talus d'orties près du cabanon, où l'on apercevait deux fauteuils juste derrière les portes ouvertes. « Regarde, tu vois cette plante aux grandes feuilles, à côté des orties ? Eh bien, tu la presses pour en extraire un peu de sève et tu poses ça sur la piqûre. » Il en mit sur la main de Maggie. « Ça va mieux ?

— Oui, répondit Maggie, à la fois étonnée par les vertus de la plante et ravie que Jem ait tenu sa main. Où c'est que tu as appris ça ?

— Y a plein d'orties dans le Dorset. »

Comme pour le punir d'en savoir aussi long, Maggie se tourna vers le cabanon. « Tu te rappelles ? dit-elle à mi-voix. Tu te rappelles à quoi on les a surpris ?

— Qu'est-ce qu'on fait maintenant ? » interrompit Jem qui, de toute évidence, n'avait aucune envie d'aborder le sujet. Il jeta un regard en direction de Mrs Blake qui, debout dans l'herbe près de la porte de service, les attendait, les mains dans les poches de son tablier.

Maggie le regarda, Jem devint rouge comme une pivoine. Elle se tut un moment, jouissant de l'ascendant qu'elle avait sur lui, même si elle eût été incapable de définir au juste ce pouvoir et de comprendre pourquoi c'était sur lui seul qu'elle l'exerçait. Elle en était toute troublée.

Mrs Blake semblait s'impatienter, et Maggie chercha un prétexte pour ne pas repartir. Du regard, elle fit le tour du jardin, sans rien trouver de particulier. En dehors du cabanon, elle aperçut des latrines près de la porte ainsi qu'une fosse pour les cendres de charbon. La vigne avec laquelle Miss Pelham tentait de rivaliser rampait le long du mur. Non loin, croissait un petit figuier dont les feuilles avaient la taille d'une main.

« Il donne des figues ? demanda Maggie.

— Pas encore, il est trop jeune. Nous espérons qu'il en donnera l'an prochain », répondit Mrs Blake. Elle se tourna pour rentrer, Jem et Maggie la suivirent à contrecœur.

Ils passèrent près de la pièce du fond, et Jem regretta que la porte en fût close. Celle de la salle de séjour étant ouverte, Jem vit là une invitation à jeter un nouveau coup d'œil sur la presse. Il rassemblait tout son courage pour interroger Mrs Blake à ce sujet, quand Maggie prit la parole : « Dites, Mrs Blake, on pourrait le voir le livre de chansons de Mr Blake dont vous nous avez parlé sur le pont ? On aimerait le regarder, n'est-ce pas, Jem ? »

Jem commençait à faire non de la tête, mais ce non était si peu convaincu qu'il passa pour un oui.

Mrs Blake s'arrêta dans le couloir. « C'est vrai, ça vous plairait, les enfants ? dit-elle. Eh bien, laissez-moi demander à Mr Blake s'il n'y voit pas d'inconvénient. Attendez-moi, je reviens de suite. » Elle alla frapper à la porte, attendit, un murmure lui répondit — elle ouvrit et se glissa dans la pièce.

IV

La porte s'ouvrit, Mr Blake apparut. « Bonjour, les enfants, dit-il. Kate m'a fait part de votre souhait de voir mes chansons.

— Oui, Monsieur, répondirent en chœur Maggie et Jem.

— Je m'en réjouis, les enfants les comprennent mieux que personne. "Et, de l'eau transparente, je fis de l'encre / Pour écrire des chansons si gaies, si gaies, / Pour que tous les enfants soient contents de m'entendre." Suivez-moi. »

Il les emmena dans la salle où se trouvait la presse, se dirigea vers une étagère, ouvrit une boîte et en sortit un livre à la couverture beige rosé, à peine plus grand que sa main. « Et voilà », dit-il, en le posant sur la table près de la fenêtre.

Jem et Maggie le contemplèrent sans oser le toucher — pas même Maggie qui, d'ordinaire, était plutôt désinvolte. Ni l'un ni l'autre ne savait trop s'y prendre avec les livres. Anne Kellaway avait reçu un livre de prières, cadeau de ses parents pour son mariage, mais elle était le seul membre de la famille à s'en servir à l'église. Les parents de Maggie, eux, n'avaient jamais possédé un seul livre à l'exception de ceux que Dick Butterfield achetait et revendait, quant à Bet Butterfield, elle ne savait pas lire, mais elle aimait entendre son mari lui lire les vieux journaux qu'il récupérait au pub.

« Vous n'allez pas le regarder ? demanda Mr Blake. Allons, mon garçon, ouvre. Au hasard. »

Jem tendit la main, tâta le livre, l'ouvrit presque au début. Sur la page de gauche, s'étirait une grande fleur bordeaux et mauve ; au cœur de ses pétales déroulés était assise une femme en robe jaune, un bébé sur les genoux. Une jeune fille se tenait à ses côtés ; elle était vêtue d'une tunique bleue et de ses épaules partait ce que Maggie prit pour des ailes de papillon. Au-dessous de la fleur, des mots en lettres brunes étaient entrelacés de tiges vertes et de vrilles. La page de droite était presque entièrement couverte de mots, un arbre touffu occupait la marge de droite, des vignes s'entortillaient le long de celle de gauche et des oiseaux voletaient çà et là. Maggie admira les illustrations, sans pouvoir déchiffrer le texte. Elle se demanda si Jem en était capable. « Qu'est-ce que ça veut dire ? demanda-t-elle.

— Tu ne sais pas lire, mon enfant ? »

Maggie secoua la tête. « Je suis allée qu'une année à l'école et j'ai tout oublié. »

Mr Blake la railla gentiment. « Eh bien, si tu veux savoir, moi je n'ai jamais mis les pieds dans une école ! C'est mon père qui m'a appris à lire. Ton père ne t'a pas appris ?

— Il était trop occupé pour ça.

— Vous avez entendu, Kate ? Vous avez entendu ?

— Oui, j'ai bien entendu, Mr Blake ! répondit Mrs Blake, adossée à la porte.

— C'est moi qui ai appris à lire à Kate, voyez-vous. Son père était trop occupé, lui aussi... Et toi, mon garçon, peux-tu lire cette chanson ? »

Jem s'éclaircit la voix « Je vais essayer. Je suis pas allé longtemps à l'école, moi non plus. » Se guidant avec l'index, il déchiffra lentement :

« Je n'ai pas de nom
Je n'ai que deux jours »
Comment t'appellerai-je ?
« Je suis heureux
Je m'appelle Joie
Que douce joie te vienne ! »

Voyant qu'il peinait, Mr Blake vint à son secours, renforçant sa voix et pressant l'allure si bien que Jem, à la traîne, répétait ses mots presque comme s'il se fût agi d'un jeu.

Gentille joie !
Douce joie de deux jours,
Je te nomme Joie douce
Tu souris
Pendant que je chante.
Que douce joie te vienne !

En regardant l'image, Maggie conclut que la chanson avait été écrite pour un bébé et que Mr Blake donnait l'impression d'être l'un de ces pères aimants, roucoulants, un peu timbrés. Elle se demandait comment il pouvait savoir ce que ressentaient les pères alors qu'il n'avait pas d'enfants. Il n'avait pas non plus passé beaucoup de temps en compagnie de tout-petits sinon il n'aurait pas parlé du sourire d'un nouveau-né ! Maggie s'était suffisamment occupée de bébés pour savoir que le sourire ne venait pas avant plusieurs semaines, quand la mère n'y croyait plus. Elle garda toutefois ses réflexions pour elle.

« En voilà une qui vous rappellera quelque chose. » Mr Blake tourna quelques pages et se mit à réciter : « Quand les bois verts rient de leur voix de joie... » La chanson qu'il leur avait chantée sur le pont. Cette fois, il en scanda rapidement les paroles. Jem essaya de suivre, répétant par-ci par-là un mot qu'il avait réussi à déchiffrer. Maggie fronçait les sourcils, agacée par la complicité entre Jem et Mr Blake, se sentant en quelque sorte exclue. Elle se concentra sur l'illustration qui accompagnait la fameuse chanson : des personnages assis autour d'une table avec des verres de vin, les femmes en robes bleues et jaunes, un homme en mauve, le dos tourné, levant une coupe de vin. Une partie de la chanson lui revint ; si bien que, quand Mr Blake et Jem arrivèrent à cette strophe, elle se joignit à eux en hurlant « Ah… Ah… Ah… ! » comme si elle était au pub en train de chanter avec les autres.

« C'est vous qui avez fait ce livre, Monsieur ? demanda Jem quand ils eurent terminé.

— Du début jusqu'à la fin, mon garçon. Je l'ai écrit, gravé, imprimé, colorié, cousu et relié, puis je l'ai mis en vente. Avec l'aide de Kate, bien sûr, je n'aurais pu y arriver sans elle. » Il échangea un regard avec son épouse, Jem eut l'impression que chacun tenait le bout d'une corde qu'ils gardaient bien tendue entre eux.

« Vous vous êtes servi de cette presse ? » insista-t-il.

Mr Blake posa la main sur l'une des poignées. « Oui. Mais pas dans cette pièce, si tu veux le savoir. À l'époque, nous habitions Poland Street. Sur l'autre rive. » Il saisit la poignée, la tira, elle bougea légèrement. Une partie du châssis en bois grinça et craqua. « Quand nous avons déménagé pour nous installer à Lambeth, le gros problème a été la presse : il a fallu la démonter et faire appel à plusieurs hommes.

— Comment ça fonctionne ? »

Mr Blake avait la mine radieuse de l'homme qui a enfin trouvé quelqu'un susceptible de partager son enthousiasme. « Ah ! Si tu savais comme c'est beau de voir ça à l'œuvre, mon garçon ! Un vrai bonheur. Tu prends la plaque que tu as préparée — as-tu déjà vu une plaque gravée ? Non, regarde, en voilà une. » Il emmena Jem vers l'une des étagères et saisit une plaque en métal. « Tiens, passe le doigt dessus. » Jem sentit au toucher des lignes et des volutes qui ressortaient sur le cuivre froid et lisse. « Bon. On commence par encrer la plaque avec un tampon. » Il lui montra un gros morceau de bois dont une extrémité avait été arrondie. « Puis on l'essuie, pour qu'il ne reste que l'encre de la partie à imprimer. On place ensuite la plaque sur le plateau de la presse, ici, tu vois ? » Mr Blake posa la plaque sur la presse à côté des rouleaux. « On prend ensuite la feuille de papier, on la pose sur la plaque puis on la couvre. On ramène alors les poignées vers soi. » À peine Mr Blake les tira-t-il que les rouleaux se mirent à tourner. « La plaque et le papier sont ainsi pressés entre les rouleaux, imprégnant d'encre le papier. Il ne reste plus qu'à ressortir la feuille — en faisant bien attention — et à la suspendre à ces cordes au-dessus de nos têtes pour qu'elle sèche. Une fois sèche, on la teinte. »

Jem n'en perdait pas un mot, son rêve se réalisait : il promenait sa main sur la presse tout en posant des questions à Mr Blake. Maggie s'ennuyait et se remit à feuilleter le livre. Elle ne s'était jamais beaucoup intéressée aux livres : à quoi bon ? Elle ne savait pas lire. Maggie avait détesté l'école. À l'âge de huit ans, on l'avait inscrite dans un pensionnat pour filles de Southwark, près de Lambeth, où les Butterfield vivaient à l'époque. Elle gardait un souvenir abominable de cet endroit où les filles entassées dans une pièce échangeaient poux, puces et rhumes, et où on les battait chaque jour toutes autant qu'elles fussent et sans distinction aucune. L'enfant des rues qu'elle était n'appréciait guère de rester assise toute une journée dans la même pièce et ne comprenait rien de ce que racontait la maîtresse au sujet des lettres et des chiffres. C'était tellement moins amusant que de traîner dans Southwark ! Soit elle ne restait pas en place, soit elle somnolait, d'où ces coups de verge qui lui lacéraient la peau. Elle ne garda de son passage au pensionnat qu'un seul et bon souvenir, celui du jour où, après avoir constaté dans le dos de sa fille des meurtrissures dont il n'était pas l'auteur, Dick Butterfield s'en alla flanquer une torgnole à la maîtresse. Maggie n'y remit jamais les pieds et, jusqu'à ce qu'elle entende Jem et

Mr Blake réciter cette chanson, elle n'avait pas regretté d'être incapable de lire.

Le livre de chansons de Mr Blake la surprit, car il était différent de tous ceux qu'elle avait vus. La plupart contenaient, en effet, des paroles et quelques rares illustrations. Dans cet ouvrage, paroles et dessins étaient entrelacés, à tel point qu'il était parfois difficile de dire où l'un finissait et où l'autre commençait. La majorité des illustrations représentaient des enfants en train de jouer ou en compagnie d'adultes, dans un cadre bucolique ; une campagne quadrillée de haies, avec des arbres sous lesquels s'abriter. Cette campagne, conçue par Mr Blake, n'avait rien à voir avec les grands espaces vides qu'elle avait toujours imaginés.

Maggie remarqua plusieurs dessins représentant des enfants avec leurs mères qui leur faisaient la lecture, leur tendaient la main pour les aider à se relever ou les regardaient dormir. Des enfances qui n'avaient rien à voir avec celle de Maggie… Bet Butterfield, bien sûr, n'aurait jamais été capable de lui faire la lecture et sans doute aurait-elle crié à sa fille qu'elle était bien assez grande pour se relever plutôt que de lui tendre la main. Et Maggie doutait qu'un jour à son réveil, elle trouverait sa mère assise à son chevet. Elle leva la tête, cligna rapidement des paupières pour chasser ses larmes. Mrs Blake était toujours adossée à la porte, les mains dans les poches de son tablier. « Vous avez dû vendre beaucoup de livres comme celui-ci pour habiter dans cette maison, Madame », dit Maggie pour dissimuler ses larmes.

La déclaration de Maggie sembla tirer Mrs Blake de sa rêverie. Elle se redressa, lissa sa jupe avec ses paumes. « Pas autant que tu pourrais le croire, mon enfant, pas autant. Il n'y a pas beaucoup de gens qui comprennent Mr Blake, vois-tu. Même ses chansons. » Elle hésita, puis reprit : « Il est temps, je pense, de le laisser travailler. Il a été interrompu dc nombreuses fois aujourd'hui, n'est-ce pas,

Mr Blake ? » Elle dit cela d'une voix timide, comme si elle craignait la réponse de son mari.

« Bien sûr, Kate, dit-il, s'éloignant de la presse. Vous avez raison, comme toujours. Je me laisse sans cesse distraire par ceci ou par cela et Kate est forcée de me rappeler à l'ordre. » Il leur adressa un signe de tête et sortit de la pièce.

« Mon Dieu ! s'écria Maggie. J'ai oublié la bière de Maman ! » Elle laissa les *Chants d'Innocence* sur la table et se précipita vers la porte. « Excusez-nous, Mrs Blake, faut qu'on reparte. Merci de nous avoir montré tout ça ! »

V

Après avoir récupéré la chope qu'elle avait laissée près du mur à côté du cirque, Maggie courut avec Jem jusqu'au Pineapple, à l'extrémité de Hercules Buildings. Au moment d'entrer, Jem regarda autour de lui et, à sa vive surprise, il aperçut sa sœur collée contre la haie d'en face, se balançant d'un pied sur l'autre. « Maisie ! s'écria-t-il.

— Oh ! Salut, Jem, salut, Maggie !

— Qu'est-ce que tu fabriques ici, Miss Piddle ? lui demanda Maggie. Tu allais même pas nous dire bonjour ?

— Je… » Maisie s'interrompit quand la porte du Pineapple s'ouvrit et Charlie Butterfield apparut. Son visage s'assombrit.

« La barbe ! » marmonna Maggie, voyant Charlie venir vers eux.

« Qu'est-ce que tu fiches là, péquenaud ? » maugréa-t-il en reconnaissant Jem.

Maggie s'interposa. « On allait juste chercher de la bière pour Maman. Écoute, Jem, tu veux pas y aller à ma place ? Dis-leur que c'est pour les Butterfield et que le père passera régler la note à la fin de la semaine. » Maggie préférait, dans la mesure du possible, tenir Jem et Charlie à distance l'un de l'autre : ils se détestaient depuis le début.

Jem hésita, il n'aimait guère entrer seul dans les pubs londoniens, mais il avait compris pour quelle raison Maggie le lui demandait. Saisissant la chope, il fila au Pineapple, entra et disparut à l'intérieur.

Dès qu'il fut parti, Charlie étudia Maisie avec attention, notant son visage candide, sa coiffe en dentelle ridicule, sa silhouette mince, sa petite poitrine que rehaussait son corset. « Qui est-ce, celle-là ? dit-il. Tu vas pas faire les présentations ? »

Maisie sourit, de son sourire Piddle Valley. « Je m'appelle Maisie, c'est un diminutif de Margaret, comme Maggie. Je suis la sœur de Jem. Et toi, tu es le frère de Maggie ? Vous vous ressemblez comme deux gouttes d'eau, juste qu'elle est brune et que toi tu es blond. »

Charlie lui adressa un sourire qui éveilla la méfiance de Maggie. Elle le voyait déjà se repaître de la naïveté de Maisie. « Qu'est-ce que tu fais dans la rue, Maisie ? dit-il. Tu m'attendais ? »

Maisie gloussa. « Comment veux-tu que je t'attende alors que je t'ai jamais vu ? Non, j'attendais quelqu'un d'autre. »

À l'instant même, comme sous l'effet de ses paroles, la porte du pub s'ouvrit et John Astley en sortit, accompagné d'une des costumières du cirque. Tous deux riaient. La main dans le creux des reins de la jeune femme, il l'incitait à avancer. Ils tournèrent à l'angle, sans un regard pour le trio, et prirent une allée qui longeait le Pineapple et menait aux écuries Astley. Maggie avait repéré tout au bout une stalle vide, où il ramenait souvent ses conquêtes.

« Oh ! » dit Maisie la gorge serrée, s'apprêtant à les suivre.

Maggie la retint par le coude. « Non, Miss Piddle.

— Et pourquoi pas ? » Maisie semblait poser cette question le plus innocemment du monde, tout en essayant de libérer son bras. Maggie jeta un coup d'œil à Charlie qui leva les sourcils.

« Allons, viens, Maisie. Ils ont des choses à faire et ils apprécieront pas que tu traînes dans le coin.

— Il doit vouloir lui montrer son cheval, tu crois pas ? » demanda Maisie.

Charlie ricana. « Il va lui montrer quelque chose, pour sûr !

— Tu ferais mieux de laisser tomber, conseilla Maggie. Tu veux quand même pas l'espionner, ça lui plairait pas. »

Maisie tourna ses grands yeux bleus vers Maggie. « J'y avais pas pensé. Tu crois qu'il serait en colère contre moi ?

— Oui, je peux te le garantir. Allez, rentre chez toi. » Maggie donna un petit coup à Maisie pour la décider à retourner chez elle. Au bout d'un moment, Maisie prit le chemin de Hercules Buildings. « Ravie de t'avoir rencontré », cria-t-elle à Charlie par-dessus son épaule.

Charlie se mit à rire. « Seigneur ! quelle journée ! Où tu l'as dénichée celle-là ?

— Laisse-la tranquille. »

Tout en suivant Maisie des yeux, il échangea un bref regard avec sa sœur. « Pourquoi tu t'imagines que je vais lui faire quelque chose, Miss Cut-Throat ! »

Maggie se figea : c'était la première fois qu'il l'appelait ainsi. Elle s'efforça de contrôler sa peur, les yeux rivés sur le visage de Charlie, notant le moindre poil sur son menton, le début d'une vague moustache blonde. Il était son frère, il la connaissait par cœur : aussi ne fut-il pas insensible à cette étincelle dans son regard et à ce brusque arrêt de sa respiration.

« Oh ! t'inquiète pas ! » Il lui sourit de son sourire ambigu. « Avec moi, ton secret est bien gardé. En fait, je t'en aurais jamais cru capable. »

Jem apparut sur le seuil du pub et revint vers eux en marchant avec précaution pour ne pas renverser la chope pleine à ras bord. Il fronça les sourcils à la vue du visage tendu, malheureux de Maggie. « Qu'est-ce qu'il y a ? » Il se tourna vers Charlie. « Qu'est-ce que tu lui as fait ?

— Tu rentres à la maison, maintenant ? demanda Charlie à Maggie, en feignant de ne pas voir Jem.

— Qu'est-ce que ça peut bien te faire ? rétorqua Maggie.

— Y a que les parents te réservent une petite surprise, c'est tout. » Là-dessus, il saisit la chope que tenait Jem, en but une longue gorgée, la vidant d'un tiers, la lui redonna et fila, laissant un rire flotter derrière lui.

VI

Quand Maggie revint, Bet Butterfield était près du feu, jetant par poignées des morceaux de pommes de terre dans une marmite d'eau. Charlie était déjà à table, ses grandes jambes allongées devant lui. « Coupe donc les oignons, si tu veux bien, mon chou », dit Bet Butterfield à Maggie en lui prenant la chope des mains sans se livrer à aucun commentaire sur le temps qu'il lui avait fallu pour ramener la bière. « Tu pleures moins que moi.

— Charlie, lui, il pleure pas du tout », riposta Maggie. Charlie ne releva pas, mais continua à se prélasser sur sa chaise. Maggie lui lança un regard furieux tandis qu'elle commençait à peler les oignons. Bet Butterfield retira le gras de la viande, le mit à chauffer dans une poêle, puis elle s'approcha de sa fille pour voir comment elle s'y prenait. « Je veux pas des rondelles, faut l'émincer », dit-elle.

Maggie s'arrêta, le couteau à moitié dans l'oignon. « Suffit, Maman. Tu as dit que les oignons ça te faisait pleurer, alors laisse-moi.

— Comment veux-tu que je te laisse si tu sais pas les couper comme il faut ?

— Je me demande bien quelle différence ça peut faire comment je les coupe ! Qu'ils soient en rondelles ou émincés, ça a le même goût, non ? Les oignons, c'est des oignons !

— Pousse-toi de là ! » Bet Butterfield saisit le couteau, Maggie le retint.

Charlie leva le nez de sa molle rêverie et regarda la mère et la fille aux prises avec le couteau. « Attention, Maman, dit-il d'une voix traînante. Pour manier le couteau, elle s'y connaît, Maggie. Pas vrai, Maggie ? »

Maggie abandonna. « La ferme, Charlie ! »

Le regard de Bet Butterfield alla de l'un à l'autre. « Qu'est-ce que tu veux dire ?

— Oh rien, Maman », répondirent à l'unisson le frère et la sœur.

Bet Butterfield attendit, mais ni l'un ni l'autre n'en dirent davantage, Charlie se contentant de contempler le feu avec un petit sourire satisfait. Bet se mit à couper les oignons tout comme elle avait fait le repassage, machinalement, méthodiquement, répétant un geste qui lui était si familier qu'elle n'avait pas besoin d'y penser.

« Maman, le gras est en train de brûler ! s'écria Maggie.

— Mets-y la viande, ordonna Bet Butterfield. Laisse pas brûler ! Ton père l'aime pas brûlée !

— Je vais pas la faire brûler ! »

Et Maggie la fit brûler. Elle n'aimait pas plus la cuisine que le repassage. Bet Butterfield acheva de couper les oignons, les ramassa sur la planche et les jeta dans la poêle avant de reprendre la cuillère à Maggie. « Maggie ! » gronda-t-elle quand elle vit les taches noires en retournant la viande.

Charlie ricana.

« Qu'est-ce qu'elle a encore fait ? » demanda Dick Butterfield depuis le seuil de la porte. Bet Butterfield retourna la viande et remua vigoureusement les oignons. « Rien, rien du tout, elle vient de se remettre au repassage, n'est-ce pas, mon chou ?

— Attention de pas roussir le linge ! lança Dick Butterfield. Quoi ? Qu'est-ce que je vois ? ajouta-t-il quand Maggie décocha un coup de pied dans les jambes de son frère qui se moquait d'elle. Écoute, ma fille, tu ferais bien de traiter ta famille avec un peu plus de respect. Aide donc ta mère ! » Du pied, il tira vers lui un tabouret, avec un savoir-faire que des années de pub lui avaient permis de perfectionner.

En rechignant, Maggie retira le fer du feu et s'en retourna à sa pile de draps. Elle pouvait sentir le regard de son père posé sur elle tandis qu'elle repassait et, pour une fois, elle s'appliqua à bien lisser le linge.

Il était rare que les quatre Butterfield fussent dans la même pièce au même moment. Dick et Bet Butterfield, avec leurs différentes occupations, n'avaient pas les mêmes horaires, aussi Charlie et Maggie avaient-ils grandi en allant et venant selon leur bon plaisir, habitués à se sustenter dans les boulangeries, les tavernes ou aux étals des marchands ambulants. La cuisine paraissait bien exiguë quand ils y étaient réunis, d'autant que les jambes de Charlie occupaient beaucoup de place.

« Si j'ai bien compris, reprit soudain Dick Butterfield, Charlie nous a dit qu'il t'a vue avec le fils Kellaway alors que tu étais supposée aller chercher de la bière pour ta mère ? »

Maggie fustigea Charlie du regard. Il sourit.

« Tu passes ton temps à courir avec des garçons du Dorset, poursuivit son père, pendant que ta mère et moi on trime pour que tu aies quelque chose à te mettre sous la dent. Il est temps que tu gagnes ta vie.

— Je vois pas Charlie travailler, grommela Maggie en repassant.

— Qu'est-ce que tu marmonnes encore ? grogna Charlie.

— Charlie il travaille pas, répéta Maggie haut et clair. Il est plus âgé que moi et pourtant lui, vous l'envoyez pas travailler. »

Dick Butterfield jouait avec un boulet de charbon sur la table et Bet Butterfield, la poêle à la main, poussait les oignons et la viande pour qu'ils aillent rejoindre les pommes de terre dans la marmite. Tous deux s'arrêtèrent net et regardèrent Maggie. « Qu'est-ce que tu racontes, ma fille ? Bien sûr, qu'il travaille, ton frère ! Il travaille avec moi ! protesta Dick Butterfield qui, de toute évidence, n'en revenait pas.

— Je veux dire que tu l'as jamais envoyé en apprentissage pour apprendre un métier. »

Cette fois, Charlie était piqué au vif, et son sourire en coin s'évanouit. « C'est mon apprenti à moi, s'empressa de répondre Dick Butterfield, non sans un coup d'œil à son fils. Et pour ce qui est d'acheter et de revendre, il en sait long, pas vrai, mon fils ? »

C'était là que le bât blessait. Dick et Bet Butterfield n'avaient pas eu les moyens d'envoyer leur fils en apprentissage quand il avait treize ans car, à l'époque, Dick Butterfield passait deux ans derrière les barreaux pour avoir tenté de refiler à un client de l'étain pour de l'argent. Le temps qu'il purge sa peine et récupère son affaire, Charlie était un voyou de quinze ans qui dormait jusqu'à midi et s'exprimait par grognements. Une minute en sa compagnie suffisait à décourager les rares marchands susceptibles d'embaucher un garçon de cet âge. Dick Butterfield obtint de le faire embaucher par faveur chez un maréchal-ferrant où Charlie resta en tout deux jours avant de brûler un cheval en jouant avec un tisonnier. Le cheval le flanqua derechef à la porte en lieu et place du maréchal-ferrant en lui décochant une ruade qui lui fit perdre connaissance, d'où sa cicatrice à l'arcade sourcilière.

« Figure-toi que c'est pas de Charlie qu'on parle, grogna Dick Butterfield. C'est de toi ! Ta mère prétend que ça vaut mieux que tu laisses la lessive tranquille, vu que t'es pas douée pour ça, d'accord ? J'ai demandé autour de moi et je t'ai trouvé une place chez un de mes amis, à Southwark, il fabrique des cordes. Tu commences demain matin à six heures. Tu ferais donc bien d'avoir une bonne nuit de sommeil.

— Des cordes ! s'écria Maggie. Je t'en supplie, Papa, tout mais pas ça ! » Elle avait entrevu un jour dans un pub une femme, les mains à vif à force de manipuler du chanvre toute la journée.

« Surprise ! lui souffla Charlie en remuant à peine les lèvres.

— Salaud ! lui renvoya-t-elle tout aussi discrètement.

— Suffit, ma fille, coupa Dick Butterfield. Il est temps que tu grandisses !

— Écoute, Mags, cours demander à la voisine si elle peut me passer quelques navets, ordonna Bet Butterfield dans un effort pour détourner l'orage qui couvait dans la pièce. Dis-lui que je lui en rapporterai demain du marché. »

Maggie plaqua le fer dans les charbons, prête à se rendre chez la voisine. Si elle était juste allée chercher les navets, la tension serait sans doute retombée, mais au moment où elle se dirigeait vers la porte, Charlie lui fit un croche-pied et elle s'étala de tout son long, heurtant ses tibias contre la table, renversant le bras de Dick Butterfield de sorte que le boulet de charbon avec lequel il jouait voltigea et atterrit dans le ragoût. « Nom de Dieu, Maggie, qu'est-ce que tu fais ? » hurla-t-il.

Même alors la situation était encore réversible, à condition que la mère réprimande Charlie pour avoir fait tomber sa sœur. Au lieu de cela, Bet Butterfield s'écria : « Qu'est-ce qui t'arrive, espèce d'empotée ! Tu veux gâcher mon ragoût ? Tu seras toujours une bonne à rien ! »

Maggie se releva en titubant et se trouva face au sourire narquois de Charlie. Elle réagit en lui crachant au visage. Il bondit en rugissant, renversant sa chaise. Maggie sortit de la pièce à cloche-pied, leur criant par-dessus son épaule : « Allez vous faire foutre, tous autant que vous êtes. Prenez vos navets et fichez-les-vous dans le cul ! »

Charlie la poursuivit dans la rue, en hurlant : « Espèce de garce ! » Il l'aurait rattrapée si une voiture n'était pas passée à grand fracas dans Bastille Row : Maggie réussit à s'échapper, mais lui fut contraint de s'arrêter, donnant à sa sœur les quelques secondes d'avance qui lui permirent de le semer. Prenant ses jambes à son cou, elle traversa Mead Row, fonça vers une allée à l'arrière des jardins et se retrouva en face du Dog and Duck. Maggie avait un avantage sur son frère : elle connaissait la moindre cachette, la moindre venelle. Elle se retourna et s'aperçut que Charlie n'était plus à ses trousses. Il était du genre à ne jamais se lancer à la poursuite de quelqu'un s'il n'était pas assuré de pouvoir le rattraper, tant il détestait perdre la face.

Maggie se tapit un moment derrière le Dog and Duck, prêtant l'oreille aux bruits du pub et guettant son frère. Une fois certaine qu'il ne la cherchait plus, elle sortit en rampant de sa cachette et se mit à errer à travers les rues, décrivant un vaste demi-cercle autour de Bastille Row. La soirée était calme, les gens étaient au pub ou chez eux en train de dîner. Les vendeurs à la sauvette avaient rangé leur marchandise et s'en étaient allés, les prostituées commençaient à sortir.

Maggie se retrouva au bord du fleuve près de Lambeth Palace. Elle s'assit un long moment sur la berge à regarder les bateaux aller et venir dans la lumière du crépuscule. Elle discerna, en amont, les bruits du cirque Astley : de la musique, des rires et parfois des applaudissements. Son cœur battait à grands coups dans sa poitrine, elle claquait encore des dents. « Maudite corde, grommela-t-elle, va te faire foutre ! »

Elle avait beau avoir faim et ne pas savoir où elle passerait la nuit, elle n'osait pas rentrer affronter ses parents, Charlie, et cette affaire de cordes. Si douce que fût la soirée, Maggie tremblait. Elle qui, le jour, vivait pour ainsi dire dans la rue, n'avait jamais passé la nuit loin de chez elle. Peut-être que Jem me laissera dormir chez lui, se dit-elle. Faute d'imaginer une autre solution, elle se leva d'un bond, descendit en courant Church Street, puis Lambeth Green jusqu'à Hercules Buildings. Ce n'est qu'une fois devant chez Miss Pelham que Maggie hésita : elle ne vit personne aux fenêtres pourtant grandes ouvertes. Elle aurait pu appeler ou lancer un caillou pour attirer l'attention, mais elle se retint. Elle se contenta d'attendre, dans l'espoir que Jem ou Maisie lui faciliteraient la tâche en la repérant et en lui faisant signe de monter.

Après être restée plantée là quelques minutes en se sentant toute sotte, elle continua son chemin. La nuit était tombée. Maggie descendit l'allée qui menait au terrain du cirque Astley. En face, où se trouvait le jardin de ses parents, elle distingua une lueur par la brèche dans la clôture. À l'heure qu'il était, ils devaient avoir fini le ragoût. Elle se demanda si sa mère en avait gardé pour elle. Sans doute son père avait-il filé au pub pour en rapporter de la bière et peut-être un vieux journal qu'il lirait à Bet et Charlie si, de son côté, Charlie n'y était pas allé. À moins que les voisins soient passés partager les derniers ragots ou déplorer les tracas que causent les filles à leurs parents. Peut-être le voisin violoneux avait-il apporté son instrument et Dick Butterfield avait-il bu assez de bière pour chanter *Morgan Rattler,* sa chanson paillarde préférée ? Maggie avait beau tendre l'oreille, elle n'entendait rien. Elle voulait rentrer chez elle, à la seule condition de se glisser comme une souris et de retrouver sa place parmi les siens sans que l'on en fît tout un drame. À condition aussi de ne pas avoir à demander pardon, et de ne pas recevoir la raclée qui, elle le savait, l'attendait. Enfin, à l'ultime condition de ne pas avoir à se lever le lendemain à l'aube pour aller tresser des cordes jusqu'à la fin de ses jours ! Son regard s'arrêta alors sur le mur au fond du jardin des Blake, juste à sa gauche. Elle l'étudia, en évalua la hauteur, se demanda ce qu'il pouvait y avoir de l'autre côté. Allait-elle oser l'escalader ?

Non loin du mur, elle repéra une brouette dont l'une des nièces d'Astley se servait dans le potager. Maggie regarda autour d'elle. Pour une fois, il n'y avait pas un chat dans la cour, même si des silhouettes allaient et venaient dans Hercules Hall, des domestiques préparant un dîner tardif pour le maître de maison. Elle hésita, puis avança à croupetons jusqu'à la brouette, la poussa jusqu'au bout du mur, grimaçant à chaque grincement des roues. S'étant assurée que personne ne la regardait, elle grimpa dans la brouette, se hissa sur le mur et sauta dans l'obscurité.

Juin 1792

iv.

I

Anne et Maisie étaient tout heureuses de pouvoir s'asseoir dans le jardin de Miss Pelham pour y fabriquer leurs boutons. La veille, elle était partie avec sa bonne, chez des amis à Hampstead. Désireuse de changer d'air, elle avait prévu d'y passer la semaine. La fraîcheur des collines au nord de Londres serait la bienvenue, car il faisait très chaud à Lambeth pour la saison. En son absence, Anne Kellaway et sa fille profitaient du soleil et du jardin : elles avaient installé des chaises dans le carré aux lilas blancs entourés d'œillets. Le lilas était la fleur préférée de Maisie, elle mourait d'envie d'en respirer le parfum, mais avait dû se contenter de contempler l'éclosion de leurs fleurs blanches depuis la fenêtre familiale. Chaque fois qu'elle se rendait aux cabinets, elle était tentée de traverser en courant l'allée de gravier pour enfouir son nez dans leurs grappes, à l'insu de Miss Pelham, mais la propriétaire semblait toujours à son poste d'observation ou en train d'arpenter son jardin avec sa tasse de bouillon… Aujourd'hui, Maisie serait libre de passer la matinée auprès de ses chers lilas, de se rassasier de leurs senteurs et d'en faire provision jusqu'à l'an prochain. Elle se renfonça sur son siège et soupira en étirant son cou, balançant la tête à gauche et à droite.

« Qu'est-ce qui se passe ? demanda sa mère, penchée sur le bouton — un Blandford cartwheel — qu'elle confectionnait. Déjà fatiguée ? On vient tout juste de commencer. Tu n'en as fait que deux !

— C'est pas ça. Tu sais bien que les boutons, ça me plaît. » En effet, Maisie avait battu le record de la Piddle Valley en produisant cinquante-quatre boutons Blandford cartwheel dans sa journée — même si, comme Mr Case, le bonnetier, se plaisait à le rappeler à ces dames qui lui apportaient leurs boutons, une habitante de Whitechurch atteignait les douze douzaines dans le même temps. Pour Maisie, la seule explication possible était que les boutons de cette championne étaient plus simples — Singletons, Œils-de-chat ou Dorset Crosswheels — et leur fabrication moins minutieuse que celle des cartwheels. « C'est juste que… notre lilas, il me manque. »

Anne Kellaway demeura un moment silencieuse à contempler son bouton inachevé, répartissant le fil à l'aide de l'ongle de son pouce de sorte que le bouton finit par ressembler à une petite toile d'araignée. Satisfaite, elle le laissa tomber sur ses genoux où il rejoignit ceux qui étaient terminés, elle prit ensuite un nouvel anneau en métal qu'elle se mit à gainer de fil. « Le lilas sent comme chez nous, tu trouves pas ? finit-elle par répondre à la remarque de Maisie.

— Non, rien à voir. Il est plus petit, il a moins de fleurs et il sent pas aussi bon et, en plus, il est tout plein de poussière.

— Peut-être que l'arbrisseau est différent, mais les fleurs, elles, sentent pareil.

— Non, sûr que non », insista Maisie.

Anne Kellaway laissa tomber la discussion ; même si des visites régulières au cirque l'avaient aidée à mieux accepter sa nouvelle vie londonienne, elle comprenait ce que voulait dire sa fille. Elle changea de sujet : « Je me demande si Lizzie Miller a déjà cueilli les fleurs de sureau, dit-elle. J'en ai pas encore vu. Je sais pas si par ici elles sortent plus tôt ou plus tard que dans le Dorset. Espérons que Sam lui montrera l'endroit où on voit les premières, à Dead Cat Lane.

— Où ça ? Presque en haut ?

— Oui. » Anne Kellaway réfléchit. « Quand on était jeunes, ton père m'a taillé une flûte dans le bois de cet arbre.

— C'était gentil de sa part, mais qu'est-ce que tu en as fait, Maman ? Je l'ai jamais vue.

— Je l'ai perdue pas bien longtemps après, dans la coudraie de Nettlecomb Tout.

— Comme c'est triste ! » s'exclama sa fille. Ces temps derniers, Maisie était devenue plus sensible aux relations entre hommes et femmes, leur attribuant une intensité qui dépassait Anne Kellaway.

Elle jeta un coup d'œil en biais à sa fille. « Pas de quoi en faire un drame ! » Jamais elle n'eût avoué à sa fille qu'elle l'avait égaré en folâtrant dans les foins avec Thomas Kellaway, histoire, disait-il, de « s'entraîner pour la nuit de noces ». Après toutes ces années, il était difficile d'imaginer pareille conduite de leur part. Elle avait beau se répéter qu'elle devait encore aimer son mari, elle se sentait vieille et ramollie.

« Tu crois que Sam a épousé Lizzie ? demanda Maisie. C'est elle qui a tiré la bague l'an passé, dans le gâteau de la Saint-Michel, pas vrai ? Il va être temps qu'elle se marie.

— Des légendes, tout ça ! rétorqua Anne Kellaway. De toute façon, Sam a dit que le jour où il se marierait, il nous le ferait savoir.

— J'aimerais tellement qu'on y soit ! Lizzie sera si jolie avec une couronne de fleurs ! À ton avis, qu'est-ce qu'elle choisira ? Moi, ça serait du lilas blanc, bien sûr. »

Anne Kellaway fronça les sourcils tout en continuant à recouvrir l'anneau du bouton. Depuis des années, Maisie et elle se livraient à cette activité durant leurs loisirs.

Qu'elles bavardent ou se taisent, Anne Kellaway appréciait toujours ce temps passé avec sa fille. Ces jours-ci, elle n'avait pas grand-chose à ajouter aux remarques de Maisie sur l'amour, sur la beauté ou sur les hommes et les femmes. Tout cela lui paraissait bien lointain, si tant est qu'elle s'en fût jamais souciée, même adolescente. La cour assidue de Thomas Kellaway, à dix-neuf ans, n'avait pas manqué de l'étonner. Parfois, au retour d'une de leurs promenades à travers champs ou après s'être allongée à ses côtés dans ces mêmes bois où elle avait perdu le fameux sifflet, elle avait eu l'impression qu'une autre contait fleurette, rougissait, embrassait, caressait le dos de son amoureux à sa place, alors qu'elle-même, en retrait, étudiait les sillons et fossés creusés par le temps sur les collines avoisinantes. Un intérêt aussi vif de la part de Maisie l'embarrassait.

Dieu sait qu'elle aurait bien voulu, elle aussi, voir son fils aîné marié. Ils n'avaient reçu qu'une seule lettre de Sam au début du mois de mai. Maisie, qui lisait et écrivait plus couramment que le reste de la famille, s'était pourtant imposé de lui écrire chaque semaine et commençait chaque missive par un flot de questions concernant la Piddle Valley : qui tondait les moutons, qui fabriquait le plus de boutons, qui s'était rendu à Dorchester, Weymouth ou Blandford, qui avait eu un bébé… Toutefois, s'il savait tout juste lire et écrire — les quatre enfants Kellaway avaient fréquenté pendant quelque temps l'école du village —, Sam n'était pas porté sur la correspondance et guère loquace. Sa lettre était courte, mal écrite et ne répondait pas aux interrogations de Maisie. Il leur disait simplement qu'il allait bien, qu'il avait taillé les accoudoirs des nouveaux bancs de l'église de Piddletrenthide et que les pluies incessantes avaient fait déborder le cours d'eau qui traversait Plush, inondant certains cottages. Les Kellaway avaient dévoré ces bribes de nouvelles, mais il n'y en avait pas assez, et ils étaient restés sur leur faim.

Faute d'en savoir plus sur ce qui se passait au pays, Anne et Maisie Kellaway ne pouvaient que spéculer, penchées sur leurs boutons : le patron du pub avait-il vendu le Five Bells comme il menaçait depuis toujours de le faire ? La poutre maîtresse qui maintenait la cloche la plus aiguë de l'église avait-elle été consolidée pour le dimanche de Pâques ? Le mât de mai avait-il été planté à Piddletrenthide ou à Piddlehinton, cette année ? Enfin, se demandaient-elles, Lizzie Miller cueillerait-elle les plus belles fleurs de sureau pour en concocter une potion et ornerait-elle ses cheveux de brins de lilas le jour de cette noce à laquelle les Kellaway ne pourraient assister ? Toutes ces incertitudes embuaient les yeux d'Anne Kellaway. Elle secoua la tête et se concentra sur son Blandford cartwheel. L'anneau était maintenant gainé de fil, elle s'apprêtait à créer des rayons rappelant une roue de charrette.

« Qu'est-ce qu'on entend ? » demanda Maisie.

Anne Kellaway perçut un bruit rythmique provenant de chez les voisins. « Ça doit être Mrs Blake en train de biner son jardin, dit-elle à mi-voix.

— Non, c'est pas ça. Ça recommence, comme si on frappait à la porte de Miss Pelham.

— Va donc voir qui c'est, dit Anne Kellaway. Ça pourrait être des places pour le cirque. » Elle avait ouï dire que le programme allait changer, et comme Mr Astley leur adressait des places pour chaque nouveau spectacle, elle s'était imaginé que quelqu'un allait frapper à la porte et lui déposerait vite fait des billets. Elle se sentait devenir une passionnée de cirque et s'apercevait qu'elle comptait sans doute trop sur les places que leur donnait généreusement Mr Astley. « Siège pour siège ! » s'était-il exclamé un jour, ravi des chaises que Thomas avait fabriquées pour lui.

En se dirigeant vers la porte, Maisie se lissait les cheveux, mordillait ses lèvres et tirait sur sa robe pour qu'elle retombât comme il le fallait sur son corset. Bien qu'en général un garçon de cirque leur déposât les places, Maisie entretenait l'illusion que John Astley en personne pourrait les leur apporter. Elle avait eu un frisson de joie en le voyant jouer le rôle-titre dans *Les Caprices d'Arlequin* la dernière fois qu'ils s'étaient rendus au cirque en famille. Elle avait pu l'admirer tout à loisir alors qu'il roucoulait pour les beaux yeux de Colombine — interprétée par Miss Hannah Smith, la nouvelle recrue — et dansait sur sa jument alezane. Maisie l'avait regardé avec une boule dans la gorge, une boule qui s'y était carrément coincée quand, à un moment, elle en était sûre et certaine, il l'avait regardée.

Lorsqu'elle n'était pas sur son nuage, Maisie savait pertinemment que John Astley n'était pas pour elle. Il était beau, cultivé, riche, bien élevé, tout le contraire du genre d'homme auquel elle aurait pu prétendre à l'époque où elle vivait dans la Piddle Valley. Elle aimait certes son père et ses frères, et surtout Jem, mais ils lui semblaient balourds et ennuyeux, comparés à John Astley. De plus, en le voyant, elle oubliait Londres, dont elle avait peur, et la mort de Tommy, blessure toujours ouverte au bout de quatre mois. Il lui avait fallu tout ce temps pour accepter qu'il n'était pas simplement resté à Piddletrenthide, et que jamais il ne débarquerait à la porte de Miss Pelham en sifflotant et en racontant à qui voulait l'entendre ses aventures sur la route de Londres.

Pendant un court instant, Maisie resta près de la porte du 12 Hercules Buildings à écouter ces coups réguliers et persistants, tout en se demandant si ce pouvait être John Astley.

Ce n'était pas lui, mais une inconnue, de taille moyenne, que sa corpulence faisait paraître plus grande qu'elle ne l'était. Bien enrobée, sans être obèse, elle avait des bras comme des gigots, un visage tout rond, des joues aussi rouges que des tomates. Elle avait fourré ses cheveux bruns sous son bonnet, d'où ils s'échappaient par endroits, à son insu. Si vif fût-il, son regard trahissait certaine lassitude, elle bâilla devant Maisie sans prendre la peine de mettre la main devant sa bouche.

« Salut, mon chou, dit-elle. Tu es jolie comme un cœur, hein ?

— Je… Je suis désolée, mais Miss Pelham est pas là », bredouilla Maisie, à la fois troublée par le compliment et déçue que la femme ne fût pas John Astley. « Elle sera de retour dans une semaine.

— J'veux pas voir Miss Pelham, je cherche ma fille — Maggie, je veux dire — et j'ai des tas de questions à te poser à son sujet. Je peux entrer ? »

11

« Maman, c'est Mrs Butterfield, annonça Maisie en revenant au jardin. La mère de Maggie.

— Appelez-moi Bet, dit la femme. Je cherche Maggie.

— Maggie ? » répéta Anne Kellaway qui se leva à moitié de son siège en serrant dans ses mains les boutons qu'elle avait achevés. Puis, comprenant de qui il s'agissait, elle se laissa retomber sur sa chaise. « Elle est pas ici. »

Les yeux rivés sur les genoux d'Anne Kellaway, Bet Butterfield ne semblait pas avoir entendu. « C'est des boutons, ça ? »

Anne Kellaway dut se retenir pour ne pas dissimuler les boutons sous ses mains. « Oui.

— On boutonne, expliqua Maisie à sa façon. C'est qu'on en faisait toute la journée chez nous, dans le Dorset, Maman a emporté son attirail quand on est venus ici. Elle pense qu'on va peut-être en vendre à Londres. »

Bet Butterfield tendit la main. « Montrez-moi ça. »

À contrecœur, Anne Kellaway laissa tomber dans la paume rugueuse et rougeaude de Bet les boutons délicats confectionnés ce matin-là. « On les appelle des Blandford Cartwheels, ne put-elle s'empêcher d'expliquer.

— Mon Dieu, sont-ils pas jolis ! murmura Bet Butterfield, en les remuant du bout du doigt. J'en vois sur les chemises de nuit des dames et j'y fais toujours bien attention quand je les lave. Vous avez utilisé un point de feston pour le bord ?

— Oui. » Anne Kellaway lui montra le bouton. « Après ça j'enroule le fil autour de l'anneau pour faire les rayons de la roue, puis je couds en points arrière autour de chaque rayon, pour remplir le moindre espace. Je rassemble tout ça au centre, je noue et le tour est joué !

— Joli comme tout ! s'exclama Bet Butterfield, en plissant les yeux pour mieux admirer. Ah ! En voilà du beau travail ! Pour ravauder, je me débrouille pas mal, mais je sais pas si j'arriverais à faire quelque chose d'aussi délicat que ça. Je m'en tire mieux pour laver le linge que pour le coudre. Dites, ce sont les seuls que vous savez faire ?

— Oh non ! on a tout plein de modèles, répondit Maisie. Des tout plats comme ceux-là, les Dorset Wheels, on les fait avec des motifs de roues de charrette ou bien de nids d'abeille. Il y a aussi les High Tops, les Knobs, pour les gilets et aussi les Singleton et les Œils-de-chat. Et quoi d'autre, Maman ?

— Des Basket Weaves, des Old Dorset, des Mites et des Spangles, des Jams, des Yannels et des Outsiders, récita Anne Kellaway.

— Où allez-vous les vendre ?

— On en sait rien pour le moment.

— De ce côté-là, je peux vous aider. Ou du moins, mon Dick pourra. Il connaît la terre entière, lui. Il vous vendrait des œufs à une poule celui-là ! Il vous les vendra vos boutons ! Combien que vous en avez de prêts ?

— Oh ! Des douzaines, répondit Maisie.

— Et combien qu'on vous donne à la douzaine ?

— Ça dépend du genre que c'est et comment ils sont faits. » Maisie se tut. « Vous voulez pas vous asseoir, Mrs Butterfield ! dit-elle en lui offrant sa chaise.

— Avec plaisir, mon chou, merci. » Bet Butterfield se posa sur la chaise Windsor au dossier arrondi, qui, même après dix ans d'usage quotidien, n'émit aucun craquement quand sa masse imposante toucha le siège en bois d'orme. « Voilà une belle chaise, dit-elle en se calant contre les barreaux et en promenant le doigt sur l'accoudoir légèrement incurvé. Simple, pas de fanfreluches et bien faite, même si j'avoue que j'avais jamais vu de chaises peintes en bleu.

— Oh ! Chez nous, dans le Dorset, on peint les chaises, déclara Maisie. C'est comme ça qu'on les aime.

— Mags m'a dit que Mr Kellaway était menuisier. Celle-là, c'est lui qui… Mrs… ?

— Anne Kellaway. Oui, c'est lui. Et maintenant, Mrs Butterfield…

— Bet, ma chère. Tout le monde m'appelle Bet.

— Comme Bouncing Bet ! s'exclama Maisie en s'asseyant sur l'un des bancs de pierre de Miss Pelham. Je viens d'y penser. Ce que c'est drôle !

— Qu'est-ce qui est drôle, mon chou ?

— Bouncing Bet, c'est le nom qu'on donne à la saponaire, du moins dans le Dorset. Et on se sert de saponaire pour laver le linge, pas vrai ?

— Assurément, et je m'y connais ! Bouncing Bet, tu disais ? » Bet Butterfield éclata de rire. « Je l'avais pas encore entendue celle-là. D'où je viens on appelle cette plante le savon à corneilles. Mais Bouncing Bet, ça me plaît ! Mon Dick va se mettre à m'appeler comme ça si je lui dis.

— Qu'est-ce qui vous amène ? interrompit Anne Kellaway. Vous avez dit que ça avait à voir avec votre fille ? »

Bet Butterfield se tourna vers elle, l'air grave. « Oui, oui… C'est que je la cherche. Ça fait un bout de temps que je l'ai pas vue et je finissais par me demander…

— Y a combien de temps qu'elle est partie ?

— Deux semaines.

— Deux semaines ! Et vous commencez seulement à la chercher ? » Anne Kellaway s'imaginait mal restant sans nouvelles de Maisie ne fût-ce qu'une nuit et encore moins pendant quinze jours dans cette ville !

Bet Butterfield remua sur sa chaise qui, cette fois, craqua. « Oh ! disons que c'est pas si grave. Il doit pas y avoir plus d'une semaine. Oui, c'est ça, juste une semaine. » Voyant le regard horrifié d'Anne Kellaway, elle continua d'un air bravache : « Et peut-être même un peu moins d'une semaine. Je suis pas souvent à la maison, figurez-vous. Ça m'arrive de travailler la nuit chez les gens et de dormir pendant la journée. Je passe parfois plusieurs jours sans voir mon Dick ni Charlie pour la simple raison que je suis pas chez moi.

— Quelqu'un l'a aperçue ?

— Non. » Bet Butterfield remua encore sur sa chaise qui craqua de nouveau. « Pour tout vous dire, on s'est un peu disputées et elle est partie. Elle a un fichu caractère, notre Mags, elle tient ça de son père. Elle se met pas facilement en rogne, mais quand c'est parti, gare ! »

Anne et Maisie Kellaway se taisaient.

« Oh ! Je suis sûre qu'elle doit pas être loin, ajouta Bet Butterfield. Je lui laisse de quoi manger et ça disparaît aussitôt. Mais je veux qu'elle revienne. C'est pas bien qu'elle s'en aille comme ça si longtemps, les voisins commencent à jaser, et ils me regardent d'un drôle d'œil, comme vous. »

Anne et Maisie Kellaway baissèrent la tête et se remirent à leurs Blandford cartwheels.

Bet Butterfield se pencha, curieuse de voir leurs doigts à l'œuvre. « Mags a passé pas mal de temps récemment avec votre garçon… Jem, c'est ça ?

— Oui, Jem. Il aide son père. » Anne Kellaway ponctua sa phrase d'un signe de tête en direction de la maison.

« C'est pour ça que je viens vous demander si personne de chez vous aurait aperçu Maggie dans la rue ou près de la Tamise ou par ici. Si elle serait pas venue vous trouver, sait-on jamais. » Anne Kellaway regarda sa fille. « Tu l'as vue, Maisie ? »

Le bouton entre les doigts, Maisie laissait l'aiguille pendre et tourner sur elle-même pour désentortiller le fil, problème fréquent avec ce genre de point. Au bout d'un moment, l'aiguille ralentit et s'arrêta en se balançant tout doucement à l'extrémité du fil.

III

De l'autre côté du mur, Maggie se prélassait sur les marches du cabanon des Blake. Elle feuilletait les *Chants d'Innocence,* quand elle entendit sa mère dans la maison voisine ; elle se redressa comme si on avait fait claquer un fouet. Après avoir été bercée par les accents du Dorset de ces dames Kellaway et leur conversation ennuyeuse comme la pluie où il n'était question que de la Piddle Valley, Maggie n'en croyait pas ses oreilles : c'était bien Bet et sa voix de harengère.

Cela lui fit tout drôle de surprendre la conversation des trois femmes. Bet Butterfield avait tout de la cliente qui compare le prix des pommes au marché, et il fallut à Maggie quelques minutes pour comprendre que les Kellaway et sa mère parlaient bien d'elle. Elle étreignit ses genoux, les replia contre sa poitrine, et, le menton posé dessus, se mit à se balancer doucement sur le seuil du cabanon.

Maggie n'en revenait toujours pas que les Blake ne l'aient pas chassée de leur jardin : ses parents, eux, n'auraient pas manqué de le faire s'ils avaient découvert une fille inconnue qui traînait dans le leur. Bien sûr, Maggie se cacha du mieux qu'elle put les premiers jours, mais ce fut un véritable cauchemar. La nuit où elle sauta pour la première fois par-dessus le mur, elle ne ferma pas l'œil, grelottant de froid malgré la douceur de l'air, parmi les ronces où elle avait atterri, sursautant au moindre bruissement ou craquement tandis que rats, renards et chats s'affairaient près d'elle. Maggie n'en avait pas peur, mais en les entendant elle se demandait s'il ne s'agissait pas de rôdeurs. Dieu merci, le jardin des Blake était à bonne distance du vacarme des pubs, de la foule qui allait et venait autour d'Hercules Hall, des querelles d'ivrognes, des accouplements debout contre le mur. Supportant mal de ne pas avoir un toit pour la protéger, elle se glissa dans le cabanon vers la fin de la nuit, et dormit par intermittence jusqu'à l'aube. Elle poussa un cri en s'éveillant, croyant que quelqu'un se tenait sur le seuil : ce n'était que le chat d'un voisin qui l'observait avec curiosité.

Le lendemain, elle traversa le pont de Westminster et somnola au soleil dans St. James's Park, sachant qu'il était peu probable que les Butterfield se promènent par là. Le soir, elle retourna se cacher dans le cabanon, avec une couverture chipée chez ses parents quand il n'y avait personne. Elle passa une bien meilleure nuit, si bonne même qu'elle se réveilla tard, éblouie par le soleil. Mr Blake était assis sur les marches, un bol de cerises à côté de lui.

« Oh ! s'écria Maggie en s'asseyant et en chassant de ses yeux ses cheveux en bataille. Désolée, Mr Blake ! Je... »

Un regard de son œil gris et vif lui imposa silence. « Tu veux des cerises, ma fille, les premières de la saison ? » Il posa le bol près d'elle, puis se retourna pour contempler le jardin.

« Merci. » L'estomac à peu près vide depuis deux jours, Maggie s'efforça de ne pas se goinfrer.

Comme elle se resservait pour la quatrième fois, elle remarqua que Mr Blake avait son carnet sur ses genoux. « Vous alliez me dessiner ? demanda-t-elle, s'efforçant de se ressaisir en cette situation plutôt délicate.

— Oh non ! ma fille, en principe, je ne dessine jamais d'après nature.

— Pourquoi pas ? C'est pas plus facile que d'inventer ? »

Mr Blake se tourna vers elle. « Mais je n'invente rien, c'est déjà dans ma tête et je dessine simplement ce que j'y vois. »

Maggie cracha un noyau de cerise dans le creux de sa main où il alla rejoindre les autres, un geste visant à dissimuler sa déception. Elle aurait tant voulu que Mr Blake la dessinât… « Alors, dites-moi, qu'est-ce que vous y voyez dans votre tête ? Des enfants, comme les dessins dans votre carnet ? »

Mr Blake hocha la tête. « Des enfants, des anges, des hommes et des femmes qui me parlent et qui se parlent.

— Et vous les dessinez là-dedans ? » Elle montra le carnet.

« Parfois.

— Je peux voir ?

— Bien sûr. » Mr Blake lui tendit son carnet. Maggie jeta les noyaux de cerise dans le jardin et s'essuya la main sur sa jupe avant de prendre le carnet, sachant combien il y tenait, ce qu'il confirma en ajoutant : « C'est le carnet de mon frère Robert, il me laisse m'en servir. »

Maggie le feuilleta, prêtant davantage attention aux croquis qu'aux mots. Même si elle avait su lire, elle eût peiné à déchiffrer son gribouillage, tous ces mots et ces lignes barrés, ces vers jetés sur le papier puis inversés, le tout écrit souvent si vite que ça ressemblait plus à des pâtés qu'à des mots. « Mon Dieu, quel fouillis ! murmura-t-elle cherchant à s'y retrouver dans cet embrouillamini de lettres et d'images. Regardez-moi tout ce qui a été barré ! »

Mr Blake se mit à rire. « Ce qui vient en premier n'est pas toujours le meilleur. Il faut le polir. »

Beaucoup de ces dessins étaient de simples ébauches à peine reconnaissables. D'autres avaient été exécutés avec plus de soin. Sur une page, une face monstrueuse charriait un corps inerte dans sa gueule. Plus loin, étalé sur toute une page, un homme nu poussait un cri désespéré. L'air lugubre, un barbu en tunique parlait à un homme qui courbait la tête. Un homme et une femme nus se tenaient l'un près de l'autre, parmi d'autres corps tout aussi nus, difformes et tordus. En voyant le croquis d'un individu urinant contre un mur, Maggie eut un petit rire nerveux : ces dessins l'angoissaient.

Elle s'arrêta sur une page où des petits anges aux ailes repliées voisinaient avec un homme portant un bébé sur sa tête et des visages aux yeux exorbités, à la bouche grande ouverte. Tout en haut, elle remarqua l'étonnant portrait d'un homme aux yeux en boules de loto, au grand nez, au sourire en coin, à la tignasse ébouriffée. Il paraissait si différent des autres personnages — plus concret, plus unique en son genre — et on percevait une telle attention au détail, une telle délicatesse que Maggie devina d'emblée que ce dessin avait été exécuté d'après nature. « Et celui-là, qui c'est ? »

Mr Blake jeta un coup d'œil sur la page : « Oh ! C'est Thomas Paine. As-tu entendu parler de lui, mon enfant ? »

Maggie passa en revue des souvenirs de ses soirées à l'Artichoke avec sa famille. « Je crois que oui. Mon père parle de lui au pub. Il a écrit quelque chose qui lui a causé des ennuis, n'est-ce pas ?

— *Les Droits de l'Homme.*

— Attendez… Il soutient les Français, pas vrai ? Comme… » Maggie s'arrêta net, se rappelant le *bonnet rouge* de Mr Blake. Il ne l'avait pas porté ces temps derniers. « Vous le connaissez Tom Paine ? »

Mr Blake inclina la tête et jeta un coup d'œil à la vigne vierge qui serpentait sur le mur. « Je l'ai rencontré.

— Alors ça vous arrive de représenter des vraies personnes, ça sort pas tout de votre tête, non ? » Mr Blake se tourna vers Maggie. « Tu as raison, ma fille. Comment t'appelles-tu ?

— Maggie, répondit-elle, toute fière que quelqu'un comme lui veuille connaître son nom.

— Oui, tu as raison, Maggie. Je l'ai saisi sur le vif lorsqu'il était assis en face de moi. C'est, en effet, l'une des rares fois où j'ai dessiné d'après nature. Cela m'a paru s'imposer à cause de la notoriété de Mr Paine, mais c'est là une exception.

— Alors… » Maggie hésitait à pousser un homme tel que Mr Blake dans ses retranchements. Mais il l'observait, l'air interrogateur, le sourcil levé, prêt à jouer franc jeu et elle sentit qu'ici, dans ce jardin, elle pouvait lui poser des questions qu'elle ne lui poserait nulle part ailleurs. C'était, somme toute, le début de sa propre éducation. « À l'abbaye, reprit-elle, vous avez dessiné quelque chose que vous voyiez pour de bon, cette statue, sauf que vous lui avez retiré ses vêtements… »

Mr Blake la contemplait, son visage changeait imperceptiblement au rythme de ses pensées : de l'étonnement au ravissement en passant par la perplexité. « Oui, ma fille, c'est vrai, j'ai bien dessiné la statue. Mais pas telle qu'elle était devant moi, n'est-ce pas ?

— Ça c'est clair. » Maggie eut un petit rire en se souvenant de l'esquisse de la statue sans ses vêtements.

La leçon achevée, Mr Blake ramassa son carnet, se leva et se dégourdit les jambes.

Le raclement d'une fenêtre que l'on ouvrait fit lever les yeux à Maggie : c'était Jem, qui, dans la maison voisine, remontait la fenêtre donnant à l'arrière. Il aperçut Maggie, il aperçut Mr Blake, et il resta là, figé. Maggie porta un doigt à ses lèvres.

Détail surprenant, au lieu de chercher d'où provenait le bruit, Mr Blake se dirigea vers la porte. Maggie eut l'impression qu'il ne s'intéressait au monde autour de lui que s'il en décidait ainsi ; soudain, il ne se souciait plus ni de son jardin ni d'elle. « Merci pour les cerises, Mr Blake ! » cria Maggie. Il acquiesça d'un geste, sans se retourner.

Une fois Mr Blake rentré chez lui, Maggie fit signe à Jem de la rejoindre ; il fronça les sourcils, puis disparut de la fenêtre. Quelques minutes plus tard, sa tête apparaissait au-dessus du mur. Il était grimpé sur le dossier du banc de Miss Pelham. « Qu'est-ce que tu fais là ? murmura-t-il.

— Viens ! Les Blake diront rien !

— J'peux pas. Papa a besoin de moi. Qu'est-ce que tu fais là ? répéta-t-il.

— Je suis partie de chez nous. Tu me jures que tu diras à personne que je suis ici ?

— Mes parents et Maisie te verront par la fenêtre.

— Tu peux le dire à Maisie, mais à personne d'autre. Promis ?

— Promis, finit par répondre Jem.

— Je te retrouve tout à l'heure, près de Lambeth Palace.

— D'accord. » Jem commença à redescendre de son perchoir.

« Jem ? »

Il s'arrêta. « Quoi ?

— Apporte-nous donc quelque chose à manger, d'accord ? »

Et c'est ainsi que Maggie élut domicile dans le jardin des Blake. Les Blake ne firent aucune objection à sa présence, même lorsqu'elle se prolongea. Au début, elle passait le plus clair de ses journées à traîner dans Lambeth, évitant les endroits où elle aurait pu croiser ses parents ou son frère, retrouvant Jem et Maisie aussi souvent que possible. Quand il fut évident qu'elle ne dérangeait pas les Blake, elle se mit à passer plus de temps dans le jardin, aidant parfois Mrs Blake dans le potager, voire avec la lessive, allant jusqu'à raccommoder du linge, ce qu'elle n'eût jamais proposé à sa mère. Aujourd'hui, Mrs Blake lui avait apporté les *Chants d'Innocence* et s'était même assise auprès d'elle pour l'aider à prononcer les mots. Elle avait ensuite suggéré à Maggie de feuilleter cet ouvrage, pendant qu'elle-même sarclait. Maggie lui avait offert ses services, mais Mrs Blake avait souri en secouant la tête. « Apprends plutôt à lire ça, lui avait-elle dit, Mr Blake sera plus fier de toi que de mes laitues ! Il prétend que les enfants comprennent mieux son œuvre que les grandes personnes. »

En entendant Bet Butterfield demander à Anne et Maisie Kellaway si elles n'avaient pas vu sa fille, Maggie retint son souffle : qu'allait répondre Maisie ? Elle devait être une piètre menteuse, aussi peu douée que Jem. Un ange passa. « Je poserai la question à Jem », répondit Maisie. Soulagée, Maggie sourit en son for intérieur. « Merci, Miss Piddle machin chouette, murmura-t-elle. Au moins, Londres t'aura appris quelque chose ! »

IV

À l'étage, Maisie trouva Jem et Thomas Kellaway penchés au-dessus d'un grand bâton en frêne destiné à devenir l'arceau du dossier d'une chaise Windsor. Jem n'avait encore ni la force ni l'adresse requises pour le courber lui-même, mais il était capable de fixer les chevilles en bois retenant le frêne que son père fléchissait autour de l'arceau. Thomas Kellaway grognait tout en exerçant une forte pression sur le bâton qu'il avait au préalable assoupli à la vapeur : pour peu qu'il insistât trop, il risquait de rompre.

Maisie se serait bien gardée de leur adresser la parole à un moment aussi crucial, et elle resta dans la salle de séjour à fouiller dans la boîte où étaient rangées les fournitures nécessaires à la confection des boutons : anneaux de tailles variées, éclats de cornes de mouton, balle de lin pour obtenir des boutons bien ronds, bouts de tissu pour les recouvrir, aiguilles fines ou épointées, un assortiment de fils de diverses couleurs et épaisseurs.

« Une dernière cheville, mon garçon, marmonna Thomas Kellaway. Ça y est. Voilà du bon travail ! » Là-dessus, ils posèrent le dossier contre le mur pour qu'il prenne forme en séchant.

Maisie fit tomber une boîte en métal qui s'ouvrit, répandant une pluie d'éclats de corne sur le sol. « Oh ! s'exclama-t-elle en s'agenouillant pour les ramasser.

— Aide-la, Jem, on a fini, dit Thomas Kellaway.

— La mère de Maggie est venue demander si on l'avait vue, murmura Maisie à Jem accroupi à côté d'elle. Qu'est-ce qu'on lui dit ? » Jem tripotait un bouton gris en corne. « Il lui en a fallu du temps pour qu'elle se mette à la chercher, tu trouves pas ?

— C'est ce qu'a dit notre mère. J'en sais rien, Jem. Maggie semble heureuse là où elle est, mais elle devrait retourner dans sa famille, non ? »

Jem ne répondit rien, il alla regarder par la fenêtre. Maggie le rejoignit. De là, ils voyaient bien le cabanon des Blake, Maggie était assise juste derrière le mur.

« Elle nous écoutait ! s'exclama Maisie. Elle a tout entendu !

— Peut-être qu'elle va rentrer chez elle, maintenant qu'elle sait que sa mère la réclame.

— J'en sais rien. Elle est têtue comme une mule. » Maisie et Jem avaient essayé de persuader Maggie de retourner dans sa famille, mais elle avait décidé de passer tout l'été chez les Blake et rien ne la ferait changer d'avis. « Elle devrait repartir, trancha Jem. Elle peut tout de même pas passer sa vie ici ! C'est pas juste pour les Blake, tu trouves pas, qu'elle s'invite comme ça chez eux ? On devrait le dire à Mrs Butterfield.

— Sans doute. » Soudain, Maisie battit des mains, tout excitée : « Regarde, Jem ! s'écria-t-elle, Maman apprend à Mrs Butterfield à faire des boutons. »

En effet, penchée par-dessus l'épaule de la mère de Maisie, Bet Butterfield, envieuse et admirative, s'efforçait de ne rien perdre de la dextérité avec laquelle les doigts d'Anne Kellaway gainaient de fil un anneau minuscule. Voir un travail aussi délicat l'incitait à se rebeller, à seule fin de montrer au monde entier que ses mains toutes crevassées étaient capables d'autre chose que d'essorer des draps. « Oh ! Laissez-moi juste m'essayer à un de ces petits bijoux ! déclara-t-elle. Ça m'occupera ! »

Anne Kellaway lui confia un Blandford cartwheel, un travail d'une simplicité enfantine, et ne put s'empêcher de réprimer certaine envie de rire devant la maladresse de la blanchisseuse. Bet Butterfield achevait laborieusement de recouvrir l'anneau quand un fracas interrompit la leçon : une explosion ébranla les maisons le long de Bastille Row, le mur du fond, se répercuta jusqu'au terrain du cirque Astley. Bet Butterfield eut l'impression de recevoir une sorte de choc comme amorti sur la poitrine. Elle lâcha son bouton, qui se défit aussitôt, et se redressa. « Dick ! » s'écria-t-elle.

Anne Kellaway se mit à claquer des dents comme sous l'effet d'une forte fièvre. À son tour, elle se leva, mais elle eut la présence d'esprit de retenir les boutons posés sur ses genoux.

Les autres membres de la famille Kellaway restèrent pétrifiés dans l'atelier en entendant l'explosion qui faisait trembler les vitres des fenêtres à guillotine. « Mon Dieu, qu'est-ce qui se passe ? » s'écria Maisie. Jem et elle se penchèrent par la fenêtre, mais ils ne remarquèrent rien d'inhabituel en dehors de la réaction des voisins. Sa binette à la main, Mrs Blake tourna la tête vers l'endroit d'où provenait la déflagration.

Maggie bondit sur ses pieds, mais elle se rassit aussitôt, de peur que sa mère n'aperçoive le haut de son crâne. « Qu'est-ce que ça peut bien être ? Oh ! Qu'est-ce que ça peut être ? » marmonna-t-elle, en étirant le cou du côté de l'explosion. Elle entendit Bet Butterfield se diriger vers le fond du jardin : « D'où que c'est venu ? Et ce fichu cytise qui nous bouche la vue ! Si on va jusqu'au bout du jardin, on aura des chances de voir quelque chose. Tenez ! Qu'est-ce que je vous disais ! J'ai jamais vu une fumée pareille depuis l'incendie qui a détruit une maison à Southwark, là qu'on habitait avant de venir ici. De fond en comble, juste des cendres qu'il en restait. Mon Dieu, pourvu que Dick se soit pas trouvé là-dedans ! Je ferais mieux de rentrer. »

Philip Astley comprit aussitôt ce qui s'était passé. Il était, en général, peu enclin à faire la grasse matinée, mais ayant bu du vin aigre la veille, un vrai tord-boyaux, il avait passé une nuit agitée, s'empêtrant les jambes dans ses draps, sa bedaine ressemblant à une barrique recouverte d'un linceul. Réveillé en sursaut, il se retrouva debout au milieu de sa chambre. Ayant repéré d'où provenait la détonation, il hurla : « Fox ! Sellez mon cheval ! » Quelques instants plus tard, un garçon de cirque — autour de Hercules Buildings, il en traînait toujours qui se tenaient à disposition — reçut l'ordre d'aller tirer du lit John Astley qui, au lieu de s'entraîner pour son prochain numéro, était encore chez lui et, bien sûr, dans l'état de nature.

Philip Astley sortit en trombe dans la rue, en enfilant sa veste, son pantalon à moitié boutonné, John Fox sur ses talons. Au même moment, un garçon de cirque lui amena son cheval blanc qu'il maintint pendant que Philip Astley montait en selle. Il n'avait nul besoin de son cheval : le plus simple eût été de longer l'arrière de Hercules Buildings et de traverser le terrain vague du cirque Astley jusqu'à Bastille Row. C'était ainsi que John Fox et les garçons de cirque comptaient s'y rendre, mais Philip Astley, lui, en véritable enfant de la balle, n'oubliait jamais l'effet produit sur le public. Il ne seyait pas à un propriétaire de cirque, moins encore à un ancien officier de cavalerie, d'arriver à pied sur les lieux d'un drame, fussent-ils à quelques centaines de mètres. On attendait de lui qu'il menât son monde, mieux valait que ce fût du haut d'un cheval qu'au ras du sol, essoufflé et rougeaud, après avoir couru avec une bedaine comme la sienne.

Ce souci de la mise en scène, inné chez les Astley, contraignit un jeune écuyer à amener la jument alezane de John Astley à la porte de son propriétaire. Astley père les rejoignit devant le 14 Hercules Buildings et, voyant que son fils tardait à apparaître, il hurla par les fenêtres ouvertes : « Debout, foutu crétin, mon idiot de fils ! Tu n'as pas compris ce que c'est ce vacarme ! Prouve-moi que tu t'intéresses un brin à ce cirque que tu dirigeras un jour ! Montre-moi pour une fois que ça compte davantage pour toi que boire et forniquer ! » John Astley apparut sur le pas de sa porte, ébouriffé, mais sans donner l'impression de s'affoler outre mesure. Les paroles de Philip Astley semblèrent le laisser indifférent. Il prit tout son temps pour refermer la porte, ce qui redoubla la rage de son père.

« Nom de Dieu, John, si cette affaire de famille te tient pas plus à cœur, je vais prendre des dispositions pour que tu n'aies plus rien à voir là-dedans. Je te le garantis ! »

À cet instant, retentit une autre explosion, moins violente, suivie d'une série de pétarades et de craquements de diverses intensités, accompagnés de chuintements et de sifflements. Ces bruits produisirent plus d'effet que tous les discours : John Astley se précipita vers son cheval, sauta en selle alors même que l'animal s'élançait en réponse à son appel. Il fila au galop en direction de Hercules Buildings, tandis que son père, plus corpulent, suivait à un trot plus posé.

Ni l'un ni l'autre ne se retourna, ils ne virent pas Miss Laura Devine, la meilleure danseuse de corde d'Europe, passer la tête par la fenêtre du premier étage de chez John Astley et les suivre du regard, tandis qu'ils remontaient la route, puis tournaient à droite sur Westminster Bridge Road, dans un vacarme de sabots. Seule une vieille femme avec un panier de fraises aperçut la face lunaire de Miss Devine planant au-dessus de la rue. Elle lui tendit une fraise. « Une jolie petite fraise bien sucrée, bien juteuse pour vous, ma chère ? Vous avez déjà une fois cédé à la tentation, allons, goûtez-moi ça ! »

Miss Devine sourit en secouant la tête, puis après un coup d'œil à droite et à gauche elle disparut.

Au 6 Bastille Row, Dick et Charlie Butterfield étaient dans la cuisine, attablés devant une poêlée de bacon. Armés d'un couteau, ils repêchaient les tranches et trempaient dans la graisse de gros morceaux de pain. La première déflagration les fit sursauter. Elle semblait provenir de l'autre côté de l'Orphelinat de jeunes filles, en face des maisons de Bastille Row. Les vitres de toute la rue frémirent : pas une fenêtre ne résista. Seul le numéro 6 fut épargné, faute de carreaux : Charlie les avait brisés lors d'une beuverie en lançant ses chaussures pour faire déguerpir le chat.

Sans mot dire, tous deux posèrent leur couteau, repoussèrent leur chaise et sortirent sur le pas de la porte, Charlie essuyant son menton tout gras avec sa manche.

« D'où que c'est venu ? demanda Dick Butterfield.

— De là. » Charlie lui indiqua la direction de St. George's Fields.

« Non, c'était par ici, j'en suis sûr, reprit Dick Butterfield en montrant l'est.

— Alors pourquoi tu me demandes si tu en es aussi sûr ?

— Attention, mon garçon. Un peu de respect pour ton père et ses pauvres oreilles !

— En tout cas, je suis sûr et certain que c'était par là-bas, dit Charlie avec un grand geste du côté de St. George's Fields.

— Voyons, y a rien qui pourrait sauter là-bas !

— Alors d'où tu crois que ça pouvait venir ?

— Du côté du local de feux d'artifice du cirque Astley. »

Un nuage de fumée s'élevant dans la direction qu'avait indiquée Dick Butterfield, à une centaine de toises de là, mit un terme à la discussion. « C'est bien chez Astley, confirma-t-il. Il doit être dans tous ses états. Faut pas rater ça. » Il se précipita, Charlie le suivit sans se hâter. Dick Butterfield se tourna vers son fils. « Allons, mon gars !

— On peut pas finir d'abord le bacon ? »

Dick Butterfield s'arrêta net. « Le bacon ! Qui parle de bacon à un moment pareil ! Et dire que tu es un Butterfield, nom de Dieu ! J'en ai honte ! Combien de fois, mon garçon, t'ai-je dit et redit combien il était important de se dépêcher ! Nous tirerons rien de tout ça si nous lambinons, si nous restons à nous goberger en laissant les autres y être avant nous ! Pourquoi tu peux pas te mettre ça dans le crâne, mon garçon ? » Dick Butterfield contempla son fils d'un œil auquel rien n'échappait : ni l'air méprisant dont Charlie ne semblait pas se départir, ni ses mains agitées, ni son menton encore luisant de graisse, ni même, et pire que tout, son regard, un feu tout prêt mais qui ne prenait pas, même une explosion ne suffisait pas à attiser sa curiosité. Ce n'était pas la première fois que Dick Butterfield se surprenait à penser : ah ! si Maggie était ici, elle en tirerait une leçon, dommage qu'elle ne soit pas un garçon ! Où diable était-elle à cette heure ? Nul doute que l'explosion la ferait décamper et rappliquer à toutes jambes. Il lui flanquerait une bonne raclée d'être partie comme ça, mais peut-être bien aussi qu'il la serrerait dans ses bras. Tournant le dos à son fils, il se dirigea d'un pas lourd vers la fumée. Au bout d'un moment, Charlie le suivit, songeant à la graisse du bacon en train de figer dans la poêle…

En effet, la détonation finit par faire sortir Maggie de sa cachette. Lorsqu'elle entendit le vacarme du côté de Hercules Buildings — les garçons de cirque courant dans tous les sens, Philip Astley qui hurlait, John Fox qui lançait des ordres — puis les craquements et les sifflements sur les lieux de l'explosion, elle ne put résister : elle se devait d'être aux premières loges, tant pis si ses parents la voyaient. Elle courut au fond du jardin des Blake, escalada le mur, traversa à toute vitesse le terrain du cirque Astley où d'autres habitants du quartier tout aussi curieux qu'elle la suivirent dans sa course folle vers la fumée et le bruit.

En la regardant s'échapper de sa retraite, Jem se dit qu'il ne pouvait rester chez lui. « Allons, viens, Maisie ! » cria-t-il. Prenant sa sœur par la main, il l'entraîna dans l'escalier. Une fois dehors, ils entendirent des bruits de sabots et virent passer John Astley puis Philip Astley sur leurs chevaux. « Oh ! » s'écria Maisie qui se lança à leur poursuite. Son bonnet à fanfreluches s'envola, Jem s'arrêta pour le rattraper.

V

Chaque année, le 4 juin, jour de l'anniversaire du roi, Philip Astley donnait un feu d'artifice tiré depuis des péniches sur la Tamise à dix heures et demie du soir, sitôt le dernier numéro terminé. Personne ne lui avait demandé d'assumer cette responsabilité, l'idée lui en était venue une vingtaine d'années plus tôt et une tradition s'était vite instaurée. Astley offrait aussi des feux d'artifice à d'autres occasions : en début et en fin de saison pour faire la publicité de son cirque, au cours de spectacles, en présence d'un invité de marque. Il avait installé un atelier pyrotechnique dans une maison située à deux pas de l'Orphelinat de jeunes filles.

Imposante bâtisse, qui n'avait pas mauvaise allure, l'Orphelinat se trouvait au carrefour où se croisaient Hercules Buildings, Bastille Row et Westminster Bridge Road. Il accueillait deux cents pensionnaires, qui apprenaient les rudiments de la lecture, du ménage, de la cuisine, mais aussi à laver le linge, à coudre, bref tout ce qui les préparerait à une vie de servante le jour où, à l'âge de quinze ans, elles quitteraient l'endroit. La perte de leurs parents avait sans doute été un choc pour elles et leur passage à l'Orphelinat était, somme toute, un temps de répit entre ce chagrin et l'interminable corvée qu'allaient devenir leurs vies.

La cour était entourée d'une grille noire haute de six pieds. Filles et surveillantes se pressaient dans un coin contre les barreaux, le visage tourné, tels des tournesols, vers l'atelier pyrotechnique qui crachait, craquait, flambait. À croire que ce divertissement inhabituel avait été préparé à leur intention ; elles se trouvaient aux premières loges.

Les voisins regardaient eux aussi l'incendie, mais le spectacle ne les réjouissait guère. En effet, ceux qui vivaient à proximité craignaient pour leurs propres maisons. Des hommes hurlaient, des femmes pleuraient, tout le quartier accourait, mais personne ne réagissait : tous attendaient celui qui prendrait la situation en main.

Il arriva sur sa monture, accompagné de son fils. À présent, les fusées explosaient dans toutes les directions, s'écrasaient contre les murs du local. Bravant les flammes qui avaient dévoré une partie de la toiture, l'une d'elles disparut dans le ciel. Même de jour, les feux d'artifice font de l'effet, surtout quand vous n'en avez jamais vu, et c'était le cas pour la plupart des orphelines, confinées dans leurs dortoirs, chaque année, bien avant que les panaches colorés d'Astley n'illuminent le fleuve. Elles poussèrent un soupir quand la fusée se désintégra en étincelles vertes.

Pour les Astley ces étincelles étaient plutôt des larmes vertes. Ils descendirent de cheval, au moment même où John Fox, les yeux grands ouverts pour l'occasion, les rejoignait. « Fox ! mugit Philip Astley. Est-ce que tout le monde a pu sortir du bâtiment ?

— Oui, Monsieur, répondit Fox, et il n'y a pas de blessé en dehors de John Honor qui s'est fait mal en sautant par une fenêtre.

— C'est grave ? »

Fox haussa les épaules.

« Envoyez un des garçons chercher son épouse et un docteur. »

Un coup d'œil autour de lui permit aussitôt à Philip Astley d'évaluer la situation. En tant que militaire et patron de cirque, il avait l'habitude de résoudre des problèmes et de mener des hommes, dont beaucoup avaient un sacré caractère. Cette foule de badauds bayant aux corneilles et de femmes hystériques ne lui faisait pas peur. Il se mit tout naturellement en situation d'autorité. « Les amis, hurla-t-il pour se faire entendre au milieu de toutes ces pétarades et des sifflements de ces serpents de feu. Nous avons besoin de votre aide, vite ! Vous, les femmes et les enfants, allez chercher tous les seaux que vous avez chez vous ! Et dépêchez-vous ! » Il battit des mains et aussitôt femmes et enfants s'éparpillèrent comme de la suie quand le vent s'engouffre dans la cheminée.

« Et maintenant à vous, messieurs ! Vous allez former une chaîne allant du foyer de l'incendie jusqu'au puits le plus proche. Où se trouve-t-il ? » Il arrêta son regard sur une espèce d'ahuri qui traînassait sur le trottoir en face de la maison en flammes. « Dites-moi, Monsieur, où se trouve le puits le plus proche ? Comme vous pouvez le constater, nous avons besoin de grandes quantités d'eau. Oui, Monsieur, et même d'énormes quantités ! »

L'homme réfléchit. « Y en a un là en bas, près des Pépinières Shield », répondit-il sans s'affoler outre mesure. Il réfléchit de nouveau. « Mais le plus proche est ici », acheva-t-il en indiquant la clôture derrière laquelle était alignée la foule brun foncé des orphelines en uniforme.

« Ouvrez le portail, mesdames, et n'ayez pas peur, vous nous rendez un fier service ! » hurla Philip Astley, homme de spectacle jusqu'au bout des ongles. Le portail s'ouvrit et une chaîne d'hommes — auxquels se joignirent bientôt des femmes, des enfants et même quelques orphelines, parmi les plus hardies — s'étira à travers la cour jusqu'au puits et commença à se passer les seaux d'eau de main en main, jusqu'au foyer de l'incendie. Ultimes maillons de cette chaîne humaine, Philip et John Astley versaient de l'eau sur les flammes, rendaient les seaux vides aux enfants qui se précipitaient pour les remplir et les remettre en circulation.

Tout cela fut organisé sitôt que Philip Astley eut pris la direction des opérations avec une telle célérité et une telle efficacité qu'il était impossible de rester planté là en simple spectateur. Il y eut vite assez de volontaires pour deux chaînes et deux fois plus de seaux. Parmi ces pompiers de fortune, on reconnaissait Dick et Charlie Butterfield, Jem et Maisie Kellaway, Bet et Maggie Butterfield et même Thomas et Anne Kellaway, qui, comme Jem, s'étaient rendus sur les lieux du sinistre, bien incapables de rester chez eux avec un vacarme pareil. Tous se passaient seau d'eau après seau d'eau jusqu'à ce que leurs bras n'en puissent plus, ignorant que d'autres parmi leurs proches faisaient de même.

Les Astley déversèrent ainsi des centaines de seaux dans les flammes. Cela parut aider, car le feu du rez-de-chaussée fut en partie maîtrisé. Hélas, d'autres flammes continuaient à trouver de nouvelles provisions de feux d'artifice, qui s'allumaient, fusaient, montaient en flèche, éclataient et engendraient d'autres foyers. Le feu s'était rapidement propagé à l'étage, le plafond et le toit en flammes s'écroulaient par endroits : rien ne pourrait sauver la maison. Les Astley finirent par s'avouer vaincus, ils employèrent alors le contenu des seaux pour circonscrire l'incendie.

À la fin, Philip Astley donna l'ordre de ne plus puiser d'eau. Le dernier seau passa de main en main et quand, en se tournant vers leur voisin pour prendre le suivant, comme ils le faisaient depuis une heure, ils s'aperçurent qu'il n'y en avait plus, ils regardèrent autour d'eux, clignèrent des paupières et se dirigèrent vers le bâtiment pour constater le résultat de leurs efforts. Quel ne fut pas leur découragement face à ce bâtiment en ruines, à cette sinistre brèche entre les maisons voisines, comme le vide laissé par l'extraction d'une dent gâtée. L'incendie était maintenant éteint, mais des tourbillons de fumée continuaient à s'élever des restes calcinés du laboratoire, obscurcissant à tel point le ciel que l'on se serait cru à la tombée du jour plutôt qu'au milieu de la matinée.

VI

Percevant un fléchissement après la fougue qui les avait unis dans cette lutte contre l'incendie, Philip Astley prit une fois de plus sur lui de remonter le moral des troupes. « Mes amis, vous vous êtes portés au secours du cirque Astley, sachez que je vous en serai à jamais redevable, commença-t-il en se tenant le plus droit possible, si épuisé fût-il après le travail physique intensif qu'il venait de fournir. Il s'agit là d'un bien triste accident, d'une catastrophe. Nous entreposions ici les feux d'artifice destinés à la célébration de l'anniversaire de Sa Majesté le roi, qui aura lieu dans deux jours. Nous pouvons remercier Dieu qu'il n'y ait eu qu'un seul blessé parmi nous et que le feu, grâce à vos efforts héroïques, n'ait pas atteint d'autres maisons. Le cirque Astley n'en sera pas affecté non plus, et le spectacle de ce soir aura lieu à l'heure habituelle, c'est-à-dire six heures et demie, il reste d'ailleurs des places au guichet. Si vous ne l'avez pas encore vu, vous avez raté un événement beaucoup plus spectaculaire que cet incendie. Soyez assurés, chers voisins et amis, de ma profonde reconnaissance, car vous n'avez pas ménagé vos efforts pour empêcher ce fâcheux incident de tourner à la tragédie. Je suis… »

Il continua dans la même veine. Certains l'écoutaient, d'autres pas, certains avaient besoin d'entendre ces mots, d'autres n'avaient qu'une envie, s'asseoir enfin, prendre un verre, dîner, bavarder ou même dormir. La foule s'éparpillait, on cherchait un parent, des amis.

L'oreille aux aguets, Dick Butterfield resta près de Philip Astley, dans l'espoir de capter les besoins de la situation. Ainsi, en entendant Philip Astley déclarer à un voisin qu'il prévoyait de reconstruire aussitôt l'entrepôt, Dick Butterfield pensa à un tas de briques aperçues à Kensington qui pourraient bien être de quelque utilité. Ce soir, il se rendrait au pub où dînait le briquetier et lui en toucherait un mot. En attendant, il s'arrêterait chez les marchands de bois sur les berges du fleuve. Il sourit en son for intérieur, mais ce sourire s'évanouit sitôt qu'il vit Charlie Butterfield et une bande de garnements jouer à disperser les braises à grands coups de pied. Dick Butterfield saisit son fils par le bras. « Si tu as deux sous de jugeote, sers-t'en, espèce d'idiot ! Quel effet crois-tu donc que ça peut faire à un homme qui a subi une perte pareille de voir que tu en profites, toi, pour t'amuser ? »

Charlie lui jeta un œil noir et se retira dans un endroit où la foule était moins dense, loin de son père et de sa bande de camarades. Même s'il ne l'avait jamais avoué à qui que ce fût, il avait horreur d'aider son père. Traiter affaires au sens où Dick Butterfield l'entendait exigeait certain entregent que Charlie lui-même reconnaissait ne pas avoir et, plus encore, ne pas vouloir acquérir.

Quand ils en eurent fini avec les seaux, Maisie entraîna Jem dans la foule qui se pressait autour de Philip Astley ; elle souhaitait voir John Astley qui, le visage noir de cendres, se tenait aux côtés de son père. La fumée n'était pas encore dissipée qu'on murmurait déjà que c'était à John Astley, en sa qualité de directeur du cirque, et non à son père, de prendre la parole pour remonter le moral des troupes. Certains chuchotaient que le vieil Astley ne pouvait supporter de rester au second plan et de laisser les rênes à son fils. Ils ajoutaient que tant qu'il n'aurait pas pris officiellement sa retraite, le fils continuerait à boire et à courir après les filles du cirque, comme par exemple Miss Laurie Devine, la meilleure danseuse de corde d'Europe. Son apparition à la fenêtre n'avait pas manqué de titiller les yeux fatigués de la marchande de fraises ni de faire frétiller sa langue : à Lambeth, les potins circulaient vite, telle une devise dont les pièces étaient renouvelées à chaque heure du jour. La marchande de fraises détenait cette pièce particulière, à l'effigie de Miss Devine, et tout en faisant passer les seaux d'eau, la vieille femme régalait ses voisines de ragots.

Maisie n'y avait pas eu droit, aussi pouvait-elle encore se permettre de n'avoir d'yeux que pour John Astley qui, l'air absent, laissait son père se confondre en remerciements. Les âmes charitables auraient pu dire que, derrière son masque de suie, il était atterré par ce qui était arrivé aux feux d'artifice du roi et à son atelier. D'autres, plus perfides, auraient dit qu'il donnait surtout l'impression de s'ennuyer.

Quand Philip Astley eut achevé son discours, beaucoup vinrent lui exprimer leur sympathie ou avancer des hypothèses sur l'origine du sinistre. Prenant son courage à deux mains, Maisie se faufila vers John Astley.

« Maisie, qu'est-ce qui te prend ? cria Jem.

— Laisse-la tranquille, dit une voix. Si ça l'amuse de se ridiculiser, tu pourras pas l'en empêcher. »

Jem se retourna et aperçut Maggie. « Bonjour », dit-il oubliant un instant sa bécasse de sœur. Il était encore tout surpris d'être aussi content de revoir Maggie, même s'il s'efforçait de n'en rien montrer. « On t'a vue quitter le jardin. Ça va ? »

Maggie se frotta les bras. « Je sens que je vais en rêver toute la nuit de ces seaux ! Quelle histoire !

— Je suis triste pour Mr Astley.

— Oh ! Il s'en remettra ! Je te parie que d'ici lundi soir, il aura ajouté à son spectacle un numéro inspiré par l'explosion, avec un décor qui ressemblera à ça — d'un geste Maggie désigna les lieux de l'incendie. On y verra des feux d'artifice explosant un peu partout et donnant l'impression que c'est pour de vrai ! Quant à John Astley, il arrivera en dansant sur son cheval ! »

Jem ne lâchait pas des yeux sa sœur, droite comme un cierge à côté de John Astley, raideur qui lui était coutumière quand elle était anxieuse. Maisie l'empêchait de voir le visage de John Astley, il n'eut donc aucune idée de la réponse de l'écuyer à sa sœur. Il ne put que la deviner à voir le visage radieux de Maisie quand elle revint toute guillerette vers Maggie et lui.

« Quel homme courageux ! déclara-t-elle. Et il est si poli avec moi ! Savez-vous qu'il s'est brûlé au bras en s'approchant trop des flammes lorsqu'il déversait les seaux d'eau ? Eh bien, figurez-vous qu'il s'est même pas arrêté pour regarder, qu'il vient juste de s'en apercevoir ? Je... » Maggie devint rouge comme une pivoine rien qu'à l'idée qu'elle ait pu oser... « J'ai proposé de lui faire un pansement, mais il m'a dit de pas m'inquiéter, que je ferais mieux d'aller retrouver ma famille qui pourrait s'inquiéter pour moi. Vous trouvez pas que c'est gentil de sa part ? »

Jem voyait maintenant le visage de John Astley. L'écuyer détaillait du regard la jolie silhouette de Maisie, ses yeux bleus brillaient d'un éclat presque surnaturel au milieu de sa face noire de suie, et leur intensité mit Jem mal à l'aise. Il se tourna vers Maggie qui haussa les épaules. « C'est très bien, Miss Piddle, dit-elle en prenant Maisie par le bras, mais on ferait bien de vous ramener à la maison. Tiens, voilà vos parents ! Vous voulez quand même pas qu'ils vous surprennent en train de faire de l'œil à Mr Astley, non ? » Elle poussa Maisie en direction de Thomas et Anne Kellaway, qui venaient d'émerger de la fumée, aussi épaisse à présent que le brouillard d'hiver. Les cheveux d'Anne Kellaway voletaient dans tous les sens, ses yeux pleuraient, elle les tamponnait avec son mouchoir.

« Jem, Maisie, vous étiez là, vous aussi ? demanda Thomas Kellaway.

— Oui, Papa, répondit Jem. On faisait passer les seaux. »

Thomas Kellaway approuva de la tête. « C'est ça se conduire en bon voisin. Ça me rappelle quand la grange des Wightman a brûlé l'an dernier et qu'on a fait pareil. Tu te souviens ? »

Jem se souvenait bien de cet incendie à la lisière de Piddletrenthide, mais ce n'était pas la même chose. Les seaux d'eau avaient eu peu d'effet sur les flammes qui, au contact du foin, étaient devenues aussi hautes que les chênes des environs, si bien qu'on ne pouvait plus guère les arrêter. Il se rappelait le hennissement des chevaux, prisonniers des flammes, l'odeur de leur chair brûlée, les cris de Mr Wightman qui leur répondait, et qu'il avait fallu retenir, empêcher de se précipiter dans le feu pour tenter de sauver ses bêtes. Il se souvenait des pleurs de Mrs Wightman parmi les crépitements et les hurlements. Et de Rosie Wightman, qui aimait aller pêcher des anguilles et ramasser du cresson dans la Piddle avec Maisie et lui : elle regardait l'incendie avec de grands yeux affolés. Elle s'était enfuie de la Piddle Valley peu après que l'on avait découvert qu'elle avait joué avec des bougies dans la grange. Depuis, personne n'avait eu de ses nouvelles et Jem pensait parfois à elle, se demandant ce qu'elle avait bien pu devenir. Mr Wightman perdit ainsi sa grange, son foin, ses chevaux. Sa femme et lui finirent leurs jours à l'hospice de Dorchester.

Dans le cas de Mr Astley, le sinistre n'avait détruit que des feux d'artifice, alors que, dans le cas de Mr Wightman, les flammes infernales avaient détruit la vie d'une famille. Que ses sujets londoniens aient droit ou non à des feux d'artifice en l'honneur de son anniversaire, le roi aurait de toute façon un an de plus. À vrai dire, Jem se demandait parfois comment Philip Astley pouvait investir autant de temps et d'énergie dans quelque chose d'aussi futile. Si Thomas Kellaway et ses confrères menuisiers n'avaient pas fabriqué des chaises, des bancs ou des tabourets, vous n'auriez pas pu vous asseoir, vous auriez été forcé de rester sur vos deux jambes. En revanche, si Philip Astley laissait tomber son cirque, cela ferait-il la moindre différence ? Jem ne pouvait toutefois pas dire une chose pareille à sa mère. Jamais il n'aurait imaginé qu'elle finirait par aimer autant le cirque. Même à cet instant, elle fixait les Astley, les yeux brillants.

Lors d'une pause dans la conversation, Philip Astley sentit qu'elle le regardait. Il se retourna, ne put s'empêcher de sourire devant son visage empreint d'inquiétude. De la part d'une femme qui, quelques mois plus tôt, n'eût pas daigné le regarder ! « Ah ! Madame, séchez vos larmes ! » dit-il en sortant de sa poche un mouchoir, qu'il lui tendit bien que noir de suie. « Nous, les Astley, on en a vu d'autres ! »

Anne Kellaway n'accepta pas son mouchoir, elle préféra s'essuyer les yeux sur sa manche. « Non, non, c'est la fumée qui me pique les yeux. La fumée de Londres me fait ça. » Elle s'écarta de lui, car il semblait absorber tout l'air autour de lui.

« N'ayez crainte, Mrs Kellaway, reprit Philip Astley comme si elle n'avait rien dit. Il s'agit juste d'un contretemps. Dieu merci, notre menuisier est notre seul et unique blessé. Et il va vite se remettre. »

Thomas Kellaway se tenait près de son épouse, et ne parvenait pas à détacher son regard des ruines encore fumantes de la maison. Il prit la parole : « En attendant, si vous avez besoin d'aide, Monsieur, pour ce qui est du bois et tout ça, mon fils et moi on sera très heureux de vous donner un coup de main, n'est-ce pas, Jem ? »

Cette proposition ingénue, faite à mi-voix, sans arrière-pensée, à un voisin dans l'adversité, eut un effet qu'il était loin d'anticiper. Philip Astley regarda Thomas Kellaway comme sous l'effet d'un éclair de génie : il ne lui répondit pas aussitôt, non par rudesse, mais parce qu'il voyait soudain les choses sous un nouvel éclairage. Il lança un coup d'œil à John Fox, comme toujours à ses côtés, les paupières mi-closes maintenant que l'incendie était éteint. « Eh bien, disons que… C'est fort aimable à vous, Monsieur, oui, vraiment très aimable à vous. Et il se pourrait bien que j'accepte. Nous verrons. Pour le moment, Monsieur, Madame, dit-il en saluant Anne Kellaway, je dois prendre congé de vous, car beaucoup d'affaires pressantes m'y contraignent, mais nous nous reverrons d'ici peu, je pense. Et même très peu de temps, Monsieur. » Là-dessus, il s'en fut avec John Fox rejoindre son fils et commencer à donner des ordres à ceux qui les attendaient.

Jem avait écouté cet échange entre son père et Philip Astley et n'en croyait pas ses oreilles. Comment son père et lui pourraient-ils accepter de ne plus être leurs propres patrons ? En revanche, Maisie semblait radieuse, car elle se voyait déjà en train de trouver des excuses pour rendre visite à son père et à son frère sous le chapiteau et, du même coup, apercevoir John Astley. Quant à Anne Kellaway, elle se demandait si cela signifiait qu'elle pourrait aller encore plus souvent au cirque.

Ayant repéré Maggie en compagnie des Kellaway lors de cette discussion entre les deux hommes, Dick Butterfield commença à se glisser vers elle. Il était prêt à lui sauter dessus — s'il ne lui mettait pas la main au collet il était probable qu'elle s'enfuirait — quand la proposition de Thomas Kellaway à Philip Astley l'arrêta net. Lui qui s'imaginait maître en l'art d'embobiner son monde devait reconnaître que Thomas Kellaway l'avait surpassé. « Qu'il aille au diable, celui-là ! » marmonna-t-il, puis il s'élança vers Maggie.

Prise au dépourvu, elle se mit à hurler et tenta de se dégager. « Alors, tu l'as attrapée ? cria Bet Butterfield qui se frayait un passage à travers la foule pour rejoindre son mari.

Où diable étais-tu passée, friponne ! » gronda-t-elle. Comme Maggie se débattait, elle la souffleta. « Ça t'apprendra, et je te préviens, t'avise pas de recommencer !

— Oh ! Pas de danger ! déclara Dick Butterfield qui resserra son étau sur Maggie. Croyez-moi, elle aura pas le temps avec tout le travail qu'elle aura ! Pas vrai, Maggie ? La corde, ça ne convenait pas à Mademoiselle ? T'en fais pas, je t'ai trouvé une autre place, tu vois. Un de mes copains dirige la fabrique de moutarde près du fleuve, tu y travailleras à partir de lundi. Ça t'empêchera de faire des bêtises. Il est temps que tu rapportes de l'argent, tu es assez grande. En attendant, Charlie t'aura à l'œil. Charlie ! » hurla-t-il.

Accroupi contre un mur, Charlie se releva et arriva sans se presser, avec un petit sourire narquois, compromis entre l'œil noir qu'il destinait à Jem et le sourire qu'il réservait à Maisie. Jem lui renvoya un œil tout aussi noir, quant à Maisie, elle contempla ses orteils.

« Où étais-tu passé, mon gars ? grogna Dick Butterfield. Attrape donc ta sœur et la perds pas de vue jusqu'à ce que tu l'accompagnes au travail lundi matin ! » Charlie grimaça et empoigna l'autre bras de Maggie. « Promis, Papa. » Profitant de ce que personne ne regardait, il la pinça jusqu'à ce que ça la brûle.

En présence de ses parents, Maggie ne pouvait pas lui décocher un coup de pied. « Va te faire voir, espèce de salaud, s'écria-t-elle. Maman !

— Je veux rien entendre, ma fille ! rétorqua Bet Butterfield. J'veux rien avoir à faire avec toi. On s'est rongé les sangs à cause de toi !

— Mais… » Maggie s'arrêta quand Charlie fit le geste de se trancher la gorge avec son doigt. Elle ferma les yeux et pensa à toute l'attention que les Blake lui avaient prodiguée, à cette paix qu'elle avait brièvement connue dans leur jardin où elle pouvait bannir de son esprit et son frère et le passé. Elle savait que c'était trop beau pour durer, qu'il lui faudrait un jour quitter ce jardin et s'en retourner chez ses parents. Son seul regret était de ne pas avoir pu décider par elle-même de la fin de son exil.

Des larmes perlaient au coin de ses yeux. Si prompte fût-elle à les essuyer avec son index et son pouce, les enfants Kellaway les avaient repérées. Maisie la contemplait avec compassion, tandis que Jem serrait les poings jusqu'à s'enfoncer les ongles dans les paumes. Jamais il n'avait ressenti une aussi forte envie de frapper quelqu'un qu'à cet instant, face à Charlie Butterfield.

Bet Butterfield jeta un coup d'œil autour d'elle, soudain consciente de l'image de désunion que donnait sa famille en public. « Re-bonjour ! » dit-elle, ayant repéré Anne Kellaway et cherchant à revenir aux bavardages anodins entre voisines. « Je passerai un de ces jours achever le Blandfield Wagon Wheel.

— Cartwheel, rectifia Anne Kellaway. Blandford Cartwheel.

— C'est ça. À un de ces jours ! On y va, Dick ? » Elle prit son mari par le bras.

« Au Dog and Duck, ma fille !

— Ça m'ira très bien. »

Les Butterfield et les Kellaway s'en furent chacun de son côté. Les yeux de Jem croisèrent ceux de Maggie que son frère emmenait de force. Ils ne se quittèrent pas du regard, jusqu'au moment où Charlie arracha sa sœur à la vue de Jem.

Aucun d'eux ne remarqua Mr Blake assis sur les marches d'une des maisons en face des lieux ravagés par l'incendie. Mrs Blake se tenait derrière lui, adossée à la maison. Son petit carnet sur les genoux, il griffonnait à toute vitesse.

VII

Le dimanche à cinq heures du matin, John Honor, menuisier en chef du cirque Astley, mourut suite à ses blessures lors de l'explosion de l'atelier pyrotechnique. Après avoir présenté ses condoléances à la veuve, Philip Astley surprit les Kellaway au moment où ils se rendaient à St. Mary pour assister au premier service du matin et il proposa à Thomas Kellaway de l'embaucher comme menuisier pour son cirque.

« Il accepte », répondit Anne Kellaway au nom de la famille.

Septembre 1792

V.

I

« Approchez, mes amis, j'ai à vous parler. Venez tous, descendez sur la piste, s'il vous plaît. » La voix tonitruante de Philip Astley retentissait sous le chapiteau. Jem et Thomas Kellaway échangèrent un coup d'œil et posèrent leurs outils. On était samedi midi, ils venaient de terminer leur journée. Sortant des coulisses, ils se dirigèrent vers la piste en compagnie des autres menuisiers. Acrobates, écuyers, costumières, garçons de cirque, musiciens, danseurs et tout le reste de l'équipe, ne tardèrent pas à les rejoindre en ronchonnant. Ce n'était pas la première fois que Philip Astley organisait une réunion de ses employés, mais en général, il n'empiétait pas sur un après-midi de liberté avant la séance du soir. Le choix du moment n'augurait rien de bon.

Pour sa part, Thomas Kellaway préférait se tenir à l'écart de la grogne générale. Employé par le cirque depuis trois mois et heureux d'avoir des gages assurés, il se sentait encore trop nouveau pour s'exprimer spontanément. Il préférait rester silencieux près de la scène, avec Jem et l'équipe des menuisiers.

Adossé à la barrière entre la fosse et la piste, moustaches frémissantes, John Fox mâchonnait quelque chose. Ses paupières mi-closes donnaient l'impression qu'il dormait debout, une façon pratique d'éviter de croiser le regard de quiconque. Assis dans la fosse avec d'autres écuyers, ses bottes — que décrottait et cirait chaque jour l'une de ses cousines — posées sur une balustrade, Philip Astley se curait l'ongle du pouce.

« Dites-moi, Fox, ils sont tous là ? Parfait. Maintenant, mes amis, écoutez-moi. » Philip Astley battit des mains pour faire taire le murmure de mécontentement. « Mesdemoiselles, Messieurs, j'aimerais avant tout vous dire que vous avez fait un travail fantastique, oui, vraiment fantastique. Je pense, en effet, que cette saison restera gravée dans la mémoire comme l'une de nos meilleures saisons. Par notre professionnalisme et la qualité éblouissante de notre spectacle, nous sommes sans rivaux.

» Maintenant, mes amis, j'ai à vous annoncer une nouvelle qui nous affecte tous. Comme vous le savez, les temps sont difficiles, dangereux, pourrions-nous dire. Des temps révolutionnaires. Vous n'ignorez pas l'agitation croissante qu'a connue la France cet été. Eh bien, braves gens du cirque, cela pourrait bien finir dans le sang. Peut-être certains d'entre vous ont-ils appris aujourd'hui qu'à Paris douze mille citoyens ont été massacrés, douze mille royalistes, mes amis, des citoyens loyaux envers leur roi et sa famille, des gens comme vous et moi ! Non point douze, ni même douze cents, mais douze mille ! Avez-vous idée de la foule que cela représente ? Douze mille, c'est autant de spectateurs qu'en douze soirées, Monsieur, dit-il, en regardant le chanteur, Mr Johannot, qui, en retour, le fixa, les yeux écarquillés. Imaginez le public de douze représentations se bousculant dans les rues autour de nous, Mesdames ! » Un regard de Philip Astley suffit à imposer silence aux couturières qui gloussaient. « Oui, massacrés sans pitié, hommes, femmes, enfants, la gorge tranchée, leur sang, leurs tripes dans les caniveaux de Westminster Bridge Road et Lambeth Marsh ! » Une des filles fondit en larmes, deux autres suivirent.

« Vous avez bien de quoi pleurer, brailla Philip Astley pour se faire entendre. De tels actes, si près de nos rivages, représentent pour chacun de nous une menace odieuse. Oui, odieuse. L'emprisonnement du roi de France et de sa famille est un sinistre présage pour notre famille royale. Soyez sur vos gardes, vous tous. C'est la fin de l'innocence ! L'Angleterre ne saurait tolérer pareil défi à notre mode de vie. Dans six mois nous serons en guerre contre la France — fiez-vous à mon instinct de cavalier ! Dites adieu à vos pères, à vos frères, à vos fils, car ils pourraient partir bientôt à la guerre. »

Philip Astley laissa ses paroles produire leur effet. Visages solennels et silence ponctué des sanglots des costumières remplacèrent murmures mécontents et regards agacés. Intrigué, Thomas Kellaway regarda autour de lui. On parlait certes plus souvent dans les pubs londoniens qu'au Five Bells de Piddletrenthide de cette révolution qui secouait la France, pourtant il n'avait jamais pensé que cela l'affecterait personnellement. Il se tourna vers Jem qui venait d'avoir treize ans. Trop jeune pour être de la chair à canon, son fils était néanmoins assez adulte pour sentir peser sur lui la menace d'un enrôlement forcé. Dans un pub de Lambeth, Thomas Kellaway avait vu un recruteur à l'œuvre, appâtant un jeune garçon pour le traîner dans la caserne la plus proche. Tommy aurait été le pigeon idéal, se disait Thomas Kellaway. Oui, pour Tommy, il aurait certainement dû se faire du mauvais sang, plus que pour Jem. Mais si Tommy avait été encore en vie, ils seraient toujours une famille unie, aimante, bien à l'abri dans leur Piddle Valley, loin des recruteurs. Thomas Kellaway n'avait pas envisagé pareil danger en décidant avec son épouse de venir à Londres. « J'ai sondé le public, continua Philip Astley tandis que Thomas Kellaway s'efforçait de l'écouter, de sortir de ses pensées. Les artistes doivent être très attentifs à l'état de la société. Très attentifs. Je suis conscient que tout en souhaitant être au courant de ce qui se passe dans le monde, les gens aiment aussi venir au cirque pour oublier, pour rire et se réjouir des merveilles absolument extraordinaires qu'on leur offre, oublier le temps d'une soirée les soucis et les menaces qui pèsent sur ce monde. Ce monde-ci, dit-il balayant d'un geste circulaire la piste, la scène, les gradins, devient leur monde.

» Même avant ces terribles nouvelles, j'en étais arrivé à la conclusion que le programme actuel accordait trop d'importance à l'armée. La représentation aussi éblouissante que réaliste du régiment prenant d'assaut le camp à Bagshot Heath et cette apothéose de la Paix au cours de l'Intermède militaire des Indes orientales, voilà des scènes dont nous pouvons, et à juste titre, être fiers, cependant, mes amis, étant donné la situation en France, elles sont de trop, surtout pour ces dames dans le public. Nous devons tenir compte de leurs âmes sensibles. J'ai vu beaucoup de représentantes du sexe faible frémir et détourner la tête, trois se sont même évanouies la semaine dernière.

— C'était la chaleur », marmonna le menuisier à côté de Thomas Kellaway, pas assez fort pour que Philip Astley l'entende.

« Aussi, Mesdemoiselles, Messieurs, allons-nous remplacer le numéro de Bagshot Heath par une pantomime que je viens d'écrire, une suite aux aventures de l'Arlequin dans lesquelles mon fils avait le rôle-titre. Je l'ai appelée *Arlequin en Irlande.* »

Un murmure de protestations s'éleva de l'assemblée. Le cirque Astley avait attiré beaucoup de monde et, après plusieurs modifications au programme, avait adopté une paisible routine qui, espérait-on, devait durer jusqu'au début d'octobre ou jusqu'à la fin de la saison. La troupe en avait assez des changements, tous appréciaient de recommencer chaque soir les mêmes numéros plutôt que d'en apprendre de nouveaux, ce qui exigerait un effort supplémentaire. Pour commencer, ils n'auraient plus leur samedi après-midi.

Philip Astley n'avait pas fini de répéter qu'*Arlequin en Irlande* remonterait le moral du public, las de la révolution, que les menuisiers disparaissaient dans les coulisses pour s'attaquer aux décors. Thomas Kellaway les suivit sans grand enthousiasme. Depuis trois mois qu'il était employé au cirque, ce travail en équipe lui semblait parfois pénible et il regrettait le calme de son atelier du Dorset ou de Hercules Buildings, où sa famille et lui étaient les seuls à faire du bruit. Ici, c'était un va-et-vient constant — artistes, musiciens, chevaux, marchands de bois, de tissu, d'avoine ou de foin, garçons de courses, sans oublier la foule des parasites. Dominant ce vacarme, Philip Astley hurlait des ordres, se disputait avec son fils au sujet du programme, avec Mrs Connell au sujet des billets ou avec John Fox au sujet de tout le reste.

Le bruit n'était pas le seul désagrément auquel Thomas Kellaway avait dû s'habituer, le travail lui-même n'avait rien à voir avec son métier d'origine. Il se disait parfois qu'il devrait avouer à Philip Astley qu'il n'était pas fait pour ce que l'on exigeait de lui et que la véritable raison pour laquelle il avait accepté cette offre était la fascination que le cirque exerçait sur sa femme.

Thomas Kellaway était un fabricant de chaises. Un métier qui requérait de la patience, la main sûre et un bon œil afin de deviner le meilleur usage de chaque bois. Les besoins du cirque Astley faisaient appel à des compétences complètement différentes, à une autre façon de travailler le bois. Demander à Thomas Kellaway un travail de ce genre revenait à peu près à contraindre un brasseur à échanger sa place avec une blanchisseuse sous prétexte que tous deux utilisaient l'eau ! Dans la fabrication des chaises, le choix du bois pour chaque partie était essentiel si l'on voulait qu'une chaise fût solide et confortable. Thomas Kellaway connaissait son orme, son frêne, son if, son châtaignier ou son noyer. Il savait ce qui convenait le mieux pour l'assise — de l'orme toujours —, les pieds et les parties fuselées — de l'if, s'il pouvait s'en procurer. Pour l'arceau du dossier et les bras, il optait pour le frêne. Le frêne, il savait jusqu'où il pouvait courber sans qu'il se fendît en éclats. Il sentait, rien qu'à la voir, jusqu'où la planche d'orme résisterait à sa doloire quand il façonnait l'assise. Thomas Kellaway aimait le bois, il l'avait travaillé toute sa vie. Mais pour les décors, il lui fallait se contenter du bois le meilleur marché, de la plus piètre qualité qui soit : du chêne noueux, du bouleau de second choix, voire réchappé d'un incendie, un bois dont il supportait à peine le contact.

Plus dure encore était l'idée même de ce qu'il était censé faire. Quand il fabriquait une chaise, on savait que c'était une chaise, elle en avait tout l'air et on s'en servirait comme telle, sinon, à quoi bon en fabriquer une ? Les décors, en revanche, resteraient à jamais des leurres. Il découpait des formes dans des planches, les peignait en blanc, et les accrochait au « ciel » pour qu'elles ressemblent à des nuages, et pourtant ce n'était pas des nuages. Il bâtissait des châteaux qui n'étaient pas des châteaux, des montagnes qui n'étaient pas des montagnes, des belvédères qui n'étaient pas des belvédères. L'essentiel était de privilégier l'apparence aux dépens de la réalité, de créer un effet. Certes, de loin cela avait belle allure. Le public en avait souvent le souffle coupé, il applaudissait au lever du rideau sitôt que les créations des menuisiers donnaient l'ambiance, même si, en y regardant de près, il ne s'agissait que de planches clouées les unes aux autres et peintes pour parfaire l'artifice. Thomas Kellaway avait peine à admettre qu'une chose pût avoir bonne allure de loin, mais pas de près. Avec les chaises, il n'en était pas ainsi.

Les premières semaines de Thomas Kellaway au cirque Astley ne furent pas le désastre auquel on aurait pu s'attendre. Thomas Kellaway en fut plutôt surpris, car il n'avait jamais travaillé en équipe. La première fois qu'il apparut, sacoche à la main, sous le chapiteau, le lendemain du jour où Philip Astley l'embaucha, une heure entière s'écoula avant qu'on le remarque. Les menuisiers étaient occupés à construire une remise pour ranger les vestiges de l'atelier pyrotechnique. Thomas Kellaway les observa, puis, ayant remarqué que l'un d'eux resserrait les vis des balustrades autour des tribunes, il trouva des clous, des bouts de bois, prit ses outils et se mit à effectuer quelques réparations dans les loges. Se sentant alors plus sûr de lui, il retourna vers les menuisiers et se mêla à eux, tendant la planche de la bonne taille au bon moment, réussissant à trouver des clous quand personne n'en avait plus, rattrapant le bardeau qui se détachait avant qu'il ne blessât l'un d'eux. Quand la dernière planche fut en place, Thomas Kellaway faisait partie de l'équipe. Pour fêter l'événement, les menuisiers l'emmenèrent à midi dans leur pub préféré, le Pedlar's Arms, en face des entrepôts de bois au nord du pont de Westminster. À force de boire à la mémoire de feu John Honor, leur maître d'œuvre, tous se saoulèrent, à l'exception de Thomas Kellaway qui s'en retourna seul achever un volcan cracheur de feux d'artifice dans un drame intitulé *La Vengeance de Jupiter.*

Depuis lors, Thomas Kellaway avait passé l'été à trimer sans mot dire : mieux valait d'ailleurs qu'il n'ouvrît pas la bouche, car tous se moquaient de son accent du Dorset.

Il inspecta ses outils.

« Jem, où est notre scie à guichet ? cria-t-il. Un des gars en a besoin.

— Elle est à la maison.

— Cours la chercher, alors, mon brave ! »

II

En cas de besoin, comme aujourd'hui, Jem venait donner un coup de main à son père sous le chapiteau ; d'autres fois, il allait rejoindre les garçons de cirque toujours prêts à partir en courses pour Philip Astley ou John Fox, des courses qui se limitaient, le plus souvent, à Lambeth ou à Southwark. Les rares fois où on lui avait demandé d'aller plus loin — chez un imprimeur du côté de Saint Paul, chez un juriste à Temple ou chez la mercière près de St James —, Jem avait laissé cet honneur à ses camarades, toujours à l'affût de la petite pièce que leur valaient ces escapades sur l'autre rive.

Souvent Jem ne savait pas comment se rendre où on l'envoyait. « File au dépôt de bois Nicholson, et dis-leur que nous avons besoin d'une nouvelle livraison de hêtre, de même diamètre qu'hier », ordonnait John Fox qui avait tourné les talons avant que Jem ait pu lui demander où se trouvait le dépôt. C'était dans ces cas-là que Maggie lui manquait le plus, car elle aurait pu aussitôt lui dire que le marchand de bois se trouvait juste à l'ouest du pont de Blackfriars. Au lieu de cela, il était forcé de se renseigner auprès des garçons qui se gaussaient de son ignorance et de son accent.

Peu importait à Jem que son père l'envoie à la maison, à vrai dire, il voyait là une bonne excuse pour s'échapper du cirque. Pour lui, septembre évoquait la vie au grand air, davantage même que les mois d'été, car la chaleur était agréable et non pas étouffante. La lumière d'automne parait le Dorset de ses splendeurs. De ses filons d'or un soleil oblique, lassé de ses ardeurs estivales, caressait la campagne. Après l'intense activité de la fenaison au mois d'août, septembre, par son calme, semblait plus propice à la méditation. Les fruits et légumes du jardin de sa mère attendaient d'être cueillis, les dahlias, les asters et les roses fleurissaient. Ses frères et Maisie se gavaient de mûres, empourprant leurs doigts et leurs lèvres jusqu'à la Saint-Michel, ce jour où, disait-on, le diable avait aigri les mûres en crachant sur les ronces.

Cette opulence dorée d'arrière-saison n'était qu'une apparence que sapait un contre-courant inévitable. Si le vert prévalait encore, dans les sous-bois s'entassaient feuilles mortes et vignes sauvages rabougries. Les fleurs étaient dans toute leur gloire, si éphémère fût-elle.

Sans être aussi somptueux que dans le Dorset, l'automne londonien avait ses charmes. Jem aurait volontiers pris son temps, mais il savait que s'il tardait à rapporter la scie à guichet, le menuisier qui devait s'en servir irait au pub et qu'il leur incomberait à son père et à lui d'achever le travail. Aussi se hâtait-il à travers les venelles entre le cirque Astley et Hercules Buildings sans même s'arrêter pour profiter de cette belle journée.

Un sécateur à la main, vêtue de sa robe jaune dont le soleil ranimait la pâleur, Miss Pelham rôdait dans le jardinet à l'entrée du 12 Hercules Buildings. À côté, au numéro 13, un homme sortit de la maison de William Blake. Jem ne l'avait jamais vu, mais son visage lui parut familier. Penché en avant, les mains dans le dos, son grand front labouré de rides, il allait d'un pas décidé. Ce n'est qu'en entendant Miss Pelham murmurer : « C'est le frère de Mr Blake » que Jem reconnut un air de famille. « Leur mère vient de mourir, poursuivit-elle à voix tout aussi basse. Écoute, Jem, surtout ne faites pas de bruit, ta famille et toi, compris ? En un tel moment, Mr Blake n'apprécierait guère vos coups de marteau et tout votre remue-ménage. Promets-moi de le dire à tes parents.

— Oui, Miss Pelham. » Jem regarda le frère de Mr Blake longer Hercules Buildings. Ce doit être Robert, se dit-il, celui que Mr Blake a mentionné plusieurs fois.

Miss Pelham taillait sans merci sa bordure de buis. « L'enterrement est demain après-midi, par conséquent ne traîne pas dans le coin.

— Le convoi partira d'ici ?

— Non, non, de l'autre rive. On l'enterre à Bunhill Fields. Quoi qu'il en soit, tiens-toi à l'écart. En ces jours de deuil, Mr Blake n'a que faire de toi ou de cette fille. »

À vrai dire, Jem n'avait pas vu Mr Blake de tout l'été et il n'avait guère vu Maggie non plus. Leur vie avait changé si soudainement qu'une année semblait s'être écoulée depuis que Maggie s'était réfugiée chez les Blake.

D'où sa surprise en voyant quelques minutes plus tard Maggie… dans le jardin des Blake ! Il avait jeté un coup d'œil par la fenêtre du fond pour voir si sa mère n'était pas dans le potager de Mr Astley. Elle s'y trouvait, bien sûr, et elle apprenait à l'une des nièces d'Astley l'art d'attacher les plants de tomates autour d'un tuteur sans endommager les tiges. Thomas Kellaway avait rassemblé tout son courage pour demander à Philip Astley s'il céderait à sa femme un carré de potager en échange de leçons de jardinage à sa nièce incapable de distinguer un navet d'un rutabaga. Anne Kellaway avait été ravie qu'il acceptât car, même si l'on était déjà à la mi-juin, date trop avancée pour la plupart des légumes, elle s'était néanmoins débrouillée pour prévoir des laitues et des radis tardifs ainsi que des poireaux et des choux pour la fin de l'année.

Jem s'apprêtait à redescendre, la scie à la main, quand une tache blanche, à l'intérieur du cabanon des Blake, retint son attention. Il craignit d'abord une exhibition de corps en costume d'Adam, comme celle dont il avait été témoin quelques mois plus tôt et dont il rougissait encore. Il vit alors une main qui pendait dans l'ombre de la porte, puis il reconnut une bottine et, peu à peu, il distingua la silhouette de Maggie.

En dehors de Maggie, il n'y avait personne dans le jardin des Blake. La seule autre présence était Miss Pelham qui s'affairait à couper les roses fanées des plates-bandes derrière chez elle. Jem hésita un instant, puis descendit pesamment l'escalier, fila le long de Hercules Buildings, suivit l'allée menant à Hercules Hall, tourna à gauche avant de longer les murs du jardin. Anne Kellaway était encore dans ses plants de tomates quand Jem passa tout près d'elle en rampant. Il atteignit le mur des Blake où un vieux cageot était dissimulé sous les mauvaises herbes, vestige du séjour de Maggie qui s'en servait alors pour grimper par-dessus le mur au lieu de passer par la maison des Blake. L'œil rivé sur le dos de sa mère, il s'élança, escalada le mur et sauta.

Avançant avec précaution à travers les broussailles, Jem se glissa vers Maggie, tout en veillant à ce que le cabanon fasse écran entre lui et les fenêtres des Blake. S'étant assuré d'un coup d'œil rapide que les Blake n'étaient pas dans les parages, il s'assit et regarda Maggie dormir. Ses épaules et sa poitrine se soulevaient au rythme de sa respiration, elle avait les joues toutes rouges et une traînée jaune le long du bras.

Depuis l'incendie, Maggie n'avait plus donné signe de vie. Certes, au cirque Astley, Jem et son père n'avaient guère de répit, mais leurs journées étaient plus courtes que celles de Maggie qui travaillait, six jours sur sept, de six heures du matin jusqu'au soir, à la fabrique de moutarde. Le dimanche, quand les Kellaway se rendaient à l'église,

Maggie dormait encore et il lui arrivait même de ne pas se réveiller de la journée. Dans ces cas-là, Jem ne la voyait pas avant la semaine suivante.

Les dimanches après-midi où elle était vaillante, ils se retrouvaient près du mur qui entourait le terrain vague du cirque Astley et descendaient ensemble jusqu'à la Tamise. Ils flânaient alors du côté de Lambeth Palace, ou bien traversaient le pont de Westminster. De semaine en semaine, Jem voyait diminuer l'entrain de Maggie. Chaque dimanche, elle semblait plus épuisée, plus amaigrie. Souvent ils devaient se contenter de rester assis contre le mur. Les rondeurs de la jeune fille qui l'avaient attiré accusaient des angles, ses paumes, ses doigts, ses ongles étaient striés de jaune. Une fine poussière ocrait sa peau, ses joues, son cou, ses bras ; elle avait beau se laver, elle lui collait au corps, tel un suaire jaunâtre. Sous l'effet de la poussière de moutarde, ses cheveux noirs grisaillèrent. Au début, Maggie les lavait tous les jours, mais elle y renonça vite, car ce temps empiétait sur son sommeil. Et puis, à quoi bon les garder propres sachant qu'ils seraient à nouveau pleins de moutarde le lendemain ?

Elle souriait moins. Elle parlait moins. Jem s'aperçut que, pour une fois, c'était lui qui faisait les frais de la conversation. La plupart du temps, il la divertissait avec des anecdotes du cirque, la dispute entre Philip Astley et Mr Johannot au sujet des paroles grivoises du *Chant du pâtissier* qui faisait chaque soir un tabac, la disparition de l'une des costumières, retrouvée à Vaux Hall Gardens saoule et enceinte, sans oublier la fameuse soirée où le volcan de Jupiter s'était écroulé sous la force des feux d'artifice. Maggie raffolait de ces potins.

De la voir ainsi lui fit mal. Il aurait voulu passer le doigt sur la poussière de moutarde le long de son bras.

Il finit par murmurer son nom.

Maggie se redressa en poussant un cri. « Qu'est-ce que c'est ? Qu'est-ce qu'il y a ? » Elle regarda autour d'elle, affolée.

« Chut, chut… » dit Jem, essayant de la calmer. Il s'en voulait de l'avoir effrayée. « Miss Pelham est pas loin. Je t'ai aperçue par la fenêtre et je me suis dit… que je voulais voir si tu allais bien. »

Maggie se frotta le visage, reprit ses esprits. « Naturellement que je vais bien. Pourquoi cette question ?

— Juste comme ça. Tu devrais pas être à l'usine ?

— Oh ! C'est pour ça ! » Elle soupira, un de ces bruits de l'âme adulte que Jem n'avait encore jamais entendu chez elle. De ses doigts, elle fourragea dans ses boucles emmêlées. « Trop fatiguée, poursuivit-elle. J'y suis allée ce matin et je me suis sauvée à l'heure du repas. Tout ce que je veux, c'est dormir un peu. Tu aurais pas quelque chose à manger, par hasard ?

— Non. Ils t'ont rien donné à l'usine ? »

Maggie joignit les mains et s'étira. « Non, j'ai filé dès que j'ai pu. T'inquiète pas, je mangerai plus tard. »

Ils s'assirent quelques instants en silence, écoutant les sécateurs de Miss Pelham s'acharner sur ses roses. Jem ne parvenait pas à éloigner son regard du bras de Maggie, blottie sur elle-même, ses genoux repliés contre sa poitrine.

« Qu'est-ce que tu regardes ? demanda-t-elle soudain.

— Rien.

— Si, tu regardes quelque chose.

— Je me demandais juste quel goût ça avait ? » D'un signe de tête, il lui montra la traînée de poussière jaune sur son bras.

« La moutarde ? Ça a le goût de moutarde, espèce de sot. Pourquoi… tu veux lécher ça ? » Espiègle, Maggie tendit le bras.

Jem devint rouge comme une écrevisse, Maggie en profita. « Vas-y, chuchota-t-elle. Chiche ! »

Jem n'aurait jamais admis qu'il en mourait d'envie. Il hésita, se pencha, passa la langue sur la poussière de moutarde, ses papilles gustatives titillées par le duvet sur le bras de Maggie. Il se sentit comme étourdi par ce goût de peau tiède, musquée jusqu'à ce que la moutarde agressive explose dans sa bouche, lui pique la gorge et le fasse tousser. Maggie éclata de rire, un bruit qu'il n'avait pas entendu ces temps derniers. Il se rassit. Il était si embarrassé et si troublé qu'il ne remarqua pas que les poils sur les bras de Maggie étaient tout hérissés.

« Tu as appris la nouvelle ? La mère de Mr Blake vient de mourir », dit-il, essayant de se ressaisir.

Maggie frissonna, et serra un peu plus fort ses bras autour de ses genoux. « Elle vient de mourir ? Pauvre Mr Blake !

— On l'enterre demain. À Bunhill Fields, a dit Miss Pelham.

— C'est vrai ? Je m'y suis rendue une fois avec Papa. Si on y allait ? Demain c'est dimanche, on travaille pas. »

Jem lui jeta un coup d'œil en coulisse. « On va pas faire ça, on la connaissait même pas.

— Qu'est-ce que ça peut faire ? Tu as jamais été par là-bas, n'est-ce pas ?

— Où ça ?

— Derrière St. Paul, près de Smithfields, dans les vieux quartiers de Londres.

— Je pense pas.

— Tu as déjà traversé la Tamise ?

— Bien sûr. Tu te rappelles pas le jour où on est allés à l'abbaye de Westminster ?

— C'est tout ? Ça fait six mois que tu es ici et tu as traversé qu'une seule fois la Tamise ?

— Trois fois, rectifia Jem. Je suis retourné une fois à l'abbaye, une autre fois j'ai traversé le pont de Blackfriars. » Il n'avoua pas à Maggie que, parvenu au bout du pont, et face au spectacle chaotique qu'offrait Londres, il n'avait pas eu le courage de continuer.

« Allez, tu aimeras ça, insista Maggie.

— Quoi ? Autant que toi tu aimerais la campagne ?

— Ah ! C'est pas la même chose ! » Voyant son air dubitatif Maggie ajouta : « Allez, viens, ça sera une aventure. On suivra Mr Blake comme on a toujours voulu le faire. Quoi ? Tu as peur ? »

La vieille Maggie était de retour, Jem ne put que répondre : « Bon, d'accord. »

III

Jem ne dit ni à ses parents ni à Maisie où il allait. Anne Kellaway lui aurait interdit de s'aventurer aussi loin dans Londres, quant à Maisie elle aurait insisté pour l'accompagner. D'habitude, peu importait à Jem que sa sœur se joigne à Maggie et à lui, mais aujourd'hui il n'était pas dans son état normal et ne souhaitait pas avoir la responsabilité de Maisie. Il se contenta de dire qu'il sortait et, sans que leurs regards se croisent, il sentit combien celui de sa sœur le suppliait.

Maggie était beaucoup plus en train que tous ces derniers dimanches, sans doute parce qu'elle avait rattrapé, la veille, des retards de sommeil. Elle s'était lavée, frottée de la tête aux pieds de sorte que, à l'exception des sillons au creux de ses paumes, sa peau avait presque retrouvé sa couleur naturelle. Elle avait passé une chemise propre pardessus sa robe, noué un mouchoir bleu pâle autour de son cou et s'était même coiffée d'un chapeau de paille déformé, garni d'un ruban bleu marine. Sa silhouette paraissait elle aussi différente, la taille et la poitrine mieux dessinées : Jem se rendit compte que, pour la première fois, elle portait un corset.

Elle prit le bras de Jem en riant. « Alors, on part faire un tour en ville ? lança-t-elle, pointant le nez en l'air.

— Tu es toute belle. »

Maggie sourit, lissa son chemisier sur son corset, un geste habituel pour Maisie, mais, de toute évidence, nouveau pour Maggie à en juger le peu d'effet qu'il avait sur les plis et les fronces sous les bras et à la taille. Jem se retint pour ne pas caresser ses hanches et la prendre par la taille.

Il baissa les yeux sur sa propre culotte rapiécée, poussiéreuse, sa chemise en drap grossier, sa veste marron, toute simple, qui avait appartenu à son frère Sam. Il ne lui était pas venu à l'esprit de garder ses vêtements du dimanche pour explorer Londres : non seulement il aurait risqué de les abîmer ou de les salir, mais il lui aurait fallu expliquer à sa famille pourquoi il les portait. « Tu crois que je devrais mettre ma belle veste ? demanda-t-il.

— Comme tu voudras. Moi, j'aime être bien habillée quand j'en ai l'occasion. Les voisins se moqueraient de moi si je portais ça par ici. Allez, viens, on ferait bien de retourner chez les Blake. J'ai surveillé la maison du coin de l'œil, personne n'en est encore sorti. »

Ils se postèrent face au 13 Hercules Buildings, derrière une haie. Plutôt brumeuse, la journée n'était pas aussi ensoleillée que la veille ; il faisait encore bon, mais assez lourd. Allongés dans l'herbe, ils se levaient à tour de rôle dans l'espoir d'apercevoir Mr Blake. Ils virent Miss Pelham s'en aller avec une amie en direction des Apollo Gardens où, le dimanche après-midi, elle aimait aller boire du sirop d'orgeat et admirer les massifs de fleurs. John Astley s'en vint sur son cheval. Thomas, Anne Kellaway et Maisie passèrent tout près d'eux en descendant vers la Tamise.

Quelques instants plus tard, la porte du 13 s'ouvrit. Mr et Mrs Blake en sortirent, ils empruntèrent Royal Row pour gagner le pont de Westminster par les petites rues. Ils étaient vêtus comme à l'ordinaire, Mr Blake en chemise blanche, culotte noire attachée par une boucle au-dessous du genou, bas en laine peignée, redingote noire et chapeau noir à large bord rappelant ceux des quakers. Mrs Blake portait une robe brun foncé, un foulard blanc noué autour du cou, son bonnet fripé et un châle bleu marine. Ils donnaient l'impression de partir en promenade dominicale plutôt que se rendre à un enterrement. Leur pas était un peu plus rapide et décidé qu'à l'habitude, comme s'ils savaient exactement où ils allaient. Ni l'un ni l'autre n'avaient l'air sombre ou bouleversé. À la rigueur on aurait pu dire que le visage de Mrs Blake était sans expression, et que Mr Blake, lui, fixait l'horizon. À les voir ainsi passer avec leur air de tous les jours, personne ne disait rien, pas un passant ne soulevait son chapeau comme c'eût été le cas s'ils avaient su que les Blake venaient de perdre un être cher.

Maggie et Jem grimpèrent par-dessus la haie et les suivirent. Au début, ils restèrent à bonne distance. Puis, les Blake ne se retournant jamais, les enfants se rapprochèrent et, le temps de franchir le pont de Westminster, ils auraient été assez proches pour les entendre. Mais les Blake ne parlaient pas ; seul Mr Blake fredonnait ou chantait quelques mesures de chansons d'une voix haut perchée.

Maggie donna un coup de coude à Jem. « Ce sont pas des hymnes comme ceux qu'on s'attendrait à ce qu'il chante un jour comme aujourd'hui. Je crois que ce sont ses chansons, celles de son livre *Chants d'Innocence.*

— Peut-être. » Jem prêtait moins d'attention aux Blake qu'à ce qui l'entourait. Ils dépassèrent Westminster Hall et l'abbaye qui fourmillait de fidèles entre deux offices — et continuèrent tout droit jusqu'à un grand espace vert planté d'arbres, avec une longue et étroite nappe d'eau en son milieu.

Jem s'arrêta, ébahi. Au long des allées de gravier soigneusement ratissé, hommes et femmes se promenaient dans des tenues dont le raffinement n'avait rien de comparable avec ce qu'il avait vu jusqu'ici à Lambeth. Véritables édifices, les robes de ces dames semblaient, elles aussi, presque vivantes. Leurs jupes amples, de couleurs vives —

jaune canari, bordeaux, bleu ciel ou or —, étaient souvent rayées, brodées ou ornées de volants et des jupons bordés de dentelles étoffaient leur silhouette. Leurs coiffures, savants échafaudages, étaient surmontées d'imposantes créations que Jem hésitait à appeler chapeaux. Ainsi attifées, ces dames ressemblaient à des fleurs trop lourdes pour leur vase, qu'un coup de vent pourrait renverser. C'était précisément le genre de vêtements dans lesquels il eût été impossible de travailler.

Les vêtements masculins le surprirent peut-être plus encore, car ils auraient dû ressembler davantage à ceux que portait Jem ; on notait un timide effort pour concilier l'utile aux fantaisies de la mode, mais il était clair que ces hommes ne travaillaient pas non plus. Il observa un homme dont la redingote de soie marron et or, de coupe élégante, laissait entrevoir une culotte assortie, un gilet crème et or, une chemise à jabots et volants de dentelle aux poignets. Ses bas étaient d'une blancheur impeccable, les boucles d'argent de ses chaussures scintillaient. Jem n'aurait pu imaginer son père et lui ainsi vêtus : les clous auraient eu tôt fait d'accrocher la soie et les copeaux de se prendre dans les volants, les bas auraient vite été en triste état, et quelque fripon n'aurait pas tardé à faire main basse sur les boucles d'argent.

En compagnie aussi pomponnée, Jem eut encore plus honte de sa culotte rapetassée et de ses manches qui s'effilochaient : même les efforts vestimentaires de Maggie, son chapeau de paille déformé, son foulard froissé, semblaient ici ridicules. Elle en était consciente, il suffisait de la voir lisser sa robe comme pour braver le mépris d'autrui. Quand elle leva les bras pour redresser son chapeau, les baleines de son corset crissèrent.

« Où c'est qu'on est ? demanda Jem.

— À St. James Park. Regarde, tu vois le palais ? Il a donné son nom au parc. » Elle lui montra, à l'autre bout, un long bâtiment en briques rouges flanqué de tours crénelées entre lesquelles une horloge indiquait deux heures et demie. « Dépêchons-nous, sinon on va perdre les Blake de vue. »

Jem aurait aimé flâner plus longtemps pour rassasier sa vue de ce défilé de costumes, de cette parade de chaises portées par des valets de pied en livrée rouge, de ces enfants, presque aussi somptueusement vêtus que leurs parents, donnant à manger aux canards ou courant après leurs cerceaux. Sans oublier les laitières qui criaient : « Du lait, Mesdames ! Du lait, Messieurs ! » et faisaient gicler dans des tasses le lait de vaches attachées un peu plus loin. Au lieu de cela, Maggie et lui hâtèrent le pas pour rattraper leur retard. Les Blake se dirigeaient vers le nord, ils contournaient la partie est du parc. Au début d'une imposante avenue plantée de quatre rangées d'ormes, « The Mall », expliqua Maggie, ils s'engagèrent dans une allée étroite qui déboucha sur une rue bordée de boutiques et de théâtres. « Ils prennent la direction de Haymarket, je ferais bien de te donner le bras, dit Maggie.

— Pourquoi ? » demanda Jem, sans toutefois écarter son coude quand elle y glissa la main.

Maggie gloussa. « Tu voudrais quand même pas que les filles de Londres profitent d'un garçon de la campagne, non ? »

Il comprit vite ce qu'elle voulait dire. En remontant la rue, des femmes commencèrent à le saluer de la tête ou à lui dire bonjour alors que jusqu'ici personne n'avait prêté attention à lui. À la différence de ces dames de St. James Park, elles portaient des tenues bon marché, chatoyantes, au décolleté audacieux et leurs cheveux étaient rassemblés sous des chapeaux à plumes. Elles paraissaient moins effrontées que la prostituée du pont de Westminster, mais sans doute, à cette heure n'étaient-elles pas encore ivres. « Tu es bien joli garçon ! lança l'une d'elles qui allait bras dessus bras dessous avec une commère. D'où c'est que tu viens ?

— Du Dorset », répondit Jem.

Maggie le tira par le bras, ferme rappel à l'ordre. « Ne lui parle pas ! siffla-t-elle. Elle va te mettre le grappin dessus et tu pourras pas t'en dépêtrer ! »

L'autre prostituée portait une robe à fleurs à la coiffe assortie, tenue non dépourvue d'élégance si le décolleté en eût été moins généreux. « Du Dorset ? dit-elle. Je connais une fille ou deux du Dorset, par ici. Tu aimerais les rencontrer ? À moins que tu les préfères élevées à Londres ?

— Fiche-lui la paix, maugréa Maggie.

— Déjà pris ? répliqua la demoiselle à la robe fleurie en saisissant le menton de Maggie : M'étonnerait qu'avec elle t'en aura autant qu'avec moi ! »

Maggie se détourna et lâcha le bras de Jem. Les filles se mirent à rire et passèrent leur chemin, en quête d'une meilleure proie. Maggie et Jem s'éloignèrent dans un silence embarrassé. La brume s'était épaissie ; maussade, le soleil essayait de la percer.

Par chance, Haymarket n'était pas une rue bien longue, ils retrouvèrent vite des ruelles plus calmes, plus étroites, plus sombres aussi. Humbles mais décentes, les maisons s'y pressaient les unes contre les autres. Les passants leur parurent un peu plus à leur aise que leurs voisins de Lambeth.

« Où on est ? » demanda Jem.

Maggie contourna un tas de crottin.

« À Soho.

— C'est près de Bunhill Fields ?

— Non, c'est encore loin. Je pense qu'ils iront d'abord chez sa mère et qu'ils partiront de là avec le corps. Regarde, ils se sont arrêtés, tu vois ? » Les Blake frappaient à la porte d'une boutique dont la devanture était masquée par des tentures noires. « James Blake, bonnetier », lut à haute voix Jem sur l'enseigne du magasin. La porte s'ouvrit, les Blake entrèrent, Mr Blake tira le verrou derrière lui. Jem crut le voir jeter un coup d'œil au-dehors, trop rapide toutefois pour les apercevoir. Toujours est-il que Maggie et lui s'éloignèrent jusqu'à ce qu'ils soient hors de vue.

Pas de voitures devant la porte et aucun signe de vie à l'intérieur du magasin une fois que les Blake y furent entrés. Après s'être plaquée contre un mur d'écurie, ce qui lui valut des œillades incendiaires de la part des voisins, Maggie décida de repartir vers la bonneterie. « Qu'est-ce que tu fais ? lui demanda Jem tout bas quand il l'eut rattrapée.

— On peut pas rester là, on attire trop l'attention. Allons faire un tour en attendant l'arrivée du corbillard. »

Ils longèrent le magasin, arpentèrent les rues du quartier et se retrouvèrent bientôt à Golden Square, dont une marchande de fleurs leur indiqua le nom. Comparé à d'autres squares londoniens, Golden Square n'avait rien de particulièrement élégant, mais les maisons y étaient plus larges et il était plutôt avenant. Jem et Maggie longèrent la grille du jardin, fascinés par la statue de George II qui se trouvait au centre.

« Pourquoi elles m'ont fait ça ? demanda Jem tout en marchant.

— T'ont fait quoi ?

— Ces… femmes de Haymarket. Pourquoi elles m'ont posé ces questions ? Elles voient pas que je suis trop jeune pour… Pour ça ? »

Maggie se mit à rire. « Peut-être qu'à Londres, les garçons commencent plus jeunes ! »

Jem rougit et s'en voulut d'avoir dit cela, d'autant plus que Maggie semblait prendre un malin plaisir à le taquiner. Elle lui sourit d'une telle façon que, d'un pied rageur, il s'en prit aux graviers de l'allée. « Retournons », maugréa-t-il.

Le temps qu'ils arrivent, une voiture à cheval était garée devant la boutique dont la porte était ouverte. Les voisins commencèrent à s'attrouper. Jem et Maggie se dissimulèrent parmi eux. Mr Blake apparut en compagnie de l'employé des pompes funèbres et de deux frères — Jem reconnut l'homme vu la veille à Hercules Buildings. Mrs Blake les suivait avec une femme qui avait les sourcils aussi fournis et le nez aussi gros que les frères Blake, ce devait être une sœur. Au moment où les hommes sortaient avec le cercueil, la foule assemblée dans la rue inclina la tête, les messieurs se découvrirent.

Sitôt le cercueil dans la voiture, deux des employés des pompes funèbres s'installèrent sur le siège du cocher, se saisirent des rênes et le convoi s'ébranla, les proches suivant à pied avec les voisins en queue. Le cortège remonta la rue jusqu'à ce qu'elle rétrécisse. Les voisins stoppèrent à cet endroit, et regardèrent la voiture s'engager Dieu sait comment dans une ruelle encore plus étroite puis disparaître.

Jem s'arrêta. « Peut-être qu'on devrait retourner à Lambeth », suggéra-t-il, avalant sa salive pour essayer de se débarrasser de la boule au fond de sa gorge : il revivait l'enterrement de son frère. Il revoyait les voisins sur le pas de leur porte, la tête inclinée au passage de la voiture à cheval emportant le cercueil, guidée vers le cimetière par le glas solitaire de l'une des cloches de l'église de Piddletrenthide. Personne n'avait retenu ses larmes, car tout le monde l'aimait. Comme il avait trouvé pénible d'être ainsi contraint d'afficher sa douleur pendant le court trajet entre la maison et l'église ! Même s'il pensait moins souvent à son frère, il était parfois en proie aux souvenirs. Pour aucun des Kellaway, Londres n'avait réussi à faire oublier Tommy et souvent, la nuit, Jem entendait sa mère pleurer.

Au lieu de s'arrêter avec Jem, Maggie remonta la rue en courant dès que les voisins rebroussèrent chemin. Au carrefour où le cortège avait disparu, elle se retourna et adressa à Jem des signes désespérés. Au bout d'un moment, il la suivit.

IV

Ils arrivèrent bientôt à Soho Square, jardin public un peu plus grand que Golden Square, mais où l'on retrouvait les mêmes grilles, le même gazon, les mêmes allées de gravier autour d'une statue de Charles II sur un piédestal. À la différence de Golden Square, Soho Square était ouvert aux flâneurs. Pendant que le convoi funèbre le contournait, Jem et Maggie le traversèrent, se mêlant aux Londoniens en quête de fraîcheur et d'un rayon de soleil. L'air était moins pur ici qu'à Lambeth, saturé des odeurs d'êtres humains au coude à coude : fumée de charbon, vêtements moisis, graillon, chou bouilli, poisson pourri. Et bien que Soho Square fût une oasis de lumière comparée aux ruelles par lesquelles ils étaient passés, une grisaille qui rappelait à Jem les interminables après-midi de novembre venait y ternir les reflets dorés de l'arrière-saison. Comme s'il était tard. Comme si la nuit était presque tombée. Jem avait l'impression d'avoir quitté Lambeth depuis une éternité et pourtant il n'avait pas entendu les cloches sonner quatre heures.

« Tiens ! » Maggie lui fourra dans les mains une tranche de pain d'épice achetée à un marchand qui passait avec un plateau sur la tête.

« Merci ! » Non sans quelque honte, Jem y mordit à pleines dents. Il n'avait pas pris d'argent par crainte des malfrats.

Après avoir traversé le square, ils rejoignirent la queue du cortège et, au bout de quelques tours et détours, ils aperçurent une église carrée, surmontée d'une haute tour. Maggie frissonna. « St. Giles », dit-elle, comme si Jem était censé savoir ce que ce nom évoquait. Il ne posa aucune question. Il savait que St. Giles était le patron des parias et, à en juger les bâtiments autour de l'église, il était clair que le brave saint devait s'y sentir chez lui. Sans même s'y aventurer, Jem eut un aperçu de la crasse de ces rues grouillantes, il pouvait en sentir les relents et lire de loin la souffrance sur les visages. Ce n'était pas son premier contact avec les taudis de Londres. À Lambeth, Maggie et lui avaient exploré certaines rues près de la Tamise, non loin de la fabrique de moutarde. Jem avait été scandalisé que des gens pussent vivre dans des conditions aussi insalubres et misérables. En de pareils moments, la nostalgie du Dorset le reprenait. Il faillit arrêter un homme en haillons, pouilleux, les traits tirés, lui dire de quitter Londres et de cheminer sans trêve jusqu'à ces belles collines verdoyantes, ravinées, inondées de soleil, la toile de fond de sa propre enfance.

Il n'en fit rien. Il se contenta de suivre Maggie qui suivait les Blake. Il ne remarqua pas que Mr Blake tournait la tête et jetait des coups d'œil furtifs vers ces rues sordides, tout en marchant derrière le cercueil de sa mère.

À Londres, qui disait taudis, disait prostituées. Autour de St. Giles, elles fourmillaient. Elles avaient tout de même assez de savoir-vivre pour ne pas racoler les messieurs d'un cortège funèbre. Avec Jem, c'était différent : il était loin derrière, il n'était pas en noir, aussi virent-elles en lui la proie idéale.

Tout comme leurs consœurs de Haymarket, bien que d'une espèce différente, elles se mirent à le héler. Si peu expérimenté fût-il, Jem perçut aussitôt que ces filles de St. Giles étaient dans une bien plus grande détresse que celles de Haymarket, mieux mises et plus fringantes. Leurs visages étaient hâves, grêlés, leurs dents noires ou manquantes, leur peau jaunâtre, leurs yeux rougis par l'alcool ou l'épuisement. Jem ne pouvait supporter un tel spectacle, il hâta le pas au risque de rattraper les Blake. Elles insistaient. « Monsieur, Monsieur, répétaient-elles courant à ses côtés, le tirant par la manche. Tentez le coup, Monsieur ! Six pence, Monsieur ! On vous enverra au septième ciel, Monsieur ! Promis ! » Leur accent était surtout irlandais, comme celui de la plupart des habitants du quartier St. Giles, mais on en reconnaissait d'autres — du Lancashire, de Cornouailles ou d'Écosse et jusqu'à ce grasseyement typique du Dorset.

Jem courait presque, mais rien ne semblait décourager les filles, pas même les imprécations de Maggie. Il arriva si près du cortège suivi de son troupeau d'oies piaillantes, que l'un des frères de Mr Blake, celui que Jem prenait pour Robert, se retourna et fusilla du regard les prostituées qui, enfin, renoncèrent.

« On arrive à High Holborn », annonça Maggie quand la rue devint plus large. Elle s'arrêta.

Jem fit de même. « Qu'est-ce qu'il y a ?

— Chut, j'écoute ! »

Au début, il crut n'entendre que les bruits habituels de la vie londonienne : le roulement des voitures, le boniment d'un camelot : « Lacets en coton ! Ils sont longs, ils sont solides, mes lacets ! Un demi-penny le lacet ! », la triste chanson que jouait au pipeau un pauvre bougre qui s'interrompait pour crier : « Donnez un penny à un malheureux et je vous jouerai une gavotte ! », la dispute d'un couple pour une chope de bière. Après six mois à Lambeth, son oreille s'était faite à tout ça.

Puis dans ce paysage sonore, il distingua une voix au timbre différent, une voix du Dorset. « Jem ! Jem ! Reviens ! »

Jem virevolta et, intrigué, scruta la foule. « Là », dit Maggie, s'élançant vers un bonnet blanc à fanfreluches.

Maisie était plantée devant l'étal d'un marchand de coques en compagnie d'une fille de son âge, mais plus petite qu'elle, aux cheveux blond filasse, au visage pâlot, avec deux grosses taches écarlates sur les joues, les lèvres carminées, essais de peinturlure adolescente. Avec ses petits yeux tout rouges, comme si elle avait pleuré, on aurait dit un chien battu. Elle n'avait pas de chemise, juste un vieux corset en cuir sombre, graisseux, et une jupe de satin rouge par-dessus ses jupons sales. D'une bande prise dans le bas de sa jupe, elle avait confectionné un ruban pour attacher ses cheveux.

« Jem ! Jem ! s'écria Maisie en se précipitant vers lui. C'est Rosie Wightman. Tu l'as pas reconnue quand tu nous as croisées ? Rosie, voilà Jem ! »

En temps normal, Jem ne l'aurait pas regardée une seconde fois, mais quand elle tourna vers lui ses yeux ourlés de rouge, il vit sous les fards, la crasse et les efforts de séduction pathétiques, le visage de la fille avec laquelle il allait pêcher l'anguille dans la Piddle et dont les parents avaient perdu leur grange dans un incendie qu'elle-même avait provoqué. « Bonjour, Jem, dit-elle avec son sourire brèche-dents que Jem connaissait bien.

— Bon sang… ! C'est une de tes copines cette fille ? s'exclama Maggie.

— Elle est de chez nous, répondit Maisie.

— Et toi, Miss Piddle, qu'est-ce que tu fais par ici, pour l'amour du ciel ? »

Maisie avait l'air aussi sournois que peut l'être une fille affublée d'un bonnet à franges. « Je… Je vous suivais… Je vous ai vus partir derrière les Blake, alors j'ai dit aux parents que j'avais mal à la tête et je vous ai suivis. Depuis le départ, ajouta-t-elle, toute fière.

— Dis, Jem, t'aurais pas un penny ? demanda Rosie.

— Désolé, Rosie. J'ai pas un sou.

— Donne-lui ton pain d'épice », ordonna Maggie. Jem tendit à Rosie le reste du pain d'épice, elle l'enfourna dans sa bouche.

« Seigneur ! Les Blake ! » s'exclama Maggie qui se retourna et chercha le convoi du regard. Après avoir avancé avec une extrême lenteur à travers un dédale de petites rues, la voiture accélérait à mesure que les voies s'élargissaient. À High Holborn la circulation était si dense qu'ils perdirent de vue le cortège. « Attendez-moi, je cours voir de quel côté ils se dirigent, je reviens tout de suite », dit Maggie en disparaissant dans la foule.

« Qu'est-ce que tu fais là ? » demanda Jem à Rosie.

Rosie regarda autour d'elle, comme pour se rappeler où elle se trouvait. « Je travaille par ici, répondit-elle, la bouche pleine de pain d'épice.

— Mais pourquoi tu t'es sauvée pour venir à Londres ? »

Rosie avala. « Tu veux vraiment savoir ? Eh bien, figure-toi que j'en avais plein le dos que mes parents et les voisins me montrent du doigt à cause de l'incendie. Du coup, je suis venue ici, c'est tout.

— Mais pourquoi tu retournes pas chez toi ? demanda Maisie. Tes parents seraient... » Elle s'arrêta, se souvenant soudain que les Wightman étaient à l'hospice de Dorchester, renseignement qu'elle ne comptait pas donner à Rosie. « En tout cas, le Dorset ça serait sûrement mieux qu'ici ! »

Rosie haussa les épaules et s'enserra dans ses bras comme pour se réconforter d'un peu de tendresse. « On va quand même pas la laisser ici, Jem, dit Maisie. Ramenons-la à Lambeth.

— Dans ce cas, les parents sauront qu'on est allés en ville », rétorqua Jem, s'efforçant de ne pas montrer combien cette idée lui répugnait. Comme si les prostituées le suivaient partout.

« Oh ! Ça leur sera bien égal quand ils verront qu'on a ramené Rosie ! »

Pendant que Jem et Maisie discutaient de ce qu'il convenait de faire, Rosie, toute docile, se léchait les doigts à l'affût des dernières miettes de pain d'épice. On aurait pu s'attendre à ce qu'elle s'intéressât à son propre sort, mais il n'en était rien. Depuis son arrivée à Londres, l'année précédente, elle avait été violée, volée, rossée. Elle ne possédait que ce qu'elle avait sur le dos, et elle avait toujours faim. Pour comble — et elle l'ignorait encore —, elle avait attrapé la chaude-pisse. Incapable de décider de sa propre vie, elle se taisait.

De toute la journée elle n'avait réussi à attirer qu'un seul homme, mais sous l'effet de la modeste attention que lui prêtaient Jem et Maisie, ces messieurs tout à coup s'intéressaient à elle. Ayant accroché le regard d'un homme mieux vêtu que les autres, son visage s'anima. « T'es occupée, chérie ? demanda-t-il.

— Non, Monsieur. Je suis à vous, Monsieur. » Elle s'essuya les mains à sa robe, lissa son chapeau de paille et prit le bras de l'homme. « Par ici, Monsieur.

— Qu'est-ce que tu fais ? s'écria Maisie. Tu vas pas nous laisser comme ça !

— Ravie de vous avoir vus ! lança Rosie. À bientôt !

— Attends ! » Maisie lui saisit le bras. « Viens… Viens nous trouver ! On peut t'aider. On habite à Lambeth. Tu sais où ça se trouve ? »

Rosie fit non de la tête.

« Et le pont de Westminster, tu vois où c'est ?

— J'y suis allée », répondit Rosie.

L'homme dégagea son bras. « Tu viens ou tu veux que j'aille chercher ailleurs de la compagnie ?

— Bien sûr, que je viens, Monsieur ! »

Rosie le reprit par le bras et s'éloigna avec lui.

« Prends le pont de Westminster, Rosie ! criait Maisie. Une fois au bout, tu apercevras un grand bâtiment et un drapeau blanc avec des lettres rouges et noires qui flotte au-dessus, c'est le cirque Astley. Vas-y pendant la journée et demande Thomas Kellaway. Compris ? »

Rosie ne se retourna pas, elle entraîna son client dans une des petites rues.

« Oh, Jem, je crois qu'elle a fait oui de la tête, dit Maisie. Elle m'a entendue, elle a fait oui de la tête. Elle viendra ! J'en suis sûre ! » Elle en avait les larmes aux yeux.

Maggie courut les rejoindre. « Tout va bien, dit-elle essoufflée. Y a eu un accrochage entre leur voiture et une autre et les cochers se disputent. On a tout notre temps. » Elle regarda autour d'elle. « Où ce qu'elle est passée, l'autre Miss Piddle ?

— Partie, répondit Jem.

— Elle viendra nous rejoindre demain au cirque Astley », ajouta Maisie.

Maggie regarda le frère, la sœur et fronça les sourcils.

V

Comme les enfants suivaient le convoi le long de High Holborn, Jem s'apercevait combien la ville changeait à mesure qu'ils se dirigeaient vers l'est et pénétraient dans le vieux Londres. Si le plan des rues de Soho rappelait une grille, celles qui partaient de High Holborn avaient des tracés plus fantaisistes, elles disparaissaient brusquement à un coin, se terminaient en cul-de-sac ou rétrécissaient jusqu'à devenir des allées à peine assez larges pour une carriole. On aurait dit qu'elles avaient acquis forme et taille à l'usage. À la différence de Soho ou de Westminster, cette partie de Londres était sans prétentions et ne cherchait en aucune façon à paraître élégante ou organisée. Maisons, boutiques et pubs y étaient encore nombreux, mais ils voisinaient avec usines et entrepôts. Jem reconnut des odeurs de bière, de vinaigre, d'amidon, de fripes, de lessive, de suif, de laine. Et quand enfin ils quittèrent High Holborn, il sentit une odeur de sang.

« Crénom ! Je peux pas croire qu'ils passent par Smithfields ! s'écria Maggie en fronçant le nez. Ils peuvent pas prendre une autre route ?

— Qu'est-ce que c'est, Smithfields ? demanda Maisie.

— Le marché aux bestiaux. On est sur Cow Lane maintenant. »

La rue menait à une série de bâtiments en haut d'une colline où des relents de purin, d'urine et de sueur bovine se mêlaient aux odeurs sinistres, métalliques, de sang et de chair. Bien qu'il n'y eût pas de marché le dimanche, des gens nettoyaient les stalles. Une femme lança un seau d'eau sur leur passage, éclaboussant leurs chaussures d'écume rose. Figée au milieu de la flaque, Maisie porta la main à sa bouche.

« Allons, Miss Piddle ! » ordonna Maggie qui, elle-même toute pâle à la vue du sang, la prit par le bras et la força à traverser l'eau rougeâtre. « Vas-y, t'arrête pas ! Tu vas pas nous faire le coup de te trouver mal, non ? Tu nous as toujours pas dit comment que tu t'étais débrouillée pour nous suivre aussi loin sans qu'on te voie ! Je l'avais pas repérée, et toi, Jem ? » Tout en parlant, elle hoquetait, forçant l'attention de Jem.

Maisie gloussa, plus prompte à se remettre que Maggie. « Ça a pas été facile, surtout quand vous attendiez l'arrivée des croque-morts. À un moment vous êtes revenus sur vos pas et il a fallu que je me détourne pour regarder la vitrine d'un horloger jusqu'à ce que vous soyez passés. J'étais sûre que vous m'aviez vue ! Tout comme dans le deuxième square, vous êtes arrivés quand je contemplais la statue, il a fallu que je file me cacher derrière. Dis-moi, Jem, tu crois que Rosie viendra au cirque, n'est-ce pas ? Il le faut. On l'aidera, pas vrai ?

— Je vois franchement pas ce qu'on peut faire. On peut pas la renvoyer dans le Dorset, pas avec ses parents à l'hospice et comme elle est maintenant.

— Elle pourrait vivre avec nous, non ? Les parents la mettraient pas dehors.

— Miss Pelham, elle, se gênerait pas.

— Sauf si on lui disait que c'est notre sœur qui arrive du Dorset. Miss Pelham peut pas savoir qu'on a pas de sœur !

— Faudrait qu'elle s'habille autrement, pour sûr, dit soudain Maggie. Elle peut pas aller nippée comme ça et se faire passer pour une fille de la campagne ! En moins d'une minute la vieille sorcière flairerait à qui elle a affaire.

— Je lui prêterais des vêtements. Et elle pourrait trouver un travail à la fabrique de moutarde, avec toi.

— Je souhaiterais pas ça à ma pire ennemie, grommela Maggie. Tu veux voir ce qui vous arrive quand on travaille là-bas ? » Elle tira un mouchoir de son corset, se moucha dedans et leur montra le contenu jaune vif, strié de filets de sang. « Tu vois ce que ça te fait quand tu as trop mis de sauce à la moutarde sur ta viande ou ton poisson et que ça te monte au nez ? Eh bien, dis-toi que c'est ce que tu ressens chaque jour à l'usine. Au début, j'éternuais tout le temps, j'avais les yeux qui pleuraient et le nez qui coulait. Ils disaient qu'ils me mettraient dehors si ça continuait. Dommage qu'ils l'aient pas fait ! J'ai fini par m'y habituer, maintenant, mon nez il peut plus rien sentir et tout ce que j'avale a le goût de moutarde, alors va pas suggérer à ton amie de travailler là-bas !

— Peut-être qu'on pourrait la faire embaucher au cirque, dit Maisie.

— Ou qu'elle pourrait être admise à l'Orphelinat de jeunes filles, si on leur raconte que ses parents sont morts, dit Jem, ce qui pour elle est tout comme.

— Il y a mieux que ça, reprit Maggie. Elle pourrait aller à l'hôpital Magdalena, à St. George's Fields. On y accueille les prostituées… — Maisie tressaillit à ce mot — et on en fait des filles bien, on leur apprend à coudre et tout et tout et on les place comme servantes.

— Rosie sait coudre, interrompit Maisie. Elle fabriquait des boutons avec moi. Oh ! Je suis sûre qu'on pourra l'aider ! »

Tout en parlant, ils avaient continué à avancer, tournant ici et là à la suite du cortège. Soudain le corbillard s'arrêta devant une grille à travers laquelle on apercevait des rangées de pierres tombales. Ils étaient arrivés au cimetière de Bunhill Fields.

VI

Jem n'avait pas vraiment réfléchi à la raison qui l'avait conduit jusqu'ici. Il s'était imaginé que Bunhill Fields serait grandiose, puisque c'était à Londres — l'équivalent somme toute de l'abbaye de Westminster en cimetière ; vous auriez parcouru des lieues rien que pour le voir. Pourtant, Bunhill Fields n'était pas différent du cimetière de l'église de Piddletrenthide, si ce n'est par sa taille : il aurait pu contenir dix fois l'église de Piddle et le terrain attenant. De plus, il n'y avait ni église ni chapelle pour des services religieux ou quelque réconfort spirituel, juste des rangées de tombes, à perte de vue, interrompues par des monuments funéraires et quelques arbres : chênes, platanes, mûriers. Bunhill Fields n'était pas non plus un lieu de méditation à l'écart du monde extérieur : une grosse brasserie, sans aucun doute très active pendant la semaine, empiétait sur le terrain, exhalant des odeurs de houblon aussi terre à terre que vigoureuses.

Alors qu'il contemplait les stèles à travers les grilles, attendant avec Maisie et Maggie que la mère de Mr Blake fût portée en sa dernière demeure, Jem sentit que Bunhill Fields l'incitait à une rêverie semi-paisible, semi-nostalgique comme à l'époque où il allait errer près du cimetière de l'église de Piddletrenthide. À présent, ce petit cimetière de village abritait la tombe de Tommy, et Jem savait que ses sentiments ne seraient plus jamais les mêmes. Pendant l'éloge funèbre prononcé devant le cercueil, ils se promenèrent dans le cimetière. « Le poirier perdu... », murmura-t-il. Maggie se tourna vers lui, intriguée.

La cérémonie fut vite terminée. « Y a pas eu de service religieux », chuchota Jem à Maggie tandis que, adossés à une stèle rectangulaire, ils regardaient de loin Mr Blake et ses frères jeter quelques pelletées de terre sur le cercueil, puis céder la place à des fossoyeurs professionnels.

« Ils en font pas par ici, expliqua Maggie. C'est un cimetière de dissidents. Ils se servent pas non plus de livres de prières ni rien de tout ça et l'endroit a pas été béni. Mr Blake est un vrai radical. Vous saviez pas ?

— Ça veut dire qu'il ira en enfer ? demanda Maisie en effeuillant une marguerite qui poussait au pied d'un monument.

— J'en sais rien, peut-être. » Du doigt Maggie suivit les lettres du nom inscrit sur la tombe, bien qu'elle ne pût le lire. « On finira tous en enfer, je pense. Je suis prête à parier que le ciel ça existe pas.

— Dis pas ça, Maggie ! s'écria Maisie.

— Bon, disons qu'y a peut-être bien un ciel pour toi, Miss Piddle, mais tu t'y sentiras terriblement seule !

— J'vois pas pourquoi ça serait juste ou l'un ou l'autre, dit Jem. Y peut pas y avoir quelque chose qui soit un peu de chaque ?

— La vie, Jem, répondit Maggie.

— Sans doute.

— Bien dit, ma fille. Bien dit, Maggie ! »

Les enfants sursautèrent. Mr Blake s'était détaché du cortège pour venir les surprendre. « Oh ! Bonjour, Mr Blake ! » s'exclama Maggie, se demandant s'il allait leur en vouloir. Toutefois, loin d'avoir l'air en colère, il la félicitait !

« Tu as répondu à la question que je vous avais posée sur le pont de Westminster, continua-t-il. Je me demandais quand vous y répondriez.

— J'ai répondu… ? À quelle question ? » Maggie avait beau chercher, elle ne se rappelait pas grand-chose de leur passionnante conversation sur le pont avec Mr Blake.

« Ça me revient, dit Jem. Vous nous demandiez ce qu'il y avait au milieu du fleuve, entre les rives opposées.

— Oui, mon garçon, et Maggie vient de nous dire ce que c'était. Comprends-tu la réponse ? » Il se tourna vers Jem et le regarda droit dans les yeux. Jem lui rendit son regard, même si cela était aussi pénible que fixer le soleil, car l'œil brasillant de l'homme forait le masque dont Jem s'était couvert pour pénétrer au cœur de Londres. Jem se sentit mis à nu, comme si Mr Blake le lisait à livre ouvert, lisait sa peur de l'inconnu, son inquiétude pour sa sœur Maisie et leurs parents, son choc à la vue de Rosie Wightman dans cet état, ses sentiments tout neufs et surprenants pour Maggie, le profond chagrin que lui avait causé la mort de son frère, celle de son chat, celle de quiconque était perdu, serait perdu, y compris lui-même. Cet après-midi avec Maggie, ces relents de vie et de mort à Smithfields, les somptueuses tenues de St. James Park, les haillons de St. Giles, le rire de Maggie et son nez qui saignait, portaient Jem dans un brumeux septième ciel.

Mr Blake percevait tout cela. Rien ne lui échappait. Il fit un signe de tête à Jem et aussitôt Jem se sentit différent, plus fort, plus net, telle la pierre que l'on a polie.

« La vie, reprit-il. Et ce qu'il y a entre ces deux rives opposées, c'est nous. »

Mr Blake sourit. « Oui, mon garçon, oui, ma fille, la tension entre les contraires, voilà ce qui nous fait devenir nous-mêmes. Nous avons en nous l'un comme l'autre, se mêlant, se heurtant, crépitant. Nous sommes lumière, nous sommes pénombre. Nous sommes en paix, nous sommes en guerre. Nous sommes innocents, mais nous ne sommes pas nés d'hier. » Ses yeux se posèrent un moment sur la marguerite que Maisie tenait encore. « Voir le monde entier dans une fleur, c'est une leçon dont nous devrions tous nous souvenir. Maintenant, il faut que je parle à Robert. Bonne journée, mes enfants !

— Au revoir, Monsieur », dit Jem.

Ils le regardèrent se faufiler entre les tombes. Au lieu de rejoindre les proches et amis de la défunte, comme l'auraient pensé les enfants, il alla s'agenouiller près d'une pierre tombale.

« Qu'est-ce que ça voulait dire tout ça ? » demanda Maisie.

Jem fronça les sourcils. « Explique-lui, Maggie. Je reviens tout de suite. » Il avança avec précaution entre les dalles et se tapit derrière l'une d'elles, non loin de Mr Blake, très agité, semblait-il, et dont le regard scintillait, si timide que fût la lumière : en effet, le ciel s'était couvert, et Jem reçut une goutte de pluie sur la main.

« L'étau se resserre, disait Mr Blake. Je sens la pression. Et avec ces nouvelles de France, cela ira de mal en pis, j'en suis convaincu. La crainte de l'originalité étouffera les voix divergentes. Je ne puis te dire que mes pensées et Kate aussi, bénie soit-elle. » Il se tut et reprit : « J'ai vu des choses, Robert, qui te feraient pleurer. Dans les rues de Londres, les visages reflètent l'Enfer. »

Après une pause plus longue, il récita :

> J'erre à travers chaque rue putassière [1]
> Près des rives de la putassière Tamise,
> Je vois un signe sur chaque visage ;
> Signe de faiblesse, signe de douleur.

1. *I wander through each chartered street/Near where the chartered Thames does flow* : Marie-Louise et Philippe Soupault traduisent le mot *chartered,* lourd de dérision, par « putassière » et Pierre Leyris par « chartrée » (dotée d'une chartre). (*Note de l'éditeur.*)

Dans chaque cri de chaque homme,
Dans chaque cri d'effroi de l'Enfant,
Dans chaque voix, dans chaque malédiction,
J'entends les menottes forgées par l'esprit.

« Je travaille à ce poème, je le réécris complètement car tout a tellement changé. Réfléchis-y jusqu'à notre prochaine rencontre, mon frère. » Mr Blake se releva, Jem attendit qu'il ait rejoint le groupe en noir, puis il alla regarder la pierre tombale devant laquelle Mr Blake s'était agenouillé, confirmant ses récents soupçons au sujet de ce frère que Mr Blake mentionnait si souvent : on lisait, gravé dans la pierre : « Robert Blake, 1762-1787 ».

VII

Le corbillard repartit d'un côté, les Blake de l'autre, par l'allée bordée d'arbres qui menait à la rue. Les gouttes de pluie devenaient plus serrées. « Oh ! Mon Dieu ! s'exclama Maisie en s'enveloppant dans son châle. Quand je suis sortie, j'aurais jamais cru qu'il pleuvrait. Et qu'on serait aussi loin de chez nous. Qu'est-ce qu'on fait maintenant ? »

Maggie et Jem n'avaient rien prévu après Bunhill Fields. C'était déjà un exploit d'être parvenus jusque-là. Avec la pluie, on ne voyait plus grand-chose ; le but était atteint, il ne restait plus qu'à rentrer.

Par habitude, Maggie suivit les Blake, Jem et Maisie sur ses talons. Quand ils atteignirent la rue, au lieu de s'en retourner à pied, les Blake et leurs proches montèrent dans une voiture qui les attendait. Le cocher démarra lestement, et les enfants eurent beau courir, ils furent vite distancés. Ils s'arrêtèrent, virent la voiture tourner au loin sur la droite puis disparaître. Maintenant il tombait des cordes, ils se hâtèrent jusqu'au carrefour, mais ils avaient bel et bien perdu de vue la voiture. Maggie regarda autour d'elle. L'endroit ne lui était pas familier, la voiture rentrait par un chemin différent de celui de l'aller.

« Où on est ? demanda Maisie. Vous croyez pas qu'on devrait essayer de les suivre ?

— Vous en faites pas, répondit Maggie. Ils retournent à Soho alors que nous on veut aller à Lambeth. Nous nous débrouillerons. Allons, venez ! » Elle se mit en route d'un pas décidé, sans avouer aux deux autres que chaque fois qu'elle était venue dans cette partie de Londres, c'était avec son père ou avec son frère et qu'elle ne faisait que les suivre. Il y avait toutefois de nombreux endroits qu'elle avait déjà visités, et à partir desquels elle retrouverait sûrement son chemin : Smithfields, St. Paul, Guildhall, la prison de Newgate ou le pont de Blackfriars. Restait à repérer l'un d'eux.

Ainsi, devant, au bout d'une pelouse, se trouvait un imposant bâtiment disposé en fer à cheval, haut de trois étages, très long, avec des tours au milieu et aux angles, là où commençaient les ailes.

« Qu'est-ce que c'est ? demanda Maisie.

— J'en sais rien, répondit Maggie. Je crois que je connais. Si on allait voir à quoi ressemble l'autre côté ? »

Ils suivirent les grilles autour de la pelouse et passèrent devant l'une des ailes. Un mur élevé couvert de lierre dont les pierres se désagrégeaient longeait l'arrière-corps. Un autre mur encore plus élevé avait été bâti plus près du bâtiment, de toute évidence pour y enfermer des gens.

« Y a des barreaux aux fenêtres, dit Jem, plissant les yeux à cause de la pluie. C'est une prison ? »

Maggie regarda les fenêtres tout en haut des murs. « Je pense pas. Je sais qu'on est pas près de Fleet ni de Newgate — je suis allée là-bas assister à des pendaisons et ça ressemble pas à ça. Y a pas tant de criminels que ça à Londres. Pas derrière les barreaux.

— Tu as déjà vu pendre quelqu'un ? » s'écria Maisie. Elle avait l'air tellement horrifié que Maggie eut honte de le lui avouer.

« Juste une fois, se hâta-t-elle de répondre. Ça m'a suffi. »

Maisie en frissonna. « Jamais je pourrais supporter de voir exécuter quelqu'un, malgré tout ce qu'il aurait pu faire. »

Maggie émit un bruit confus. Jem fronça les sourcils. « Ça va ? »

La gorge de Maggie se serra, mais avant qu'elle pût dire quoi que ce soit, ils entendirent un gémissement en provenance de l'une des fenêtres à barreaux tout en haut du bâtiment. Faible au début, il alla s'intensifiant jusqu'à devenir un cri perçant, à en déchirer le gosier. Les enfants s'immobilisèrent. Maggie en avait la chair de poule.

Maisie s'accrocha au bras de Jem. « Qu'est-ce que c'est ? Oh ! qu'est-ce que c'est, Jem ? »

Jem secoua la tête. Le bruit s'arrêta net puis recommença tout bas pour grimper de plus en plus haut. Cela lui rappelait une querelle de chats.

« Une salle de travail ? suggéra-t-il. Comme celle sur Westminster Bridge Road. On entend parfois les cris des femmes qui accouchent. »

L'air grave, Maggie inspectait le mur couvert de lierre quand soudain son expression changea : elle avait reconnu les lieux et ne pouvait en supporter la vue. « Oh ! Mon Dieu ! dit-elle, en reculant d'un pas. C'est Bedlam !

— Qu'est-ce que… » Jem s'arrêta. Il se rappela un incident survenu au cirque Astley. Surprenant un sourire de John Astley à Miss Hannah Smith, l'une des costumières s'était mise à pleurer si fort qu'elle s'était évanouie. Philip Astley lui avait aspergé d'eau le visage et l'avait giflée. « Remets-toi, ma fille, sinon tu es bonne pour Bedlam », lui avait-il dit avant que les autres costumières l'emmènent. Il s'était tourné vers John Fox et lui avait adressé un clin d'œil en se tapotant la tempe avec l'index.

Jem leva la tête et regarda de nouveau les fenêtres : une main voletait entre les barreaux, comme pour saisir des gouttes de pluie. « Allons-y », dit-il, quand le cri recommença pour la troisième fois, et il pivota sur ses talons pour se diriger vers ce qui lui semblait l'ouest, en direction de Soho et, il l'espérait, de Lambeth.

Maggie et Maisie le suivirent. « C'est le Mur de Londres, vous savez, dit Maggie en leur montrant le mur de pierre à leur droite. Il y en a des bouts partout. C'est l'ancien mur qui protégeait la ville. C'est comme ça que j'ai reconnu Bedlam. Mon père m'a amenée un jour par ici.

— De quel côté on va, alors ? demanda Jem. Tu devrais savoir.

— Bien sûr ! Par ici. » À tout hasard, Maggie tourna à gauche.

« Qui… Qui habite à Bedlam ? bredouilla Maisie.

— Les fous.

— Mon Dieu ! Les pauvres ! » Maisie s'interrompit. « Oh ! Regardez ! s'exclama-t-elle en montrant du doigt une silhouette en jupe rouge. C'est Rosie ! Rosie ! appela-t-elle.

— Écoute, Maisie, nous sommes plus du tout dans le quartier de St. Giles, dit Maggie. C'est pas par ici que tu la trouveras !

— On sait jamais ! Elle dit qu'elle travaille dans toute la ville. Elle pourrait très bien être venue par ici ! » Maisie partit comme une flèche.

« Un peu de bon sens ! lui cria Maggie.

— Écoute, Maisie, je pense pas que… » commença Jem.

Au lieu d'écouter, Maisie redoubla de vitesse et, quand la fille s'engagea dans une allée, Maisie s'élança derrière elle et disparut.

« Bon sang ! » À son tour, Maggie se mit à courir, avec Jem à ses trousses. Quand ils parvinrent au coin de l'allée, il n'y avait trace ni de Maisie ni de la fille à la jupe rouge. « Quelle idiote ! Quelle sotte ! » maugréa Maggie.

Ils descendirent l'allée à toute allure, cherchant Maisie à chaque coin de rue. Au bout d'une des ruelles, ils aperçurent un éclair rouge sur un pas de porte. Maintenant qu'ils voyaient le visage de la fille, il était évident qu'il ne s'agissait ni de Rosie ni même d'une prostituée. Elle referma la porte et Jem et Maggie se retrouvèrent seuls, entourés de quelques maisons, d'une église, d'une chaudronnerie et de la boutique d'un drapier.

« Maisie a dû continuer », dit Maggie. Jem à ses talons, elle revint en courant jusqu'à l'allée d'où ils étaient partis, la reprit en sens inverse, regardant à chaque coin de rue. Parvenus à une impasse, ils s'engagèrent dans une autre allée, puis dans une autre, un peu plus loin et, après force tours et détours, se perdirent dans ce dédale de ruelles. Jem ne se manifesta qu'une fois, pour signaler à Maggie qu'ils tournaient en rond. Maggie redoutait qu'il ne lui en voulût d'avoir été un aussi piètre guide, mais il ne semblait ni en colère ni inquiet, juste farouchement déterminé.

Maggie s'efforçait de ne penser qu'à une chose, retrouver Maisie. Quand elle se laissa aller un instant à les imaginer tous trois perdus dans cet écheveau de petites rues, dans une partie inconnue de cette ville immense, sans savoir comment retourner chez eux, la peur la saisit, elle se sentit mal et crut qu'il lui faudrait s'asseoir. Il ne lui était arrivé qu'une seule fois d'éprouver une terreur pareille, le jour de sa rencontre avec l'homme dans cette impasse qui allait devenir Cut-Throat Lane.

Ils croisèrent un individu qui se retourna et les lorgna avec insistance. « Pourquoi que vous courez comme ça ? »

Maggie poussa un hurlement et s'écarta comme un cheval effarouché. Jem tressaillit, l'homme recula et disparut dans un passage.

« Dis-moi, Maggie, qu'est-ce qu'il y a ? » Jem attrapa son amie par les épaules, mais elle se cabra et, la main contre le mur, essaya de se ressaisir. Jem la regarda, immobile. Elle finit par reprendre son souffle, un souffle encore haletant, puis elle se tourna vers lui, les yeux embués de la pluie qui dégoulinait de son chapeau de paille déformé. Jem scruta son visage malheureux et nota ce regard lointain, hagard qu'il avait surpris à plusieurs reprises, parfois même à son insu, quand elle tentait désespérément de le cacher. « Qu'est-ce qu'il y a ? répéta-t-il. Qu'est-ce qui t'est arrivé ? »

Elle secoua la tête. Non, elle n'en dirait rien.

« Ça a à voir avec l'homme de Cut-Throat Lane, pas vrai ? hasarda Jem. Tu as toujours été bizarre à ce sujet. C'était la même chose à Smithfields, rappelle-toi.

— Non, c'était Maisie qu'avait l'air malade, pas moi ! rétorqua Maggie.

— Toi aussi, insista Jem. Tu avais l'air malade parce que tu avais vu tout plein de sang dans Cut-Throat Lane. Et peut-être même que ça… » Jem se tut. « … Que ça s'est passé sous tes yeux, pas vrai ? Que t'as assisté au crime. » Il aurait voulu l'entourer de son bras pour la réconforter, mais il savait qu'elle regimberait.

Maggie lui tourna le dos et repartit. « Il faut qu'on retrouve Maisie », marmonna-t-elle, puis elle se tut.

La pluie redoubla, trempant jusqu'aux os les rares passants, puis s'arrêta brusquement. Aussitôt, des portes commencèrent à s'ouvrir. Dans ce quartier surpeuplé de Londres se pressaient des petites maisons toutes sombres, qui avaient survécu aux incendies, aux fantaisies de la mode et à la misère pour la simple raison qu'elles étaient solides. Leurs habitants semblaient d'ailleurs bâtis sur le même modèle. Ici, pas d'accent du Yorkshire, ni du Lancashire, ni du Dorset ; par ici, juste les inflexions propres à des familles vivant, depuis des générations, au même endroit.

Dans un tel voisinage, vous repériez les inconnus aussi aisément que les premiers crocus à la fin de l'hiver. Les rues commençaient à peine à s'emplir des promeneurs du dimanche soir qu'une passante pointa le doigt derrière elle. « Vous cherchez la fille au bonnet en dentelle, n'est-ce pas ? Elle est là-bas, à côté de Draper's Gardens. »

Une minute plus tard, ils aboutirent à une grande place où se trouvait un autre jardin public ; Maisie les attendait près de la grille, les yeux brillants de larmes. Elle ne dit rien, mais serra Jem dans ses bras et enfouit son visage contre son épaule. Jem lui tapota le dos. « Tout va bien, n'est-ce pas, Maisie ?

— Je veux rentrer chez nous, Jem, dit-elle d'une voix sourde.

— Bien sûr qu'on va rentrer. »

Elle s'écarta de Jem et le regarda droit dans les yeux. « Non, je veux dire dans le Dorset. À Londres, je me sens perdue. »

Jem aurait pu répondre : « Papa gagne plus d'argent en travaillant pour Mr Astley qu'il en a jamais gagné quand il fabriquait des chaises à Piddletrenthide. » Ou : « Maman préfère le cirque aux boutons du Dorset ! » Ou encore : « J'aimerais entendre les dernières chansons de Mr Blake. » Ou même : « Et John Astley ? »

Au lieu de cela, il arrêta un garçon de son âge qui sifflotait en les croisant. « Excusez-moi, Monsieur… Où elle est la Tamise ?

— Pas loin. Juste là-bas. » Le garçon leur montra et tous trois se prirent par le bras avant de s'engager dans la direction qu'il avait indiquée. Maisie tremblait. Maggie était pâle comme un linge. « Je connais une nouvelle chanson, dit Jem pour leur changer les idées. Ça vous dirait de l'apprendre ? » Sans attendre leur réponse il entonna :

J'erre à travers chaque rue putassière
Près des rives de la putassière Tamise,
Je vois un signe sur chaque visage ;
Signe de faiblesse, signe de douleur.

Ils avaient chanté trois fois les deux couplets qu'il connaissait quand ils se retrouvèrent pris dans des flots de gens et de voitures se rendant vers le pont de Londres. « Vous inquiétez pas, dit Jem. On est pas perdus. La Tamise nous guidera jusqu'à Lambeth. »

Octobre 1792

VI.

I

De sa place favorite, Maisie regardait John Astley répéter. Elle avait essayé tous les sièges du chapiteau, aussi était-elle sûre de son choix. Lorsqu'ils venaient en spectateurs, les Kellaway s'asseyaient dans les gradins, tout près de la piste où les chevaux galopaient, où les troupes défilaient, où les acrobates pirouettaient, où Miss Laura Devine tournoyait et voltigeait. Toutefois, pour une vue d'ensemble, les loges étaient les meilleures places. Situées de chaque côté de la scène au-dessus des gradins, elles offraient aux spectateurs la possibilité de suivre à la fois ce qui se passait dans le cirque et les réactions du public.

Ce jour-là, Maisie se trouvait dans une loge à droite de la scène. Elle appréciait la douillette intimité de cette place d'où elle pouvait s'extasier devant les exploits de John Astley, qu'il parade à cheval sur la piste ou évolue sur scène avec Miss Hannah Smith.

Haute comme trois pommes, Miss Smith avait les pieds en canard de toute bonne danseuse, des cheveux blonds et le visage aussi délicat qu'une orchidée. Aguichante en Colombine elle donnait la réplique à John Astley en Arlequin. Le public l'aimait, Maisie la détestait.

Cet après-midi-là, John Astley répétait à cheval avec Miss Smith le grand numéro final, ultime surprise de la saison. Tous deux discutaient de leur numéro. Sur sa jument alezane, John Astley portait une redingote bleu vif, quant à Miss Smith elle était vêtue d'une robe dont la blancheur contrastait avec la noirceur de son étalon. Maisie soupira : elle haïssait Miss Smith, mais ne pouvait s'empêcher d'admirer le couple parfait qu'ils formaient. Au bout de quelques minutes, Maisie se rendit compte qu'elle se labourait les genoux avec ses poings.

Elle décida de rester, bien que sa mère eût sans doute apprécié son aide pour les conserves de choux. D'ici peu, elle ne verrait plus John Astley : le lendemain de la dernière représentation de la saison, la troupe devait partir en diligence pour Dublin et Liverpool où ils prendraient leurs quartiers d'hiver. Le reste du spectacle — les décors, les accessoires, les grues, les poulies, les palans et les chevaux — suivrait par bateau. Son père et son frère s'activaient déjà à emballer les décors des spectacles de début de saison, bien que la question du transport ne fût pas encore réglée. Maisie le savait parce que Philip Astley dirigeait ses affaires depuis la loge voisine. Elle venait de l'entendre rédiger avec John Fox une petite annonce à paraître dans le journal :

Recherche bateau pour transporter du matériel à Dublin.
Départ requis le 13, 14 ou 15 au plus tard.
S'adresser à Mr Astley, cirque Astley,
Westminster Bridge Road.

Maisie ne connaissait pas grand-chose au transport maritime, mais elle était persuadée qu'il faudrait plus de trois jours pour trouver un bateau pour l'Irlande. Elle retint son souffle, pressa les mains l'une contre l'autre. D'ici là, peut-être Mr Astley proposerait-il à Thomas Kellaway et à sa famille d'aller à Dublin, il y avait un mois qu'elle priait pour ça…

Le chapiteau retentit d'applaudissements à la vue de Miss Hannah Smith, en équilibre sur un pied sur la selle de son cheval, l'autre jambe tendue derrière elle. Tous s'étaient interrompus pour l'admirer, y compris Jem et Thomas Kellaway, surgis des coulisses avec l'équipe des menuisiers. Maisie applaudit elle aussi, pour ne pas se faire remarquer.

S'efforçant de ne pas faire trembler sa jambe arrière, Miss Smith répondit par un sourire crispé.

« Bravo, ma belle ! lui cria Mr Astley depuis sa loge à côté de celle de Maisie. Elle me rappelle Patty, confia-t-il à John Fox. Faut que j'emmène mon épouse voir ça. Quel dommage qu'aussi peu de femmes acceptent de se produire à cheval.

— Elles ont un peu plus de bon sens que les hommes, remarqua John Fox. Mais on se demande si elle n'a pas perdu le sien !

— Cette fille ferait n'importe quoi pour John, dit Philip Astley. C'est pour ça qu'elle est perchée là-dessus.

— Il y a quelque chose… ?

— Non, rien de concret à mon avis. Enfin, pas pour le moment. »

Ils se mirent à rire.

« Elle sait ce qu'elle fait, reprit Philip Astley. Elle vous le mène comme elle mène les chevaux. Bravo, ma chère ! cria de nouveau Philip Astley. Voilà de quoi terminer la saison en beauté ! »

Miss Smith ralentit son cheval et baissa la jambe. Quand elle se fut rassise sur la selle, John Astley se pencha et lui baisa la main, ce qui provoqua des rires et une nouvelle ovation. Elle rougit.

À ce moment, Maisie sentit des ondes de silence venant de la loge d'en face. Elle discerna alors, dans l'ombre, la face ronde et blême de l'unique personne qui n'applaudissait pas : Miss Laura Devine fixait la jeune écuyère ingénue avec plus de haine encore que Maisie. Son visage doux et avenant s'était mué en un masque de défaite et de dégoût, elle paraissait écœurée, malheureuse.

Son expression ne changea pas lorsque son regard croisa celui de Maisie. Toutes deux se fixèrent, puis Miss Devine disparut de nouveau dans l'ombre, telle la lune derrière les nuages.

11

À côté, Philip Astley et John Fox passaient en revue une liste de noms.

« Mr et Mrs De Castro. Mr Johannot. Mr Lawrence. Mrs Henley. Mr Davis. Mr Crossman. Mr Jeffries. Mr Whitmore. Mr Richer. Mr Sanderson.

— Il nous rejoindra plus tard.

— Bon Dieu, Fox, c'est maintenant que j'ai besoin de lui ! Les Irlandais voudront de nouvelles chansons, tout de suite ! J'avais prévu de prendre la diligence avec lui et de profiter du voyage pour les composer.

— Il prépare actuellement un spectacle qui va débuter au Haymarket.

— Que ce soit pour le Haymarket ou pour le roi en personne, je m'en moque ! Je veux qu'il soit dans la diligence le 13, un point c'est tout ! »

John Fox resta silencieux.

« Dites-moi, Fox, vous me réservez d'autres surprises ? J'ai encore du nouveau à apprendre ? C'est le moment. Vous allez m'annoncer que les menuisiers ont subitement décidé de tout laisser en plan pour devenir marins ? »

John Fox s'éclaircit la voix.

« Aucun menuisier n'a accepté de venir, Monsieur.

— Comment ça ? Et pourquoi donc ?

— La plupart d'entre eux travaillent ailleurs, ils ne sont pas très chauds pour ce voyage. Ils savent ce qui les attend.

— Je ne vois pas où est le problème avec Dublin ! On a demandé à chacun d'eux personnellement ?

— À tous, sauf à Kellaway. »

Maisie, qui n'écoutait que d'une oreille, se redressa.

« Alors envoyez-le-moi.

— Bien, Monsieur. » Il marqua une pause. « Vous voudrez lui parler aussi, j'imagine.

— À qui ?

— À elle, là-bas. En face. Vous ne la voyez pas ?

— Ah oui !

— Elle est au courant pour Mr Richer ? demanda John Fox.

— Non.

— Il faudra bien le lui dire, Monsieur. Pour qu'ils puissent répéter. »

Philip Astley soupira.

« C'est bon, je lui parlerai après mon entretien avec Kellaway. Allez le chercher !

— Oui, Monsieur.

— Ce n'est pas toujours facile d'être le patron, vous savez, Fox.

— J'en suis bien convaincu, Monsieur. »

Quand son père se présenta à Mr Astley, Maisie se fit aussi discrète que possible dans sa loge. La discussion n'avait pas commencé qu'elle s'en voulait déjà d'écouter aux portes.

« Kellaway, mon brave, comment ça va ? tonna Philip Astley, comme si Thomas Kellaway se trouvait à l'autre bout de la piste.

— Pas trop mal, Monsieur.

— Tant mieux, tant mieux. Toujours en train d'emballer les décors ?

— Oui, Monsieur.

— Le déplacement de la troupe exige tellement de préparatifs, Kellaway ! Il faut beaucoup d'organisation et tout autant d'emballage, oui, beaucoup d'emballage et énormément d'organisation, non ?

— Oui, Monsieur. Un peu comme quand nous avons quitté le Dorset pour venir à Londres.

— Oui, à peu près, Kellaway. Du coup, ça sera plus simple pour vous cette fois-ci, vous êtes rodé.

— Rodé pour quoi, Monsieur ?

— Ma parole, je m'excite, je vais trop vite, n'est-ce pas, Fox ? Je veux dire, pour faire vos valises et partir pour Dublin.

— Dublin ?

— Voyons, Kellaway, vous savez bien que nous partons à Dublin ! C'est pour ça que vous êtes en train d'emballer les décors.

— Oui, Monsieur, mais…

— Mais quoi ?

— Je pensais pas faire partie du voyage.

— Bien sûr que si. Vous vous disiez que nous n'aurions pas besoin de menuisier à Dublin ?

— Moi, je fabrique des chaises, Monsieur, je suis pas menuisier.

— Pas en ce qui me concerne. Vous en voyez des chaises de votre fabrication par ici, Kellaway ?

— Et puis, à Dublin, il y a des menuisiers qui feront aussi bien l'affaire, ajouta Thomas Kellaway comme si Philip Astley n'avait rien dit.

— Seulement vous, Kellaway, vous les connaissez les décors. C'est quoi votre problème ? Moi qui pensais qu'un petit voyage à Dublin ne serait pas pour vous déplaire. C'est une ville trépidante, vous aimerez, j'en suis sûr. Et l'hiver y est plus doux qu'à Londres. Tout comme à Liverpool, où nous irons ensuite. Allons, Kellaway, vous vouliez quitter le Dorset pour voir du pays, pas vrai ? C'est l'occasion. Nous partons dans trois jours, ça vous laisse le temps de plier bagage, non ?

— Et... et ma famille ? »

Philip Astley remua, son poids fit craquer son siège.

« Ça, Kellaway, c'est plus délicat. Sur la route on est forcé de se serrer la ceinture, vous voyez la troupe est restreinte, y a pas de place pour le superflu, les épouses, en l'occurrence. Patty n'est même pas du voyage, pas vrai, Fox ? Je crains que vous ne deviez partir seul, Kellaway. »

Maisie toussa, par chance les hommes ne l'entendirent pas.

« Mais vous serez vite revenu, Kellaway, dès le mois de mars.

— Ça fait quand même cinq mois, Monsieur.

— Et vous verrez, Kellaway, votre famille sera vraiment heureuse de vous voir revenir. Pour Patty et moi, c'est même stimulant. L'absence renforce les sentiments, vous savez.

— C'est vous qui le dites, Monsieur. Faut que j'en parle à Anne, je vous donnerai ma réponse demain. »

Philip Astley allait reprendre la parole, mais Thomas Kellaway l'interrompit :

« Faut que je me remette au travail. Veuillez m'excuser, Monsieur. » Maisie entendit la porte s'ouvrir et son père sortir.

Des gloussements s'élevèrent de la loge à côté. « Oh, Fox, vous allez pas commencer ! »

Les gloussements continuèrent.

« Bon sang, Fox, il m'a bien eu, pas vrai ? Il s'imagine réellement qu'il a son mot à dire, n'est-ce pas ? Mais on va voir qui décide ici et c'est sûrement pas un menuisier !

— Vous ne croyez pas que c'est plutôt votre fils qui devrait prendre ce genre de décision, vu que c'est lui le directeur ? »

Philip Astley soupira de nouveau.

« Ça vous semblerait logique, hein, Fox ? Mais regardez-le. »

Maisie jeta un coup d'œil au-dessous d'elle : John Astley dansait de côté sur son cheval, pour les beaux yeux de Miss Hannah Smith.

« Il est doué pour ça, pas pour prendre des décisions difficiles dans mon fauteuil de directeur. À ce propos, allez me chercher Miss Devine. »

III

John Fox se faufila le long du dernier balcon jusqu'aux loges d'en face. Miss Laura Devine, qui devait l'avoir vu se diriger vers elle, ne prit pas la peine de venir à sa rencontre et ne répondit pas lorsqu'il frappa à la porte ; elle resta sans bouger, les yeux rivés sur Philip Astley. John Fox finit par ouvrir la porte, il entra dans la loge, lui parla à l'oreille, puis il ressortit et attendit.

Elle se tint un long moment immobile, tout comme John Fox, rajusta son châle sur ses épaules et se leva. Après avoir lissé sa jupe et tapoté ses cheveux noirs en chignon sur sa nuque, elle prit le bras que lui tendait John Fox. Il l'escorta, comme il le faisait lorsqu'il devait la protéger des spectateurs un peu frustes du dernier balcon.

« Restez, John », dit-elle une fois devant la loge de Philip Astley, comme si elle comptait sur sa courtoisie pour apaiser l'orage qui couvait. Et elle savait pertinemment que ça allait éclater, elle s'y attendait depuis des semaines.

Maisie aussi. Sa mère et elle avaient remarqué certaine lenteur et quelques maladresses dans le numéro de Laura Devine lors du dernier spectacle, et elles en connaissaient la cause. La présence de John Fox ne changerait rien à l'issue de la discussion, sauf peut-être au ton de Mr Astley, Maisie le savait également.

« Bienvenue, Miss Devine, dit-il, laissant de côté le ton jovial qu'il avait employé avec Thomas Kellaway. Asseyez-vous, ma chère, là, près de moi. Vous m'avez l'air un peu pâlotte, non ? Nous allons demander à Mrs Connell de vous préparer du bouillon. C'est ce qu'elle me donne quand je suis mal fichu, Patty ne jure que par ça, n'est-ce pas, Fox ? »

Ni John ni Miss Devine ne réagirent, ce qui le fit continuer de plus belle :

« Vous avez vu les répétitions, n'est-ce pas, ma chère ? C'est incroyable, dire que nous en sommes déjà à la dernière soirée ! Et nous voilà repartis pour Dublin. Mon Dieu, combien de fois encore ferons-nous nos bagages pour traverser la mer d'Irlande, hein, Fox ? » Il s'interrompit, se rendant compte que ce n'était pas le sujet le plus approprié en pareilles circonstances.

Et, pendant un bref instant, Philip Astley sembla chercher ses mots. Cela suffit à son auditoire pour comprendre que ce qu'il avait à dire lui coûtait. Après tout, Miss Devine faisait partie du cirque Astley depuis dix ans, et il la considérait comme sa fille. « Oui, ma chère, vous êtes pour moi comme ma fille, oui, comme ma fille, lui dit-il dès qu'il eut retrouvé la parole. C'est pour cela que je sais voir les changements, parce que je vous connais comme si je vous avais faite. Et des changements, il y en a eu, n'est-ce pas, ma chère ? »

Miss Devine ne répondit pas.

« Dites-moi, Laura, vous pensiez sincèrement que je ne remarquerais rien ? lui demanda Philip Astley, laissant son agacement coutumier refaire surface.

» Enfin ! la moitié du public est au courant ! Vous êtes de plus en plus grosse et de plus en plus lente, et vous pensiez que personne ne s'en apercevrait ? Allons donc, vous allez nous le faire pour de bon le Cochon à la broche ! »

Maisie retint son souffle pour ne pas troubler le silence consterné qui suivit ces cruels sarcasmes. Un silence que

Philip Astley se sentit en devoir de rompre. « Voyons, ma fille, qu'est-ce que vous imaginiez ? Vous avez été bien naïve ! Je vous croyais plus intelligente que ça. » Il se tut, puis ajouta avec plus de douceur : « Ce n'est pas un homme pour vous, Laura. Vous le saviez bien. »

Miss Devine finit par ouvrir la bouche, mais ce fut pour répondre à une autre question. « C'est parce que ma famille est pas assez bien pour vous, n'est-ce pas ? », demanda-t-elle avec son léger accent écossais ; elle parlait si bas que Maisie dut presque se pencher à l'extérieur de la loge pour saisir ses paroles. « J'imagine que sa famille à elle vous convient mieux. »

Au petit trot, sur son étalon, Hannah Smith parcourait la piste dans un sens, et John Astley dans l'autre. Chaque fois qu'ils se croisaient l'un tendait à l'autre un verre de vin qu'il fallait boire et se repasser au tour suivant.

« Voyez-vous, Laura, mon fils a toujours eu les femmes à ses pieds, je n'ai jamais eu mon mot à dire là-dessus. C'est son problème. Ce n'est pas maintenant que je vais essayer de comprendre ce qu'il fait et pourquoi il le fait. Tout ce qui m'importe c'est le spectacle et les artistes. Et quand je m'aperçois qu'un membre de la troupe n'est plus en mesure de faire son numéro comme il se doit, je prends les mesures nécessaires. C'est ainsi que j'ai engagé Mr Richer, de Bruxelles, pour le spectacle. »

Après un bref silence, Miss Devine lança avec dédain : « Mr Richer a la tremblote, on dirait un clown sur une corde. »

Les deux funambules n'appartenaient assurément pas à la même école. Laura Devine mettait un point d'honneur à ne pas trembler quand elle marchait sur la corde. Son numéro était aussi lisse que ses cheveux noirs ou sa peau diaphane.

« Quand John et Miss Smith auront fini sur la piste, continua Philip Astley, feignant de ne pas l'avoir entendue, vous répéterez un petit numéro avec Mr Richer pour le dernier spectacle. Cela lui permettra de montrer ses talents au public, et de le préparer à son retour en solo l'année prochaine. Car vous ne serez pas des nôtres à Dublin, Miss Devine. Ni à notre retour d'ailleurs. J'en suis désolé, ma chère, sincèrement désolé, mais c'est comme ça. J'ajoute que vous pouvez rester encore un mois dans votre logement. »

Philip Astley se leva : il avait lâché le morceau, pour lui la discussion était close.

« À présent, j'ai deux ou trois affaires à régler. Y a-t-il quoi que ce soit que je puisse faire pour vous ? ajouta-t-il en ouvrant la porte. Si besoin est, n'hésitez pas à demander à John Fox, entendu, Fox ? »

Il était presque parti quand la douce voix de Miss Devine s'éleva avec une vigueur inattendue :

« Vous avez l'air d'oublier que cet enfant sera votre petit-fils. »

Philip Astley s'arrêta net et manqua de s'étrangler. « Je vous préviens, avec moi ce genre de truc ça prend pas ! hurla-t-il. Ce bébé n'aura jamais rien à voir avec les Astley ! Rien de rien ! Ce ne sera sûrement pas un de mes petits-fils ! »

Sa voix, entraînée à couvrir le bruit du spectacle et du public, retentit dans tout le cirque. Les costumières qui remplissaient des malles de vêtements dans les coulisses l'entendirent. Thomas et Jem Kellaway, qui assemblaient des supports en bois pour empiler des éléments de décors et les protéger pendant le voyage à Dublin, l'entendirent. Mrs Connell, occupée à compter la recette, l'entendit. Et jusqu'aux garçons de cirque, qui attendaient dehors que John Astley et Miss Hannah Smith en aient fini avec leurs chevaux, l'entendirent.

Maisie l'entendit, elle avait espéré se tromper, mais la pièce tant redoutée venait compléter le puzzle qu'elle avait imaginé en tremblant : il lui faudrait donc détester Miss Devine également.

Sans aucun doute, Miss Hannah Smith l'entendit elle aussi. Elle continua ses tours de piste, mais son attention se porta vers la loge ; elle prenait tout juste conscience du drame qui se jouait juste au-dessus d'elle.

Seul John Astley semblait impassible devant ce coup de colère. Habitué aux beuglements de son père, il s'occupait rarement d'en connaître la cause. Miss Smith ayant encore la main tendue, il lui passa le verre, mais l'attention de l'écuyère était ailleurs et elle n'attrapa pas le verre qui tomba entre les deux écuyers et se brisa malgré la sciure répandue sur la piste pour amortir les chutes. John Astley arrêta net son cheval. « Attention, du verre ! » cria-t-il. Un garçon qui était là pour ramasser le crottin se précipita avec son balai.

Miss Hannah Smith, elle, ne retint pas son cheval ; elle poursuivit son tour de piste, tournant la tête pour ne pas perdre de vue Philip Astley et Miss Laura Devine. Elle serait passée sur le palefrenier qui balayait si John Astley n'avait saisi les rênes de son cheval pour l'arrêter.

« Voyons, Hannah, mais qu'est-ce qui t'arrive ? hurla-t-il, fais donc attention à ton cheval, il a failli se blesser avec le verre ! »

Miss Smith se redressa sur sa monture et détacha son regard de Miss Devine pour le fixer sur John Astley. Elle était très pâle, et le joli sourire qu'elle avait gardé pendant toute la répétition s'était envolé. Elle avait même l'air de se sentir mal.

John Astley la dévisagea puis, levant les yeux vers la loge, il aperçut Miss Laura Devine dont les yeux lançaient des flammes ; à ses côtés, son père soufflait comme un cheval hors d'haleine.

Maisie n'en crut pas ses oreilles lorsque Miss Hannah Smith s'écria : « John Astley, t'es vraiment qu'un sac à merde ! » Sa voix était moins tonitruante que celle de Philip Astley, mais assez forte toutefois pour que Maisie et les occupants de la loge voisine l'entendent. Le garçon qui ramassait les éclats de verre gloussa. John Astley ouvrit la bouche, mais ne trouva rien à répondre. Miss Smith sauta de son cheval et s'en alla en courant, ses pieds en canard ajoutant au pathétique de la scène.

Quand elle fut partie, John Astley regarda Miss Laura Devine, qui triomphait momentanément dans cette sombre farce. Sans doute aurait-il souhaité dire quelque chose, mais les ricanements du jeune garçon à ses pieds l'incitèrent à éviter une scène en public. Il préféra mettre pied à terre, lança au garçon les rênes des chevaux, rajusta sa redingote bleue et courut derrière Miss Smith.

« Eh bien, vous pouvez être fière de vous, ma chère, maugréa Philip Astley. Vous avez obtenu ce que vous vouliez ?

— C'est vous qui ne pouvez vous empêcher de vous donner en spectacle, répondit Laura. Vous êtes incapable de vous tenir tranquille ou de parler à voix basse.

— Sortez, je ne veux plus vous voir ! » Cette injonction s'adressait à Laura, mais ce fut Philip Astley qui sortit en trombe de la loge et ordonna à John Fox de le suivre.

Après leur départ, Miss Laura Devine resta assise dans la loge, et Maisie, sans mot dire, dans celle d'à côté, les mains tremblant sur ses genoux.

« Viens donc me voir », entendit-elle Miss Devine murmurer. Comprenant que cet ordre lui était destiné, que Miss Devine l'avait aperçue et savait qu'elle avait tout entendu, Maisie se leva. Elle se glissa dans la loge voisine aussi discrètement qu'elle put, même s'il n'y avait plus personne sur la piste, en dehors du garçon revenu ramasser les restes de verre et de crottin après avoir ramené les chevaux.

Miss Devine ne leva pas les yeux quand Maisie arriva. Elle se contenta de lui dire : « Assieds-toi, mon chou. » Maisie s'enfonça dans le fauteuil encore chaud de Philip Astley, à côté de la danseuse de corde. Leurs regards convergèrent vers la piste dont seul le balai du palefrenier troublait le calme inhabituel, un raclement feutré que Maisie trouva réconfortant. Elle savait bien qu'au fond de son cœur, elle ne détestait pas Miss Devine. Elle lui inspirait plutôt de la pitié.

Miss Laura Devine semblait rêveuse. Peut-être revoyait-elle toutes les cordes sur lesquelles elle avait marché, autour desquelles elle avait glissé, auxquelles elle s'était balancée et suspendue sur cette piste. Peut-être pensait-elle à ce numéro extraordinaire, cette apothéose qu'elle exécuterait dans trois jours. Peut-être enfin écoutait-elle son corps, dans ce dialogue intime et silencieux que peuvent avoir les femmes enceintes avec elles-mêmes.

« Je suis désolée, Miss Devine, finit par dire Maisie.

— Moi non, je ne regrette rien. Je suis peut-être triste pour toi. Et pour elle. » Miss Devine fit un petit signe de tête vers la piste en repensant à Miss Hannah Smith à cheval.

« Toute sa vie elle se rongera les sangs en l'imaginant avec d'autres femmes. Moi, j'en ai eu ma dose. » Elle jeta un œil à Maisie : « Quel âge as-tu, Miss... ?

— Maisie. Je vais sur quinze ans.

— T'es donc plus si innocente que ça... Sans qu'on puisse vraiment dire que t'aies de l'expérience, n'est-ce pas ? »

Maisie voulut protester : à l'aube de l'âge adulte, on n'aime pas s'entendre rappeler qu'on a encore beaucoup à apprendre... Mais le visage las de Miss Devine invitait à l'honnêteté. « J'ai encore pas bien grande expérience du monde, admit Maisie.

— Alors, permets-moi de t'apprendre quelque chose. Un tiens vaut mieux que deux tu l'auras. Souviens-toi bien de ça ! »

Maisie acquiesça, même si elle ne comprenait pas encore. Elle rangea ces mots dans un coin de sa tête en attendant le moment de les ressortir et d'y réfléchir.

« Qu'allez-vous faire à présent, Miss Devine ? » demanda-t-elle.

Miss Devine sourit. « Je vais filer d'ici, mon chou, et vite, je te le garantis. »

IV

En temps normal, Maisie serait restée plus longtemps sous le chapiteau, elle aurait volontiers passé son après-midi à les voir répéter, mais après sa conversation avec Miss Laura Devine, elle avait hâte de partir. Elle ne voulait pas assister à la répétition de la danseuse de corde avec celui qui allait prendre sa place. John Astley s'était éclipsé et Maisie se doutait qu'il aurait du mal à convaincre Miss Hannah Smith de remonter à cheval. Sans doute ferait-elle mieux d'aller donner un coup de main à sa mère avec les conserves de choux ou la couture, nouvelle activité des femmes Kellaway maintenant qu'elles ne fabriquaient plus de boutons. Bet Butterfield avait, en effet, racheté les fournitures qu'elles gardaient en réserve, leur demandant de lui enseigner cet art. Maisie s'était étonnée de la décision de sa mère, mais Anne Kellaway n'avait pas cédé.

« Nous vivons à Londres, plus dans le Dorset, avait-elle dit. Il faut laisser au passé ce qui appartient au passé. » Maisie s'était d'abord réjouie de ce changement, mais depuis quelque temps elle regrettait ses boutons. Repriser les vêtements des autres n'avait rien de très satisfaisant comparé au plaisir de créer quelque chose avec trois fois rien — un joli bouton délicatement ouvré à partir d'un anneau et d'un bout de fil, par exemple.

Debout sur les marches à l'entrée du cirque, elle scrutait le brouillard qui engloutissait Londres. Les Kellaway avaient souvent entendu parler de ces nappes de brume épaisses, étouffantes, mais jusqu'ici ils avaient été relativement épargnés, car les brises du printemps et de l'été avaient empêché le brouillard de s'installer. L'automne venu, les poêles à charbon brûlaient toute la journée, leur fumée flottait dans la torpeur des rues, étouffant la lumière et les sons. On était seulement au milieu de l'après-midi, mais les réverbères étaient déjà allumés — Maisie les voyait s'estomper dans la pénombre du pont de Westminster. De son poste d'observation, elle regardait les gens qui passaient sur le pont, les voyait émerger du brouillard et se rapprocher. Elle espérait toujours reconnaître la silhouette de Rosie Wightman : tout ce mois elle avait guetté sa vieille amie, mais en vain.

Une fois sur les marches, elle hésita. Depuis qu'ils s'étaient égarés dans Londres quelques semaines plus tôt, Maisie n'empruntait plus les petites rues pour revenir du cirque, même si le parcours était jalonné de boutiques et si elle croisait parfois un visage familier. Elle préférait désormais suivre Westminster Bridge Road, plus fréquentée et mieux éclairée ; toutefois, ces dernières heures, le brouillard s'était tellement épaissi qu'elle hésitait même à passer par là. Elle s'apprêtait à retourner demander à Jem de l'accompagner quand John Astley poussa la porte, la bousculant.

« Oh ! » s'écria Maisie.

John Astley s'inclina.

« Mes excuses, Miss. »

Il allait continuer son chemin mais, apercevant son visage, il s'arrêta, y saisissant une expression qui compensait la fureur de Laura Devine et les larmes de Miss Hannah Smith. Maisie le contemplait avec la fruste adoration d'une fille du Dorset. Jamais elle ne le fustigerait du regard, jamais elle ne le traiterait de sac à merde, jamais non plus elle ne le giflerait — ce qu'avait fait Miss Hannah Smith quand il l'avait suivie en coulisses. Loin de le critiquer, elle l'encouragerait, loin d'exiger quoi que ce soit de lui, elle l'accepterait tel qu'il était ; loin de le repousser, elle l'accueillerait. Elle n'avait pas la classe de Miss Hannah Smith — après tout, c'était une fille de la campagne à l'état brut, avec le bout du nez rouge et un bonnet en dentelles — mais elle avait l'œil vif et une silhouette délicate, à laquelle son corps d'homme réagissait déjà. Elle était le parfait antidote pour un homme sous l'emprise de la rage et de la jalousie.

John Astley prit son air le plus gentil et le plus serviable, et surtout il se montra intéressé, qualité à laquelle une fille comme Maisie ne pouvait résister. Il l'observa alors qu'elle hésitait à affronter ce brouillard dense, sulfureux, asphyxiant. « Puis-je faire quoi que ce soit pour vous ? demanda-t-il.

— Oh, merci, Monsieur ! s'écria Maisie. C'est juste que... je dois rentrer chez moi, mais j'ai terriblement peur de ce brouillard.

— Vous habitez dans le coin ?

— Oui, pour sûr. À deux portes de chez vous, à Hercules Buildings.

— Ah, nous sommes voisins ! Je me disais bien que je vous avais déjà vue.

— Oui, Monsieur. Nous nous sommes rencontrés quand y a eu l'incendie cet été, vous vous souvenez ? En fait, mon père et mon frère travaillent au cirque. J'y vais souvent, je leur apporte leurs repas, enfin, vous voyez...

— Je me rendais justement du côté de Hercules Buildings. Permettez-moi de vous accompagner. »

John Astley lui offrit son bras. Maisie le regarda avec de grands yeux, comme s'il se fût agi d'une couronne sertie de pierres précieuses. Dans la vie d'une jeune fille de condition aussi modeste, bien rares étaient les rêves qui devenaient réalités. Elle tendit la main et lui toucha le bras en hésitant, comme s'il allait fondre, mais la redingote bleue de John Astley et la chair en dessous étaient bien réelles, d'où son émoi manifeste.

John Astley posa son autre main sur la sienne et la pressa, encourageant Maisie à blottir la sienne dans le creux de son coude. « Nous sommes prêts, Miss… ?

— Maisie.

— À votre service, Maisie. » John Astley l'aida à descendre les marches du cirque, puis il l'entraîna vers la gauche, dans l'obscurité de Stangate Street, et non point vers la droite, dans le brouillard un peu moins opaque de Westminster Bridge Road. Maisie flottait dans une brume si douillette qu'elle se laissa entraîner sans protester vers le raccourci qu'elle évitait depuis un mois. À vrai dire, elle ne prêta aucune attention à la direction qu'ils prenaient. Marcher en compagnie de l'homme le plus beau, le plus intelligent, le plus élégant qu'elle connût, le toucher même, voilà qui était au-delà de ses rêves les plus fous. C'était le plus grand moment de sa vie. Elle allait d'un pas léger à ses côtés, portée sur un coussin de brume.

John Astley était parfaitement conscient de l'effet qu'il produisait sur Maisie, et il s'y connaissait assez pour ne pas trop en dire au début. Il se contentait de la guider à travers le brouillard : « Attention à la charrette ! » ; « Prenez garde, vous êtes dans le caniveau ! » ; « Faites un pas vers la droite pour éviter la crotte de chien ! » Habitué depuis l'enfance à la purée de pois londonienne, John Astley y naviguait à l'aise, laissant ses autres sens prendre le relais : il flairait les chevaux, les pubs ou les ordures, ses pieds repéraient le creux des caniveaux ou les pavés dans les ruelles. Bien que le brouillard feutrât les sons, il pouvait dire si un, deux ou quatre chevaux approchaient, et s'il s'agissait d'une petite voiture ou d'un cabriolet. Il avançait ainsi d'un pas assuré sans pour autant aller trop vite car Hercules Buildings n'était pas bien loin, et il lui fallait du temps. Une fois Maisie en confiance, il engagea posément la conversation.

« Avez-vous porté leur repas à votre père et à votre frère aujourd'hui ?

— Oui, Monsieur.

— Et qu'est-ce que c'était ? Attendez, laissez-moi deviner ? Une tourte à la viande ?

— Oui, Monsieur.

— Vous l'avez achetée ou vous l'avez faite ?

— J'ai aidé ma mère. J'ai préparé la croûte.

— Une croûte délicieuse, la meilleure de Lambeth, j'en suis sûr, Maisie, comment pourrait-il en être autrement vu la finesse de vos doigts !

— Merci, Monsieur », gloussa Maisie.

Ils passèrent devant le Queen's Head au carrefour de Stangate Street et de Lambeth Marsh. La lumière du pub teintait le brouillard de sa glaire jaunâtre. Par un temps pareil, personne ne buvait dehors, mais au moment où ils passaient, la porte s'ouvrit brusquement et un homme sortit en titubant. Il riait et jurait tout à la fois. « Oh ! » s'exclama Maisie en se cramponnant au bras de John Astley.

Il posa de nouveau son autre main sur celle de Maisie, et se rapprocha d'elle. « Là, Maisie, il n'y a pas lieu de vous inquiéter, vous êtes avec moi. Je vous garantis qu'il n'oserait pas toucher à un seul de vos cheveux. » En fait, l'homme ne les avait pas remarqués, il remontait Lambeth Marsh en zigzaguant, alors que John Astley et Maisie prenaient l'autre rue. « Il se rend sans doute à Lambeth Marsh pour acheter des légumes pour sa femme. À votre avis, que va-t-il rapporter, des rutabagas ou des navets ? »

Maisie répondit par un petit rire nerveux : « Oh, des rutabagas, Monsieur, c'est bien meilleur.

— Et des poireaux ou des choux ?

— Des poireaux ! »

Maisie se mit à rire comme après une plaisanterie, John l'imita.

« C'est un pub plutôt louche, celui-là, dit-il. Je n'aurais pas dû vous faire passer par là, Maisie. Veuillez m'excuser.

— Oh, ne vous en faites pas, Monsieur, je me sens vraiment en sécurité avec vous.

— Je m'en réjouis, ma mignonne. Tous les pubs ne sont pas comme celui-là. Il y en a de très bien, le Pineapple par exemple. Les dames peuvent tout à fait y aller, elles s'y sentent chez elles.

— Oui, sans doute, Monsieur, mais j'y suis jamais allée. » Au nom de ce pub, le visage de Maisie s'assombrit : elle se rappela avoir guetté John Astley à l'extérieur et l'avoir vu sortir avec l'une des costumières. Plus ou moins consciemment, elle dégagea sa main de l'étreinte du coude de John Astley. Il le sentit et pesta en son for intérieur. Bon, oublions le Pineapple, pensa-t-il, ça n'a pas l'air de lui plaire. Réflexion faite, ce n'était sans doute pas le meilleur endroit : car si le pub se trouvait à côté des écuries où John Astley avait l'intention de finir la soirée, il y avait de fortes chances pour qu'il fût plein de gars du cirque susceptibles de la connaître.

Avant que John Astley ne mentionnât le Pineapple, Maisie s'était laissé bercer par leur conversation anodine et galante, et par son imagination. Le nom du pub la ramena sur terre et elle ne put ignorer davantage les intentions de John Astley. Après tout, aller au pub avec lui, c'était du concret. Elle hésitait.

« Je vous ai vu à cheval avec Miss Smith cet après-midi, dit-elle. Quel beau couple vous faites ! »

La conversation ne prenait pas la tournure que John Astley avait espérée. Il eût préféré en revenir aux plaisanteries potagères.

« Miss Smith est une très bonne cavalière », se contenta-t-il de répondre en se demandant ce que Maisie avait vu de la répétition. Avait-elle entendu les invectives dont son père avait accablé Miss Laura Devine ?

Maisie, quant à elle, pensait à ce qu'elle avait vu et entendu, à la pièce du puzzle qui reliait Miss Devine à John Astley. Elle considéra ses larges épaules, sa taille élégante sous sa redingote bleue bien ajustée, son regard enjoué, son sourire facile, son pas léger, mais assuré, son étreinte ferme, et jusqu'à l'odeur entêtante de sueur chevaline qui lui collait à la peau. Oui, en ce moment, il était avec elle et, aux yeux de Maisie, cette présence oblitérait tout ce qu'il avait pu faire, à qui que ce fût. Malgré un petit remords au souvenir de la gentillesse de Miss Devine à son égard et de sa mise en garde, Maisie décida d'oublier le passé de John Astley et de vivre l'instant présent. Après tout, si nombreuses que fussent ses conquêtes, pourquoi n'aurait-elle pas sa part du gâteau ? Elle la voulait.

Elle alla jusqu'à lui faciliter le travail. Quand ils arrivèrent à Hercules Buildings, la maison des Kellaway juste à leur droite, elle dit, affectant une voix triste à souhait : « Oh, nous y voilà déjà ! »

John Astley la prit au mot :

« Ma chère, je pensais que vous seriez heureuse d'arriver à bon port. Est-ce qu'on vous attend ?

— Non, répondit Maisie. Pas encore. Je pourrais donner un coup de main à ma mère avec les choux, mais je suis sûre qu'elle peut se débrouiller sans moi.

— Comment, pas de poireaux ni de rutabagas qui vous attendent ? »

Maisie sourit, mais il lui faisait déjà traverser la rue, et son cœur se serra à l'idée qu'il allait bientôt la laisser devant sa porte : qui sait si elle le reverrait ou le toucherait encore ?

« J'ai été si heureux de vous raccompagner jusque chez vous que j'ai du mal à croire que nous en resterons là », déclara John Astley. Il s'était arrêté juste avant d'arriver chez Miss Pelham. « Que diriez-vous de prendre un verre avec moi avant que je ne vous laisse chez vous ?

— Eh bien, je... J'en serais ravie.

— La taverne en haut de la rue pourrait faire l'affaire. C'est tout proche et dans ce brouillard mieux vaut ne pas trop s'éloigner — et puis ils ont un petit coin tranquille qui devrait vous plaire.

— Très... Très bien, Monsieur. » Maisie pouvait à peine articuler. Elle eut un étourdissement : ce mélange de culpabilité et de peur lui montait à la tête. S'agrippant au bras de John Astley, elle tourna le dos au logis familial à peine visible, et s'en fut dans la direction qu'ils avaient l'un et l'autre choisie.

V

Hercules Buildings se terminait à chaque bout par un pub : d'un côté, à l'angle de Westminster Bridge Road, Hercules Tavern, de l'autre, le Pineapple. Ce pub était plus grand et plus populaire que le Pineapple, avec des petits box et un éclairage qui n'avait rien de discret. John Astley était déjà venu plusieurs fois y boire un verre, mais il préférait emmener ses conquêtes dans des endroits calmes où la lumière était tamisée. Hercules Tavern n'était pas fréquenté par les gens du cirque, aussi personne ne prêta-t-il attention à eux quand ils entrèrent.

John Astley glissa une pièce à un couple pour qu'ils changent de place et installa Maisie dans un box en angle, entouré de paravents en bois à hauteur d'épaule qui les isolaient un peu des voisins tout en leur permettant de voir la salle. Il alla ensuite au bar lui chercher un punch et prit un verre de vin pour lui. « Sucré, mais corsé », précisa-t-il en commandant le punch. Le barman lança un coup d'œil à Maisie qui regardait autour d'elle mais se garda de tout commentaire.

Une fois assis, leur verre en main, John Astley n'engagea pas la conversation comme il l'avait fait dans la rue. En réalité, il n'avait guère envie de parler. Son premier objectif était atteint : Maisie était dans un pub, un verre devant elle. Il estimait que c'était suffisant, que le rhum et son physique avantageux se chargeraient du reste. Discuter avec une femme ne l'intéressait pas vraiment, et il n'avait plus grand-chose à dire à Maisie.

La fille était jolie et il voulait juste se consoler des femmes qui mettaient sa vie à rude épreuve.

Au début, Maisie ne dit rien, intimidée qu'elle était de se trouver pour la première fois dans un pub en compagnie d'un jeune et bel homme. Elle était bien allée dans des pubs de la Piddle Valley, mais comparés à celui-ci ils étaient sombres, enfumés, misérables. Même si Hercules Tavern n'était rien de plus qu'un miteux pub de quartier, ses tables et ses chaises en bois n'étaient pas aussi dures et bancales que celles du Five Bells à Piddletrenthide, où le tenancier préférait acheter les restes des tourneurs itinérants plutôt que payer Thomas Kellaway pour avoir du beau travail. Il faisait aussi plus chaud à Hercules Tavern, bien que la salle fût plus grande car les cheminées tiraient mieux et les clients étaient plus nombreux pour réchauffer la pièce. Même les chopes d'étain pour la bière étaient moins cabossées qu'à Piddletrenthide ; et les verres pour le vin et le punch étaient de meilleure qualité que ceux du Dorset.

Maisie n'avait jamais vu autant de lampes dans une pièce et le moindre détail la fascinait : les motifs des robes, les rides sur le front d'un homme, les noms et les initiales gravés dans les panneaux de bois. Tel un chat embusqué au pied d'un arbre grouillant d'oiseaux, elle observait les clients qui allaient et venaient, en suivait un des yeux, gourmande, puis se laissait distraire par un autre, sa tête tournant à tout vent. L'ambiance était plutôt gaie. Maisie sourit en entendant s'esclaffer les joyeux drilles à l'autre bout de la salle. Quand deux habitués entamèrent une querelle, Maisie fronça les sourcils, et elle poussa un soupir de soulagement quand, avec un bon rire, ils se tapèrent dans le dos.

Elle n'avait aucune idée de ce que contenait le verre de punch que John Astley avait placé devant elle — elle n'avait jamais bu que des bières légères — mais elle en avala hardiment une gorgée. « Oh, y a quelque chose là-dedans... C'est un peu... épicé. » Elle se lécha les lèvres. « Je pensais pas que même les boissons seraient différentes à Londres. Mais tout est tellement différent ici. Ce pub, par exemple, c'est bien plus animé que le Five Bells ! » Elle but une autre gorgée — la boisson ne lui plaisait pas plus que ça, mais elle savait qu'elle devait finir son verre.

John Astley n'écoutait que d'une oreille : il calculait combien de rhums il lui faudrait commander pour que Maisie soit en état de tout accepter. Il regarda ses joues rouges et son sourire niais. Deux devraient faire l'affaire, estima-t-il.

Maisie ne regardait pas les clients d'assez près pour en reconnaître aucun, mais l'un d'eux la repéra. Parmi les hommes massés au bar, elle ne vit pas Charlie Butterfield qui attendait son verre, elle ne remarqua pas son regard rivé sur elle. L'apercevant assise, le nez dans son punch, aux côtés de John Astley, il se détourna, écœuré ; quand il rapporta les bières à la table de ses parents, il ne put s'empêcher de leur dire : « Devinez qui se trouve dans le box d'à côté ! Non, Maman ! » Il dut retenir Bet Butterfield qui se levait pour jeter un coup d'œil par-dessus le paravent. « Faut pas qu'ils te voient !

— Qui est là, mon garçon ? demanda Dick Butterfield portant la bière à ses lèvres et savourant la première gorgée. Ah, que c'est bon !

— Cette mauviette d'Astley avec la petite Miss Dorset.

— Dorset ? Voyons, tu plaisantes ! Pas Maisie ! répondit Bet Butterfield. Qu'est-ce qu'elle fabrique là ? C'est pas un endroit pour elle. »

Elle tendit l'oreille vers le box voisin pour écouter ce qui se disait. À chaque gorgée de punch, Maisie élevait davantage la voix, aussi les Butterfield pouvaient-ils bénéficier au moins de la moitié de la conversation, car John Astley, lui, parlait peu et à voix basse.

« Ma mère et moi on va au cirque deux fois par semaine, disait-elle. J'ai vu tous vos numéros, et même plusieurs fois. J'adore votre jument, Monsieur ; vous la montez avec une telle élégance ! »

John Astley se contenta de grommeler. Au pub, il ne parlait jamais travail, et il n'avait que faire des compliments de Maisie qui, de son côté, manquait encore de doigté. À vrai dire, il commençait à se lasser d'elle, ayant repéré dans la salle deux femmes plus prometteuses. Elle était vierge, c'était sûr, et il savait, par expérience, que les vierges étaient plus attirantes en théorie qu'en pratique. Les dépuceler exigeait certaine patience et une responsabilité qu'il n'avait pas forcément envie de prendre ; souvent elles pleuraient, et il préférait une femme qui prenait du plaisir avec lui. Parmi les vierges qu'il avait connues, seule Miss Laura Devine s'était montrée un peu plus subtile : plutôt que pleurer elle avait ri pendant leurs ébats, et elle lui avait paru un peu plus avertie de l'art de plaire à un homme, sans qu'il eût tout à lui apprendre. Il avait été étonné qu'elle fût encore vierge. Il ne s'était pas non plus attendu à retrouver chez elle une autre particularité des vierges en dehors des larmes : considérer qu'elle avait désormais des droits sur lui. Après quelques rencontres plaisantes, il s'était débarrassé d'elle et avait refusé de croire qu'elle portait son enfant jusqu'à ce que Miss Hannah Smith lui assène la nouvelle dans l'après-midi.

Cependant, quoi qu'il pensât de Maisie, en l'installant dans le box et en lui faisant boire ce punch, il avait clairement fait comprendre qu'elle était à lui. Les femmes présentes dans la salle n'auraient aucune envie de servir de second choix.

Il se débrouillerait au moins pour que ça ne traîne pas. À peine eut-elle terminé son verre de punch qu'il alla chercher une autre tournée. En revenant s'asseoir, un verre dans chaque main, il s'écarta pour laisser passer un garçon au sourcil balafré. À son tour, et en ricanant, le garçon s'écarta du même côté que John Astley, puis, comme lui, recula. Il lui bloqua le chemin un instant encore et, d'un coup dans l'épaule, lui fit renverser la moitié de son verre de vin. « Mauviette ! » lança-t-il en passant.

John Astley ne le connaissait pas, mais il avait l'habitude de ce genre d'individu : sans doute le garçon avait-il assisté au spectacle et était-il jaloux de sa réputation et de son talent. Des hommes l'interpellaient parfois dans la rue ou au pub pour le provoquer ; pour peu que la jalousie s'en mêlât, une bagarre pouvait éclater. John Astley cherchait le plus possible à éviter ces querelles, il jugeait indigne d'un homme de son rang de se bagarrer avec le commun des mortels. Mais il était à même de se défendre, surtout s'il s'agissait de protéger son beau visage. En dépit des coups de sabots et des chutes de cheval, il avait réussi à le préserver des bleus et des cicatrices, et il n'avait aucune intention de sacrifier son allure pour une vulgaire empoignade avec un pauvre journalier qui avait un verre dans le nez.

Maisie n'avait rien remarqué car elle écoutait une femme bien en chair, aux pommettes couperosées et aux bras dodus qui se penchait par-dessus le paravent du box voisin.

« J'ai bien failli aller vous trouver, toi et ta mère, tu sais, disait la femme. Je connais une dame qui veut une sorte de bouton que j'ai jamais vu, pour les gilets qu'elle tricote. Tu sais faire les High Tops ?

— Bien sûr que je sais ! cria Maisie. Je viens du Dorset, non ? Des boutons du Dorset pour une fille du Dorset ! » Sous l'effet du punch, sa voix était presque stridente.

Bet Butterfield fronça les sourcils — l'haleine de Maisie sentait le rhum.

« Dis-moi, ta mère sait que tu es là, au moins ?

— Bien sûr, interrompit John Astley. Mais je ne pense pas que cela vous regarde, madame la commère. »

Bet Butterfield se cabra.

« Eh bien, figurez-vous que si, ça me regarde. Il se trouve que Maisie est ma voisine, oui, Monsieur, et que chez nous, on se préoccupe de nos voisins, de certains d'entre eux en tout cas. »

Elle le regarda de travers.

John Astley se demandait comment la prendre : il avait le choix entre les flatteries ou le dédain et l'indifférence. Comment savoir ce qui marcherait le mieux avec telle ou telle femme ? Il fallait qu'il se décide vite pour ne pas laisser ces voisins récupérer Maisie. L'idée qu'elle pût lui échapper renforça sa détermination. Il posa les verres et, tournant le dos à la blanchisseuse, se glissa sur le banc à côté de Maisie et passa sans vergogne son bras autour d'elle. Maisie sourit, se blottit contre son bras et but une gorgée de punch au rhum.

Cette démonstration d'intimité parut suspecte à Bet Butterfield.

« Maisie, tu te sens… ?

— Ça va bien, madame Butterfield, je vous assure. Maman sait que je suis là.

— En es-tu bien certaine ? » Maisie mentait de mieux en mieux, mais elle dut se surpasser pour convaincre Bet Butterfield.

« Laisse tomber, Bet », grogna Dick Butterfield en tirant son épouse par la jupe.

On arrivait à la fin de la semaine, il était fatigué ; il avait juste envie d'oublier le quotidien en buvant quelques verres avec sa famille et ses amis, rien de plus. Il avait tendance à trouver que sa femme s'immisçait un peu trop dans la vie des autres.

Bet Butterfield se contenta de dire :

« Je passerai tout à l'heure pour les High Tops, alors ? » comme pour signaler à John Astley que Maisie avait intérêt à être de retour chez elle d'ici là.

« Oui, ou bien demain. Le plus tôt sera le mieux, car il se pourrait que nous partions bientôt.

— Que vous partiez ? Où ça donc ? Vous retourneriez dans le Dorset ?

— Non, pas dans le Dorset ! » Maisie eut un geste évasif. « À Dublin avec le cirque ! »

À cette nouvelle, même John Astley eut l'air surpris, voire horrifié.

« Vous y allez ?

— J'ai entendu votre père demander au mien de venir. Et je suis sûre que vous pourrez le persuader de laisser Papa emmener toute la famille. »

Elle but son punch et posa bruyamment son verre sur la table. « On sera tous ensemble !

— Vraiment ! » Bet Butterfield lança un regard noir à John Astley. « Je crois que je ferais mieux de te ramener chez toi, ma fille !

— Écoute, Bet, rassieds-toi et finis ton verre ! » Dick Butterfield lui parla sur un ton autoritaire auquel elle n'était pas habituée : elle obéit et s'affaissa lentement sur son banc, les sourcils toujours froncés.

« Je flaire quelque chose de louche, marmonna-t-elle.

— Oui, et ça te regarde pas. Fiche-leur la paix à ces Kellaway ! Tu es bien comme Maggie, toujours à courir après le fils Kellaway. Tu devrais te soucier d'elle plutôt que de la fille d'à côté ! Miss Dorset est bien assez grande pour savoir ce qui l'attend. Elle parviendra à ses fins avec Astley. Quand tu rendras visite à Mrs Kellaway, surtout demande-lui ce que son mari compte faire de tout son bois s'ils s'en vont en Irlande. Dis-lui que je peux l'en débarrasser pour pas grand-chose, de même pour les chaises, s'il lui en reste. Après tout, peut-être que je t'y accompagnerai.

— Tiens, tiens, et qui est-ce qui va fourrer son nez dans les affaires des Kellaway… ? »

Dick Butterfield s'étira, puis il reprit sa chope. « Ce sont pas les affaires des Kellaway, ma poule, ce sont les affaires des Butterfield ! Et c'est grâce à ça que t'as un toit au-dessus de ta tête ! »

Bet Butterfield faillit s'étrangler de rire. « Tu veux vraiment que je te montre ce qui maintient le toit au-dessus de nos têtes ? » Elle tendit ses mains crevassées, usées par vingt années de lessives : elles semblaient bien plus vieilles que Bet elle-même. Dick Butterfield en prit une et l'embrassa avec une affectueuse compassion. Bet Butterfield riait. « Espèce de vieille saucisse, va ! Qu'est-ce que je vais faire de toi ? »

En bâillant, elle s'enfonça dans son siège comme une pierre dans un mur et laissa Maisie s'éloigner de ses pensées. Elle avait travaillé toute la nuit et n'avait pas fermé l'œil depuis plus d'un jour, elle ne bougerait plus avant plusieurs heures.

Pendant ce temps, John Astley réfléchissait au sujet de Dublin. S'il avait été attiré par Maisie, c'était aussi parce qu'il partait dans quelques jours, loin d'elle, et qu'il n'aurait pas à affronter ses potentielles revendications de vierge. « Qu'est-ce que c'est que cette histoire de Dublin ? dit-il. Votre père y fera quoi ?

— De la menuiserie. Il est chaisier de son état, mais Mr Astley l'a engagé au cirque pour des tas d'autres choses. »

Maisie bredouilla les derniers mots, le rhum commençait à faire effet. La tête lui tournait, elle avait envie de la poser sur la table.

John Astley se détendit : jamais son père ne permettrait à aucun de ses menuisiers d'emmener sa famille à Dublin. Il vida son verre et se leva.

« Allez, on y va. »

C'était le bon moment. À l'autre bout de la salle, le malappris qui lui avait fait renverser son verre s'était mis à chanter avec des amis :

Deux amoureux se rencontrèrent
Jolie Kate et Danny
Deux amoureux se rencontrèrent
Pour batifoler et s'amuser
Lors pour passer le temps
Il lui montra son petit Danny !

Maisie avait les joues en feu et l'air hébété.

« Venez, Maisie, répéta John Astley en foudroyant les chanteurs du regard. Je vais vous raccompagner chez vous. »

Et d'autres de reprendre la chanson :

Dans la grange de son père, il l'amena
Jolie Kate et Danny
Il l'emmena dans la grange de son père
Là il sortit sa grande arme à feu
Elle était aussi longue que mon bras
Mais il l'appelait son petit Danny !

Maisie prenait son temps pour remettre son châle sur ses épaules. « Venez », marmonna John Astley. Il la remit sur ses pieds, passa le bras autour d'elle et l'entraîna vers la porte.

Elle distingua la voix de Bet Butterfield par-dessus la chanson : « Et rappelle-toi, mon chou, que je passerai bientôt voir ta mère ! »

Au bord de la rivière il l'amena
La jolie Kate et Danny
Au bord de la rivière il l'amena
Son jupon très haut il retroussa
Et sur sa croupe il chevaucha,
Hardi, hardi petit Danny.

John Astley referma la porte sur des éclats de rire, Maisie ne sembla pas s'en rendre compte même si, sous l'effet de l'air froid, elle se redressa et secoua la tête, comme pour s'éclaircir les idées.

« Où va-t-on, Monsieur ? parvint-elle à dire.

— On fait juste un petit tour et je vous ramène chez vous. » Le bras toujours autour d'elle, John Astley l'entraîna non pas vers Hercules Buildings, mais vers Bastille Row où un passage entre deux maisons menait à Hercules Hall et aux écuries.

L'air vif aidant, Maisie passa du vin joyeux au vin triste. Arrivée à Bastille Row, elle se mit à gémir et à se tenir l'estomac. John Astley la lâcha. « Quelle idiote ! » grommela-t-il en la voyant s'agenouiller et vomir dans le caniveau. Il eut envie de la laisser là, elle n'aurait qu'à se débrouiller pour retrouver son chemin. Le pub n'était pas loin, mais il était noyé dans le brouillard.

À ce moment une silhouette qui trottinait vers eux émergea de la brume. Ils se trouvaient à deux pas de chez les Butterfield où Maggie avait fait une courte halte pour se changer après sa journée. Elle travaillait à présent dans une vinaigrerie près de la Tamise, non loin des entrepôts de bois au nord du pont de Westminster. Certes, elle sentait l'acide, mais au moins elle n'avait plus le nez qui coulait ni mal aux yeux et son patron l'autorisait à quitter plus tôt le samedi après-midi.

Maggie venait de partir lorsqu'elle aperçut John Astley. Elle évitait désormais de sortir seule dans le brouillard, mais parfois elle n'avait pas le choix. Elle était rentrée du travail avec une autre fille qui habitait dans le coin, et le pub était si près de chez les Butterfield qu'elle n'avait pas eu à s'inquiéter. Elle faillit pousser un cri en se trouvant face à l'écuyer, puis elle aperçut à ses pieds une masse recroquevillée agitée de haut-le-cœur. Elle reconnut alors John Astley en compagnie de l'une de ses conquêtes. « Vous vous amusez bien, pas vrai, Monsieur ? » se moqua-t-elle, et elle partit en courant sans lui donner le temps de répondre.

Cette scène familière la rassura, pour sa part elle n'avait rien à redouter de John Astley. Elle était si pressée d'arriver au pub pour se mettre à l'abri du brouillard et du froid qu'elle avait à peine jeté un coup d'œil sur Maisie avant de se ruer vers Hercules Tavern.

VI

Dick Butterfield interpella Maggie : « Ah, te voilà, Mags, viens t'asseoir ! » Il se leva : « Tu prendras bien une bière, non ? » Ces derniers temps, il se montrait plus attentif envers sa fille. Il la traitait mieux depuis qu'elle lui remettait sa paie chaque semaine.

« Et de la tarte s'il en reste, lui cria Maggie après avoir pris la place de son père à côté de sa mère. Salut, Maman !

— Salut, mon chou. » Bet Butterfield bâilla. « Ça y est, t'as fini ?

— Oui, et toi ?

— Pour le moment. »

Aussi fatiguées l'une que l'autre, mère et fille restèrent silencieuses quelques instants.

« Il est là, Charlie ? demanda Maggie tout en s'efforçant de ne pas paraître trop optimiste. Oh ! Tant pis, le voilà. » Même si son frère l'embêtait moins qu'auparavant, elle se sentait toujours plus détendue seule avec ses parents. Ajoutons enfin que son salaire avait un autre effet positif : son père surveillait davantage Charlie.

« Quoi de neuf ? demanda-t-elle à sa mère.

— Rien. Oh ! J'y pense ! Tu savais que les Kellaway ils partent à Dublin ? » Bet Butterfield avait le don de transformer les hypothèses en certitudes.

Maggie réagit aussitôt : « Quoi ?

— Ouais, c'est vrai. Ils partent cette semaine. »

Maggie plissa les yeux.

« Voyons, c'est impossible. Qui t'a dit ça ? »

Bet Butterfield se tortilla sur son siège, l'incrédulité de Maggie la mettait mal à l'aise.

« Maisie Kellaway.

— Pourquoi Jem m'a rien dit ? Je l'ai vu l'autre soir ! »

Bet Butterfield haussa les épaules.

« Mais ils sont fous ! Ils sont pas faits pour voyager. Ça a déjà été bien assez dur pour eux de quitter le Dorset, et ils viennent à peine de s'installer ici ! Pourquoi Jem m'aurait caché ça ? » Maggie essayait de ne pas montrer qu'elle était dans tous ses états, mais Bet Butterfield le sentit.

« Calme-toi, mon chou. Je pensais pas que tu tenais tant à eux. Si t'étais arrivée cinq minutes plus tôt, tu aurais pu demander directement à Maisie.

— Elle était ici ?

— Eh oui. » Bet Butterfield tortillait un coin de son châle, elle prit son verre de bière et le reposa.

« Maisie ? D'habitude, elle fréquente pas les pubs. Qu'est-ce qu'elle faisait là, Maman ? » poursuivit Maisie.

Bet Butterfield contempla sa bière en fronçant les sourcils.

« Elle était avec ce gars du cirque, tu sais… » Elle agita la main. « Celui qui monte à cheval. John Astley.

— John Astley ? s'écria Maggie en se relevant d'un bond, attirant l'attention des buveurs à côté d'eux.

— Attention, Mags, dit Dick Butterfield qui arrivait avec deux verres de bière et une tarte en équilibre au-dessus : Tu vas quand même pas renverser ta bière avant de l'avoir goûtée.

— Je viens de croiser John Astley ! Mais il était avec une… » Maggie s'arrêta, horrifiée de se dire que si elle avait prêté plus grande attention à la silhouette dans le caniveau elle aurait pu reconnaître Maisie. « Où allaient-ils ?

— Il a dit qu'il la ramenait chez elle, murmura Bet Butterfield, les yeux baissés.

— Et tu l'as cru ? dit Maggie en élevant la voix.

— Te mêle pas de ça, ma fille, coupa sèchement Dick Butterfield. Ce sont pas tes affaires. »

Le regard de Maggie passa de la tête courbée de sa mère au visage figé de son père, elle comprit qu'ils s'étaient déjà disputés à ce sujet.

« Tu peux boire ma bière, dit-elle à Dick Butterfield, et elle se fraya un chemin à travers la foule.

— Maggie, reviens ici, ma fille ! » aboya Dick Butterfield, mais Maggie avait déjà ouvert la porte et disparu dans la brume.

Il faisait nuit, seuls les réverbères trouaient l'épaisse brume rabattant un rond de clarté jaunâtre à leur base. Maggie dépassa l'endroit — à présent désert — où elle avait entrevu John Astley et Maisie, et atteignit Bastille Row. Arrivée devant chez elle, elle arrêta un voisin qui s'apprêtait à rentrer chez lui. Non, il n'avait pas vu le couple. Quand il referma la porte derrière lui, Maggie se retrouva seule dehors dans le brouillard.

Elle hésita, puis s'élança. Une minute plus tard, elle parvenait à ce passage entre les maisons qui menait au terrain attenant à Hercules Hall et aux écuries. Elle explora du regard la ruelle plongée dans le noir, aucun rai de lumière ne filtrait de chez Philip Astley pour la guider. Faire un détour par Hercules Buildings à l'autre bout du champ eût été trop long et tout aussi peu rassurant. Tandis qu'elle réfléchissait, des volutes brumeuses emperlaient son visage d'une sueur luisante et jaunâtre. Le bruit de sa respiration haletante lui revenait en écho.

C'est alors qu'une silhouette émergea du brouillard. Maggie étouffa un cri : elle crut revoir l'homme surgi d'un autre brouillard, lors d'une autre nuit. Par chance, le cri lui resta dans la gorge, car la silhouette était celle de son frère, qui se fût moqué d'elle jusqu'à la fin de ses jours si elle avait hurlé en l'apercevant.

Maggie le saisit par le bras avant qu'il pût seulement ouvrir la bouche : « Dépêche-toi, Charlie, faut qu'on aille par là ! » Elle essaya de le tirer vers le passage.

Charlie était peut-être maigre comme un clou, mais quand il avait décidé de rester planté quelque part, il était impossible de le faire bouger d'un pouce ; en vain Maggie le tirait-elle par le bras.

« Attends une minute, Miss Cut-Throat. Où crois-tu que tu vas m'emmener ?

— Maisie, dit tout bas Maggie. Il a emmené Maisie là-bas, j'en suis sûre. Il faut qu'on y arrive avant qu'il, que…

— Avant que quoi ? » Charlie s'amusait à essayer de le lui faire dire.

« Tu sais très bien ce qu'il va faire. T'as vraiment envie qu'il la bousille ?

— T'as pas entendu Papa dire que c'était pas nos oignons ? J'te garantis que tout le pub l'a entendu !

— Mais bien sûr que ça nous regarde. Tois aussi, elle te plaît, tu peux pas dire le contraire. »

Le visage de Charlie se durcit. Il ne voulait pas que les autres — et en particulier sa sœur — puissent penser qu'il éprouvait le moindre sentiment.

« S'il te plaît, Charlie ! »

Maggie lâcha son bras. « Alors pourquoi m'as-tu suivie ? Tu me feras pas croire que t'étais pas en train de me suivre — personne viendrait par ici juste pour prendre l'air !

— Je voulais savoir ce qui te préoccupait tant.

— Maintenant tu sais. Et si tu veux pas m'aider, alors va-t'en. » Pour qu'il comprenne qu'elle était décidée à y aller, avec ou sans lui, Maggie s'avança dans l'obscurité, et des gouttes de sueur réapparurent sur sa lèvre et son front.

« Attends une minute, dit Charlie. Je viens avec toi à condition que tu me dises d'abord quelque chose. »

Maggie se retourna.

« Quoi ? » Son estomac se noua car elle devinait la seule chose susceptible d'intéresser son frère.

« Qu'est-ce que ça fait ?

— Qu'est-ce que ça fait quoi ? » dit-elle, laissant planer le doute à l'instar de son frère, pour lui permettre de savourer ce qu'il mourait d'envie de lâcher.

« Qu'est-ce que ça fait de tuer un homme ? »

Ces mots, Maggie ne les avait jamais entendus formuler à voix haute. Ils lui retournèrent l'estomac, lui coupèrent le souffle, comme si Charlie lui eût décoché un coup de poing.

Il lui fallut un moment pour retrouver sa voix. Cela lui donna le temps de penser à ce qu'elle pouvait lui dire pour le satisfaire et passer ainsi à autre chose. « Je me suis sentie toute-puissante », répondit-elle. C'était tout le contraire de ce qu'elle avait ressenti, mais sans doute était-ce ce qu'il voulait entendre. « Comme si je pouvais faire n'importe quoi. »

Un an plus tôt cette nuit-là, ce qu'elle avait ressenti c'était qu'en réalité elle avait tué une part d'elle-même plutôt que quelqu'un d'autre : à présent, elle avait parfois l'impression d'être plus morte que vive. Mais elle savait que Charlie ne pourrait jamais comprendre cela ; elle-même n'y parvenait pas. En revanche, Mr Blake, lui, le pourrait, se disait-elle, car cet état relevait de son fameux domaine des contraires. Un jour, peut-être lui demanderait-elle de lui expliquer, cela lui permettrait de savoir où elle en était. « Après ça, tout a changé », ajouta-t-elle, et c'était vrai. « Je sais pas si ça sera toujours comme ça. »

Charlie hocha la tête. Son sourire donna le frisson à Maggie. « C'est bon, dit-il. Où on va ? »

VII

Maisie se sentit beaucoup mieux après avoir recraché tout le rhum. Quand les écuries apparurent à travers le brouillard, elle avait suffisamment retrouvé ses esprits pour demander à John Astley :

« Vous m'emmenez voir votre cheval ?

— Oui. »

Il la mena bel et bien dans la stalle de sa jument alezane et alluma une bougie pour y voir quelque chose. On avait ramené la jument après la répétition, on l'avait pansée, nourrie et on lui avait donné à boire ; à présent elle mâchonnait impassiblement en attendant qu'un garçon du cirque vienne la chercher pour le spectacle du soir. Elle grogna à la vue de John Astley qui tendit la main pour lui flatter l'encolure. « Salut, ma jolie », murmura-t-il, avec bien plus de sentiment qu'il n'en montrait à l'égard des humains.

Maisie tendit à son tour une main timide pour caresser les naseaux du cheval. « Oh ! C'est-y pas une belle bête !

— Oui, vraiment. » John Astley était soulagé de voir que Maisie n'était plus aussi ivre. « Tenez », dit-il en se penchant vers un seau d'eau pour remplir une louche. « Vous devez avoir soif.

— Merci, Monsieur. » Maisie prit la louche, but et s'essuya les lèvres.

« Venez par ici. » John Astley la fit passer devant d'autres chevaux — dont l'étalon de Miss Hannah Smith — et ils arrivèrent à une stalle tout au bout des écuries.

« Quel cheval… Oh ! » Jetant un coup d'œil à l'intérieur, Maisie ne vit rien d'autre qu'un tas de foin. John Astley posa la bougie sur un seau retourné et attrapa une couverture dans un coin qu'il étira sur la paille.

« Viens donc t'asseoir un peu avec moi. » L'odeur des chevaux l'avait stimulé, une protubérance apparaissait sur son bas-ventre.

Maisie hésitait, les yeux rivés sur cette bosse. Elle avait su dès le début que ce moment viendrait, même si elle avait refusé d'y penser. Qu'est-ce qu'une fille sur le point d'être femme ne sait pas, après tout ? Le monde entier semble guetter le moment où elle va franchir ce cap. Maisie trouvait étrange que cela pût se passer sur une couverture qui puait le cheval, à même une couche de paille, dans un halo vaporeux, au creux d'une brumeuse nuit londonienne. Ce n'était pas ce qu'elle s'était imaginé. Mais John Astley lui tendait la main, et elle la prit.

Le temps que Maggie et Charlie arrivent, John Astley avait enlevé la chemise de Maisie et dégrafé son corset, découvrant sa gorge d'albâtre. Il avait un sein dans la bouche, une main sous sa jupe et, de l'autre, il maintenait celle de Maisie sur son bas-ventre, lui montrant comment le caresser. Maggie et Charlie les regardèrent, ébahis. Le temps qu'il fallut pour que le couple se rende compte de la présence des Butterfield et s'interrompe parut à Maggie une éternité, assez long pour qu'elle réalise combien il était embarrassant et déplacé d'observer des amants à leur insu. Elle n'avait pas ressenti cela sept mois plus tôt quand Jem et elle avaient surpris les Blake dans leur cabanon, mais c'était tellement différent. Non seulement ils étaient plus loin d'elle, et non pas juste sous son nez, mais Maggie ne les connaissait pas bien, aussi se sentait-elle moins impliquée. À présent, elle avait honte d'entendre Maisie gémir.

« Lâchez-la ! » cria-t-elle.

John Astley se leva d'un bond, et Maisie se redressa dans une brume de plaisir et d'embarras, dans un état de torpeur tel qu'elle n'eut pas le réflexe de se couvrir la poitrine, malgré les grands gestes désespérés de Maggie. Le regard de Charlie Butterfield passait de John Astley à la chair qu'exhibait Maisie, jusqu'à ce qu'elle remonte son corset.

À la surprise de Maggie, personne ne réagit comme elle s'y serait attendue. John Astley ne montra ni remords ni honte et il ne s'enfuit pas non plus. Maisie ne se mit pas à pleurer, ne se cacha pas le visage et ne s'arracha pas des griffes de son séducteur pour se réfugier dans les bras de Maggie. Charlie ne défia pas John Astley, mais resta là, bouche bée, les mains sur les hanches, aux côtés de Maggie, figée sur place.

John Astley ne connaissait pas Maggie — il n'était pas dans ses habitudes de prêter attention aux enfants du quartier —, mais il reconnut toutefois en Charlie le garçon qui lui était rentré dedans à Hercules Tavern, et il se demanda s'il était assez saoul ou assez en colère pour passer à l'action.

L'écuyer devait prendre la situation en main. Il n'avait pas imaginé que mettre cette fille dans son lit serait si compliqué, mais maintenant qu'elle était là sur la paille, il était bien décidé à continuer. Le temps pressait car les palefreniers ne tarderaient pas à venir chercher les chevaux pour le spectacle du soir. Quoi qu'il en fût, les obstacles avaient toujours renforcé la détermination de John Astley.

« Mais que diable faites-vous ici ? Fichez le camp de mes écuries ! »

Maggie retrouva enfin sa voix, même si le timbre en était encore fragile.

« Et vous, qu'est-ce que vous êtes en train de lui faire ? » riposta-t-elle.

John Astley émit un grognement. « Fichez le camp de mes écuries ! répéta-t-il, sinon vous allez vous retrouver si vite à Newgate que vous aurez pas le temps de vous torcher le cul ! »

Le seul nom de Newgate fit perdre à Charlie sa belle assurance : Dick Butterfield, qui avait purgé une peine dans cette prison, avait conseillé à son fils de l'éviter à tout prix. Il ne se sentait pas non plus à son aise dans ces écuries, parmi tous ces chevaux prêts à lui envoyer des ruades.

Maisie se mit à pleurer : c'en était trop pour elle de passer ainsi d'une émotion extrême à une autre.

« Vous pouvez pas vous en aller ? » gémit-elle.

Il fallut à Maggie un petit moment pour se rendre compte que ces mots lui étaient destinés. Elle commençait à comprendre qu'elle était sans doute la seule à ne pas apprécier ce qui se passait. John Astley, pour sa part, trouvait tout naturel de coucher avec une fille dans les écuries, il l'avait fait des dizaines de fois. Charlie, de son côté, estimait qu'un homme était tout simplement en train d'assouvir ses désirs et ce, avec l'obligeance de la fille, aussi se sentait-il tout penaud de les avoir interrompus. Quant à Maisie, elle ne protestait pas et — Maggie était bien obligée de l'admettre — elle avait même paru y prendre du plaisir. Quoi qu'il en soit, face à cette situation, Maggie ne pouvait chasser de son esprit l'homme de Lovers Lane par un soir de brouillard. Cette fois, c'était plutôt elle qui allait passer pour l'agresseur. Toute son indignation s'envola soudain, et elle se retrouva sans la force de se battre.

Elle ne pourrait compter sur Charlie. Pour autant qu'il détestât John Astley, il était intimidé par son autorité, et se retrouver seul face à un tel homme, dans une écurie au milieu du brouillard et de chevaux malveillants, sans les encouragements de ses amis, eut tôt fait d'éroder son peu de confiance en lui. Si seulement Jem était là, lui, il saurait quoi faire, songeait Maggie.

« Viens, Maggie, dit Charlie en s'éloignant d'un pas traînant.

— Attends ! dit Maggie. Allez, viens avec nous, Miss Piddle, dit-elle à Maisie en la regardant droit dans les yeux. Lève-toi, on va retrouver Jem, d'accord ?

— Laissez-la, ordonna John Astley. Elle est libre de faire ce qui lui plaît, n'est-ce pas, ma mignonne ?

— Ça veut dire qu'elle est libre de venir avec nous si le cœur lui en dit. Allez, Maisie, tu viens avec nous ou tu restes ? »

Le regard de Maisie alla de Maggie à John Astley avant de se poser à nouveau sur Maggie. Elle ferma les yeux pour pouvoir le dire plus aisément, même si cela lui donnait la sensation de tomber. « Je veux rester. »

Malgré cette réponse, Maggie aurait pu s'attarder, car ils n'auraient pas continué en sa présence. Mais John Astley tira une cravache de la paille, et leur cria : « Sortez de là ! » réglant ainsi l'affaire. Maggie et Charlie reculèrent, Maggie contre son gré, Charlie, soulagé, tirant sa sœur derrière lui.

Les chevaux hennirent sur leur passage comme s'ils commentaient le manque de courage des Butterfield.

VIII

Une fois dans la cour, Charlie se dirigea vers le passage qu'ils avaient emprunté à l'aller. « Où vas-tu ? demanda Maggie.

— Je retourne au pub, bien sûr. J'ai déjà assez perdu de temps par ici, Miss Cut-Throat. Pas toi ?

— Je vais chercher quelqu'un qui a plus de cran que toi ! »

Sans lui donner le temps de la retenir, Maggie s'élança en courant dans l'autre allée, vers Hercules Buildings. Elle n'avait plus peur du brouillard, elle était bien trop en colère pour ça. Une fois dans la rue, elle regarda à droite et à gauche, vit passer des silhouettes emmitouflées qui se hâtaient : la brume et l'obscurité dissuadaient les gens de s'attarder. Elle courut après un passant et l'interpella : « S'il vous plaît, aidez-moi ! Y a une fille qu'a des ennuis ! »

Le vieil homme l'envoya promener en grommelant :

« Que ça lui serve de leçon, quelle idée de sortir par un temps pareil ! »

Une petite bonne femme enveloppée d'un châle et coiffée d'un bonnet jaune passait assez près d'eux pour les entendre. Reconnaissant le visage de Miss Pelham, Maggie lui cria : « Qu'est-ce que vous regardez, vieille sorcière ? »

Miss Pelham se dirigea en vitesse vers sa porte.

« Oh, je vous en supplie, aidez-moi ! cria Maggie à un autre homme qui arrivait dans le sens opposé.

— Fiche le camp, friponne ! » lui lança-t-il d'un ton méprisant.

Maggie se retrouva seule dans la rue, au bord des larmes, en quête d'un homme ayant assez de poids pour affronter John Astley. Mais où allait-elle le trouver ?

Il arriva du fleuve, émergeant à grands pas du brouillard, les mains derrière le dos, son chapeau à large bord enfoncé sur son front, l'air songeur. Il avait tenu tête à Philip Astley quand il l'avait trouvé injuste à l'égard d'un enfant : il saurait faire face à son fils.

« Mr Blake, je vous en supplie, aidez-moi ! » lui cria Maggie.

Le visage de Mr Blake s'anima aussitôt, il fixa Maggie d'un regard intense. « Qu'est-ce qui se passe, ma fille ? Que puis-je pour toi ?

— C'est Maisie... Elle a des problèmes !

— Emmène-moi près d'elle », dit-il sans hésiter.

Maggie descendit l'allée en courant, Mr Blake la suivait de près.

« Je pense qu'elle sait pas ce qu'elle fait, expliqua-t-elle en haletant, comme s'il l'avait ensorcelée. »

Ils parvinrent aux écuries, puis à la stalle ; John Astley, accroupi à côté de Maisie en pleurs, leva les yeux. Quand elle aperçut Mr Blake, Maisie enfouit son visage dans ses mains.

« Mr Astley, levez-vous ! »

John Astley se leva prestement, la peur altérait ses traits. Ils étaient tous deux de la même taille, mais Blake était plus costaud et il avait l'air farouche. Son regard cloua John Astley sur place : dans la stalle, une rapide mise au point permit aux deux hommes de se jauger. C'était ce que Maggie avait imaginé dans un premier temps quand elle avait voulu ajouter les forces de Charlie aux siennes ; mais l'expérience leur avait fait défaut. Face à Mr Blake,

John Astley baissa les yeux, les fixant sur un tas de paille dans un coin.

« Toi, Maggie, emmène Maisie voir ma femme, elle s'occupera d'elle. » Le ton de Mr Blake était empreint de sollicitude mais n'admettait pas la réplique.

Maisie essuya ses larmes, se leva et enleva la paille de sa jupe tout en évitant le regard de John Astley ; elle ne risquait pourtant pas de le croiser : il avait les yeux rivés au sol.

Maggie enveloppa Maisie dans son châle en l'ajustant bien autour des épaules, passa son bras autour d'elle et la fit sortir de la stalle.

« Quelle honte, Monsieur ! Ignoble esprit ! » disait Mr Blake alors qu'elles s'éloignaient.

Dehors, dans le brouillard, Maisie fondit en larmes.

« Allons, Miss Piddle, ne pleure pas. »

Maggie la consolait tout en la soutenant.

« On va te ramener, après ça tu pourras pleurer tout ton saoul. Allons, ressaisis-toi. » Elle secoua doucement Maisie.

Maisie prit une grande bouffée d'air et redressa les épaules.

« C'est bien. Allons-y, c'est pas loin. »

Elles remontaient, tant bien que mal, Hercules Buildings, lorsque, heureuse surprise, Jem émergea du brouillard — il courait à leur rencontre.

« Maisie, où tu étais ? On vient de me dire que… » : il s'interrompit en voyant Maggie froncer les sourcils et secouer la tête. Inquiet d'apprendre que John Astley avait raccompagné Maisie, il était parti à la recherche de sa sœur.

« Rentrons à la maison, Maman doit t'attendre.

— Pas tout de suite, Jem, s'il te plaît ! » supplia Maisie d'une petite voix, sans le regarder. Elle tremblait de froid, elle claquait des dents.

« Je veux pas qu'ils sachent.

— Je l'emmène chez Mrs Blake », déclara Maggie.

Jem les suivit jusque chez les Blake. Ils frappèrent et attendirent qu'on leur ouvrît. Les rideaux de Miss Pelham frissonnèrent et s'entrouvrirent, puis retombèrent en place sitôt que la vieille demoiselle croisa le regard furieux de Jem et Maggie.

Mrs Blake ne se montra pas surprise de les voir. Quand Maggie lui dit : « C'est Mr Blake qui nous envoie. Est-ce que Maisie peut se réchauffer chez vous ? », elle ouvrit grand la porte et les laissa rentrer comme des habitués de la maison. « Descendez à la cuisine, mes enfants, il y a un bon feu, dit-elle. Je vais chercher une couverture et ensuite je vous ferai du thé. »

IX

Les Kellaway n'assistèrent pas au dernier spectacle de la saison du cirque Astley car, malgré les bons soins de Mrs Blake, Maisie était encore alitée avec de la fièvre, et Anne Kellaway veillait sur elle. Quant à Thomas et Jem Kellaway, ils passèrent la soirée dans leur atelier, c'était la première fois qu'ils le rangeaient depuis qu'ils travaillaient pour Philip Astley. Tout devait être en ordre car Thomas Kellaway avait prévenu Philip Astley qu'il ne les accompagnerait pas à Dublin. Maisie était trop mal en point pour ce voyage et, sans en connaître la cause exacte, il soupçonnait le cirque, voire Astley en personne, d'y être pour quelque chose. À vrai dire, même si la maladie de sa fille l'affolait, Thomas Kellaway était plutôt soulagé d'avoir une excuse valable pour ne pas aller à Dublin.

Maggie assista au dernier spectacle et le raconta par le menu à Jem car il avait été riche d'imprévus. Miss Laura Devine avait décidé de rendre public son propre drame. Comme promis, elle exécuta le nouveau numéro avec Mr Richer, deux cochons aux extrémités d'une même broche, l'un tournant dans un sens et l'autre dans l'autre. Mr Richer tournait rapidement dans sa queue-de-pie noire, Miss Devine plus lentement dans ses jupons arc-en-ciel, dont les effets de couleur, ce soir-là, étaient moins subtils que d'habitude. Au moment où elle se préparait à finir sa vrille par le saut périlleux qui avait si vivement impressionné Anne Kellaway la première fois qu'elle l'avait vu sur le pont de Westminster, elle lâcha tout et s'envola dans les airs. Elle atterrit dans la fosse, se cassa la cheville sans toutefois provoquer la fausse couche qu'elle espérait tant. Pendant qu'on l'évacuait au milieu de l'assistance, elle veilla à garder les yeux bien clos.

La chute de Miss Laura Devine causa un tel émoi que les débuts de Miss Hannah Smith en écuyère furent une déception et les applaudissements plutôt tièdes. Il faut dire aussi que — événement rare — John Astley avait commis une faute. Miss Smith et lui, redevenus partenaires, se passaient et se repassaient le verre de vin tout en tournant autour de la piste en sens inverse, quand John Astley aperçut Mr et Mrs Blake dans les gradins. Sachant qu'ils n'étaient jamais allés au cirque, Anne Kellaway avait insisté pour leur donner ses billets en remerciement de l'aide qu'ils avaient apportée à Maisie ce fameux soir. Mr Blake regardait John Astley d'un œil féroce. Quand ce fut au tour de Miss Smith de lui tendre le verre, John Astley le rata, il tomba et se brisa.

Décembre 1792

vii.

I

Il était rare que Maggie eût un après-midi de libre. À l'usine, on travaillait de six heures du matin jusqu'à midi. Après une pause d'une heure pour le déjeuner, on reprenait jusqu'à sept heures du soir. Toute infraction à cet horaire entraînait le renvoi, comme Maggie l'avait appris à ses dépens le jour où, employée à la fabrique de moutarde, elle s'était permis un petit somme dans le jardin des Blake. Aussi, en entendant Mr Beaufoy, le propriétaire de la vinaigrerie, annoncer à son personnel qu'ils auraient congé après le déjeuner, Maggie ne se joignit-elle pas aux autres pour applaudir en criant « Hourrah ! ». Elle était sûre qu'il leur cachait quelque chose. « Il nous déduira ces heures de notre salaire, murmura-t-elle à la fille à côté d'elle.

— Ça m'est égal, répondit celle-ci. Je m'allongerai près de la cheminée et je dormirai tout l'après-midi.

— Et le lendemain, tu te serreras la ceinture parce que tu auras perdu six pence. »

En l'occurrence, les filles perdirent et les six pence, et leur sieste devant la cheminée... Alors que les ouvriers s'asseyaient pour le repas de midi, Mr Beaufoy reprit la parole : « Vous êtes, bien sûr, au courant des atrocités qui se perpétuent en France, de l'autre côté de la Manche, dit-il, s'adressant aux longues tablées d'hommes et de femmes qui attaquaient leur chou aux saucisses. Le poison émis par ce pays pollue nos rivages. Certains qui méritent à peine d'être appelés Anglais ont entendu cet impudent appel révolutionnaire et répandent des ignominies séditieuses pour ébranler notre glorieuse monarchie. »

Personne ne leva les yeux et ne prêta grande attention à ce discours : les ouvriers étaient pressés de terminer leur repas et de partir avant que le patron ne change d'avis au sujet de leur demi-journée de congé. Mr Beaufoy se tut, les dents serrées, jouant de sa mâchoire. Il tenait à faire comprendre à son auditoire que, malgré son nom français, il était anglais jusqu'au bout des ongles. Abandonnant son discours alambiqué, il s'écria : « Notre roi est en danger ! » Ce qui eut pour effet d'immobiliser les fourchettes. « Les Français ont emprisonné leur roi et ils ont offert leur aide à ceux d'entre nous qui voudraient faire de même. Nous ne pouvons permettre une telle trahison. Hâtez-vous de terminer votre repas et suivez-moi : nous renoncerons aux gains de notre après-midi pour assister à une réunion publique destinée à manifester notre attachement à notre roi et à notre pays. Quiconque refusera de se joindre à nous, ajouta-t-il en élevant la voix pour couvrir les protestations, perdra non seulement son salaire, mais figurera sur la liste des personnes soupçonnées de sédition. Savez-vous ce qu'est la sédition, bonnes gens ? C'est l'incitation au désordre. Pis que cela : c'est le premier pas vers la félonie ! Et savez-vous de quel châtiment est passible un tel crime ? À coup sûr d'un long séjour à Newgate, mais, plus vraisemblablement, du bagne. Et, pour peu que vous persistiez dans cette voie, vous finirez au gibet. »

Il attendit que le calme revînt. « Le choix est simple : soit vous m'accompagnez à Vauxhall pour prêter serment d'allégeance à notre roi, soit vous partez maintenant au risque de vous retrouver en prison et même pire. Y en a-t-il qui souhaitent partir ? Vous êtes libres, je ne vous retiendrai pas. Partez et, à peine aurez-vous tourné les talons que nous vous traiterons haut et fort de traîtres ! »

Maggie regarda autour d'elle. Personne ne bougea, mais certains, le nez plongé dans l'assiette, ne parvenaient pas à cacher leur réprobation. Maggie hocha la tête : comment des événements survenus en France pouvaient-ils la priver de son salaire ? C'était absurde. Le monde était bien étrange, conclut-elle.

Quoi qu'il en soit, elle se retrouva en train de marcher avec une trentaine de ses camarades de travail dans les rues glaciales du bord de la Tamise, au-delà du pont de Westminster, des tours en brique de Lambeth Palace et du cirque Astley — à présent silencieux et condamné par des planches — et de descendre vers Cumberland Gardens à Vauxhall, non loin d'une vinaigrerie concurrente de celle de Mr Beaufoy. Maggie s'étonna de voir tout ce monde : pourquoi défiaient-ils un froid pareil pour écouter pérorer sur l'amour du roi et la haine de la France ?

Chaque fois qu'un nouvel intervenant prenait la parole, Maggie murmurait à sa voisine : « Encore un autre qui pète plus haut que son cul ! » et toutes deux pouffaient de rire.

Par chance, Mr Beaufoy ne se préoccupa plus de ses ouvriers une fois qu'ils eurent rempli leur rôle, grossir le nombre des manifestants à Cumberland Gardens. Il se hâta de rejoindre les organisateurs pour ajouter sa prose fleurie à celle de ces hommes soucieux d'exprimer leur fidélité à la monarchie. Son contremaître disparut à son tour. Laissés sans surveillance, les ouvriers de la vinaigrerie commencèrent à se disperser.

Tout en regrettant la perte de sa paie de l'après-midi, Maggie accueillit avec joie ce changement : elle aurait peut-être la chance de tomber sur Jem en compagnie de son père. En effet, ce jour-là, Dick Butterfield devait emmener Thomas et Jem Kellaway rencontrer le propriétaire du chantier de Nine Elms, au bord du fleuve, juste au-delà de Vauxhall, dans l'espoir d'y acheter du bois à bon prix ; le marchand de bois vendant aussi des meubles, peut-être s'intéresserait-il à leurs chaises ? Pour la première fois de sa vie, et sur l'injonction de sa femme, Dick Butterfield jouait les intermédiaires à titre bénévole. Poussée par un sentiment secret de culpabilité, la blanchisseuse avait rendu plusieurs visites aux Kellaway pendant la maladie de Maisie. Elle s'en voulait de ne pas avoir empêché la jeune fille de suivre John Astley dans le brouillard. Ayant aperçu chez eux un tas de chaises non vendues et la maigre soupe que mitonnait Anne Kellaway, elle avait ordonné à son mari d'aider la famille. « Il faut que tu oublies cette fille, ma poulette », avait répondu Dick Butterfield, sans toutefois refuser de satisfaire au désir de sa femme. À sa manière, lui aussi avait des remords à l'égard de Maisie.

Maggie calcula qu'ils devaient en avoir terminé avec leurs négociations et qu'ils s'apprêtaient à s'arrêter dans un pub où Dick Butterfield boirait sur le compte de Thomas Kellaway autant de pintes de bière qu'il le pourrait. Elle s'éloigna de la foule, gagna la route et se glissa dans le Royal Oak, le pub le plus proche, qui grouillait de manifestants entrés pour se réchauffer. Ni son père ni les Kellaway ne s'y trouvaient. Elle se dirigea alors vers Lambeth, fit une brève halte au White Lion et au Black Dog avant de les découvrir sirotant leur bière à une table du King's Arms. À la vue de Jem, son cœur s'accéléra. Profitant de l'instant qui s'écoula avant que les hommes l'aperçoivent, elle détailla les cheveux du garçon qui bouclaient autour de ses oreilles, le bout de peau blanche visible sur sa nuque et ses robustes épaules qui s'étaient élargies depuis leur première rencontre. Maggie avait tellement envie de s'approcher de lui par-derrière, de lui passer les bras autour du cou et de ses lèvres effleurer son oreille, qu'elle fit un pas en avant. À cet instant, Jem leva les yeux ; elle s'immobilisa, ayant perdu sa belle assurance.

Jem tressaillit. « Bonjour. Ça va ? » Le ton était détaché, mais on le sentait content de la voir.

« Qu'est-ce que tu fabriques ici, Mags ? demanda Dick Butterfield. Beaufoy t'a surprise à chaparder une bouteille de vinaigre et t'a fichue à la porte ? »

Maggie croisa les bras sur la poitrine. « Bonjour, tout le monde. Faut-il que j'aille me chercher une bière moi-même ? »

Jem lui montra son siège et sa chope. « Prends la mienne. J'irai en commander une autre.

— Non, Papa, Beaufoy m'a pas flanquée dehors, rétorqua Maggie d'un ton sec en se laissant tomber comme une masse sur le tabouret de Jem. Si jamais je voulais lui voler son foutu vinaigre, je serais assez futée pour pas me faire piquer. Figurez-vous qu'on nous a donné notre après-midi pour participer à une manifestation loyaliste près d'ici. » Elle décrivit le rassemblement de Cumberland Gardens.

Dick Butterfield hocha la tête. « On les a vus en passant. On s'est arrêté une minute, mais on mourait de soif, n'est-ce pas, Monsieur ? » dit-il à l'adresse du père de Jem. Thomas Kellaway acquiesça d'un signe de tête, bien qu'il eût à peine touché à sa bière. En général, il ne buvait pas pendant la journée.

« De plus, poursuivit Dick Butterfield, ce genre de réunion à mon avis, ça a pas de sens. Cette soi-disant menace qui nous vient de France, c'est absurde. Les Français ont déjà bien assez à faire avec leur propre révolution sans chercher à l'exporter, vous croyez pas, Monsieur ?

— J'y comprends goutte », répondit Thomas Kellaway comme chaque fois qu'on lui posait ce genre de question. Il avait entendu parler de la Révolution française par les menuisiers lorsqu'il travaillait au cirque mais, comme au Five Bells à Piddletrenthide quand ses compagnons abordaient des sujets sérieux, il écoutait la conversation sans y participer. Non qu'il fût stupide — loin de là —, disons plutôt qu'il comprenait trop bien les deux côtés d'un conflit pour pencher en faveur de l'un ou de l'autre. Il acceptait que le roi fût une manifestation concrète de l'âme et de l'esprit anglais, le prestigieux trait d'union du pays, essentiel à sa félicité, mais il partageait tout autant le point de vue de certains qui prétendaient que le roi George vidait les caisses de l'État, qu'il était un personnage instable, capricieux et têtu dont l'Angleterre se fût bien passée. Déchiré entre ces opinions contraires, Thomas Kellaway préférait se taire.

Jem réapparut avec une autre bière et un tabouret. Il dut se glisser si près de Maggie que leurs genoux se touchaient. Ils se sourirent, être assis l'un près de l'autre un lundi après-midi avait quelque chose d'insolite. Ils repensèrent à leur première visite ensemble à un pub, le jour où Jem avait rencontré Dick Butterfield. Au cours des neuf mois qui avaient suivi, Jem avait appris à se trouver un tabouret et à converser.

Dick Butterfield observa cet échange de sourires avec un de ses petits rictus cyniques. Sa fille était bien jeune pour regarder ce garçon dans les yeux — d'autant plus qu'il s'agissait d'un cul-terreux, même s'il apprenait un bon métier.

« Alors, vous les avez vendues, vos chaises ? demanda Maggie.

— Ça se pourrait, répondit Jem. On en a laissé une en dépôt chez le marchand de bois. Et il doit nous procurer de l'if à meilleur prix qu'à l'autre chantier, n'est-ce pas, Papa ? »

Thomas Kellaway acquiesça d'un signe de tête. Depuis le départ de Philip Astley pour Dublin, il s'était remis à fabriquer des chaises Windsor, mais sans les clients que lui adressait le forain, il en vendait très peu. Il y passait toutefois ses journées, mettant à profit des restes de bois récupérés au cirque. Leur remise se remplissait de chaises Windsor dans l'attente d'un acheteur. Thomas Kellaway en avait même offert deux aux Blake en remerciement de leur gentillesse à l'égard de Maisie en ce jour brumeux d'octobre.

« Vous vous en tirerez bien mieux avec le gars de Nine Elms, mon garçon, intervint Dick Butterfield. J'aurais pu te dire ça il y a belle lurette, quand vous êtes allés trouver cet ami d'Astley.

— Oh, il nous a fait des prix assez intéressants pendant quelque temps, répliqua Jem.

— Jusqu'au départ du cirque, je parie. Les petites combines d'Astley ne marchent que sous l'œil du maître. »

Jem se taisait.

« Avec lui, c'est toujours comme ça, reprit Dick Butterfield. Philip Astley vous couvre d'attentions, vous trouve des clients, de bonnes affaires, vous comble de places gratuites… puis il s'en va. Or, rappelle-toi que quand il part, c'est pour cinq mois, c'est-à-dire la moitié de l'année ou presque. Oui, mon garçon, pendant la moitié de ta vie, il fiche le camp et te laisse en plan. Vous avez remarqué comme Lambeth est calme sans lui ? C'est la même chose chaque année. Il vous donne un coup de main, fait marcher le commerce, tout le monde se sent bien, tout le monde est heureux, puis arrive octobre et pouf ! plus personne et plus rien. Il vous bâtit un château, et ensuite il le détruit. Tout le monde est concerné : valets, marchands de tourtes, menuisiers, cochers ou prostituées. Tous font des pieds et des mains pour avoir du travail, puis ils s'égaillent dans la nature — les filles de joie et les cochers repartent vers d'autres quartiers de Londres et certains qui sont venus de leur campagne s'en retournent chez eux. » Dick Butterfield approcha sa chope de ses lèvres et but une longue gorgée de bière. « En mars, tout recommence sitôt que le grand magicien reconstruit une fois de plus son château. Mais certains d'entre nous ont appris à ne pas compter sur Philip Astley. Avec lui, on sait que ça durera pas.

— D'accord, Papa, on a compris, grommela Maggie. Il est saoulant, non ? dit-elle à l'adresse de Jem. Parfois je dors debout quand il discourt comme ça.

— Insolente ! » cria Dick Butterfield. Maggie esquiva en riant la main levée de son père. « Où est Charlie ? demanda-t-elle quand ils se furent rassis.

— J'en sais rien. Il m'a dit qu'il avait quelque chose à faire. » Dick Butterfield hocha la tête. « J'aimerais bien qu'un soir, en rentrant à la maison, ce garçon m'annonce qu'il a conclu une affaire et me montre l'argent qu'il a gagné.

— Tu risques d'attendre longtemps, Papa. »

Avant que Dick Butterfield ait pu répondre, un homme de haute taille au visage carré, debout au comptoir, s'adressa aux consommateurs d'une voix grave et puissante, tous se turent. « Citoyens ! Écoutez-moi ! » Maggie reconnut l'un des harangueurs de Cumberland Gardens. Il brandissait une espèce de registre noir. « Je me présente, Roberts, John Roberts. Je sors d'une réunion de l'Association de Lambeth qui rassemble les habitants fidèles au roi et opposés aux mutineries fomentées par des agitateurs français. Croyez-moi, vous auriez mieux fait d'y participer plutôt que de passer votre après-midi à boire.

— Y en a parmi nous qui y étaient ! cria Maggie. On vous a déjà entendu.

— Parfait ! dit John Roberts en s'approchant de leur table. Vous savez donc pourquoi je suis ici et vous serez les premiers à signer. »

Dick Butterfield donna sous la table un coup de pied à Maggie, qu'il accompagna d'un regard furieux. « Faites pas attention à cette petite effrontée, Monsieur.

— C'est votre fille ? »

Dick Butterfield lui fit un clin d'œil. « Hélas ! Oui. En châtiment pour mes péchés, si vous voyez ce que je veux dire. »

De toute évidence, l'homme n'avait pas le sens de l'humour. « Dans ce cas, apprenez-lui à retenir sa langue, à moins qu'elle n'ait envie d'un petit séjour à Newgate. L'affaire qui m'amène ici n'est pas matière à plaisanterie. »

Dick Butterfield haussa les sourcils, ce qui traça de nombreux sillons sur son front. « Peut-être que vous auriez l'obligeance de me préciser quelle est cette affaire qu'est pas matière à plaisanterie, comme vous dites, Monsieur ? »

John Roberts le fixa du regard, l'air de se demander si Dick Butterfield se moquait ou non de lui. « Il s'agit d'une déclaration d'allégeance au roi, finit-il par répondre. Nous faisons le tour des pubs et des maisons pour demander aux habitants de Lambeth de la signer.

— Faut d'abord qu'on en connaisse le contenu, déclara Dick Butterfield. Voulez-vous nous la lire ? »

Dans le pub, on aurait entendu une mouche voler. Les consommateurs regardèrent John Roberts ouvrir son grand livre. « Puisque cela vous intéresse tant, peut-être pourriez-vous le lire à haute voix pour que tous en profitent », dit-il en glissant le registre vers le père de Maggie.

Si John Roberts avait eu l'intention d'humilier l'homme assis devant lui, il en fut pour ses frais : Dick Butterfield prit le livre et lut presque sans hésitation, voire avec une pointe d'émotion, sans doute feinte, le texte suivant :

> Nous, habitants de la paroisse de Lambeth, profondément convaincus des Bienfaits qui nous sont dispensés par notre présente Forme de Gouvernement tant admirée et convoitée, composée du Roi, de la Chambre des lords et des communes, estimons de notre Devoir, en ce moment critique de notre Histoire, non seulement de lui déclarer notre sincère et fervent attachement, mais aussi d'exprimer notre abomination face à ces tentatives manifestes visant à ébranler et subvertir notre précieuse Constitution

qui, au fil des Siècles, s'est avérée le fondement le plus sûr du Bonheur de notre Pays.

Nous avons résolu à l'unanimité :

De former une Association destinée à s'opposer avec une extrême vigueur à toute agitation illégale fomentée par des Hommes aux desseins pernicieux. D'adopter les Mesures les plus efficaces possibles pour détruire les Publications séditieuses visant à égarer l'Opinion publique et à introduire l'Anarchie et la Confusion en ce Royaume.

Lorsque Dick Butterfield eut fini de lire, John Roberts lui tendit une plume et posa un encrier sur la table. « Accepterez-vous de signer, Monsieur ? »

Très étonnée, Maggie vit son père prendre la plume, la tremper dans l'encre et commencer d'écrire son nom au bas de la liste des signataires. « Que fais-tu, Papa ? » s'écria-t-elle. Elle détestait l'arrogance de Mr Beaufoy, son employeur, autant que celle de John Roberts et de tous ceux qui avaient parlé lors du rassemblement et elle avait supposé que son père partageait ses sentiments.

Dick Butterfield s'interrompit. « Que veux-tu dire ? Quel mal y a-t-il à signer ? Il se trouve que je suis d'accord, même si je comprends pas grand-chose à ce galimatias.

— Mais tu viens de dire que les Français ne représentaient aucun danger !

— Il s'agit pas des Français ici, mais de nous. Je soutiens le vieux roi George : j'ai assez bien vécu sous son règne. » Il reprit sa plume. Dans un silence absolu, tout le pub écouta le grattement de la plume sur le papier. Lorsqu'il eut terminé, Dick Butterfield regarda autour de lui, feignant d'être surpris par l'attention qu'il suscitait. Il se tourna vers John Roberts : « Vous désirez encore autre chose ?

— Écrivez aussi votre adresse.

— 6, Bastille Row, dit Dick Butterfield en riant. York Place conviendrait sans doute mieux à ce genre de document, non ? » Il inscrivit l'adresse à côté de son nom. « Voilà. C'est plus la peine de passer chez moi, je suppose ? »

Se rappelant soudain les caisses de porto apparues de Dieu sait où quelques jours plus tôt et que ses parents avaient cachées sous leur lit, Maggie sourit. L'explication de l'empressement de son père à signer était simple : il voulait à tout prix éviter une visite de ces messieurs à son domicile.

Ces renseignements recueillis, John Roberts passa le registre ouvert à Thomas Kellaway.

« À votre tour », dit-il.

Thomas Kellaway regarda la page qui portait la déclaration dont chaque mot avait été pesé. Ces phrases pompeuses, presque inintelligibles, avaient été rédigées plus tôt en petit comité ; les messagers, munis chacun d'un registre, s'étaient ensuite dispersés dans les pubs et les marchés de Lambeth avant même que la manifestation de Cumberland Gardens eût pris fin. Au bas du texte, des signatures étaient apposées dans tous les sens, les unes au tracé très décidé, les autres toutes tremblées voisinant avec plusieurs X accompagnés des noms et adresses griffonnés par John Roberts. Tout cela dépassait Thomas Kellaway. « Je comprends pas, dit-il, pourquoi faut que je signe ça ? »

John Roberts se pencha et tapa du poing sur la table, à côté du registre. « Vous signez ce texte pour soutenir le roi. Vous lui assurez que vous le voulez comme roi et que vous lutterez contre ceux qui cherchent à se débarrasser de lui. » Il regarda l'expression perplexe du fabricant de chaises. « Seriez-vous stupide, Monsieur ? Vous ne considérez donc pas Sa Majesté comme votre roi ? »

Thomas Kellaway n'était pas stupide, mais tout ce verbiage l'inquiétait. Il avait toujours eu pour principe de signer le moins de documents possible et seulement lorsqu'ils se rapportaient à son commerce. Il ne signait même pas les lettres que Maisie écrivait à Sam et la dissuadait de le mentionner. De la sorte, pensait-il, il ne laissait guère trace de lui dans le monde, en dehors de ses chaises, ce qui éviterait qu'on lui fasse dire ce qu'il n'avait pas dit. Or le document qu'il avait sous les yeux était ambigu, il en était sûr, et cette certitude l'étonnait lui-même. « Je pense pas que le roi soit en danger, déclara-t-il. Y a pas de Français ici, que je sache ? »

John Roberts plissa les yeux. « Vous n'avez pas idée de ce dont est capable un Anglais mal informé.

— Et qu'est-ce que vous voulez dire par publications ? poursuivit Thomas Kellaway comme s'il n'avait pas entendu John Roberts. J'en ai jamais vu par ici. »

John Roberts promena son regard sur l'assistance. La bonne volonté suscitée dans le pub par la signature de Dick Butterfield diminuait à mesure que Thomas Kellaway assénait ses maîtres mots. « Écoutez, je suis pressé, interrompit John Roberts. Tous les autres attendent de signer. Où habitez-vous, Monsieur ? » Il tourna une page et attendit, la plume levée, que Kellaway lui donnât son adresse. « Quelqu'un passera plus tard chez vous pour répondre à vos questions.

— 12 Hercules Buildings », répondit Thomas Kellaway. John Roberts le regarda médusé. « Hercules Buildings, c'est là que vous vivez ? »

Thomas Kellaway fit oui de la tête. Jem sentit son estomac se nouer.

« Connaîtriez-vous un certain William Blake qui exerce le métier d'imprimeur dans cette rue ? »

Jem, Maggie et Dick Butterfield comprirent le danger au même instant, en partie parce que Thomas Kellaway avait parlé de publications. Maggie décocha un regard noir à Thomas Kellaway et donna un coup de pied à son tabouret tandis que Dick Butterfield feignait une quinte de toux.

Hélas, quand il avait une idée en tête, Thomas Kellaway ne la lâchait pas. « Oui, dit-il, je connais Mr Blake. C'est notre voisin. » Et comme l'expression peu amène de John Roberts lui déplaisait, il décida d'exprimer clairement ses sentiments. « C'est un brave homme. Il y a un mois ou deux, il a aidé ma fille.

— Vraiment ? » John Roberts sourit et referma le registre. « Eh bien, figurez-vous que nous avions l'intention de lui rendre une petite visite ce soir et pensions nous arrêter chez vous ensuite. » Il ramassa la plume, l'encrier, et passa à la table suivante. Alors qu'il récoltait les signatures des clients du pub, John Roberts jetait de temps à autre un coup d'œil méprisant à Thomas Kellaway, le seul à avoir refusé de signer.

« Partons, Papa, murmura Jem écœuré.

— Laisse-moi terminer ma bière. » Thomas Kellaway n'allait pas se laisser bousculer par qui que ce soit, surtout lorsqu'il lui restait une demi-pinte à boire, fût-ce de la lavasse. Il resta campé sur son siège, les mains sur la table, de chaque côté de sa chope, à contempler sa bière, tout en songeant à Mr Blake, se demandant s'il avait pu lui créer des ennuis. De toute évidence, ses enfants le connaissaient mieux que lui, mais il était convaincu que leur voisin était un honnête homme.

« Qu'est-ce qu'on fait ? » chuchota Jem à Maggie. Lui aussi pensait à Mr Blake.

« Ne vous en mêlez pas, intervint Dick Butterfield. Il est probable que, comme la plupart des gens, Blake signera le registre, ajouta-t-il en lançant un coup d'œil en biais à Thomas Kellaway.

— On va aller l'avertir, voilà ce qu'on va faire », déclara Maggie sans prêter attention au dire de son père.

11

« Mr Blake travaille, les enfants, dit Mrs Blake. On ne peut pas le déranger.

— Oh, mais c'est très important, Madame ! » s'écria Maggie qui, dans son impatience, s'élança de côté comme pour contourner Mrs Blake, mais celle-ci n'eut aucun mal à bloquer l'entrée.

« Il est en train de graver une plaque et il n'aime pas s'interrompre, expliqua Mrs Blake.

— Mais nous devons absolument lui parler, insista Jem.

— Dites-moi de quoi il s'agit et je lui transmettrai votre message. »

Jem regarda autour de lui, souhaitant pour une fois qu'un épais brouillard les dérobât aux curieux. Depuis leur rencontre avec John Roberts, il avait eu l'impression que des yeux les suivaient partout. Il s'attendait à voir les rideaux jaunes de Miss Pelham s'agiter d'une minute à l'autre. En effet, un homme qui passait avec une charretée de briques sembla s'intéresser à leur petit groupe sur le pas de la porte.

« Pouvons-nous entrer, Madame ? Nous vous expliquerons tout une fois que nous serons à l'intérieur. »

Mrs Blake scruta le visage grave du garçon, puis elle s'effaça pour les laisser entrer. Elle referma la porte sans même jeter un coup d'œil au-dehors. Le doigt sur ses lèvres, elle les précéda dans le couloir. Ils passèrent devant la pièce où se trouvait la presse, virent la porte close de l'atelier de Mr Blake, et descendirent l'escalier menant à la cuisine en sous-sol, où Jem et Maggie avaient emmené Maisie se réchauffer devant la cheminée, après son aventure avec John Astley. Cette pièce, que n'éclairait qu'un mince rayon de jour, sentait le chou et le charbon, mais il y régnait une agréable chaleur.

Mrs Blake leur fit signe de s'asseoir autour de la table. Jem reconnut les chaises Windsor fabriquées par son père. « Bon, de quoi s'agit-il ? demanda Mrs Blake en s'adossant contre la desserte.

— Nous avons entendu dire au pub que vous auriez une visite ce soir. » Maggie décrivit la manifestation à Cumberland Gardens et leur rencontre avec John Roberts. Elle se garda bien de dire que son père avait signé la déclaration.

Mrs Blake parut soucieuse. « Ce rassemblement était-il organisé par l'Association pour la défense de la liberté et de la propriété contre les Républicains et les Égalitaristes ? »

Elle débita ce nom comme s'il lui était très familier.

« Oui, j'ai entendu ce nom, répondit Maggie, mais la branche locale s'appelle juste l'Association de Lambeth. »

Mrs Blake soupira. « Dans ce cas, mieux vaudrait que nous montions en parler à Mr Blake. Vous avez bien fait de venir. » Elle s'essuya les mains à son tablier, bien qu'elles fussent sèches.

L'atelier de Mr Blake était bien rangé. Livres et papiers étaient empilés avec soin sur la table. Mr Blake travaillait à une autre table, près d'une fenêtre donnant sur l'arrière de la maison. Penché sur une plaque métallique de la taille d'une main, il ne leva pas les yeux quand ils entrèrent et continua à passer un pinceau de droite à gauche sur le cuivre. Maggie en profita pour se réchauffer devant la cheminée, Jem, lui, s'approcha de Mr Blake, curieux de l'observer à la tâche. Il comprit vite que c'étaient des mots que peignait Mr Blake avec son pinceau. « Vous écrivez à l'envers, n'est-ce pas, Monsieur ? » laissa-t-il échapper tout en sachant qu'il ne devait pas distraire l'artiste.

Mr Blake attendit d'être parvenu au bout de la ligne pour lui répondre. Il leva la tête. « En effet, mon garçon, en effet...

— Pourquoi ?

— J'écris, vois-tu, avec une solution qui protégera la plaque quand le reste sera rongé par l'acide. Ainsi, à l'impression, les mots sortiront à l'endroit et non pas à l'envers.

— Somme toute, ils seront inversés par rapport à maintenant ?

— Oui, mon garçon.

— Excusez-moi de vous déranger, Mr Blake, mais ces enfants m'ont fait part d'une nouvelle vous concernant », dit Mrs Blake en se tordant les mains. Son émoi était-il lié à la menace qui pesait sur leur couple ou à la gêne d'interrompre son mari, Jem ne le savait pas trop.

« Vous ne me dérangez pas, Kate. Puisque je m'arrête, pourriez-vous aller me chercher de la térébenthine ? Vous en trouverez dans la pièce à côté. Et aussi un verre d'eau, s'il vous plaît.

— Bien sûr, Mr Blake. » Mrs Blake sortit de la pièce.

« Comment on apprend à écrire à l'envers ? demanda Jem. Avec un miroir ? »

Mr Blake baissa les yeux sur la plaque. « C'est une simple question d'entraînement. Au bout d'un certain temps, cela devient facile. Toutes les gravures sont imprimées à l'envers. Le graveur doit être capable de voir son dessin d'un côté aussi bien que de l'autre.

— Comme s'il était au milieu du fleuve.

— Assurément. Et maintenant, que vouliez-vous me dire ? »

Jem répéta ce que Maggie avait dit à Mrs Blake, en bas, dans la cuisine. « On a pensé qu'on devait vous prévenir de leur visite ce soir, conclut-il. Mr Roberts semblait vous en vouloir, ajouta-t-il en voyant que Mr Blake restait très calme. On s'est dit qu'il pouvait vous faire des ennuis.

— Merci, mes enfants, répondit Mr Blake. Cela ne m'étonne pas. Je savais que je devais m'y attendre. »

Il ne réagissait pas du tout de la façon dont Maggie l'avait prévu. Elle avait imaginé qu'il se lèverait d'un bond et passerait à l'action. Elle le voyait déjà pliant bagage et quittant la maison, cachant ses livres et ses pamphlets, barricadant portes et fenêtres. Au lieu de cela, il se contenta de leur sourire, puis il trempa son pinceau dans un liquide gluant et se mit à écrire d'autres mots à l'envers, sur la plaque métallique. Maggie avait envie de donner des coups de pied dans sa chaise tout en lui criant : « Écoutez ! Il se pourrait bien que vous soyez en danger ! », mais elle se retint.

Mrs Blake revint avec une bouteille de térébenthine et un verre d'eau qu'elle posa devant son mari. « Ils vous ont dit, n'est-ce pas, que l'Association allait venir ici ce soir ? » Elle, au moins, paraissait réagir au message de Jem et de Maggie.

« En effet, ma chère.

— Pourquoi veulent-ils vous voir vous en particulier, Mr Blake ? » demanda Jem.

Mr Blake esquissa une petite grimace, posa son pinceau et pivota sur sa chaise pour faire face au garçon. « À ton avis, Jem, de quoi est-ce que je parle dans mes écrits ? »

Jem hésita.

« D'enfants », avança Maggie.

Mr Blake approuva de la tête. « Oui, ma fille. D'enfants, d'êtres faibles et démunis. D'enfants perdus qui ont faim et froid. Le gouvernement n'aime pas qu'on lui reproche de ne pas veiller sur ceux dont il a la charge. Ils s'imaginent que je veux fomenter une révolution du genre de celle qui déchire la France.

— Et c'est vrai ? » demanda Jem.

Mr Blake eut un geste évasif.

« Mon père dit que les Français sont devenus fous, qu'ils ont massacré tout plein d'innocents, dit Maggie.

— Cela n'a rien d'étonnant. Le sang ne coule-t-il pas toujours avant le Jugement ? Prenez la Bible : elle est pleine d'exemples de ce genre. Dans le livre de l'Apocalypse, il est question de rues inondées de sang. L'Association qui prévoit de me rendre visite ce soir veut neutraliser tous ceux qui mettent les gouvernants en question. Mais le pouvoir qui ne rencontre aucune opposition mène à la tyrannie. »

Silencieux, Jem et Maggie essayaient de comprendre ses paroles.

« Par conséquent, mes enfants, je dois continuer à écrire mes chansons et ne pas m'enfuir devant ceux qui cherchent à me museler. Et c'est précisément ce que je fais. » Il se retourna vers son bureau et reprit son pinceau.

« À quoi travaillez-vous en ce moment ? demanda Jem.

— À une nouvelle chanson qui leur déplaira ? » ajouta Maggie.

Mr Blake les regarda pendus à ses lèvres et sourit. Posant une fois de plus son pinceau, il se cala sur sa chaise et récita :

Dans l'âge d'or,
Ignorant le froid de l'hiver,
Le jeune homme et la jeune fille éclatante
Dans la sainte lumière,
Nus, se réjouissaient sous les rayons du soleil.

Un jour un jeune couple juvénile,
Rempli des plus doux tourments,
Se rencontra dans un jardin brillant
Où la sainte lumière
Venait de soulever les rideaux de la nuit.

Là, dans le jour naissant,
Sur l'herbe ils jouent.
Les parents étaient loin,
Nul étranger n'approchait,
Et la jeune fille oublia vite sa frayeur.

Lassés de doux baisers,
Ils conviennent de se rencontrer
Quand le silencieux sommeil
Ondoie sur les profondeurs célestes
Et quand les vagabonds épuisés de fatigue pleurent.

Maggie se sentit rougir jusqu'aux oreilles. Elle n'osa pas regarder Jem. L'eût-elle fait, elle se serait aperçue que lui aussi détournait les yeux. Mrs Blake interrompit son mari.

« Sans doute est-il temps de rentrer chez vous, mes enfants, dit-elle. Mr Blake est très occupé, n'est-ce pas, Mr Blake ? » Mr Blake releva la tête. De toute évidence, il était rare que sa femme lui coupât la parole.

Maggie et Jem regagnèrent la porte à reculons. « Merci, Mr Blake », dirent-ils d'une seule voix, bien qu'on ne sût pas très bien de quoi ils le remerciaient.

Mr Blake se ressaisit. « C'est plutôt à nous de vous remercier, dit-il. Nous vous sommes très reconnaissants de nous avoir prévenus. »

Alors qu'ils quittaient l'atelier, les enfants entendirent Mrs Blake murmurer :

« Vraiment, Mr Blake, vous ne devriez pas les taquiner ainsi. Pourquoi avez-vous choisi ce poème plutôt que celui auquel vous travaillez ? Ils ne sont pas prêts. Vous avez vu comme ils ont rougi ? »

Jem et Maggie n'entendirent pas la réponse de Mr Blake.

III

Pendant que Thomas et Jem Kellaway étaient au chantier de bois avec Dick Butterfield, Anne et Maisie étaient restées chez elles. Depuis l'arrivée de l'hiver, Anne Kellaway ne travaillait plus au jardin. Elle se limitait à la maison, cuisinait, faisait le ménage, cousait et s'efforçait de repousser le froid. Jusque-là les températures avaient été plutôt clémentes, aussi les Kellaway ne s'étaient-ils pas rendu compte que leur logement de Lambeth était bien mal chauffé, comparé à leur douillet cottage, avec ses larges murs de pisé, ses petites fenêtres et sa grande cheminée. À Hercules Buildings, les murs en brique étaient moitié moins épais et les minuscules cheminées consommaient un charbon très coûteux au lieu du bois dont on disposait à volonté dans le Dorset. Anne Kellaway en arrivait à détester les grandes fenêtres de Lambeth auxquelles elle s'était si souvent tenue en été. Elle avait calfeutré les moindres interstices au moyen de bouts de tissu et de paille et elle avait pris soin de doubler les rideaux.

Le brouillard, inévitable compte tenu de tous ces feux de charbon qui brûlaient à longueur de journée dans la plupart des foyers londoniens, l'empêchait souvent de sortir. Bien sûr, la Piddle Valley était parfois, elle aussi, embrumée, mais ces voiles n'avaient rien de comparable à ces nappes épaisses et crasseuses qui s'installaient des jours durant tels des invités importuns. Le ciel était souvent si bouché qu'Anne Kellaway tirait les rideaux et allumait les lampes — en partie à cause de Maisie qui détestait cette pénombre extérieure.

Maisie ne mettait pratiquement pas le nez dehors, même par les belles journées ensoleillées. Durant les deux mois qui s'étaient écoulés depuis qu'elle s'était perdue dans le brouillard — c'était ainsi que Maggie, Jem et elle avaient présenté son aventure à ses parents —, elle n'avait quitté le 12 Hercules Buildings que deux fois, pour se rendre à l'église. D'abord, elle avait été trop malade : le froid et l'humidité avaient affecté sa poitrine, elle avait passé deux semaines au lit sans même avoir la force de descendre aux cabinets. Lorsqu'elle avait fini par se lever, elle avait perdu de sa fraîcheur : on aurait dit un mur chaulé qui a commencé à jaunir, un bel ouvrage, certes, mais qui n'a plus l'éclat du neuf. Elle était aussi plus silencieuse et sa gaieté, essentielle aux siens, même s'ils n'en avaient pas conscience, s'en était allée.

Anne Kellaway était allée cueillir un chou et arracher quelques carottes tardives dans le potager à l'abandon de Philip Astley. Avec l'os que lui avait donné le boucher et les légumes, elle avait préparé une soupe. Elle avait ensuite rangé la cuisine, s'était essuyé les mains à son tablier et s'était assise en face de Maisie. Anne Kellaway voyait que sa fille avait changé, et que sa récente maladie n'en était pas la seule cause, mais avant de poser des questions, elle avait préféré attendre que sa fille se remette et soit moins émotive. Cette fois, elle était bien décidée à en découvrir la raison.

Lorsque sa mère s'assit, Maisie interrompit son ouvrage, son aiguille suspendue au-dessus d'un bouton qu'elle confectionnait pour Bet Butterfield qui lui avait commandé des Dorset High Tops. Aussi maigre que fût le profit pour Bet, elle se disait que cela contribuerait à aider la jeune fille.

« Quelle belle journée ! commença Anne Kellaway.

— Oui », acquiesça Maisie, jetant par la fenêtre un coup d'œil dans la rue ensoleillée. Une charrette passait, transportant un énorme cochon qui reniflait délicatement l'air de Lambeth. Maisie ne put s'empêcher de sourire.

« Ça change du brouillard, reprit Anne Kellaway. Si j'avais su qu'il pouvait faire aussi vilain temps à Londres, je serais jamais venue y vivre.

— Pourquoi y es-tu venue alors ? » L'un des changements qu'Anne Kellaway avait notés chez Maisie, c'est qu'elle posait à présent des questions qui contenaient une critique implicite. Plutôt que de réprimander sa fille, Anne Kellaway s'efforça de lui répondre en toute honnêteté. « Après la mort de Tommy, j'ai pensé que rester à Piddle Valley nous serait trop pénible, que nous serions sans doute plus heureux ici. »

Maisie passa l'aiguille dans son bouton. « Et tu te sens plus heureuse ? »

Anne Kellaway éluda la question. « En tout cas, je me réjouis que tu ailles mieux, répondit-elle en tortillant un coin de son tablier. Dis-moi… Tu as eu peur, ce jour-là, dans le brouillard ? »

Maisie s'arrêta de coudre. « J'étais terrifiée.

— Tu nous as jamais raconté ce qui s'était passé. Jem m'a simplement dit que tu t'étais perdue et que Mr Blake t'avait retrouvée. »

Maisie regarda sa mère droit dans les yeux. « J'étais au cirque et je voulais rentrer te donner un coup de main. Mais impossible de trouver Jem pour m'accompagner. Puis il m'a semblé que le brouillard s'éclaircissait et je me suis dit que je pourrais me débrouiller toute seule. J'ai descendu Westminster Bridge Road, tout allait bien, y avait du monde dans la rue et les réverbères étaient allumés. Mais en arrivant au carrefour, je me suis trompée : j'ai pris Bastille Row au lieu de la rue menant à Hercules Buildings, de sorte que Hercules Tavern se trouvait à ma droite et non à ma gauche. » Maisie fit exprès de mentionner ce pub comme pour en effacer l'existence et empêcher sa mère de la soupçonner d'y être entrée. Sa voix trembla toutefois un peu quand elle en prononça le nom.

« Au bout d'un moment, j'ai compris que Hercules Buildings n'était pas dans cette direction, je suis revenue sur mes pas, mais avec le brouillard et la nuit qui tombait, je ne savais plus où j'étais. C'est alors que Mr Blake m'a trouvée et ramenée à la maison. » Maisie débita son histoire d'une façon mécanique, à l'exception du nom de Mr Blake qu'elle mentionna avec le plus grand respect, comme si elle évoquait un ange gardien.

« Où est-ce qu'il t'a trouvée ?

— Je sais pas, Maman, j'étais perdue. C'est à lui que tu devrais poser la question. » Maisie se disait qu'elle n'avait rien à craindre : sa mère n'oserait jamais, car Mr Blake l'intimidait trop. Sa femme et lui étaient passés voir Maisie pendant sa convalescence. Le regard vif et perçant de Mr Blake et ses liens amicaux avec Jem et Maisie avaient perturbé Anne Kellaway ; d'autant qu'à la fin de sa visite, quand elle l'avait remercié d'avoir aidé Maisie, il avait eu ces mots bizarres : « Le dernier cadeau du Ciel, avait-il répliqué. Ô combien trompée, combien déçue, malheureuse Ève ! »

Devant le regard étonné d'Anne Kellaway, Catherine Blake avait expliqué : « C'est *Le Paradis perdu.* Mr Blake aime beaucoup ce poème, n'est-ce pas, Mr Blake ? Enfin… nous nous réjouissons que votre fille se remette. »

Plus étrange encore, Jem avait murmuré : « Le Poirier perdu » et Anne Kellaway avait senti son cœur se serrer comme à chaque fois qu'elle pensait à la mort de Tommy Kellaway — douleur qu'elle avait réussi à réprimer pendant des mois, jusqu'au départ du cirque et qui, ces derniers temps, revenait, plus forte que jamais, sans crier gare, lui arracher de profonds soupirs.

Anne Kellaway regarda sa fille et comprit que cette histoire de brouillard ne tenait pas debout. Maisie lui retourna son regard. Comment avait-elle pu grandir si vite ? se demanda Anne Kellaway. Au bout d'un moment, elle se leva. « Je vais tâter le pain, s'il est trop rassis, j'irai acheter une autre miche. »

IV

Quand il rentra avec Jem, Thomas Kellaway ne souffla mot ni à sa femme ni à sa fille de son différend avec John Roberts. Maggie les suivait. Plutôt que de retourner chez elle, elle préféra finir l'après-midi chez les Kellaway, au coin de la cheminée, apprenant à confectionner les boutons High Tops sous la direction de Maisie. De leur côté, Jem et son père façonnaient une chaise dans l'atelier tandis qu'Anne Kellaway cousait, balayait et entretenait le feu. Maggie n'était pas particulièrement douée pour les boutons, mais elle préférait être occupée au sein de cette famille plutôt que de traîner dans un pub avec la sienne.

Tout commença par un bourdonnement à peine perceptible, couvert par des bruits proches : sabots de chevaux, cris d'enfants, boniments de vendeurs de bougies, de pâtés et de poisson, psalmodie du veilleur de nuit annonçant les heures. On distingua bientôt comme les piétinements d'une armée en marche, puis des brouhahas de foule. Jem quitta aussitôt l'atelier et retourna se poster à la fenêtre. « Papa ! » appela-t-il au bout d'un moment.

Thomas Kellaway interrompit son travail. Il posa l'herminette qui lui avait servi à tailler l'assise en forme de selle et rejoignit son fils. Maggie se leva d'un bond, éparpillant sur le sol les High Tops posés sur ses genoux.

« Qu'y a-t-il, Tom ? » demanda sèchement Anne Kellaway.

Thomas Kellaway se racla la gorge. « J'ai quelque chose à faire en bas. J'en ai pas pour longtemps. »

Intriguée, Anne Kellaway alla les rejoindre à la fenêtre. À la vue de cet attroupement devant chez les Blake, elle pâlit.

« Qu'est-ce que c'est, Maman ? » cria Maisie sans se lever. Dieu sait pourtant que quelques mois plus tôt elle eût couru pour être aux premières loges.

Ils n'avaient pas eu le temps de réagir, qu'ils entendirent frapper à la porte de Miss Pelham, et l'attention de la foule se reporta sur le 12 Hercules Buildings. « Tom ! s'écria Anne Kellaway. Qu'est-ce qui se passe ?

— T'inquiète pas, Anne. Le calme sera revenu d'ici quelques minutes. »

La porte s'ouvrit sur les récriminations inintelligibles de Miss Pelham.

« Je ferais bien d'y aller, déclara Thomas Kellaway.

— Mais pas tout seul ! » Anne Kellaway le suivit. En haut de l'escalier, elle se retourna et cria : « Jem, Maisie, restez ici ! »

Jem feignit de ne pas l'entendre. Maggie et lui descendirent derrière eux. Maisie resta seule un moment, puis elle se leva pour les rejoindre.

Parvenus à la porte, ils virent Miss Pelham écrire sur un registre semblable à celui de John Roberts. « Bien entendu, je ne demande pas mieux que de signer, si cela peut servir à quelque chose, confiait-elle à un homme âgé au dos voûté qui lui tenait le livre. L'idée que ces révolutionnaires puissent venir ici m'est intolérable ! » Elle frissonna. « Toutefois, je n'apprécie guère de voir tout ce monde massé devant ma porte — cela me déprécie aux yeux des voisins. Je vous serais reconnaissante d'emmener vos... vos Associés ailleurs ! » Et les boucles de Miss Pelham de frémir d'indignation.

« Oh, tout ce branle-bas, c'est pas pour vous, Mademoiselle, assura l'homme. Ils en ont après ceux de la porte d'à côté.

— Oui, mais les voisins l'ignorent !

— En fait, nous voulons aussi voir un dénommé... » L'homme se reporta au registre. « ... Thomas Kellaway. Tout à l'heure, cet individu a fait des difficultés pour signer. À ce qu'il paraît, il habite ici. » L'homme jeta un coup d'œil dans le couloir, par-delà Miss Pelham. « Est-ce vous, Monsieur ? »

Miss Pelham se retourna et lança un regard furieux à la famille Kellaway, au complet derrière elle.

« Tu as fait des difficultés ? chuchota Anne Kellaway à son mari. Quand ça ? »

Thomas Kellaway se détacha du groupe. « Excusez-moi, Miss Pelham, mais si vous voulez bien me laisser passer, j'irai régler cette affaire. »

Miss Pelham continua à le fustiger du regard, comme s'il avait déshonoré sa maison. Puis elle aperçut Maggie. « Fichez-moi cette fille dehors ! » hurla-t-elle. Thomas Kellaway dut se glisser entre sa logeuse et la porte pour parvenir jusqu'au seuil où se tenait le bossu.

« Vous êtes bien Thomas Kellaway, Monsieur ? demanda l'homme avec plus de courtoisie que n'en avait montrée John Roberts. Il paraît que, cet après-midi, on vous a lu la déclaration d'allégeance que nous demandons à tous les habitants de Lambeth de signer. Êtes-vous maintenant disposé à la signer ? » Il lui tendit le registre.

Avant même que Thomas Kellaway ait pu répondre, un cri s'éleva de la foule massée devant le 13 Hercules Buildings. Le bossu s'éloigna de la porte de Miss Pelham, curieux d'assister à ce qui était le clou de la soirée. Thomas Kellaway et Miss Pelham le suivirent.

V

William Blake avait ouvert sa porte, sans un mot : ni une salutation, ni un juron, ni même un « Que voulez-vous ? ». Tête nue, les cheveux ébouriffés, les lèvres serrées et les yeux grands ouverts, il se tenait simplement sur le seuil, occupant tout l'espace dans son grand manteau noir.

« Mr Blake ! » John Roberts s'approcha, remuant les mâchoires comme s'il mastiquait un morceau de viande coriace. « L'Association de Lambeth pour la défense de la liberté et de la propriété contre les Républicains et les Égalitaristes vous demande de signer cette déclaration d'allégeance à la monarchie britannique. Y consentez-vous, Monsieur ? »

Durant le long silence qui suivit, Jem, Maggie, Anne Kellaway et Maisie sortirent de la maison pour voir ce qui se passait. Anne Kellaway rejoignit son mari, les enfants se glissèrent au bout de l'allée.

Maggie et Jem s'étonnèrent de constater que la foule occupait à présent toute la rue. Des torches et des lanternes vacillaient, les réverbères avaient été allumés, mais la plupart des visages restaient dans l'ombre, méconnaissables, voire effrayants, même s'ils appartenaient sans doute à des voisins venus par curiosité et non par malveillance.

On percevait une tension susceptible de dégénérer en une flambée de violence.

« Dis, Jem, qu'est-ce qu'on va faire ? chuchota Maggie.

— J'en sais rien.

— Tu crois que Mr Blake va avoir des ennuis ?

— Oui.

— Dans ce cas, il faut l'aider », déclara Maggie d'un ton si péremptoire que Jem eut honte de sa couardise.

« Allez, viens », finit-elle par dire, l'air grave. Prenant Jem par la main, elle ouvrit la grille de Miss Pelham. Maisie saisit l'autre main de son frère. Se coulant entre les badauds, tous trois se rapprochèrent du portail de Mr Blake. Là, ils constatèrent la disparité de la foule : ces hommes, femmes et enfants attroupés dans la rue qui se contentaient de regarder, et ce petit groupe d'individus venus tout droit du rassemblement de Cumberland Gardens, qui se pressaient devant chez les Blake. À sa vive surprise, Maggie reconnut parmi eux Charlie Butterfield, bien qu'il se tînt en bordure du groupe, en spectateur qui doit faire ses preuves. « Le salaud ! Qu'est-ce qu'il fabrique là ? grommela Maggie. Faut qu'on détourne leur attention, chuchota-t-elle à Jem. J'ai une idée. Par ici ! » Elle s'élança, l'entraînant avec elle.

« Maisie, retourne auprès des parents ! cria Jem. Tu devrais pas être dehors. »

Maisie ne répondit pas, peut-être ne l'avait-elle même pas entendu. Elle regardait Mr Blake qui, silencieux sur le pas de sa porte, ne répondait à aucune des questions dont le bombardait John Roberts : « Vous êtes imprimeur, Mr Blake. Quel genre de textes imprimez-vous ? Écrivez-vous sur la Révolution française ? Vous avez porté le *bonnet rouge*, n'est-ce pas ? Avez-vous lu Thomas Paine ? Possédez-vous certains de ses ouvrages ? L'avez-vous rencontré ? Dans vos écrits, mettez-vous en doute la souveraineté du roi ? Acceptez-vous, oui ou non, de signer cette déclaration ? »

Tout au long de cet interrogatoire, Mr Blake demeura impassible, le regard absent. Il donnait l'impression d'écouter ces questions sans toutefois se sentir obligé d'y répondre, les accueillant avec une parfaite indifférence.

Pour John Roberts, ce mutisme était l'insolence suprême. « Allez-vous me répondre ou préférez-vous cacher votre culpabilité derrière un mur de silence ? rugit-il. Faudra-t-il vous enfumer pour vous faire parler ? » Là-dessus, il lança sa torche dans le jardin de Mr Blake. Ce geste théâtral eut un effet bien peu spectaculaire : un éphémère brasier de quelques feuilles mortes se perdit bientôt en une maigre volute de fumée que Thomas Kellaway suivit du regard dans le ciel nocturne. Cela le décida. Il avait vu ce qui pouvait arriver à une famille privée de ses moyens d'existence par un incendie. Quels que fussent les arguments des deux parties, nul n'avait le droit de mettre le feu au bien d'autrui, il en était convaincu. Il se tourna vers le bossu qui lui tendait le registre. « Je ne signerai pas », déclara-t-il.

VI

Toujours dans la rue, en face de ces messieurs de l'Association, Maisie scrutait elle aussi le ciel dont le bleu s'assombrissait. Les premières étoiles commençaient d'apparaître. En repérant l'une juste au-dessus d'elle, Maisie se mit à réciter :

J'erre à travers chaque rue putassière
Près des rives de la putassière Tamise,
Je vois un signe sur chaque visage ;
Signe de faiblesse, signe de douleur.

En dépit des deux mois qu'elle venait de passer au lit ou assise au coin du feu, sa voix portait tant et si bien que les badauds reculèrent, et elle se retrouva seule. Le petit groupe massé devant chez les Blake, et auquel s'était joint Charlie Butterfield, l'entendit aussi. À la vue de Maisie, il sursauta. Thomas et Anne Kellaway, dans le jardin voisin, et Miss Pelham, qui s'agitait sur le pas de sa porte, la reconnurent à leur tour. Et jusqu'à Mr Blake dont le regard se posa sur elle comme une bénédiction. D'un discret signe de tête, il l'encouragea à continuer. Elle respira à fond et récita la deuxième strophe.

Dans chaque cri de chaque homme,
Dans chaque cri d'effroi de l'Enfant,
Dans chaque voix, dans chaque malédiction,
J'entends les menottes forgées par l'esprit.

Cette fois, Jem et Maggie l'entendirent. Ils s'étaient détachés de la foule et accroupis derrière une haie, en face du numéro 13. Maggie se redressa et jeta un coup d'œil. « Qu'est-ce qui lui prend, bon sang !

— Seigneur ! marmonna Jem en apercevant sa sœur.

— Qu'est-ce que c'est ? Tais-toi, ma fille ! Que quelqu'un la fasse taire ! hurla John Roberts.

— Oh, laissez-la tranquille ! riposta un badaud.

— Vite ! chuchota Maggie. Allons-y, c'est le moment ! Choisis bien ta cible et prépare-toi à détaler. » Elle fureta dans les herbes en quête de crottin gelé, les balayeurs les expédiaient par-dessus la haie. Après avoir visé avec soin, Maggie lança son projectile avec une telle vigueur qu'il alla voler au-dessus de la foule, au-dessus de Maisie, et atterrit sur ceux qui s'en prenaient à Mr Blake. « Aïe ! » s'écria l'un d'eux à la plus grande joie des badauds.

Jem lança un autre crottin, atteignant l'un des hommes dans le dos.

« Hé là ! Qui a fait ça ? »

Même sans voir les visages, Jem et Maggie comprirent que leur action produisait son effet : laissant là Mr Blake, le groupe se disloqua pour scruter l'obscurité. Au crottin de cheval Jem et Maggie adjoignirent des carottes ratatinées, mais cette fois ils ratèrent leur cible : un de leurs missiles acheva sa course contre un carreau des Blake ; par chance, il ne le brisa pas. « Voyons, Maggie ! Fais attention ! » gronda Jem.

Prenant alors la parole, Mr Blake récita la fin du poème d'une voix si forte qu'il imposa silence à ceux qui étaient devant sa porte :

Et le cri du ramoneur
Qui fait trembler les églises assombries
Et le soupir du malheureux soldat
Est du sang qui court sur les murs du palais.

Mais surtout, dans les rues de minuit j'entends
Comment le blasphème de la jeune putain
Étouffe les pleurs du nouveau-né
Et de ses souillures empeste le corbillard du mariage.

Cette fois, Maggie tapa dans le mille : un chou à moitié pourri atteignit John Roberts en pleine tête au moment où Mr Blake récitait le dernier vers. Des rires et des hourras s'élevèrent de la foule. John Roberts vacilla sous le choc en s'écriant : « Attrapez-les ! »

Une poignée d'hommes se détacha et se fraya un chemin jusqu'à la haie. Se méprenant sur la provenance des projectiles, d'autres se rabattirent sur les badauds. Saisissant une boule de crottin gelé, Charlie Butterfield la lança sur un gaillard chauve et trapu qui réagit par un joyeux mugissement et fonça dans la clôture des Blake, la renversant d'un coup de pied comme si elle eût été en paille. À cause de sa faconde, John Roberts lui parut un ennemi en puissance, aussi lui rentra-t-il dans le torse la tête la première. Ceux qui s'étaient assemblés dans l'espoir d'une grande mêlée n'attendaient que ce signal : ils se mirent à lancer tout ce qu'ils trouvaient — leurs poings même, faute de mieux. Bientôt, les fenêtres des Blake, celles aussi de leurs voisins, John Astley et Miss Pelham, volèrent en éclats. On criait et on se battait dans la rue.

Prise au milieu de cette mêlée, Maisie chancelait, tremblant de peur. Elle s'effondra au moment où Charlie Butterfield la rejoignait. Il passa le bras autour d'elle et la traîna plutôt qu'il ne la porta jusque chez les Blake. Sur le pas de sa porte, son jardin enfin évacué, Mr Blake suivait l'échauffourée. Maisie esquissa un sourire épuisé. « Merci,

Charlie », murmura-t-elle. Embarrassé, Charlie inclina la tête, puis s'éloigna à pas de loup, peu fier de lui.

Voyant les hommes de l'Association s'approcher de la haie, Maggie saisit le bras de Jem. « Filons ! chuchota-t-elle. Suis-moi ! » Elle traversa à toutes jambes le champ derrière eux, trébuchant dans l'obscurité sur des mottes de terre, se tordant les pieds dans des sillons gelés ou les carrés de légumes, se piquant aux ronces et aux orties, se heurtant les orteils contre des briques, s'empêtrant dans des filets censés éloigner les oiseaux et les lapins des récoltes. Elle entendait les halètements de Jem par-derrière et, au loin, les cris de la foule. Entre le rire et les larmes, elle murmura à Jem : « On les a eus, hein ? On les a bien eus !

— Oui, mais faudrait pas qu'ils nous attrapent ! »

Jem avait rejoint Maggie. Il la tira par la main.

Ils atteignirent Carlisle House, la grande demeure en lisière du champ, dont ils contournèrent la grille. Ils débouchèrent sur l'allée menant à Royal Row, qu'éclairaient chichement quelques maisons et le Canterbury Arms.

« Pas question de passer par là, on nous remarquerait tout de suite ! », haleta Maggie.

Elle regarda à droite et à gauche, puis elle franchit la haie, tout en maudissant les ronces et les broussailles. Ils se précipitèrent de l'autre côté de la route et s'élancèrent par-dessus la haie d'en face. Sentant que leurs poursuivants, bien qu'essoufflés, se rapprochaient, ils redoublèrent de vitesse pour la traversée du second champ, plus grand que le précédent, et cette fois-ci sans les lumières de Carlisle House pour les éclairer — en fait, il n'y avait plus que des champs jusqu'aux entrepôts sur les berges de la Tamise.

Ils ralentirent, s'efforçant de ne pas se faire repérer. Au-dessus d'eux, les étoiles de plus en plus nombreuses piquaient le ciel bleu sombre. Respirer cet air glacé donnait à Jem l'impression qu'un couteau lui entaillait la gorge. Sans cette meute à leurs trousses, il eût davantage apprécié la beauté de la voûte céleste à la tombée de la nuit.

Maggie était de nouveau en tête, mais elle allait de plus en plus lentement. Quand elle s'arrêta sans crier gare, Jem lui rentra dedans.

« Qu'y a-t-il ? Où sommes-nous ?

— Près de Cut-Throat Lane. Je cherche quelque chose…

— Quoi ? »

Maggie hésita, puis murmura : « Un vieux four à briques qu'il y a par ici. On pourrait s'y cacher. Je m'y suis déjà… C'est une bonne cachette. Le voilà ! »

Ils se cognèrent contre une construction en brique grossière, une espèce de boîte rectangulaire qui leur arrivait à la taille et s'effondrait à une extrémité.

« Viens, on pourra y tenir tous les deux. » Se baissant, Maggie rampa dans le trou noir. Jem s'accroupit, mais ne la suivit pas. « S'ils nous trouvaient ici, nous serions pris comme un renard dans sa tanière, alors qu'en restant à l'extérieur nous pourrons, au moins, nous enfuir.

— Si on court, ils nous rattraperont. Ils sont plus rapides et plus nombreux que nous. »

Entendant les hommes foncer à travers le champ, Jem finit par se décider. Il se glissa dans le recoin sombre et se pressa contre Maggie. À l'odeur d'argile et de fumée se mêlaient les senteurs du vinaigre sur la peau de Maggie.

Ils se blottirent l'un contre l'autre, essayant de reprendre haleine. Au bout d'une minute, ils se détendirent et leur respiration retrouva un rythme normal, en parfaite unisson.

« Pourvu qu'il arrive rien à Maisie, murmura Jem.

— Mr Blake la protégera.

— Et nous, qu'est-ce qu'ils nous feront s'ils nous trouvent ?

— Ils nous trouveront pas. »

Ils tendirent l'oreille. Leurs poursuivants semblaient s'être éloignés, on aurait dit qu'ils se dirigeaient vers Lambeth Palace.

Maggie s'esclaffa. « Le chou… ! Tu as vu ?

— Bravo ! » Jem sourit. « Tu as diablement bien visé !

— Merci, mon ami du Dorset ! » Maggie s'emmitoufla dans son châle et se pressa contre Jem.

« Approche-toi, je te réchaufferai », dit-il, la sentant trembler. Il l'entoura de son bras, l'attira vers lui. Elle posa la main sur son épaule et, alors qu'ils étaient ainsi enlacés, elle enfouit son visage dans le cou de Jem. « Tu as le nez gelé ! » s'écria-t-il.

Maggie releva la tête en riant, Jem remarqua l'éclat de ses dents. Leurs lèvres se joignirent et ce contact d'une douce tiédeur dissipa la terreur glacée de cette longue soirée.

VII

Le baiser dura moins longtemps qu'ils ne l'auraient souhaité ou prévu, car une torche enflammée surgit devant eux et un visage sortit des ténèbres. Maggie poussa un cri vite étouffé, qui ne porta qu'à quelques pas.

« Je savais bien que je vous trouverais ici en train de vous tenir chaud ! » Charlie s'accroupit pour les regarder.

« Toi, Charlie ! Tu m'as flanqué une de ces frousses ! » s'écria Maggie en s'écartant de Jem.

Charlie enregistrait leurs moindres mouvements, leur proximité, la hâte avec laquelle ils se détachèrent l'un de l'autre, leur embarras. « Vous vous êtes dégotté une jolie petite cachette, hein ?

— Qu'est-ce que tu fais ici, Charlie ?

— Je te cherchais, sœurette. Comme tous les autres.

— Et qu'est-ce que tu fabriquais avec ces gars devant la maison de Mr Blake ? Tu te fiches pourtant pas mal de tout ça. Pourquoi tu embêtais Mr Blake ? Il t'a rien fait. » S'étant vite ressaisie, Maggie s'efforçait de reprendre la situation en main.

Charlie éluda ses questions. Obstiné, il revint au sujet qui, comme il le savait, gênait le plus sa sœur. « Alors, tu es revenue par ici, Miss Cut-Throat ? Drôle d'endroit pour emmener son amoureux. Les lieux du crime ! C'est vrai que ça s'appelait jadis Lovers Lane. Jusqu'à ce que tu viennes en changer le nom ! »

Maggie tressaillit. « La ferme ! cria-t-elle.

— Comment ça ? Tu lui as rien dit, Miss Cut-Throat ? » Charlie semblait prendre un malin plaisir à répéter ce surnom.

« Assez, Charlie ! » s'exclama Maggie sans se soucier d'être entendue par leurs poursuivants.

Dans l'étroit espace qu'ils partageaient, Jem sentit qu'elle tremblait de tout son corps. Il dit à Charlie : « Tu pourrais pas…

— Tu devrais peut-être demander à ta petite amie ce qui s'est passé ici, interrompit Charlie. Vas-y, demande-lui !

— Tais-toi, Charlie ! Tais-toi, tais-toi ! hurla Maggie de plus en plus fort. Je vais te tuer ! »

Charlie sourit. La lumière de la torche déformait ses traits. « Oh, je sais que tu en es tout à fait capable, ma chère sœur. Tu m'as déjà montré ton savoir-faire.

— Tais-toi ! », ordonna Jem.

Charlie éclata de rire. « Voilà que tu t'y mets, toi aussi. Écoutez, je vais laisser aux autres le soin de décider de votre sort. » Il se leva et cria : « Hé oh ! Ils sont ici ! »

Sans réfléchir, Jem se redressa d'un bond, attrapa une brique et en frappa Charlie sur la tempe. Abasourdi, Charlie le regarda, sa torche vacillant entre ses mains. Jem s'en saisit à l'instant où Charlie s'effondrait, heurtant sa tête contre le four ; le choc fut si violent qu'il ne se releva pas.

Saisi d'effroi, Jem serrait la torche entre ses mains. Il passa sa langue sur ses lèvres, se racla la gorge, tapa du pied dans l'espoir que Charlie bougerait. En vain. Un filet de sang coulait de son front. Paniqué, Jem lâcha la brique, s'agenouilla près de lui, approcha de son visage la lueur flottante de la torche. Au bout d'un moment, il vit la poitrine de Charlie se soulever doucement puis retomber.

Jem se tourna vers Maggie, accroupie dans le trou, les bras autour de ses genoux, parcourue de violents frissons.

Cette fois, il ne la rejoignit pas ; tout en l'éclairant, il la regarda. « C'est quoi, cette histoire de crime ? » demanda-t-il.

Maggie serra plus fort ses genoux, s'efforçant de contrôler les spasmes qui la secouaient. Elle ne lâchait pas des yeux la brique à côté de son frère. « Tu te souviens de la fois où on avait perdu Maisie à Londres ? On la cherchait partout et tu m'as demandé si j'avais assisté au crime de Cut-Throat Lane, tu te souviens ? »

Jem hocha la tête.

« Eh bien, oui, tu avais raison, j'y étais, mais c'est pas tout. C'était il y a environ un an. Je revenais des bords du fleuve, près de Lambeth Palace où, en fouillant dans la boue à marée basse, j'étais tombée sur une drôle de petite cuiller en argent. Toute fière de ma découverte, me voilà partie à la recherche de Papa, sans prévenir la bande d'amis qui étaient avec moi. J'avais hâte de savoir ce que pouvait valoir ma trouvaille et Papa s'y connaît dans ce genre de choses. Il prenait un verre à l'Artichoke, tu sais, ce pub de Lower Marsh où je t'ai emmené quand nous nous sommes rencontrés et où tu as fait sa connaissance et celle de… » Elle désigna son frère qui gisait inanimé. « … cet abruti. Il y avait du brouillard ce jour-là, mais on parvenait encore à s'orienter. Pour aller plus vite, j'ai pris Lovers Lane. Je n'avais aucune inquiétude : j'étais passée par là des tas de fois. Ce jour-là, pourtant, en arrivant à l'angle, j'ai aperçu… un homme. Il allait dans la même direction que moi, mais lentement, si lentement que je l'ai rattrapé. Il n'était pas très vieux, c'était… juste un homme, quoi. J'ai pas pensé à ralentir pour rester derrière lui, j'avais qu'une idée en tête, arriver à l'Artichoke pour montrer la cuiller à Papa. J'ai dépassé le type, en le regardant à peine. Il m'a dit : “Pourquoi tu cours comme ça ?” Je me suis retournée et il… il m'a attrapée et il a pressé un couteau contre ma gorge. » Maggie se contracta, comme si elle sentait encore le métal froid contre sa peau.

« Il a commencé par me demander si j'avais de l'argent sur moi, je lui ai donné un penny, c'était tout ce que j'avais. Je voulais garder la cuiller, après tout ce temps passé à remuer la boue ! Elle était au fond de ma poche, mais il l'a quand même trouvée. J'aurais mieux fait de la lui donner tout de suite, j'ai été stupide de la cacher parce que ça l'a rendu furieux. Il m'a... » Maggie s'interrompit, ravala sa salive. « Du coup, il m'a traînée ici. » Elle tapota les murs vétustes du four à briques.

Charlie battit des paupières et se toucha la tête en gémissant. Prenant la torche dans l'autre main, Jem ramassa la brique, content d'avoir un prétexte pour ne pas regarder Maggie et soulagé de constater que Charlie n'était pas gravement blessé. Il doutait qu'il eût à l'assommer de nouveau, mais tenir la brique le rassurait.

Charlie roula sur le côté, puis s'assit. « Oh ! là ! là ! ma tête ! » Il regarda autour de lui. « Espèce de salaud, va ! grogna-t-il en apercevant Jem avec la brique.

— Tu l'as bien cherché, Charlie. Au moins, Jem, il est prêt à me défendre. » Maggie se tourna vers Jem. « Figure-toi que Charlie m'a vue aux prises avec cet homme. Il descendait l'allée et il nous a aperçus ici, dans le four. Il s'est approché, mais il a rien fait ! Il s'est contenté de rester planté là en ricanant !

— Je savais pas que c'était toi ! » protesta Charlie, qui porta aussitôt les mains à sa tête ; crier lui faisait mal. « Je savais pas que c'était toi, répéta-t-il avec moins de véhémence. Je t'ai pas reconnue tout de suite. Je voyais juste une robe couverte de boue et des cheveux bruns. Plein de filles ont les cheveux bruns. Je t'ai reconnue quand tu...

— Tu laisserais donc une fille qui se fait agresser se débrouiller toute seule ? C'est bien ce que tu as fait quand Maisie se trouvait dans l'écurie. Tu t'es contenté de prendre le large, espèce de lâche !

— Je suis pas un lâche ! hurla Charlie sans se soucier de son violent mal de tête. Et si tu veux savoir, je viens juste de l'aider, Maisie. »

À la seule mention de son nom, Jem revit sa sœur récitant le poème de Mr Blake au milieu de la foule. « Je dois retourner m'assurer qu'il ne lui est rien arrivé », annonça-t-il. D'un geste brusque, il tendit la torche à Maggie qui le regarda, l'air désemparé.

« Tu veux pas entendre la fin de mon histoire ? s'étonna-t-elle.

— Je la connais maintenant. Je devine ce qui s'est passé.

— Non, tu la connais pas ! Ce n'était pas ce que tu crois ! Il a pas réussi à me faire ça ! Je l'en ai empêché ! Lorsqu'il s'est couché sur moi en se tripotant, il a laissé tomber son couteau. Je l'ai attrapé et je le lui ai… je le lui ai…

— Elle le lui a planté dans la gorge, acheva Charlie. En plein milieu, comme pour les cochons. Puis elle lui a tailladé le visage. Si t'avais vu tout ce sang ! » Il disait cela d'un ton admiratif.

Jem regarda Maggie. « Tu… tu l'as tué ? »

Maggie serra les mâchoires. « On appelle ça de la légitime défense, comme ce que tu viens de faire à Charlie. J'ai pas attendu de voir si je l'avais tué. J'ai filé. Mes vêtements étaient tellement pleins de sang que j'ai dû les jeter et en voler d'autres.

— Mais moi, je suis resté, murmura Charlie. Je l'ai regardé mourir. Ça a pris pas mal de temps parce qu'il a saigné à mort. »

Maggie scruta le visage de son frère. Soudain une idée lui vint à l'esprit. « Tu lui as repris la cuiller, pas vrai ? »

Charlie hocha la tête. « Je croyais qu'elle était à lui. Je savais pas qu'elle était à toi.

— Tu l'as encore ?

— Non, je l'ai vendue. C'était une cuiller pour mesurer le thé. J'en ai obtenu un bon prix.

— Cet argent m'appartient. »

Le coup que Charlie avait reçu sur la tête semblait l'avoir radouci car il ne protesta pas. « Je l'ai dépensé, mais je te le rendrai », dit-il.

Jem n'en croyait pas ses oreilles : comment pouvaient-ils discuter de cuiller à thé et d'argent après une histoire pareille ? Maggie ne tremblait plus, elle s'était apaisée. C'était au tour de Jem de frémir de tout son corps.

« Je ferais mieux de rentrer, dit-il. Maisie doit avoir besoin de moi.

— Attends, Jem ! dit Maggie. Tu veux pas… ? » Elle le regardait d'un air suppliant, en se mordant les lèvres. Jem frissonna à la pensée que, quelques minutes plus tôt, il avait embrassé ces lèvres — il avait embrassé une meurtrière. « Faut que j'y aille », dit-il en lâchant la brique, et il s'éloigna en titubant dans l'obscurité.

« Attends, Jem ! On vient avec toi ! cria Maggie. Emporte au moins la torche ! »

Mais Jem avait déjà atteint Cut-Throat Lane. Il s'y engagea en courant, dans une sorte de torpeur, laissant ses pieds trouver le chemin de la maison.

VIII

Le temps que Jem arrive à Hercules Buildings, la foule s'était dispersée, mais l'échauffourée avait laissé des traces : briques, crottin, bâtons et autres munitions traînaient par terre, de nombreuses maisons avaient des vitres brisées. Les voisins s'étaient regroupés pour monter la garde afin d'empêcher les voleurs de profiter de l'accès facile qu'offraient les fenêtres béantes. Une voiture stationnait devant chez les Blake.

La maison de Miss Pelham était presque aussi illuminée qu'un pub. Comme si la logeuse avait voulu afficher au grand jour ses convictions. En entrant, Jem reconnut la voix de son père dans le salon. Les chevrotements de Miss Pelham l'interrompirent : « Je suis navrée de savoir que la santé de votre fille vous soucie, mais je ne puis, en mon âme et conscience, garder un jour de plus sous ce toit des sympathisants de la Révolution. Je vous le dis carrément, Mr Kellaway : vous avez de la chance que ce soit une nuit d'hiver et qu'il fasse aussi froid, sinon vous seriez déjà dehors, dans la rue.

— Mais où voulez-vous qu'on aille ? gémit Thomas Kellaway.

— Vous auriez dû y réfléchir quand vous avez refusé de signer la déclaration, et devant tout le monde, par-dessus le marché ! Que vont penser les voisins ?

— Mais Mr Blake...

— Mr Blake n'a rien à voir là-dedans. Il s'en mordra les doigts lui aussi. Vous n'avez pas signé, par conséquent, vous ne resterez pas ici. Je souhaite que vous soyez partis avant demain à midi. Au matin, j'irai à l'Association. Je suis sûre que ces messieurs s'empresseront de me donner un coup de main si vous êtes encore là à mon retour. D'ailleurs, s'ils n'avaient pas été aussi sauvagement attaqués ce soir, ils seraient sans doute déjà ici et non pas en train de pourchasser des voyous. Au fait, puis-je vous demander où est votre fils ? »

Avant que Thomas Kellaway ait pu bredouiller une réponse, Jem entra. Miss Pelham tourna brusquement la tête telle une poule en colère et le fustigea du regard.

« Je suis ici, marmonna Jem. Qu'est-ce que vous me vouliez ? » Il ne semblait plus y avoir de raison d'être poli avec elle.

Percevant son changement d'attitude, Miss Pelham, inquiète, se mit sur la défensive. « Sortez d'ici, mon garçon ! Qui vous a permis d'entrer chez moi ? » Là-dessus, comme pour donner l'exemple, elle se précipita vers la porte. Voir qu'elle avait peur de lui procurait à Jem une brève sensation de puissance, dont il ne tirerait aucun profit, si ce n'est le plaisir de la voir trembler : rien n'empêcherait cette femme de les mettre dehors.

Il s'adressa alors à son père, debout au milieu de la pièce, la tête inclinée. « Papa, Maman te demande de monter », dit-il, lui fournissant un prétexte pour échapper à la mégère.

Tom Kellaway regarda son fils et pour une fois, ses yeux bleus, si las fussent-ils, fixaient ce qu'il avait devant lui et non quelque point distant. « Je suis navré, dit-il. Je nous ai fichus dans de bien mauvais draps !

— Mais non, pas du tout, Papa, protesta Jem, conscient que Miss Pelham tendait l'oreille. C'est juste qu'on a besoin de toi là-haut. » Il se tourna, bouscula Miss Pelham et sortit de la pièce, convaincu que son père le suivrait. En entendant leurs pas pesants dans l'escalier, Anne Kellaway passa la tête par la porte entrebâillée, derrière laquelle elle avait écouté la conversation. Quand elle ne vit plus que deux dos disparaissant dans la pénombre, la logeuse s'enhardit ; elle sortit dans le couloir, et leur cria : « Je veux que vous soyez partis demain à midi. À midi, vous m'entendez ? Y compris votre fille. Après tout, c'est bien de sa faute si elle se trouve dans cet état. J'aurais dû vous flanquer dehors il y a deux mois, quand elle… »

Jem pivota sur ses talons : « Taisez-vous ! » hurla-t-il. Pressentant qu'après tous ces mois passés à les épier derrière ses rideaux, Miss Pelham allait tout révéler, il n'avait d'autre choix que de la rudoyer pour l'en empêcher. « Fermez-la, sale garce ! »

Miss Pelham en resta interdite, les yeux écarquillés. Soudain, comme si quelque main invisible la tirait par une ficelle autour de sa taille, elle recula à toute allure jusqu'au salon, claquant la porte derrière elle.

Anne et Thomas Kellaway regardèrent leur fils d'un air ébahi. Anne Kellaway s'effaça pour laisser entrer ses hommes, puis elle referma la porte au monde extérieur.

« Et maintenant, qu'est-ce qu'on va faire ? soupira-t-elle en regardant autour d'elle. Où pouvons-nous aller ? »

Thomas Kellaway s'éclaircit la voix. « Chez nous. On repart au pays. » Tout en disant ces mots, il eut l'impression qu'il s'agissait là de la décision la plus importante qu'il eût jamais prise.

« On peut pas faire ça ! protesta sa femme. Maisie n'est pas assez remise pour faire le voyage par un temps pareil ! »

Tous se tournèrent vers Maisie. Comme chaque jour ou presque depuis deux mois, elle était assise, emmitouflée, au coin du feu. Ce soir, elle avait les yeux brillants, non pas de fièvre, mais à cause de cette soirée si agitée. Elle jeta un coup d'œil vers eux, puis son regard alla se perdre de nouveau dans le feu. Anne Kellaway contemplait sa fille tout en se creusant la tête pour trouver des réponses aux questions que Miss Pelham avait soulevées. « Maisie… commença-t-elle.

— Laisse-la, Maman, interrompit Jem. Laisse-la tranquille. Elle va bien. N'est-ce pas, Maisie ? »

Maisie sourit à son frère. « Oui. Oh, Jem, si tu savais comme Mr Blake était reconnaissant ! Il m'a chargée de vous remercier, Maggie et toi, pour tu sais quoi. Et il m'a remerciée, moi aussi. »

Elle rougit et baissa les yeux. À cet instant, Anne Kellaway sentit, comme cela lui était si souvent arrivé à Londres, que ses enfants vivaient dans un monde différent du sien.

« J'ai une idée ! » s'écria soudain Jem. Il dégringola l'escalier et parvint à la voiture garée devant la maison voisine au moment où les Blake y montaient.

Juillet 1793

viii.

I

Maggie était persuadée d'avoir déjà entendu le joueur de vielle : lors de son dernier passage à Hercules Buildings, il avait massacré la même ritournelle, jusqu'aux fausses notes. Adossée au mur qui clôturait le terrain du cirque Astley, elle l'accompagnait toutefois, en fredonnant *Au trou, pauvre Robin*. Une dizaine de Dorset Crosswheels achevés sur les genoux, elle envisageait de s'attaquer à des boutons de bottes. Fatiguée après avoir passé la nuit à aider sa mère avec la lessive, elle bâilla et s'étira avant de se remettre à l'ouvrage. Bien qu'elle eût décidé de troquer moutarde et vinaigre contre lessive et boutons, elle ne se voyait guère passant sa vie à ce genre d'occupation. À l'inverse de sa mère, elle dormait mal durant la journée, et se réveillait toujours avec l'impression d'avoir raté quelque événement important — incendie, émeute ou visiteur. Elle voulait rester au moins à demi éveillée.

Le vielleur jouait à présent *Jolie Kate et Danny*, Maggie ne put s'empêcher de l'accompagner :

Au bord de la rivière il l'amena
La jolie Kate et Danny
Au bord de la rivière il l'amena

Son jupon très haut il retroussa
Et sur sa croupe il chevaucha
Hardi, hardi, petit Danny.

Quarante semaines plus tard
La jolie Kate et Danny
Quarante semaines plus tard
Un petit garçon lui naquit
Et petit Danny elle l'appela !

L'homme se tut. D'un pas nonchalant, Maggie se dirigea vers les marches de Hercules Hall sur lesquelles il était assis.

« Dis-moi, petite canaille, aboya-t-il en l'apercevant. T'as pas fini de rôder par ici ?

— Et vous, vous avez pas fini de bousiller ces pauvres chansons ? rétorqua Maggie. On vous a jamais dit qu'il fallait plus les jouer ? Vous feriez bien de laisser tranquille *Jolie Kate et Danny,* si vous ne voulez pas vous faire embarquer par l'Association. »

L'homme fronça les sourcils.

« Qu'est-ce que tu racontes ?

— D'où vous sortez ? Vous avez pas le droit de chanter des chansons paillardes, faut jouer celles qu'on a écrites pour vous, en l'honneur du roi et compagnie. Vous saviez pas ? »

Maggie se redressa et brailla sur l'air du *God Save the King* :

Chantons la gloire du bon roi George
Que toutes nos voix s'élèvent pour le célébrer.
La Grande-Bretagne a bien des charmes
Son beau sourire nous désarme
Dieu nous préserve de tout mal,
Dans nos cœurs son nom est sacré.

« À moins que vous préfériez celle-ci ? » Elle entonna sur l'air du *Rule Britannia* :

Depuis que le roi George porte couronne
Ses sujets mènent vie si douce et bonne…

Elle s'interrompit et s'esclaffa devant la mine déconfite du joueur de vielle. « C'est idiot ? Je sais bien. Mais je vois pas pourquoi vous vous fatiguez à jouer. Vous saviez pas que Mr Astley est pas là ? Il est parti à la guerre en France. Il est rentré de Liverpool cet hiver et quand il a appris que le roi de France avait été guillotiné et que l'Angleterre avait déclaré la guerre à la France, il s'en est allé aussitôt offrir ses services.

— Je me demande bien à quoi que ça peut lui servir dans cette guerre de savoir danser sur un cheval ?

— Non, non, je parle d'Astley père, pas du fils. John Astley est toujours ici, c'est lui le patron du cirque. Et je peux vous garantir qu'il est pas comme son père, il embauche pas des musiciens des rues, alors vous, mon pauvre, vous pouvez aller vous mettre au vert. »

L'homme fit la grimace.

« Qu'est-ce qu'il fabrique là-bas, le vieux ? Il est trop gras pour monter à cheval ou pour se battre ! » Maggie haussa les épaules.

« Il voulait y aller, il prétendait que c'était son devoir d'ancien soldat. En plus, il envoie des descriptions de batailles que John Astley met en scène. Les gens y comprennent pas grand-chose, mais on s'amuse bien. »

Le musicien défit la sangle de la vielle.

« Attendez, plaida Maggie, vous voulez pas me jouer quelque chose avant de partir ? » L'homme la regarda. « Disons que t'es une sacrée petite canaille, mais puisque tu m'as évité de perdre mon temps ici, j'accepte. Laquelle tu veux ?

— *Tom Bowling* », répondit-elle, consciente que cette chanson lui rappellerait Maisie Kellaway : ne l'avait-elle pas chantée près des entrepôts au bord du fleuve, à l'époque où Jem et Maggie se connaissaient encore à peine ?

Peu à peu, la gorge de Maggie se dénoua et elle se mit à fredonner. Le souvenir de Maisie chantant ravivait la douleur sourde qui ne l'avait pas quittée depuis le départ de Jem.

Personne n'avait jamais manqué à Maggie auparavant. Pendant un certain temps, cette sensation n'avait pas été désagréable, elle s'imaginait bavardant avec Jem, revisitait par la pensée des lieux où ils étaient allés : Soho Square, les niches du pont de Westminster, et même le four à briques où elle l'avait vu pour la dernière fois. Au travail, elle avait rencontré une fille du Dorset, elle lui demandait de parler, juste pour entendre l'accent. Dès que l'occasion se présentait elle mentionnait Jem et les Kellaway à ses parents, à seule fin de prononcer son nom. Hélas, rien de tout cela ne le faisait revenir, mais évoquait, en fait, l'horreur qu'elle avait lue sur son visage, cette nuit-là.

Au milieu du second couplet, une femme se mit à chanter. Maggie tourna la tête : cette jolie voix claire semblait venir de chez les Blake ou du jardin de Miss Pelham. Ce ne pouvait être celle de Miss Pelham : la demoiselle n'était pas du genre à roucouler. Quant à Mrs Blake, jamais elle ne l'avait entendue chanter. Peut-être s'agissait-il de la bonne de Miss Pelham ; mais la fille était si timide que Maggie se demandait si elle avait seulement une voix !

Le temps qu'elle place la brouette du cirque contre le mur, la vielle et le chant s'étaient tus. Maggie grimpa néanmoins sur la brouette et se hissa sur le mur, curieuse de savoir ce qui se passait dans les jardins.

Pas un chat dans celui de Miss Pelham, mais une femme agenouillée s'activait dans le potager des Blake. Vêtue d'une robe légère et d'un tablier, elle était coiffée d'un bonnet à larges bords pour se protéger du soleil. À première vue Maggie la prit pour Mrs Blake, mais elle était plus petite et se déplaçait avec moins d'aisance. Maggie avait entendu dire que les Blake avaient embauché une servante, mais elle ne l'avait pas vue, car Mrs Blake continuait à faire les courses. Maggie n'était pas allée au 13 Hercules Buildings depuis plusieurs mois. Jem absent, elle n'osait plus aller frapper à leur porte, même si Mr Blake ne manquait pas de la saluer et de prendre de ses nouvelles lorsqu'il la croisait dans la rue.

Elle regardait œuvrer la servante quand elle entendit les sabots d'un cheval qui descendait l'allée en direction des écuries de Hercules Hall. La fille interrompit sa tâche et prêta l'oreille. Maggie en fut quitte pour une double surprise : tout d'abord, la silhouette dans le potager n'était autre que celle de Maisie Kellaway.

« Maisie ! » s'écria-t-elle.

Maisie se retourna. Maggie escalada le mur et courut vers elle. Pendant une fraction de seconde, il lui sembla que Maisie allait se relever et filer se réfugier dans la maison, mais elle se ravisa et resta là, accroupie au milieu des légumes.

« Maisie, qu'est-ce que tu fais ici ? dit Maggie. Moi qui te croyais dans le Dorset ! T'es pas — attends une minute... » Elle réfléchit un moment puis s'exclama : « C'est donc toi la bonne des Blake ! T'es jamais repartie à Piddle machin chouette, dis ? T'as pas bougé d'ici !

— C'est bien ça », murmura Maisie. Contemplant la bonne terre du potager, elle repéra une mauvaise herbe au milieu des carottes et l'arracha.

« Mais pourquoi tu m'as rien dit ? reprit Maggie, saisie d'une furieuse envie de la secouer. Pourquoi tu te caches ? Et pourquoi tu t'es sauvée sans dire au revoir ? Je sais bien que cette vieille sorcière de Miss Pelham voulait vous flanquer à la porte, mais t'aurais quand même pu dire au revoir, après tout ce qu'on a vécu ensemble ! » En réalité, c'était à Jem qu'elle s'en prenait, Jem cet absent dont le souvenir lui faisait monter les larmes aux yeux.

Chez Maisie, les larmes n'étaient jamais loin. « Oh, Maggie, je te demande vraiment pardon ! » dit-elle, la voix entrecoupée de sanglots. Maggie se releva et prit son amie dans ses bras. Elle en fut alors pour sa seconde surprise : elle sentait maintenant contre elle ce qu'elle n'avait pu voir quand Maisie était à genoux, cet enfant que Maisie portait dans son ventre.

Les larmes de Maggie s'arrêtèrent net lorsque le gros ventre de Maisie s'interposa entre elles. Rejetant la tête en arrière, elle le regarda et, pour une fois, ne trouva rien à dire.

« Tu vois, commença Maisie, quand Papa et Maman ont décidé de retourner à Piddletrenthide, il faisait si froid qu'ils ont eu peur que je sois trop faible pour un si long voyage. Mr et Mrs Blake ont offert de me loger. D'abord on est partis chez leurs amis, les Cumberland, pour échapper à ces hommes affreux qui venaient jusqu'à leur porte. Les Cumberland, ils vivent loin dans la campagne ; Egham, qu'il s'appelle, leur village. Ça prend pas longtemps pour y aller, mais assez pour que j'attrape une mauvaise grippe, et qu'on soit forcés de rester là-bas un mois. Si tu savais comme ils ont été gentils avec moi ! Et puis nous sommes rentrés, et j'ai pas bougé d'ici.

— Tu sors jamais ? Je t'ai pas croisée une seule fois ! »

Maisie secoua la tête.

« Je voulais pas, au début du moins. Il faisait un froid atroce, et j'avais des nausées. Et puis je n'avais aucune envie que Miss Pelham et les autres viennent fourrer leur nez dans mes affaires, surtout quand ça a commencé à se voir. Je n'avais pas l'intention de lui donner ce plaisir. » Elle posa une main sur son ventre. « Et puis les gens de l'Association avaient menacé de s'en prendre à Papa. J'ai pensé qu'il valait mieux que je reste ici au calme. Je voulais pas me cacher de toi, crois-moi ! Un jour, après notre retour d'Egham, tu es venue à la porte, et tu as demandé des nouvelles de Jem à Mr Blake, tu te souviens ? Tu voulais savoir où il était et quand il était parti. J'étais à l'étage et je t'ai entendue. Je mourais d'envie de descendre te voir ! Mais je me suis dit qu'il valait mieux que je me cache, même de toi, parce que c'était plus sûr. Je te demande vraiment pardon.

— Mais qu'est-ce que tu fais ici ? » Maggie jeta un coup d'œil par la fenêtre de derrière en direction de l'atelier de Mr Blake, où elle crut l'entrevoir, la tête penchée sur son écritoire.

Maisie répondit d'un ton joyeux :

« Oh, tout plein de choses ! Ils sont merveilleux avec moi. Je donne un coup de main pour la cuisine, la lessive et aussi le jardin maintenant qu'il fait plus doux. Et puis, tu sais, ajouta-t-elle en baissant la voix, je crois que c'est une bonne chose pour eux que je sois là, ça permet à Mrs Blake d'aider son mari. Il est plus tout à fait le même depuis qu'ils s'en sont pris à lui le soir de l'émeute, vois-tu. Les voisins sont bizarres, ils le regardent de travers ; tout ça finit par l'agacer, et il travaille plus aussi bien. Il faut que Mrs Blake le calme, et comme je suis là, elle a le temps. Et puis, j'aide aussi Mr Blake. Tu te rappelles, la presse dans la pièce du devant ? Eh bien, devine ? On fabrique des livres ! Des livres, tu imagines ! Jamais j'aurais pensé qu'un jour je toucherais un livre autre qu'un livre de prières à l'église, et encore moins que j'en fabriquerais un. Figure-toi que Mrs Blake m'a appris à lire — à lire pour de bon, pas seulement des livres de prières, mais de vrais livres ! Parfois, le soir, nous lisons des passages d'un livre qui s'appelle *Le Paradis perdu.* Ça raconte l'histoire de Satan et d'Adam et Ève, c'est passionnant ! Oh, je comprends pas tout, parce que ça parle de personnes et de choses que je connais pas, avec des mots compliqués. Mais c'est tellement agréable à écouter !

— *Le Poirier perdu*, murmura Maggie.

— Et parfois, il nous lit ses poèmes à haute voix. J'adore ça ! » Maisie s'arrêta, tout à ses souvenirs. Puis elle ferma les yeux et se mit à réciter :

Tigre, tigre, brûlant éclair,
Dans les forêts de la nuit ;
Quel œil, quelle main immortelle
A pu ordonner ta terrifiante symétrie ?

Dans quelles profondeurs lointaines, dans quels cieux
Brûlait le feu de tes yeux ?
Sur quelles ailes ose-t-il se dresser ?
Quelle main osa saisir ce feu ?

Et quelle épaule et quel art
Put tordre les muscles de ton cœur ?
Et quand ton cœur commença à battre,
Quelle terrible main, quels terribles pieds ?

« Ça continue, mais c'est tout ce que je me rappelle. »
Maggie en avait le frisson.

« Ça me plaît, dit-elle au bout d'un moment. Mais ça veut dire quoi ?

— J'ai entendu Mr Blake expliquer à un visiteur que ça parlait de la France. Mais à un autre, il a dit qu'il s'agissait du Créateur et de sa création. » Maisie répéta les paroles de Mr Blake, en reproduisant même l'intonation de sa voix, à la cadence qu'il avait dû utiliser, et Maggie éprouva certaine jalousie à l'évocation de ces soirées tranquilles chez les Blake, à lire au coin du feu, à écouter Mr Blake réciter des poèmes ou s'entretenir avec des visiteurs cultivés. La jalousie céda vite la place à la culpabilité quand Maisie passa la main dans son dos pour se soulager du poids du bébé, ce geste rappela à Maggie que la période de grâce dont bénéficiait son amie serait éphémère…

« J'avais pas compris, reprit Maggie en hésitant, que John Astley et toi, en fait, bon, tu sais… Je croyais qu'on était arrivés à temps, Mr Blake et moi. J'ai pas quitté les écuries longtemps, ce soir-là. Je suis revenue aussi vite que j'ai pu. » Maisie baissa les yeux, comme pour traquer les mauvaises herbes. « En tout cas, mon absence a pas été longue. Et Jem, il est au courant ? Et tes parents ? »

Le visage de Maisie se décomposa.

« Oh non ! » Elle se remit à pleurer, à gros sanglots qui la secouaient tout entière. Maggie passa le bras autour de sa taille arrondie et l'amena jusqu'aux marches du cabanon, où elle la laissa poser la tête sur ses genoux et pleurer tout son saoul, verser toutes les larmes qu'elle n'avait jamais osé verser devant les Blake. Elle finit par s'apaiser, se redressa et s'essuya les yeux à son tablier. Son visage, qui s'était épaissi ces derniers mois, était marbré de taches rouges. Elle était coiffée d'un vieux bonnet, sans doute hérité de Mrs Blake ; Maggie se demanda où était passée sa ridicule coiffe à fanfreluches du Dorset. « Qu'est-ce que nous allons en faire de ce bébé ? » demanda-t-elle, surprise elle-même de ce « nous ».

Les larmes de Maisie s'étaient taries, elle était épuisée.

« Papa et Maman n'arrêtent pas de me faire dire de revenir ; ils vont envoyer Jem me chercher. »

Maggie retint son souffle à l'idée de revoir Jem.

« J'ai refusé, je leur ai dit que non, poursuivit Maisie, je me disais qu'il valait mieux que le bébé naisse à Londres. Mrs Blake m'a proposé d'accoucher ici. Ensuite, je pourrais… Je pourrais l'abandonner, et rentrer au pays sans que personne en sache rien. Si c'est une fille, j'aurai qu'à la déposer à l'Orphelinat, juste au coin et si…

— Et si c'est un garçon ?

— Je… Je sais pas, répondit Maisie, en tortillant un coin de son tablier. Il faudrait trouver un endroit pour… »

Incapable d'achever sa phrase, elle en commença une autre.

« Je pourrai pas vivre ici, avec lui la porte à côté. » Elle leva un regard craintif vers les fenêtres de John Astley, puis elle détourna les yeux et enfonça sa coiffe pour qu'on ne la reconnaisse pas.

« Ça m'arrive de l'entendre à travers les murs, et ça me rend… » Maisie frissonna.

« Il est au courant ? demanda Maggie en montrant d'un signe de tête le ventre de Maisie.

— Non ! Et je veux pas qu'il sache !

— Mais il pourrait t'aider... Ne serait-ce que te donner un peu d'argent. »

Tout en disant cela, Maggie savait que John Astley ne ferait même pas ce geste.

« Dommage que Mr Astley il soit pas ici. Lui, au moins, il pourrait faire quelque chose pour toi, sachant que ça sera son petit-fils. »

À ce mot, Maggie eut un nouveau frisson. « Oh ! que non ! Il lèverait pas le petit doigt. Je l'ai entendu parler à Miss Devine. Tu te rappelles, la danseuse de corde ? Elle était dans le même état que moi, et à cause du même homme. Mr Astley a été horrible avec elle : il l'a flanquée à la porte du cirque. Je te garantis qu'il m'aiderait pas. »

Elle jeta un regard absent sur le mur de briques qui séparait la maison des Blake de celle de Miss Pelham. « Miss Devine, une fois, elle a été gentille avec moi. Je me demande ce qu'elle est devenue.

— J'peux te le dire, déclara Maggie. Paraîtrait qu'elle est rentrée accoucher en Écosse.

— C'est vrai ? » À cette nouvelle, le visage de Maisie s'éclaira.

« C'est ça que tu veux faire, toi ? Retourner dans le Dorset ?

— Oh oui ! j'aimerais bien. Mr et Mrs Blake ont été très bons pour moi, et je leur en suis très reconnaissante ; mais les parents me manquent, et surtout Jem, il me manque, c'est terrible.

— À moi aussi, dit Maggie spontanément, trop heureuse de partager ses propres sentiments. Il me manque terriblement à moi aussi. »

Elle se tut, puis ajouta :

« Dans ce cas, faut que tu rentres chez toi. Ils t'accueilleront, n'est-ce pas ?

— Je pense que oui. Mais comment veux-tu que je m'y rende ? J'ai pas un sou et, en plus, je peux pas partir seule, avec le bébé qui va bientôt arriver. J'ose pas demander aux Blake : ils ont un travail fou ces temps-ci, et puis ils ont beau avoir une grande maison, ils roulent pas sur l'or. Mr Blake vend pas grand-chose de ce qu'il imprime, parce que… parce que c'est trop difficile à comprendre. Même Mrs Blake, parfois, elle voit pas où il veut en venir dans ses livres. Oh, Maggie, qu'est-ce qu'on va faire ? »

Maggie n'écoutait que d'une oreille, elle réfléchissait. Comme si on venait de lui raconter une histoire dont il lui incombait d'imaginer le dénouement. « T'inquiète pas, Maisie, reprit-elle. J'ai une idée. »

11

Maggie ignorait la valeur d'une petite cuiller en argent, mais elle supposait que la somme suffirait amplement à payer le trajet en diligence jusqu'à Dorchester pour deux personnes ; le restant irait à Maisie. Elle décida d'entreprendre Charlie bille en tête. Ayant laissé Maisie dans le jardin des Blake, elle fit le tour des pubs que fréquentait son frère, d'abord le Pineapple et Hercules Tavern, puis le Crown and Cushion, l'Old Dover Castle et l'Artichoke avant de se raviser et de revenir au Canterbury Arms. Charlie Butterfield avait un faible pour l'une des serveuses qui avait pansé sa plaie ce jour de décembre dernier après l'épisode de Cut-Throat Lane. À vrai dire, depuis la confrontation devant chez les Blake, Charlie cherchait à prendre ses distances vis-à-vis de l'Association dont les membres faisaient l'objet d'une discrète hostilité de la part du Canterbury Arms, ainsi étaient-ils contraints d'attendre leur tour un peu plus longtemps pour se voir servir une bière aigre.

Maggie le découvrit au comptoir, il bavardait avec la serveuse.

« Faut que je te parle, lui dit-elle. C'est important. »

Charlie accueillit la requête de Maggie avec un petit sourire narquois. Après une œillade à la fille, il suivit sa sœur qui l'emmena dans un coin tranquille. Depuis ce fameux soir à Cut-Throat Lane, leur animosité mutuelle avait cédé la place à une entente tacite amorcée par le coup que Jem avait porté à Charlie et scellée par l'assistance de Maggie qui, des ténèbres, avait ramené son frère tout étourdi et en sang vers les lumières du pub. Elle ne lui gardait plus rancune pour ce qui s'était passé dans l'allée, et lui, de son côté, ne la tourmentait plus. Si douloureux qu'eussent été ses aveux à Jem cette nuit-là, Maggie s'était depuis lors sentie plus mûre et plus légère, comme délestée d'un poids.

« J'ai besoin de l'argent de la petite cuiller », annonça d'emblée Maggie lorsqu'ils s'assirent.

Elle avait découvert ces temps-ci qu'avec son frère, mieux valait aller droit au but.

Charlie regarda sa sœur en levant ses sourcils, tous deux tailladés depuis le coup que lui avait porté Jem. « T'en as besoin pour quoi ?

— Pour Maisie. » Elle expliqua ce qui était arrivé.

Charlie frappa la table avec sa chope.

« Le salaud ! J'aurais dû lui démolir la tronche, ce soir-là.

— Une chose est sûre, maintenant c'est trop tard. »

Maggie s'étonnait de la facilité avec laquelle son frère sortait de ses gonds sous n'importe quel prétexte. Même ses tentatives de séduction étaient empreintes de violence, et il se vantait souvent des formidables coups de poing assénés à ses rivaux.

Charlie se rassit et sirota sa bière.

« De toute façon, j'ai pas l'argent.

— Trouve-le. »

Comme il ricanait, elle répéta :

« Trouve-le, Charlie, n'importe comment ! Mais il me le faut demain ou après-demain. Je t'en prie, ajouta-t-elle bien que ces mots n'eussent guère de valeur aux yeux de son frère.

— Pourquoi tu es si pressée ? Y a des mois qu'elle vit ici, elle peut bien attendre un peu plus longtemps.

— Elle veut que son bébé naisse là-bas, chez elle. Elle veut un enfant du pays, de sa chère Piddle Valley, elle mérite bien ça !

— Bon, j'ai compris. Donne-moi un jour ou deux et je te trouverai l'argent du voyage.

— Un peu plus même, pour Maisie !

— Promis. » Maisie n'intéressait plus Charlie — la bouche de John Astley sur son sein l'en avait guéri —, mais le seul souvenir de l'attirance qu'il avait éprouvée pour elle sembla, une fois n'est pas coutume, l'inciter à la générosité.

« Merci, Charlie. »

Il haussa les épaules.

« Encore une chose : pas un mot aux parents. Ils comprendraient pas. Tout ce qu'ils feraient c'est me mettre des bâtons dans les roues, en disant que c'est de l'argent jeté par la fenêtre, et que je ferais mieux de me mêler de mes affaires. Tu pourras leur dire après mon départ où je suis partie et pourquoi. »

Il acquiesça d'un signe de tête. « … Et la date de ton retour. »

III

Sans plus attendre, Maggie alla retenir deux places dans la diligence de Weymouth qui partait de Londres le surlendemain, tout en priant pour que Charlie se procure l'argent à temps. Elle se rendit ensuite chez les Blake afin de les mettre au courant de leurs projets, ne voulant pas que Maisie s'en allât en douce après tout ce qu'ils avaient fait pour elle. Mrs Blake sembla pressentir que l'objet de la visite était sérieux, car elle emmena pour la première fois Maggie dans le grand salon du premier étage. Pendant que Mrs Blake était partie chercher son mari et du thé, Maggie contempla les murs couverts de tableaux et de gravures, presque tous de la main de Mr Blake. Jusqu'ici elle n'avait vu que des esquisses dans son carnet ou dans un livre.

Ces dessins représentaient surtout des hommes et des femmes, certains nus, d'autres en tenues qui leur collaient tant et si bien au corps qu'ils semblaient nus. Qu'ils marchent, gisent au sol ou échangent un regard, rares étaient ceux qui avaient l'air joyeux ou comblé. À l'inverse des personnages que Maggie avait vus dans *Chants d'Innocence*, on les sentait tourmentés, effrayés, furieux. La gorge serrée par l'angoisse, elle ne parvenait pas à en détourner son regard, ils lui rappelaient des sensations oubliées, des lambeaux de rêves. Comme si son esprit eût été une cachette que Mr Blake aurait explorée et fouillée de fond en comble avant d'en exposer la moitié du contenu au grand jour.

Lorsque les Blake réapparurent, Maisie était avec eux, mais Mrs Blake portait elle-même le plateau avec la théière et la tasse, qu'elle posa sur un guéridon près du fauteuil où elle fit asseoir Maggie. Ne sachant pas si elle devait se servir elle-même, Maggie n'y toucha pas jusqu'à ce que Mrs Blake ait pitié d'elle et emplisse sa tasse.

« Vous en prenez pas, Madame ? demanda Maggie.

— Non, Mr Blake et moi n'en buvons pas. C'est pour nos invités. »

Maggie contemplait le breuvage sombre, trop intimidée pour y tremper les lèvres.

Assis dans le fauteuil en face du sien, Mr Blake dissipa cette gêne en se penchant pour la sonder de ses grands yeux vifs — ces yeux, Maggie les reconnaissait à présent pour les avoir vus dans de nombreux visages des tableaux accrochés au mur ; elle avait l'impression qu'une dizaine de paires d'yeux de William Blake l'observaient.

« Eh bien, Maggie, commença-t-il, Kate m'a confié que tu avais quelque chose à nous dire.

— Oui, Monsieur. » Maggie lança un regard à Maisie, debout contre la porte, les yeux pleins de larmes, bien que l'on n'eût pas encore parlé d'elle. Maggie exposa son plan aux Blake. Ils l'écoutèrent avec courtoisie, Mr Blake, les yeux rivés sur elle, Mrs Blake, le regard perdu dans l'âtre qui n'était pas allumé, puisqu'on était en été.

Lorsque Maggie eut terminé — il ne lui fallut pas longtemps pour leur expliquer qu'elle comptait partir le surlendemain avec Maisie pour le Dorset par la diligence —, Mr Blake hocha la tête. « Vois-tu, Maisie, Kate et moi savions bien que tu nous quitterais un jour, n'est-ce pas, Kate ? Vous allez avoir besoin d'argent pour payer le voyage, non ? »

Mrs Blake fouilla dans les plis de son tablier, mais ne dit rien.

« Non, Monsieur, c'est prévu : j'ai l'argent », annonça Maggie non sans fierté. Jamais auparavant elle n'avait été en mesure de dire cela à propos d'une somme aussi importante : deux livres, le prix du voyage pour deux personnes. Elle avait rarement possédé plus de six pence, même son modeste salaire à la fabrique de moutarde ou à la vinaigrerie allait directement à ses parents, à l'exception d'un penny ou deux. S'offrir le luxe de refuser l'argent de Mr Blake était un sentiment qu'elle savourerait longtemps.

« Écoute, ma fille, si tu veux bien attendre un instant, je vais chercher quelque chose en bas. Ce ne sera pas long, Kate. » Mr Blake se leva d'un bond et sortit de la pièce, les deux filles se retrouvèrent seules avec Mrs Blake.

« Bois ton thé, Maggie », lui dit-elle doucement. Maintenant que le regard de Mr Blake ne pesait plus sur elle, Maggie porta la tasse à ses lèvres.

« Dis-moi, Maggie, c'est vrai que tu peux payer le voyage ? demanda Maisie en s'agenouillant près d'elle.

— Sûr. Qu'est-ce que je viens de dire ? » Maggie omit d'ajouter qu'elle attendait encore l'argent de Charlie.

Mrs Blake s'occupait à redresser les gravures et peintures accrochées aux murs. « Vous serez prudentes, les filles, promis ? Et toi, Maisie, si tu ne te sens pas bien ou si tu es prise de douleurs, tu diras au cocher de s'arrêter.

— Oui, Madame.

— Vous avez souvent pris la diligence, Mrs Blake ? » demanda Maggie.

Mrs Blake se mit à rire. « Nous ne sommes jamais sortis de Londres, ma chère enfant.

— Oh ! s'écria Maggie, qui n'aurait jamais pensé pouvoir vivre une expérience que les Blake, avec tout leur savoir, n'avaient jamais vécue.

— Bien sûr, nous nous sommes promenés à la campagne, continua Mrs Blake en caressant le dossier du fauteuil de son mari. Il nous est arrivé d'aller assez loin, mais jamais à plus d'une demi-journée de marche de Londres. J'imagine mal ce que l'on ressent quand on est si loin de tout ce qui nous est familier. Mr Blake y est habitué, lui qui fait de grands périples en esprit. À vrai dire, il est toujours ailleurs. Par moments, je le vois très peu. »

Ses doigts s'arrêtèrent sur le bord du dossier.

« C'est dur, murmura Maisie, d'avoir le mal du pays. » Des larmes roulèrent sur son visage. « Je serai si contente de revoir la Piddle Valley que je me fiche de ce qu'ils penseront de moi en me voyant comme ça. » Maisie s'essuya vite les yeux avec un coin de son tablier en entendant les pas de Mr Blake dans l'escalier.

Il entra avec deux petits paquets plats identiques, enveloppés dans du papier brun et entourés d'une ficelle. « Celui-ci est pour toi, et celui-là, tu le donneras à Jem quand tu le verras, dit-il. Je tenais à vous remercier pour votre aide au moment où j'en ai eu si grand besoin. » À l'instant où il remettait les paquets à Maggie, Maisie surprit le hoquet de stupeur de Mrs Blake.

« Oh ! merci, Mr Blake », balbutia Maggie, un paquet dans chaque main. Elle n'était pas habituée à recevoir de cadeaux, encore moins de la part d'un Monsieur comme Mr Blake ; elle se demanda s'il convenait d'ouvrir le paquet sans attendre.

« Prends-en bien soin, ma petite, ça a de la valeur », dit Mrs Blake d'une voix étranglée.

Du coup, Maggie préféra ne pas ouvrir tout de suite. Elle les glissa dans la poche de son tablier. « Merci », répéta-t-elle, au bord des larmes, sans trop savoir pourquoi.

IV

Dans la rue, une autre surprise attendait Maggie. Les Kellaway n'habitant plus au 12 Hercules Buildings, elle jetait tout juste un regard lorsqu'elle passait devant la maison. Mais cette fois-ci, entendant Miss Pelham élever la voix, elle chercha à voir l'objet de ses foudres qui n'était autre qu'une fille de l'âge de Maisie, affublée d'une jupe de satin déchirée cachant mal un ventre à peine moins proéminent que celui de Maisie.

« Va-t'en ! hurlait Miss Pelham. Sors de mon jardin ! Ces gens-là ne m'ont causé que des tracas quand ils habitaient ici, et maintenant qu'ils sont plus là, faut qu'ils trouvent encore le moyen de ternir ma réputation ! Qui donc t'a dit de venir ici ? »

Maggie n'entendit pas la réponse de la fille, mais Miss Pelham ne tarda pas à la lui fournir. « Je vais dire deux mots à Mr Astley. Comment ose-t-il m'envoyer une traînée comme toi ! Jamais son père ne se permettrait pareille chose. Allez, fiche le camp ! Hors de ma vue, sale gamine !

— Mais où voulez-vous que j'aille ? Qui voudra de moi dans cet état ! » gémit la fille. Au moment où elle s'éloignait de chez Miss Pelham, Maggie aperçut son visage, et bien que ne l'ayant vue qu'une fois, elle reconnut aussitôt le chapeau de paille, le teint pâle, l'air pathétique de Rosie

Wightman, l'amie de Maisie et de Jem qui avait fui le Dorset.

« Rosie ! » appela Maggie au moment où elle arrivait au portail.

Rosie la regarda, ébahie, incapable de l'identifier parmi tous ceux dont elle avait croisé le chemin depuis leur brève rencontre, quelques mois plus tôt.

Maggie revint à la charge. « Salut, Rosie ! Tu cherches Maisie Kellaway, non ? »

Le visage de Rosie s'éclaira. « Oui ! s'écria-t-elle. Elle m'a dit d'aller voir au cirque, j'en reviens, mais y a plus de Kellaway à ce qu'on m'a dit, et je sais pas quoi faire. »

Miss Pelham aperçut Maggie.

« Ah ! Gredine ! lança-t-elle. Ça m'aurait étonnée aussi de ne pas te voir traîner avec cette vaurienne. Regarde-la bien et tu verras comment tu finiras !

— Chut ! » dit tout bas Maggie, consciente que des passants s'intéressaient à la scène, et soucieuse d'éviter que l'on remarque une deuxième fille enceinte.

Personne, cependant, n'aurait pu clouer le bec à Miss Pelham. « Et tu oses me dire de me taire, petite dévergondée ? reprit-elle d'un timbre frisant la vocalise. Je m'en vais te faire embarquer et flanquer une bonne correction que tu en regretteras d'avoir jamais vu le jour ! Attends voir… »

Prompte à la parade, Maggie l'interrompit haut et fort :

« Je faisais que dire de parler plus bas, Madame : c'est pas dans votre intérêt d'attirer encore plus l'attention. Je viens d'entendre dire que vous aviez de la visite… et que c'était votre nièce. » Elle ponctua cela d'un signe de tête à l'intention de Rosie Wightman. À cet instant, un homme qui passait avec un panier de crevettes sur la tête s'arrêta et lorgna tour à tour la jeune fille et la vieille demoiselle.

« Ma foi, la petite, c'est votre portrait tout craché, Madame ! » conclut-il, à la grande joie de Maggie et à l'indignation de Miss Pelham, qui jeta un regard paniqué autour d'elle pour s'assurer que personne n'avait entendu, puis elle se précipita chez elle et claqua la porte.

Contente d'elle-même, Maggie se retourna et contempla en soupirant sa dernière trouvaille. « Crénom, Rosie Wightman, Qu'est-ce qu'on va faire de toi ? »

Rosie restait plantée là, sereine. C'était bien assez d'être arrivée jusqu'ici, fût-ce dix mois plus tard que l'avaient espéré Maisie et Jem. Il en allait de même avec les hommes : l'affaire conclue, elle préférait leur laisser prendre les choses en main.

« T'aurais pas quelque chose à manger ? bâilla-t-elle. Je meurs de faim.

— Seigneur ! » soupira de nouveau Maggie. Prenant alors Rosie par le bras, elle l'amena au 13 Hercules Buildings.

V

Il était rare que les Butterfield passent la soirée et dînent en famille chez eux. Par miracle pour Maggie, il en fut ainsi la veille de son départ pour Weymouth en diligence. Elle n'aurait pu prévoir ni rêver mieux, elle qui pensait se coucher tôt et filer chercher ses deux amies avant l'aube. Elle avait préparé plusieurs mensonges pour parer diverses éventualités : si sa mère lui demandait un coup de main pour une lessive de nuit, elle lui raconterait qu'elle devait remplacer une fille de la vinaigrerie le lendemain ; si son père voulait qu'elle l'accompagne au pub, elle prétexterait des douleurs d'estomac. En fin de compte, elle n'eut pas besoin de mentir, Bet Butterfield n'étant pas de corvée de lessive. Quant à Dick Butterfield, il déclara qu'il souhaitait dîner chez lui d'une tourte au bœuf et aux rognons.

L'odeur de la tourte les attira tous les quatre autour de la table où Bet Butterfield avait posé le plat. Il y eut un silence religieux : fourchette en main, ils attaquèrent. Après quelques bouchées, Dick Butterfield poussa un soupir et déclara : « Un pur délice, ma caille. Tu serais digne de cuisiner pour le roi.

— Je me contenterais bien de lui laver ses draps ! rétorqua Bet Butterfield. T'imagines ce qu'elles doivent gagner, les blanchisseuses du palais, hein, Dick ?

— Qu'est-ce qui t'arrive, Mags, tu manges pas la tourte que ta mère s'est donné tant de mal à préparer ? C'est ça ta reconnaissance ?

— Pardon, Maman, j'ai un peu mal au ventre. » Maggie avait eu recours à un de ses subterfuges. Elle avait peine à avaler, la perspective du lendemain lui serrait l'estomac. Entendre sa mère parler d'argent n'avait rien arrangé : elle ne cessait de jeter des regards obliques à Charlie qui ne lui avait toujours pas remboursé la petite cuiller. Elle espérait l'attirer dans un endroit discret après le repas, mais pour le moment, il prenait un malin plaisir à feindre de ne pas la voir, tout en se resservant de la tourte.

« Eh bien, c'est pas de chance ! dit Dick Butterfield. Tu te sentiras peut-être mieux plus tard.

— Peut-être », répondit Maggie en fixant de nouveau Charlie qui, la lèvre luisante de graisse, suçotait un morceau de gras de bœuf. Elle eut envie de le gifler.

Charlie lui sourit. « Qu'est-ce qui se passe, Mags ? C'est pas moi qui t'empêche de dîner, au moins ? Tu es pas trop mal en point ?

— Boucle-la », marmotta Maggie, qui commençait à se demander si son frère allait tenir sa promesse, son humeur n'augurant rien de bon.

« Et alors, vous deux, qu'y a-t-il encore ? intervint Dick Butterfield. Arrêtez de vous chamailler. Laissez-nous dîner en paix. »

Le repas terminé, Dick Butterfield se renversa sur sa chaise et s'essuya la bouche avec sa manche.

« Demain, je vais à Smithfields, annonça-t-il. Je dois rencontrer quelqu'un au sujet d'agneaux qui viennent de — c'est d'où qu'ils viennent déjà ces agneaux, Charlie ?

— Du D-o-r-s-e-t », répondit Charlie.

Maggie sentit sa gorge se nouer, elle ne pouvait plus articuler un mot.

« Tu veux venir, Mags ? » Le regard de Dick Butterfield était rivé sur elle. « C'est plus facile de faire venir le Dorset à soi que d'y aller soi-même, tu crois pas ?

— Charlie, quel salaud tu fais ! éclata Maggie, comprenant cette fois que son frère n'avait jamais eu l'intention de lui donner l'argent de la cuiller.

— Calme-toi, Mags, s'interposa Dick Butterfield, prends-t'en à toi, pas à lui. Il veille sur toi, c'est tout. Voyons, tu croyais tout de même pas que ton frère allait te laisser te tirer comme ça, Dieu sait où, sans m'en toucher un mot !

— Mais… S'il te plaît, Papa. J'essaye de l'aider, c'est tout.

— Ce que tu peux faire de mieux, c'est filer un coup de main à ta mère avec la lessive, et pas aller baguenauder dans le Dorset à la recherche de ce garçon, sous prétexte d'aider sa sœur.

— Mais ça a rien à voir ! Tout ce que je veux, c'est la ramener chez elle, là où elle veut vivre, loin de ce… ce cloaque ! »

Dick Butterfield eut un petit rire.

« Si tu trouves qu'ici c'est un cloaque, ma fille, attends un peu de voir la campagne ! Là-bas, la vie, elle est pas mieux qu'ici. Parfois même pire. Et y a pas autant de gens dans le coin pour veiller sur toi. Tu oublies que ta mère et moi, on en vient, de la campagne, et qu'on sait de quoi on parle, pas vrai, Bet ? »

La mère de Maggie se taisait, occupée à débarrasser la table. Elle jeta un regard furtif vers son mari, tout en rangeant dans le buffet la dernière part de tourte.

« C'est vrai, mon chou », approuva-t-elle d'une voix éteinte.

Maggie lut dans le front plissé de sa mère de quoi nourrir un brin d'espoir, alors même que son père insistait : « Tu vas rester ici avec nous, tu entends, Mags. Tu es une fille de la ville, tu sais. C'est Londres, ton chez-toi. »

Maggie passa une grande partie de la nuit à réfléchir aux moyens de se procurer l'argent du voyage, quitte à vendre l'un des présents de Mr Blake, s'ils avaient de la valeur, même si l'idée lui répugnait.

L'espérance surgit alors sous les traits de Bet Butterfield, que Maggie découvrit assise à son chevet en s'éveillant après s'être assoupie un court instant.

« Chut ! Ne réveillons personne. Habille-toi et prépare-toi pour ton voyage. Pas un bruit », dit la mère en lui montrant l'autre lit, où dormait Charlie, à plat ventre, la bouche ouverte.

Maggie se changea promptement et rassembla son maigre baluchon tout en s'assurant que les paquets de Mr Blake étaient bien en sécurité dans sa poche.

Elle rejoignit sa mère dans la cuisine, celle-ci lui tendit un sac contenant du pain et les restes de la tourte, ainsi qu'un mouchoir noué, petite bourse improvisée remplie de pièces.

« Avec ça, tu devrais avoir de quoi te rendre dans le Dorset, murmura-t-elle. C'est quelques sous que j'avais mis de côté ces derniers mois — tout l'argent des boutons, et d'autres bricoles. Puisque tu m'as aidée, y en a une partie qui te revient. C'est comme ça que je vois les choses. » Tout en disant cela, elle se répétait déjà les arguments qu'elle ferait valoir le lendemain, quand son mari s'apercevrait du départ de Maggie et de la disparition de l'argent.

« Merci, Maman, dit Maggie en embrassant sa mère. Pourquoi tu fais ça pour moi ?

— Parce que c'est un peu à cause de moi si cette fille se retrouve dans cet état aujourd'hui. Ramène-la chez elle, veille à ce qu'il lui arrive rien, et après ça reviens à la maison, tu veux bien. »

Maggie embrassa de nouveau sa mère qui sentait la lessive et la tourte aux rognons ; puis elle sortit sans bruit de la maison, pendant que la chance était encore de son côté.

VI

Ce voyage dans le Dorset allait rester gravé dans la mémoire de Maggie. Des années plus tard, elle prendrait encore plaisir à le revivre dans sa tête. L'argent de Bet Butterfield ne couvrait que le prix de deux places assises, et persuader le cocher de laisser Maggie s'asseoir à ses côtés, et au rabais, ne fut pas aisé. Elle finit par le décider en prétendant qu'elle était sage-femme, et que, vu l'état de ses deux compagnes, il se pourrait bien que le cocher eût à les accoucher lui-même si elle n'était pas du voyage.

Où qu'elles aillent, Maisie et Rosie ne passaient pas inaperçues, que ce soit dans les relais de poste et les auberges, dans la rue, lorsqu'elles sortaient se dégourdir les jambes, ou, bien sûr, dans la diligence bondée. Si une fille enceinte n'avait rien d'exceptionnel, cette double manifestation de fertilité était un spectacle propre à attirer l'attention. Certains en étaient offusqués, d'autres attendris. Maisie et Rosie étaient si heureuses de se tenir compagnie qu'elles remarquaient à peine les chuchotements réprobateurs ou les sourires, mais se serraient l'une contre l'autre dans la voiture et, lors des étapes, se racontaient à mi-voix des histoires en gloussant. Il était tout aussi bien que Maggie trônât sur l'impériale. Elle jouissait là d'une bien meilleure vue pour découvrir le paysage aux tons éclatants du sud de l'Angleterre. La première partie du trajet ne la dépaysa pas vraiment, car la diligence traversa une enfilade de villages qui suivaient la Tamise, et puisaient à Londres leur vitalité : Vauxhall, Wandsworth, Putney, Barnes, Sheen. Ce n'est qu'après Richmond et le premier relais que Maggie eut vraiment la sensation d'avoir quitté Londres. L'espace s'élargissait en collines nonchalantes qui ondulaient à un rythme inconnu des habitués des grandes villes et de leurs rues à angle droit. Au début, Maggie ne pouvait détacher les yeux de cette succession de collines se perdant à l'horizon, qui ne lui était jamais apparu aussi lointain. Une fois accoutumée à cette immensité, elle parvint à discerner les éléments plus proches : champs quadrillés par des haies, moutons et vaches éparpillés dans les prés, maisons aux toits de chaume, dont la crête hirsute l'amusa. Avant même d'arriver à Basingstoke, où ils firent halte pour se restaurer, elle s'était surprise à demander au cocher le nom des fleurs aperçues sur le bas-côté de la route, un centre d'intérêt nouveau pour elle. L'expérience eût été plus éprouvante pour la citadine qu'elle était, si elle ne l'avait vécue du haut de son perchoir bringuebalant, détachée de ce qu'elle voyait, étrangère au paysage qui défilait sous ses yeux. Maggie se sentait en sécurité sur la banquette, serrée contre le cocher et le valet d'écurie. Elle savourait chaque minute du voyage — même si en milieu d'après-midi, au cours d'une averse, le chapeau du cocher se mit à dégouliner sur sa tête.

Ils passèrent la nuit dans une auberge de Stockbridge. Maggie ferma à peine l'œil, à cause du bruit des diligences qui arrivaient jusqu'à minuit, et des repas servis bien plus tard encore. Partager son lit avec deux filles enceintes impliquait que sans cesse l'une ou l'autre se levât pour utiliser le pot de chambre. En outre, Maggie n'avait jamais dormi en dehors de chez ses parents, hormis son bref séjour dans le cabanon des Blake. Elle n'avait pas l'habitude de dormir dans un lieu aussi fréquenté, avec trois autres lits dans la chambre et les constantes allées et venues des femmes.

Après la journée de voyage, cette immobilité de quelques heures lui donna enfin le temps de réfléchir à ce qu'elle faisait. L'inquiétude s'empara d'elle. D'abord, elle était presque à court d'argent. Le repas avait coûté une couronne par personne, plus un shilling au serveur ; à cela, il fallait ajouter six pence à la servante qui les avait amenées jusqu'à leur chambre et leur avait fourni draps et couvertures ; deux pence au garçon qui avait insisté pour nettoyer leurs bottes ; un penny au portier qui s'obstinait à vouloir monter leurs sacs, service dont elles auraient pu se passer, car ils ne pesaient pas lourd. Sa maigre réserve de pence et de shillings fondait à vue d'œil, sans doute n'aurait-elle plus rien une fois arrivée à destination. Elle songeait aussi à sa famille, pressentant la rage de son père quand il découvrirait sa fuite et ce qu'il ferait subir à sa mère pour l'avoir aidée. Enfin, et surtout, elle se demandait où Charlie pouvait être en ce moment ; s'il la retrouverait un jour pour la punir d'avoir pris sa revanche. En effet, en arrivant ce matin-là avec Maisie et Rosie au White Hart, pub de Borough High Street d'où partait la diligence de Weymouth, Maggie avait repéré un militaire auquel elle avait confié qu'il y avait, au 6 Bastille Row, un jeune homme prêt à en découdre avec les Français. Le soldat lui avait donné un shilling et promis de se rendre aussitôt à l'adresse indiquée : l'armée était toujours avide de chair à canon. Ce n'était rien comparé à la somme que Charlie lui devait pour la petite cuiller mais elle tenait là sa vengeance, satisfaction à laquelle s'ajoutait celle de savoir que son frère aurait des chances d'être expédié en France.

Au matin, bien que la pluie de la veille eût tout détrempé, Maggie avait hâte de partir, plus encore que Maisie et Rosie, lasses, dévorées par les puces et endolories par les cahots. Maisie garda le silence pendant le petit déjeuner de pain et de bière blonde, qui fut vite avalé. Elle ne descendit pas de la voiture aux relais de poste, toucha à peine à son repas à Blandford — ce qui n'était pas plus mal, car Maggie avait tout juste assez d'argent pour une maigre pitance que ses deux amies se partageraient tandis qu'elle achevait la tourte de sa mère. « Ça va ? » dit-elle en passant son assiette à Rosie, heureuse de faire un sort aux pommes de terre et au chou auxquels Maisie n'avait pas touché.

« Le bébé est lourd, répondit Maisie. Vois-tu, Maggie, j'arrive pas à croire que d'ici quelques heures je serai à la maison ! À la maison ! Il me semble qu'y a des années que j'ai quitté Piddletrenthide, et pourtant ça fait guère plus d'un an. »

Maggie éprouva une sorte de pincement au cœur. Jusqu'alors elle avait pris un tel plaisir à ce voyage qu'elle avait réussi à chasser de son esprit son véritable but. À présent, elle se demandait ce qui se passerait lorsqu'elle reverrait Jem, car il connaissait son grand secret et lui avait montré ce qu'il en pensait. Voudrait-il seulement la revoir ?

« Maisie, commença-t-elle, peut-être... Enfin, on est plus très loin, non ?

— Non, on est pas loin. Ils vont nous laisser à Piddletown, c'est à trois lieues d'ici. De là, on fera le reste à pied, à peu près deux lieues.

— Et si vous continuiez sans moi ? Je m'arrêterais ici et repartirais à Londres en diligence. » Maggie n'avait rien dit à Maisie de ses problèmes d'argent, mais en voyant Blandford — la ville la plus importante qu'elles avaient traversée depuis Basingstoke — elle se dit qu'elle y trouverait un travail lui permettant de payer son trajet de retour. Cela ne devrait pas être bien compliqué de se faire embaucher comme femme de chambre dans un relais de poste, décida-t-elle.

Maisie se cramponna à son bras, suppliante : « Oh ! non, tu ne peux pas nous abandonner comme ça ! On a besoin de toi ! Qu'est-ce qu'on ferait sans toi ? » Même l'indolente Rosie la regarda, paniquée. Maisie baissa la voix. « S'il te plaît, Maggie, ne nous laisse pas tomber. Je… Je crois que le bébé ne va pas tarder. » Aussitôt elle se mit à trembler, se raidit comme si elle tentait de maîtriser une douleur profonde.

Maggie la regarda, effarée. « Maisie ! s'exclama-t-elle, depuis combien de temps tu as ça ? »

Maisie lui jeta un coup d'œil apeuré. « Depuis ce matin, répondit-elle, mais ça va encore, je supporte. S'il te plaît, continuons ! Je veux pas accoucher ici ! » Cette auberge bruyante et sale ne lui disait rien qui vaille. « Je veux rentrer chez nous !

— Bon, tu en es pas encore à te tordre de douleur, ça peut encore prendre des heures, décida Maggie, voyons ce qu'on peut faire. »

Maisie lui serra la main avec gratitude.

Son inquiétude pour Maisie empêcha Maggie d'apprécier la dernière étape, mais elle ne tenait pas à demander au cocher de s'arrêter pour aller vérifier que tout allait bien. Elle espérait juste que Rosie cognerait au plafond si besoin était. Ce paysage gracieusement vallonné, avec son ciel d'azur et ses prairies verdoyantes nappées de soleil, lui semblait soudain menaçant. Elle remarqua combien les maisons y étaient rares. Qu'est-ce qu'on va faire ? pensa-t-elle. Et si Maisie accouche en plein champ ?

VII

Piddletown était un grand bourg fier de ses rues bordées de maisons au toit de chaume, de ses quelques pubs et de sa place du marché où les déposa la diligence. Maggie dit au revoir au cocher, il lui souhaita bonne chance, puis, en riant, fit claquer son fouet. Quand la voiture se fut éloignée dans ce fracas de sabots et de ferraille frémissante qu'elles avaient enduré pendant un jour et demi, les trois filles se turent. À Londres, elles auraient presque pu passer inaperçues, mais, ici, Maggie eut l'impression que tous les regards se fixaient sur elles.

« Eh bien, Rosie Wightman, te voilà bien ! », lança une jeune femme adossée à un mur, une corbeille de petits pains dans les bras. Rosie, qui n'avait pas pleuré une seule fois depuis son départ de la Piddle Valley deux ans plus tôt, même si les raisons n'avaient pas manqué, fondit en larmes.

« Fiche-lui la paix, petite garce bancroche ! » hurla Maggie. À son grand étonnement, la femme pouffa de rire. Maggie se tourna vers Maisie pour qu'elle traduise.

« Elle peut pas comprendre, expliqua Maisie. Ici, ils sont pas habitués à la façon qu'on parle à Londres. Laisse tomber. » Elle tira Maggie par la manche pour la tenir à l'écart de ces rires devenus contagieux. « Ça a pas d'importance. Les habitants de Piddletown ont toujours été bizarres avec nous. Venez ! » Elles la suivirent et, quelques minutes plus tard, elles sortaient du village et se dirigeaient vers le nord-ouest.

« Tu es sûre que tu veux quitter la ville ? demanda Maggie. Si tu sens que faut t'arrêter pour avoir ton bébé, c'est le moment de le dire. »

Maisie secoua la tête. « J'veux pas l'avoir à Piddletown. T'en fais pas, ça va aller. J'ai plus mal. » Et pour confirmer ses dires, elle se mit à trottiner d'un pas allègre sur le sentier, prenant la main de Rosie, la balançant bien haut tandis qu'elles pénétraient dans ce paysage familier de collines menant à la Piddle Valley. Elles se montraient des points de repère tout en hasardant des conjectures sur ce qu'il était advenu de tel ou tel habitant du village, un de leurs passe-temps favoris ces temps derniers.

Mamelons verts et bruns losangés et quadrillés de bois et de haies, les collines moutonnaient à perte de vue sous le ciel immense qui rappelait un bol retourné. Le sentier courait le long d'une haute haie entre deux talus vaporeux de cerfeuil des bois qui vous arrivait à l'épaule. Avec cette chaleur, ce calme de plomb, ce bruissement continu d'insectes invisibles et ces effluves végétaux, Maggie se sentait comme en un rêve. Ni moutons ni vaches dans les prés, personne aux alentours. Elle regarda autour d'elle : pas une maison, pas une grange, pas une charrue, pas un abreuvoir, pas même une clôture. À part le chemin à ornières, rien ne laissait présager la présence d'êtres humains. Maggie se vit soudain telle qu'un oiseau aurait pu la voir de là-haut, tache blanche esseulée dans cette palette de verts, de bruns et d'ors. Le vide l'effrayait : la peur lui nouait l'estomac, gagnait sa poitrine, sa gorge, menaçait de l'étouffer. Elle s'arrêta et tenta d'appeler ses amies qui prenaient de l'avance sur elle.

Elle ferma les yeux, respira à fond, croyant entendre son père lui dire : « Ressaisis-toi, Mags ! Tu vas pas te laisser aller comme une chiffe ! » Quand elle ouvrit les yeux, elle aperçut une silhouette qui descendait la colline. Son soulagement fit place à une nouvelle inquiétude : dans ces espaces vides, le danger, ce pouvait être un homme seul, Maggie était bien placée pour le savoir. Elle se hâta de rattraper Maisie et Rosie, qui, elles aussi, avaient repéré l'homme. Ni l'une ni l'autre ne semblaient inquiètes ; elles se contentèrent de presser le pas. « Ma parole, mais c'est Mr Case ! s'écria Maisie. Je parie qu'il vient des Piddle. Bonjour ! » cria-t-elle en agitant la main.

Elles le croisèrent au fond de la vallée, à côté d'un ruisseau entre deux champs. Mr Case était à peu près de l'âge de Thomas Kellaway ; grand, sec comme un cotret, un ballot sur le dos, il avait le pas long, régulier d'un grand marcheur. Il parut étonné de reconnaître Maisie et Rosie. « Alors, vous revenez au pays, vous deux ? demanda-t-il. J'en ai rien entendu dire au village. On vous y attend ?

— Non, ils savent pas, répondit Maisie.

— Vous revenez pour de bon ? Ton savoir-faire nous a manqué ! J'ai des clientes qui me les réclament, tes boutons, tu sais ! »

Maisie rougit. « Vous me flattez, Mr Case !

— Faut que je continue mon chemin, mais je passerai te voir le mois prochain, entendu ? »

Maisie acquiesça, il s'éloigna.

« Qui c'était ? » demanda Maggie alors qu'il s'éloignait.

Maisie se retourna et le regarda avec tendresse, reconnaissante qu'il n'eût rien dit, ni montré quelque surprise au sujet de l'enfant qu'elle portait. « C'est le bonnetier qui fait sa tournée. Il passe chaque mois prendre les boutons. Il se rend à Piddletown, j'avais oublié que c'était son jour. C'est fou comme on oublie vite ce genre de choses ! »

Il leur fallut longtemps pour grimper la colline. Haletant et soufflant, elles s'arrêtaient sans cesse. Maggie portait toutes leurs affaires. Lors d'une pause, Maggie remarqua chez Maisie une grimace et une crispation de la mâchoire, elle vit là le signe que le terme était proche, mais préféra ne rien dire. En progressant ainsi par petites étapes, elles suivirent la Piddle Valley et Maggie comprit que le cours d'eau qu'elles avaient traversé à plusieurs reprises était la Piddle, réduite à un filet d'eau en cette canicule. Une découverte qui l'aida à retrouver son sens de l'humour. « Parlons-en d'une rivière ! On en mettrait cent comme ça dans la Tamise ! » s'écria-t-elle et, sautant sur une grosse pierre, elle la traversa en deux bonds.

« Et quel effet tu crois que ça m'a fait, à moi, quand j'ai vu la Tamise pour la première fois ? répliqua Maisie. J'ai cru que c'était une inondation ! Qu'est-ce que j'ai eu peur ! »

Elles redescendaient une dernière colline quand elles s'aperçurent que le sentier rejoignait une vraie route menant à un hameau blotti autour d'une église dont un côté était doré par le soleil couchant.

« On y est ! lança gaiement Maggie pour se rassurer.

— Pas tout à fait, rectifia Maisie. Ça doit être Piddlehinton, juste avant Piddletrenthide. C'est un village tout en longueur, figure-toi, mais c'est bon, on arrivera à temps. » Elle s'agrippa à la clôture et, se penchant par-dessus, émit un faible gémissement.

« T'inquiète pas, Maisie, dit Maggie en lui tapotant l'épaule. On va te trouver de l'aide. »

La contraction passée, Maisie se redressa et se remit en route d'un pas décidé. Rosie la suivit avec une certaine hésitation. « Oh ! Maisie, qu'est-ce qu'ils vont raconter sur nous, sur… » Elle contempla son gros ventre.

« Tout ce qu'on peut faire pour le moment, c'est garder la tête haute, non ? Tiens, prends mon bras. » Et bras dessus, bras dessous, elles descendirent vers Piddlehinton.

VIII

Sur le chemin, elles n'avaient croisé que le bonnetier. Au loin, sur une colline, elles avaient aperçu un berger gardant ses moutons et un paysan avec un cheval tirant une charrue. La grand-route était plus fréquentée : des journaliers rentraient des champs, des cavaliers se rendaient à Dorchester, un fermier menait ses vaches à l'étable, des enfants se hâtaient chez eux après un joyeux après-midi au bord de la rivière. Les filles se glissèrent parmi eux, dans l'espoir chimérique de ne pas attirer l'attention. Elles n'avaient pas atteint la première maison du village que des enfants apparurent et se mirent à les suivre, à distance, s'arrêtant dès qu'elles s'arrêtaient pour attendre Maisie. « Je parie qu'ils n'ont pas eu d'autre distraction de toute la semaine, et peut-être même de tout le mois », remarqua Maggie.

Elles arrivaient au New Inn, le plus ancien pub du village, quand une femme s'écria depuis le pas de sa porte : « Ma parole, mais c'est Maisie Kellaway ! Je savais pas que tu nous revenais ! Et comme ça !... »

Maisie tressaillit, une contraction la contraignit à s'arrêter net. « Et toi aussi, Rosie Wightman, ajouta la femme. À ce que je vois, vous avez pas perdu votre temps à Londres... !

— Pourriez-vous nous aider, Madame ? interrompit Maggie, s'efforçant de ne pas perdre son sang-froid. Mon amie est en train d'avoir son bébé. »

La femme étudia Maisie. Derrière elle, deux petits garçons pointèrent le nez, intrigués par ces inconnues. « Où il est son mari ? Et le tien ? »

Un ange passa. Maisie ouvrit la bouche et la referma aussitôt, l'aisance avec laquelle, à Londres, elle avait appris à mentir semblait envolée.

Maggie, elle, eut moins de problèmes. « En France, répondit-elle. Ils sont allés se battre contre les Français. On m'a demandé de raccompagner leurs épouses au pays. » Devant le regard sceptique de la femme, elle ajouta : « Je suis la sœur de Charlie, Charlie Butterfield, le mari de Maisie. » En parlant, elle ne détachait pas son regard de celui de Maisie, l'adjurant de confirmer ses dires. « Parfait, conclut Maisie. Désormais, je suis Maisie Butterfield. Et Rosie est…

— Rosie Blake, acheva Maggie. Elle a épousé Billy Blake le jour où mon frère s'est marié, juste avant qu'ils partent pour la France. »

Le regard de la femme s'attarda sur Rosie et sa jupe de satin toute sale. À la fin, elle dit à l'un des jeunes curieux : « Eddie, cours au Five Bells — pas au Crown, ils ont pas de carriole aujourd'hui —, demande-leur d'envoyer une voiture pour emmener à Piddletrenthide, chez les Kellaway, une fille qui est en train d'accoucher.

— On part à la rencontre de la voiture, marmonna Maisie. J'aime pas sa façon de nous regarder. » Maggie hissa une fois de plus toutes leurs affaires sur ses épaules, Maisie prit le bras de Rosie et elles continuèrent leur chemin, toujours suivies par la troupe d'enfants. En se retournant, Maisie vit la femme s'approcher d'une voisine et se livrer à des commentaires en voyant s'éloigner le trio.

En marchant, Maisie dit tout bas à Maggie : « Merci. »

Maggie sourit. « Tu m'as pas dit un jour que tu avais toujours voulu avoir une sœur ?

— Et Rosie mariée à Mr Blake ! Imaginez ça !

— Qu'est-ce qu'elle dirait, Mrs Blake ? » gloussa Maggie.

De Piddlehinton, elles passèrent à Piddletrenthide. Maggie ne s'en serait pas rendu compte si Maisie ne le lui avait pas signalé, car il n'y avait aucune interruption dans la longue enfilade de maisons au bord de la route. Elle se sentait comme happée par ce village du Dorset et même si cela valait mieux que d'être en pleine nature, ce contexte si peu familier — cette boue, ces cottages aux toits de chaume typiques, l'œil morne des villageois — la mettait mal à l'aise. L'un ou l'autre saluèrent, mais la plupart ne dirent rien, se contentant de les dévisager, même s'ils les reconnaissaient. Maggie en vint à se demander si, tout compte fait, il n'eût pas été préférable que Maisie fût restée à Lambeth pour accoucher.

Elles durent s'arrêter devant le Crown ; Maisie perdait les eaux, les contractions devenaient de plus en plus rapprochées et douloureuses. Ses amies la menèrent jusqu'au banc devant l'entrée du pub. « Où est la voiture ? » haleta Maisie. Là-dessus, la femme du patron sortit du pub en poussant un cri et elle étreignit Maisie et Rosie. Sous l'effet de sa cordialité, l'humeur ambiante bascula de l'opprobre à la joie. D'autres émergèrent du pub et des maisons du quartier et les filles de retour au pays furent vite entourées de voisins et d'amis tout étonnés. Maisie étrenna son dernier mensonge, se faisant appeler Maisie Butterfield avec une telle désinvolture que Maggie l'aurait félicitée. Elle s'en tirera très bien, se dit-elle, et elle se mit en retrait de la foule.

La carriole arriva enfin, conduite par Mr Smart, qui avait amené les Kellaway à Londres ; cette nouvelle aventure, plus locale, pimenterait ses conversations au pub. Plusieurs femmes soulevèrent la parturiente et l'allongèrent sur la couche de paille à l'arrière de la voiture, Rosie et la patronne du pub montèrent près d'elle. Se tournant pour demander à Maggie quelque chose dans son baluchon, Maisie s'aperçut que son amie n'était pas avec elles. « Maggie ! » s'écria-t-elle au moment où la carriole s'ébranlait. « Mr Smart, attendez Maggie ! » Elle s'arrêta net car la plus forte des contractions mua son cri en un hurlement.

Seuls les paquets laissés par Maggie sur le banc du pub témoignaient qu'elle s'était bien trouvée là.

IX

Jem sentit qu'il se passait quelque chose bien avant que la voiture apparût. Installé devant la porte des Kellaway à peindre une chaise que son frère Sam venait de raboter, il perçut au loin un bourdonnement confus de voix, ponctué de cris d'enfants. Il n'y prêta guère attention, ayant déjà entendu cela dans l'après-midi, lors du passage du bonnetier ; l'homme était reparti depuis longtemps, mais il était possible que sa visite fût à l'origine de ce nouveau brouhaha. Sans doute deux voisines n'étaient-elles pas d'accord sur l'évaluation de leurs boutons par le bonnetier : qualité supérieure, ordinaire ou second choix. Les femmes de la vallée étaient fières de leur travail et voulaient qu'il fût apprécié à sa juste valeur ; toute remarque désobligeante était susceptible de dégénérer en guerre ouverte.

Jem sourit, mais d'un sourire résigné plutôt qu'approbateur. Par certains côtés, la vie du village lui semblait très différente depuis son retour de Londres, maintenant qu'il avait des éléments de comparaison. Ainsi avait-il du mal à imaginer ses voisines de Lambeth se querellant au sujet de la qualité de leurs boutons ! Il n'en avait jamais rien dit à personne, mais, par moments, Piddletrenthide et sa rivière lui semblaient des horizons bien limités après Lambeth et la Tamise. Parfois, en ouvrant la porte pour regarder au-dehors, son cœur se serrait face à cette monotonie du quotidien. Pas de vendeurs d'ananas dans la rue, ni de rubans bleu ciel voletant dans le dos des filles — petites déceptions dont il se serait plaint à Maisie si elle eût été là. Elle lui manquait, elle avait bien de la chance de passer tout ce temps chez les Blake.

Bien que leur absence ait duré moins d'un an, il n'avait pas été facile pour les Kellaway de se réinstaller à Piddletrenthide. Ils arrivèrent par une tempête de neige, aussi n'y avait-il personne pour les accueillir à la diligence. Ils se rendirent à pied à leur ancien cottage où ils trouvèrent Sam Kellaway et son épouse Lizzie, au lit, bien qu'il fût midi passé. Les débuts avaient été malaisés, et certains membres de la famille ne s'en étaient pas complètement remis.

À l'atelier, Thomas Kellaway reprit assez vite sa place habituelle. Sam la lui céda à contrecœur, car il avait pris goût à être son propre patron. Le père était plus lent à fabriquer ses chaises et le fils plus prompt à s'en apercevoir. Même si ni l'un ni l'autre ne disaient quoi que ce soit, Thomas Kellaway se demandait parfois s'il était encore le patron chez lui.

Il fut tout aussi difficile pour Anne Kellaway de reprendre la place qu'en son absence une belle-fille avait usurpée. Autrefois, Anne Kellaway et Lizzie Miller s'entendaient bien, car Lizzie était une jeune fille docile, respectueuse de sa future belle-mère. Depuis qu'elle était mariée et avait son chez-soi, Lizzie avait pris de l'assurance, et n'était pas prête à rendre aux Kellaway ce cottage qu'elle avait commencé de s'approprier. Elle avait effectué certains aménagements, apporté des meubles de sa propre famille, changé les rideaux, déplacé une table. Moins d'une heure après leur retour, Anne Kellaway avait remis la table à sa place, et sept mois plus tard, Lizzie boudait encore. En conséquence, les deux femmes évitaient de se trouver toutes les deux seules, ce qui posait problème, car leur travail les obligeait à passer une bonne partie de leur temps dans la même pièce. Ainsi, ce jour-là, au lieu d'aider Lizzie à laver les rideaux, Anne Kellaway avait-elle préféré jardiner derrière l'atelier. Contrairement à Jem, elle n'avait pas perçu cette effervescence qui avait saisi le village sous l'effet de quelque événement imprévu. Occupée à désherber autour des poireaux, elle s'efforçait de ne pas penser à la souche de poirier au fond du jardin. Un an et demi s'était écoulé depuis la mort de Tommy, mais elle songeait encore à lui plusieurs fois dans la journée. C'était cela être parent, avait-elle conclu, vivants ou morts, proches ou éloignés, vos enfants restaient toujours avec vous. Elle se faisait aussi du souci pour Maisie, retenue à Lambeth, il fallait trouver un moyen de la ramener ici.

Elle entendit alors les cris de Maisie.

Anne Kellaway arriva sur le seuil de la maison en même temps que la voiture. « Seigneur ! » murmura-t-elle en voyant la corpulence de sa fille. Du regard, elle chercha son époux.

Thomas Kellaway constata la condition de sa fille sans sourciller. Son visage prit une expression décidée, les mois passés à Lambeth lui avaient forgé le caractère. Il se tourna vers sa femme, appela Jem et Sam et, devant tous les voisins sortis de chez eux pour connaître la cause de cette agitation, il se dirigea à grands pas vers la carriole et, avec l'aide de ses fils, en descendit sa fille.

Malgré le geste de Thomas Kellaway, Anne Kellaway savait que les voisins observeraient sa propre réaction et s'y conformeraient. Regardant autour d'elle, elle surprit sa belle-fille Lizzie en train de détailler Maisie avec un dégoût à peine déguisé. Anne Kellaway ferma les yeux et entrevit une image de Miss Laura Devine dansant sur sa corde. Satisfaite de la décision qu'elle venait de prendre, elle ouvrit les yeux et rejoignit son mari. De son bras, elle entoura Maisie que soutenait Thomas Kellaway. « Tout ira bien, Maisie, murmura-t-elle. Maintenant, tu es à la maison. »

Tandis qu'on l'amenait dans le cottage, Maisie cria par-dessus son épaule : « Jem, faut que tu trouves Maggie, je sais pas où elle est partie ! »

Jem sursauta, les yeux écarquillés : « Maggie ici !

— Oh oui ! nous aurions jamais pu venir sans elle. Elle a été si bonne pour Rosie et moi, elle a tout arrangé, elle a veillé sur nous et après ça, elle a disparu !

— Où l'as-tu vue pour la dernière fois ?

— Près du Crown. On est montées dans la voiture, je me suis retournée, elle était plus là. Oh ! Je t'en supplie, retrouve-la, Jem ! Elle a pas un sou sur elle et, par ici, je sais qu'elle a peur. » On fit entrer Maisie dans la maison avant même qu'elle ait pu voir à quelle vitesse son frère avait filé.

X

Piddletrenthide s'étirait sur une demi-lieue au long de la Piddle, et la trentaine de maisons qui lui avaient valu son nom était aujourd'hui amplement dépassée. Le Crown se trouvait à l'extrême limite du village, juste avant qu'il devienne Piddlehinton. Le temps d'y arriver, Jem était tout essoufflé. Quand il eut repris son souffle, il demanda aux clients du pub s'ils avaient aperçu Maggie, mais en vain. Il savait toutefois qu'une inconnue ne pouvait pas aller bien loin dans la vallée sans qu'on la remarquât.

Jem posa la question à des enfants qui traînaient près du New Inn, ils lui répondirent avoir croisé Maggie une demi-heure plus tôt. Un peu plus loin, un vieil homme assura l'avoir vue près de l'église. Jem poursuivit sa course dans la nuit qui tombait.

À l'église, il entrevit un éclair blanc derrière le mur entre le cimetière et la route, aussitôt son cœur se mit à battre. Jetant un coup d'œil, il aperçut, adossée au mur, dans l'ultime tache de lumière, une fille de la vallée, cousine éloignée de sa belle-sœur. Elle tenait quelque chose sur ses genoux qu'elle se hâta de faire disparaître sous son tablier à l'approche de Jem.

« Bonsoir, dit Jem et il s'accroupit à côté d'elle. Dis-moi, tu aurais pas vu passer une fille ? Elle est pas d'ici et elle est plus âgée que toi. Elle vient de Londres. »

La fille le dévisagea de ses grands yeux noirs pétillants de malice.

« Tu es une Miller, n'est-ce pas ? insista Jem. Oui, une Plush Miller. »

Au bout d'un moment, la fille acquiesça d'un signe de tête.

« Ta cousine Lizzie vit avec nous, tu sais. C'est la femme de mon frère Sam. »

La fille sembla peser cet argument. « Elle m'a demandé de trouver Jem, dit-elle enfin.

— Qui ça ? Lizzie ? Je viens de la quitter, elle était à la maison.

— Non, la demoiselle de Londres.

— Tu l'as vue ? Qu'est-ce qu'elle a dit ? Où est-elle ?

— Elle a dit... »

La fille avait les yeux rivés sur ses genoux ; de toute évidence, elle était tiraillée entre le silence et les aveux.

« Elle a dit... de te donner ça. »

Elle sortit de son tablier un livre assez mince, de couleur beige, dont l'emballage de papier brun était défait. La fille regarda Jem avec crainte.

« J'ai pas voulu le déballer, c'est la ficelle qui s'est dénouée ; du coup, le papier a glissé et j'ai vu les images, j'ai pas pu m'en empêcher, je voulais juste jeter un coup d'œil. J'ai jamais rien vu de pareil. »

Avant même de tendre la main pour le prendre, Jem avait cru deviner. Pourtant, lorsqu'il l'ouvrit à la page de titre, il s'aperçut qu'il ne s'agissait pas du livre qu'il connaissait. Au lieu d'enfants autour de leur mère, le dessin en couleurs représentait un jeune homme et une jeune femme penchés sur les corps d'un homme et d'une femme allongés sur un cercueil, qui lui rappelèrent les gisants de l'abbaye de Westminster. Au-dessus de la gravure étaient entrelacées des lettres ornées de silhouettes en lévitation et de fioritures de vignes arborescentes. Il commença de feuilleter l'ouvrage, regardant, sans essayer de comprendre, ces mots et ces images enchevêtrés, tracés à l'encre bleue, jaune, rouge et verte. Des personnages nus ou vêtus voisinaient avec des arbres, des fleurs, des raisins, des ciels sombres, des moutons, des vaches, des grenouilles, un canard et même un lion. À mesure que Jem tournait les pages, la fille se rapprochait pour jeter un coup d'œil pardessus son épaule. Elle arrêta sa main.

« Qu'est-ce que c'est que ça ?

— Un tigre, je pense. Oui, c'est ce qui est écrit. » Il tourna la page et tomba sur le titre « Londres », au-dessous du dessin qui montrait un enfant guidant un vieillard dans les rues. Il reconnut ces lignes qu'il se récitait parfois :

J'erre à travers chaque rue putassière
Près des rives de la putassière Tamise.

Jem referma le livre.

« Elle est allée où… la fille de Londres ? »

La jeune paysanne éluda la question. « Je peux continuer à regarder ça ?

— Quand j'aurai retrouvé Maggie. Où allait-elle ?

— À Piddletown, elle a dit. »

Jem se leva.

« Bon, viens trouver ta cousine un de ces jours et tu pourras regarder le livre. D'accord ? »

La fille approuva d'un signe de tête.

« Rentre chez toi, la nuit tombe. »

Sans attendre de voir si elle suivait ses conseils, il partit en courant vers la colline, à la sortie de Piddlehinton.

XI

Maggie était assise sur la barrière dominant la vallée que traversait le sentier. La voir ainsi perchée à cet endroit semblait si drôle que Jem faillit en rire, mais il se retint et prononça tout bas son nom pour ne pas l'effaroucher. Maggie tourna aussitôt la tête. « Salut, Jem, dit-elle, qui aurait jamais cru qu'on se reverrait dans un endroit comme celui-ci ? »

Jem s'approcha de la clôture et s'y adossa.

« C'est curieux, reconnut-il, contemplant la vallée que le soleil couchant empourprait de ses ombres.

— Je suis arrivée jusqu'ici, mais j'ai pas pu continuer, dit Maggie. Ça fait un bout de temps que j'essaie de trouver le courage de redescendre, mais j'y arrive pas. Regarde, en dehors de nous, y a pas âme qui vive ; c'est pas normal. » Elle frissonna.

« On finit par s'y habituer. J'y pense jamais — sauf que, à Londres, ça m'a manqué. Là-bas, on pouvait jamais échapper aux autres.

— Mais les autres, c'est tout ce qui compte, non ? Sinon quoi ? »

Jem gloussa. « Tout le reste. Les champs, les arbres, le ciel. Je pourrais passer tout mon temps en leur compagnie et être heureux.

— Mais à quoi bon tout cela sans personne pour le partager ?

— Sans doute tu as raison. » Ils continuaient à regarder la vallée au lieu de se tourner l'un vers l'autre.

« Pourquoi tu es pas venue à la maison ? finit par dire Jem. Tu as fait toute cette route pour rebrousser chemin à la dernière demi-lieue ! »

En guise de réponse, Maggie lui demanda : « Dis-moi, les filles, elles vont bien ?

— Oui.

— Maisie n'a pas accouché au beau milieu de la route ?

— Non, elle a attendu d'être à la maison. »

Maggie hocha la tête. « C'est bien.

— Comment avez-vous retrouvé Rosie ?

— C'est elle qui nous a retrouvées, disons plutôt que c'est grâce à la vieille sorcière. » Elle raconta à Jem comment elle était tombée sur Rosie chez Miss Pelham.

Jem grommela.

« Elle, elle me manque pas. » Pareille insistance soulignait le fait que d'autres choses pouvaient lui manquer, Maggie en eut un serrement de cœur.

« Merci de les avoir ramenées », ajouta-t-il.

Maggie haussa les épaules. « J'étais curieuse de voir à quoi ressemblait ce fameux Piddle machin chouette. Et vu leur état, fallait bien que quelqu'un les accompagne.

— Je... Je savais pas, pour Maisie.

— Je comprends. J'ai failli tomber à la renverse en la voyant, j'en croyais pas mes yeux. » Elle marqua une pause. « Faut que je te dise quelque chose, Jem. Figure-toi qu'à présent Maisie s'appelle Maisie Butterfield. »

Jem accueillit la nouvelle d'un air si horrifié que Maggie se mit à rire. « Je sais bien que Charlie est un vaurien, mais il nous a été bien utile. » Elle lui expliqua le mensonge qu'elle avait inventé et ajouta :

« Rosie, elle, est l'épouse de Mr Blake. »

Au gloussement de Jem, Maggie adjoignit un de ses grands éclats de rire qui avaient tant manqué au jeune garçon durant ces mois de séparation.

« Comment va Mr Blake ? demanda-t-il lorsqu'ils cessèrent de rire. Et Mrs Blake ?

— L'Association continue de le menacer. On peut rien dire sur le roi ou sur la France ou quoi que ce soit d'inhabituel sans qu'ils vous sautent dessus. Et Dieu sait que Mr Blake a pas sa langue dans sa poche ! Il a traversé une période difficile. Maisie en sait quelque chose, elle était auprès de lui la plupart du temps.

— C'est lui qui m'a offert ça ? »

Jem sortit le livre de sa poche.

« Oui, enfin… d'une certaine façon. » Devant l'expression de Jem, elle ajouta : « Non, je l'ai pas volé ! Comment oses-tu penser une chose pareille ? J'ai jamais rien pris à Mr Blake ! Non, c'est juste qu'il m'en a donné deux, tous deux enveloppés dans du papier brun, et de la même taille. Et… comme je les avais tous deux dans ma poche, je sais plus au juste quel est le tien et quel est le mien.

— Ce sont pas les mêmes ?

— Non. »

Maggie sauta de la barrière — maintenant, elle était d'un côté, Jem de l'autre —, fouilla dans son baluchon et en sortit le deuxième livre. « Tu vois ? » Elle l'ouvrit à la page de titre, où l'on voyait les deux enfants lisant un livre auprès de leur mère.

« Les *Chants d'Innocence*, dit-elle. Je m'en souviens. Je ne connaissais pas le titre de l'autre, alors j'ai choisi celui-ci. Comment il s'appelle celui-là ?

— Les *Chants d'Expérience*. »

Jem ouvrit son livre à la première page et lui montra.

« Ah, les contraires, bien sûr ! » Ils se regardèrent en souriant. « Mais à ton avis, quel est le tien, et quel est le mien ? Je veux dire, d'après toi, dans l'esprit de Mr Blake, lequel m'était destiné et lequel t'était destiné ? Il a bien précisé qu'il y en avait un spécialement pour toi et l'autre pour moi. »

Jem secoua la tête. « Tu devrais lui demander.

— Non, je peux pas, il serait déçu de savoir que je les ai mélangés. Il va falloir qu'on décide ça nous-mêmes. »

Ils contemplèrent les livres sans mot dire. Maggie reprit : « Dis-moi, Jem, pourquoi tu es parti de Lambeth sans dire au revoir ? »

Jem haussa les épaules.

« On a dû se dépêcher de partir, à cause de Miss Pelham. »

Maggie l'observa.

« Tu aurais pu venir me dire au revoir. Est-ce parce que tu pouvais pas — parce que tu peux pas — me pardonner pour ce que j'ai fait, pour ce que je t'ai dit, au sujet de Cut-Throat Lane ? Parce que, vois-tu, quand ça m'est arrivé, eh bien, j'ai cru pendant un temps que le monde tournerait plus jamais rond. Quand on a fait un truc pareil, on peut pas revenir en arrière, faire comme s'il s'était rien passé. On perd quelque chose qu'on a du mal à retrouver. Mais ensuite, vous êtes arrivés, toi, Maisie et Mr Blake ; et finalement je me suis sentie mieux, après t'avoir tout raconté, même si j'ai encore peur du noir et d'être toute seule.

— T'inquiète pas, finit par répondre Jem. J'ai été surpris, c'est tout. Je t'ai vue autrement. Mais t'en fais pas. »

Ils feuilletèrent leurs livres dans le soir qui tombait. Maggie se pencha soudain sur la première page de celui de Jem.

« C'est un tigre ? »

Jem hocha la tête et lut.

« Tigre, tigre,

— *Brûlant éclair,* continua Maggie au grand étonnement de Jem.

Dans les forêts de la nuit ;
Quel œil, quelle main immortelle
A pu ordonner ta terrifiante symétrie ?

— C'est Maisie qui me l'a appris, ajouta-t-elle. Je sais pas lire — pas encore.

— Maisie t'a appris ça ? » Jem songeait que ce séjour à Londres avait dû bien transformer sa sœur.

« Qu'est-ce que c'est la “symétrie” ?

— J'en sais rien, faudra lui demander. »

Jem referma le livre et s'éclaircit la voix.

« Où comptes-tu aller maintenant, toute seule dans le noir ? »

Maggie tapota le livre contre la paume de sa main.

« Je comptais rattraper le bonnetier à Piddletown et lui proposer de confectionner des boutons pour couvrir les frais de mon retour à Londres. »

Jem prit son air sérieux.

« Combien ça coûte ?

— Une livre tout compris pour la diligence si je monte en haut, moins si je trouve une charrette.

— Écoute, Maggie, il faudrait que tu en fasses des centaines de boutons avant d'y arriver !

— Tu crois ? Crénom ! »

Tous deux se mirent à rire à gorge déployée, cela leur permit de se défouler.

Quand ils s'arrêtèrent enfin, Jem reprit : « Dis-moi, qu'est-ce que tu allais faire, contre cette clôture ? Tu comptais y passer la nuit ? »

Maggie passa les doigts sur la couverture du livre. « Je savais que tu viendrais.

— Ah !

— Alors, si je me trouve de ce côté de la barrière et toi de l'autre, qu'y a-t-il au milieu ? »

Jem posa la main sur la clôture. « Nous. » Maggie pressa la sienne sur celle de Jem, ils les gardèrent ainsi quelques instants, se les réchauffant mutuellement.

La nuit engrisaillait la vallée, estompant les arbres et la rivière.

« Mais je ne peux pas rester là, Jem, dit doucement Maggie. Je ne peux pas. » Elle versa quelques larmes, qu'elle sécha vite.

« Si tu veux, je t'accompagnerai à Piddletown, proposa Jem au bout d'un moment.

— C'est impossible : regarde, on y voit rien !

— La lune va bientôt se lever, elle nous éclairera.

— Tu crois ? Comment le sais-tu ? »

Jem sourit.

« C'est le genre de choses qu'on sait par ici : y a pas d'allumeur de réverbères qui passe dans les rues. » Il lui confia son livre, *Chants d'Expérience,* pendant qu'il enjambait la clôture. Quand Maggie voulut le lui redonner, Jem secoua la tête. « Garde-le : regarde comme ils vont bien ensemble ! Ils sont de la même taille exactement.

— Oh non, je pourrai pas ! Garde-les, toi, sinon tu les verras jamais.

— Je pourrai venir les voir à Londres.

— Non, c'est pas juste. Garde-les et moi je viendrai faire un tour à Piddle machin chouette. »

En riant, Jem lui prit la main. « Dans ce cas, faudra que tu apprennes à traverser ce champ toute seule !

— Sauf si tu viens me chercher à la diligence ! »

Et ils se querellèrent à ce sujet tout le long du chemin jusqu'à Piddletown…

REMERCIEMENTS

Il existe de nombreux, même trop, d'ouvrages sur William Blake dans le monde. En voici quelques-uns que j'ai trouvés particulièrement utiles :

The life of William Blake d'Alexander Gilchrist (1863, réédité récemment) ;

Blake de Peter Ackroyd (1995) ;

The Stranger from Paradise : A biography of William Blake de G.E. Bentley, Jr. (2001) ;

Blake records, 2e édition, établie par G.E. Bentley, Jr. (2004) ;

William Blake (catalogue d'exposition à la Tate Britain) de Robin Hamlyn *et al.* (2001), en particulier la partie sur Lambeth de Michael Phillips ;

William Blake de Kathleen Raine (1970) ;

William Blake : the creation of songs, de Michael Phillips (2000) ;

« Blake and the Terror, 1792-1793 » de Michael Phillips, dans *The Library*, sixième série, vol. 16, n° 4 (décembre 1994), p. 263-297 ;

« No. 13 Hercules Buildings, Lambeth : William Blake's Printmaking Workshop and Etching-Painting Studio Recovered » de Michael Phillips, dans *The British Art Journal*, vol. 5, n° 1 (printemps-été 2004), p. 13-21 ;

Le site le plus complet sur Blake est sans doute « The William Blake Archive » (www.blakearchive.org).

Je me contenterai d'énumérer les ouvrages les plus divertissants parmi les myriades qui m'ont aidée à recréer le Londres du XVIIIe siècle, et de mentionner une sélection de sources portant sur des sujets plus précis :

The Autobiography of Francis Place, édité par Mary Thale (1972) ; ainsi que les archives de Francis Place conservées à la British Library ;

London Life in the 18th Century, de M. Dorothy George (1925) ;

On Lambeth Marsh, de Graham Gibberd (1992) ;

A to Z of Regency London (1985) : un plan remarquablement détaillé de Londres, fait par Richard Horwood entre 1792-1799 (avec des mises à jour) ; disponible également sur www.motco.com ;

The Shadow of the Guillotine : Britain and the French Revolution, édité par David Bindman (1989) ;

Astley's Amphitheatre and the Early Circus in England, 1768-1830 (thèse de doctorat) de Marius Kwint (1994). Voir aussi les archives des coupures de journaux d'Astley, conservées à la British Library ;

Buttony de Mervyn Bright (1971) ;

The English Regional Chair, de Bernard D. Cotton (1990).

La ponctuation, utilisée par Blake dans la notation de ses poèmes, est irrégulière et prête à confusion. Les lecteurs qui souhaiteraient les voir tels que l'auteur les a imprimés doivent se référer à *The Complete Poetry and Prose of William Blake,* édition nouvellement révisée, établie par David V. Erdman (1988). J'ai conscience que Jem a dû entendre une version antérieure du poème « Londres » à Bunhill Fields, mais j'ai choisi d'utiliser la version définitive pour plus de clarté.

Je souhaite remercier les personnes suivantes qui m'ont aidée pendant l'élaboration de ce livre :

Robin Hamlyn, conservateur à la Tate Collection à Londres ; Chris Fletcher et son successeur Jamie Andrews à la British Library qui m'ont permis de manier le cahier de Blake ; Greg Jecman à la National Gallery of Art et Daniel DeSimone à la Library of Congress, Washington, DC ; Sheila O'Connell à la salle des gravures et des dessins du British Museum ; Tim Heath, président de la Blake Society (Grande-Bretagne) ;

Marius Kwint, spécialiste de Philip Astley, qui, je l'espère, écrira sa biographie, car Astley fut probablement encore plus extravagant que je ne l'ai décrit ;

Thelma Johns du Old Button Shop à Lytchett Minster, Dorset, pour avoir partagé son savoir et ses boutons de Dorset ;

Guy Smith de Dorchester, pour son aide sur les noms des pubs à Piddle Valley ;

Lindsey Young et Alexandria Lawrence pour leur aide précieuse ; Zoë Clarke pour son œil de correctrice ; Jonny Geller et Deborah Schneider, agents hors pair ; ainsi que les éditeurs Susan Watt et Carole DeSanti (dernière arrivée, et que ferions-nous sans elle ?) qui m'ont fait découvrir des muscles que j'ignorais avoir ;

Laura Devine qui a courageusement acheté le privilège de m'autoriser à donner son nom à un personnage lors d'une vente aux enchères destinée à la collecte de fonds pour la Fondation médicale d'aide aux victimes de la torture (Grande-Bretagne) ;

Je dois, cependant, le plus au spécialiste de Blake, Michael Phillips, dont l'ouvrage révolutionnaire, attentif, d'un bon sens salutaire sur Blake pendant ses années à Lambeth, m'a amenée à me concentrer sur cette période, plus particulièrement sur les années 1792 et 1793. Sa biographie de Blake à Lambeth durant la Terreur anti-jacobine en Grande-Bretagne, presque achevée, va beaucoup améliorer la compréhension de cet homme complexe et hors du commun. Je l'attends avec impatience.

QUAI VOLTAIRE

JOSEFINA R. ALDECOA
Julia et Clara

WILLIAM BLAKE
Chants d'Innocence et d'Expérience

TRACY CHEVALIER
La dame à la Licorne
L'innocence
La jeune fille à la perle
Le récital des anges
La Vierge en bleu

MOHAMED CHOUKRI
Paul Bowles, le reclus de Tanger

JUDY FEIFFER
Une mère amoureuse

PENELOPE FITZGERALD
L'affaire Lolita

KAREN JOY FOWLER
Le club Jane Austen

MARY GORDON
La petite mort

JOANNE HARRIS
Chocolat
Les cinq quartiers de l'orange
L'été des saltimbanques
Vin de bohème
Voleurs de plage

JOHN HOPKINS
Adieu, Alice
Carnets d'Amérique du Sud (1972-1973)

ANGELA HUTH

Amour et désolation
De toutes les couleurs
Les filles de Hallows Farm
Folle passion
L'invitation à la vie conjugale
Tendres silences
Un fils exemplaire

MICHAEL JENKINS

Un été dans les Flandres

MOLLY KEANE

L'amour sans larmes

ERIKA KROUSE

Passe me voir un de ces jours

ANDREA LEVY

Hortense et Queenie

FRANCES MAYES

Bella Italia
Saveurs vagabondes
Sous le soleil de Toscane
Swan, Georgie

ALICE MCDERMOTT

L'arbre à sucettes
Charming Billy
La visite à Brooklyn

KATE MOSES

Froidure

GINA B. NAHAI

Roxane ou le saut de l'ange

NGUYEN KIEN

Le brodeur de Huê

DAWN POWELL

L'éperon doré
Les sauterelles n'ont pas de roi
Tourne, roue magique

FELIPE BENÍTEZ REYES

Fumée

RICHARD RUSSO

Le déclin de l'empire Whiting
Le phare de Monhegan
Quatre saisons à Mohawk
Un homme presque parfait
Un rôle qui me convient

CLARA SANCHEZ

Un million de lumières

JOSÉ SARNEY

Saraminda

HARRIET SCOTT CHESSMAN

Lydia Cassatt lisant le journal du matin

ELIZABETH SPENCER

Lumière sur la piazza et autres nouvelles
La petite fille brune

ALICE STEINBACH

Un matin, je suis partie

OSWALD WYND

Une odeur de gingembre

JOAN WYNDHAM

Leçons d'amour

CET OUVRAGE
A ÉTÉ ACHEVÉ D'IMPRIMER
SUR ROTO-PAGE
PAR L'IMPRIMERIE FLOCH
À MAYENNE EN FÉVRIER 2007
POUR LE COMPTE DE QUAI VOLTAIRE
14, RUE SÉGUIER, 75006 PARIS

ISBN : 978-2-7103-2933-6.
Dépôt légal : mars 2007.
N° d'édition : 148393. N° d'impression : 67721.

Imprimé en France.